MAGIERBLUT

Die Dämonen des Caskáran

Simon Rhys Beck

dead soft verlag

http://www.deadsoft.de

Coverbild: Thorsten Grewe
Cover und Karte: Christopher Müller

1. Auflage
ISBN 978-3-934442-43-6

Ich bedanke mich bei Justin und Norma, die mir die ersten Rückmeldungen gaben und mich auch sonst tatkräftig unterstützen und bei Christopher für die tolle Landkarte.

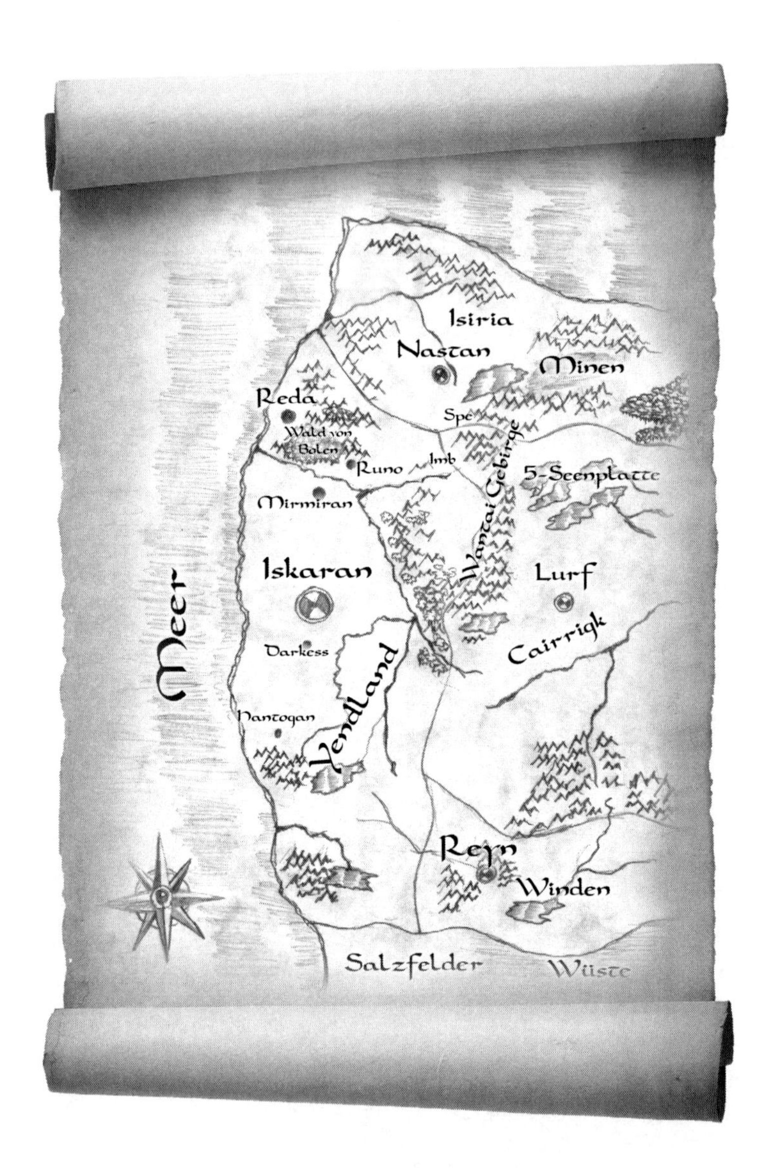
Isiria
Nastan
Minen
Reda
Spe
Wald von
Bolen
Runo
Imb
5-Seenplatte
Wantai Gebirge
Mirmiran
Iskaran
Lurf
Meer
Darkess
Cairrigk
Xendland
Hantogan
Reyn
Winden
Salzfelder
Wüste

PROLOG

Preis der Freiheit?

Als ich durch die langen, steinernen Gänge wanderte, war mein Verstand mit dem Lösen verschiedenster Probleme befasst. Ich hatte kurzzeitig vergessen, wo ich mich befand, und sicher hätte ich mich das eine oder andere Mal in den labyrinthartigen Gängen verlaufen, wenn ich nicht so einen phänomenalen Orientierungssinn gehabt hätte.
So etwas passierte übrigens häufig – eine völlige Trennung von Körper und Geist. Es war nicht besonders wünschenswert, doch eine typische „Krankheit“ der Magier und Zauberkundigen. Es dauerte meist einen Moment, bis sich Geist und Körper wieder synthetisiert hatten. Und das konnte manchmal recht unangenehme Folgen haben.
Doch an diesem Tag ging es ganz schnell, fast augenblicklich war ich wieder eine Einheit, als ich durch die geöffnete Tür einen Blick in einen der kalten kleinen Räume warf und IHN sah. Neugierig trat ich näher. Die Soldaten bemerkten mich und sie *erkannten* mich sofort, doch sie waren es gewöhnt, dass ich *überall* war. Sie akzeptierten mich. Oder, um genauer zu sein: Die meisten fürchteten mich – was mir auch recht war. Mein Ziel war es, der Großmeister der Xentenkaste zu werden, auch wenn der Weg bis dahin noch lang war.
Aber mein Interesse galt nicht den Soldaten, sondern dem Mann, den sie quälten. Ein junger hübscher Bursche mit fuchsrotem kurzen Haar, hohen Wangenknochen und dem arrogantesten Blick, den ich jemals gesehen hatte. Seine

schrägen Katzenaugen verrieten ihn als Redarianer, genauer als Cat'a.
Er kniete mit auf dem Rücken gefesselten Händen und bloßem Oberkörper auf dem Boden und blutete aus einigen unschönen Wunden, die sie ihm beigebracht hatten. Sein Gesicht war hart und ausdruckslos, seine Kiefermuskeln zitterten allerdings vor Anspannung.
Ein Redarianer ... einer unserer Feinde. Egal, was er getan hatte, der Galgen war ihm so gut wie sicher.
Einer der Soldaten redete fast liebevoll auf ihn ein. „Gib es doch einfach zu, Mann ... dann hast du es bald hinter dir ..."
Doch der Rothaarige schüttelte den Kopf.
Der Soldat nickte seinem Kameraden zu, nur dieses winzige Zeichen. Und der Mann zog eine Peitsche unter dem Gürtel hervor und verpasste dem Redarianer ein paar üble Schläge.
Ich zuckte bei jedem Schlag mit zusammen.
Einer der Soldaten trat dem jungen Burschen in den Rücken, so dass dieser nach vorn aufs Gesicht fiel. Ein leises Stöhnen entrang sich seinen Lippen. Ich fühlte seinen Schmerz und seine Verzweiflung. Er wusste, wie es um ihn stand.
Der Soldat kniete sich auf den Boden. „Jetzt red schon! Das hier macht uns auch keinen Spaß!" Doch sein Grinsen strafte seine Worte Lügen.
Rotschopf schwieg beharrlich. Ich sah, wie der Soldat mit der Peitsche erneut ausholte und fragte laut: „Wer ist der Mann?"
Der Soldat hielt inne. „Ein Redarianer, Meister Mistok!"
„Das sehe ich."
„Er heißt Espin, und er hat die Tochter des Tar Merdan entehrt", ergänzte ein anderer rasch.
„Habe ich nicht", knirschte der am Boden Liegende.
Ich trat einen Schritt näher und sah, wie zwei der Soldaten zurückwichen. Ihre Angst verschaffte mir eine heimliche Genugtuung. Macht war eine wundervolle Droge.
Der Mann mit der Peitsche starrte erst auf Espin herunter, dann sah er mich wieder an. „Darauf steht der Galgen."

Ich nickte. Das Gesetz kannte ich. Wir Magier waren schon seit Urzeiten an der Schaffung der Gesetzestexte beteiligt. Wir waren das Gesetz in Yendland.
„Hat er es zugegeben?“, fragte ich. Mein Blick wanderte über Espin, der jetzt direkt vor mir lag.
„Nein, noch nicht, aber ... das kriegen wir schon aus ihm raus.“
Daran zweifelte ich nicht. Sie würden ihn einfach so lange bearbeiten, bis er alles gestand. Alles, was ihm zur Last gelegt wurde – unabhängig davon, was er wirklich getan hatte. Das war das ungeschriebene Gesetz der Folter.
„Ich mag die Redarianer nicht“, sagte ich ruhig.
Die Soldaten grinsten. Und der mit der Peitsche bemerkte: „Aber sie sind sehr gut zum ... Vögeln.“ Die anderen lachten laut.
Espin, auf dem Boden, war wie versteinert.
Ich fragte mich, ob sie sich bereits an ihm vergangen hatten, oder ob ihm das bisher erspart geblieben war. Es war nicht unüblich, dass die Gefangenen missbraucht wurden.
„So“, sagte ich lässig und trat noch einen Schritt näher. „Zum Vögeln sind sie gut?“
Die Soldaten nickten zustimmend. Ich bemerkte ihre Anspannung – erwarteten sie, dass ich mich vor ihren Augen an ihm verging? Da musste ich sie enttäuschen.
„Lasst mich mit ihm allein!“ Der bestimmte Tonfall meiner Stimme überzeugte sie – sie zogen sich sofort zurück. Ich wusste, was sie jetzt dachten; ich sah die Bilder in ihren Köpfen, aber es war mir gleichgültig. Als Magier hatte ich alle Privilegien – und es wäre zudem ein Leichtes gewesen, sie zu manipulieren.
Ich war mit Espin allein.
Vorsichtig fasste ich ihn an den Schultern – die Berührung elektrisierte mich. Er war ein hübsches Geschöpf; eine Sünde, dass sie ihn so zugerichtet hatten!
Er stöhnte wieder, als ich ihn auf die Seite rollte. Sein Blick durchbohrte mich. „Was wollt Ihr?“

Ich lächelte. Die Redarianer waren nicht gerade für ihre guten Umgangsformen bekannt. Mit einer fließenden Bewegung schlug ich die große Kapuze zurück, so dass er mein Gesicht sehen konnte.
Er musterte mich aufmerksam. „Seid Ihr Magier? – Ihr seid zu jung“, stellte er fest.
„Und du bist offensichtlich zu vorlaut.“
„Was wollt Ihr, Magier?“
Er überraschte mich mit seinem frechen Mundwerk. Ein typischer Redarianer: Selbst jetzt, nach der Folter und mit dem Tod vor Augen war er fordernd und voller Stolz. Doch er provozierte mich damit. So ließ ich ihn erst einmal gefesselt am Boden liegen.
„Erzähl mir die Wahrheit: Warum bist du hier?“
Er lachte tatsächlich. Ein raues, schmerzerfülltes Lachen. „Das ist einfach – weil ich von euren Soldaten eingesackt wurde.“
„Reiz mich nicht“, warnte ich ihn. „Ich will wissen, ob es stimmt, was die Soldaten sagen!“
Er schüttelte den Kopf.
„Du hast die Tochter von Merdan also nicht entführt?“
Er hob den Kopf ein wenig, um mich besser ansehen zu können. „Bind’ mich los, dann rede ich mit dir“, forderte er.
Doch ich wusste, dass er nur mühsam seinen Schmerz bezähmen konnte.
Ich zog einen Dolch aus den Falten meines Mantels und durchtrennte Espins Fesseln. Er rollte sich leise stöhnend auf den Rücken und rieb sich die aufgescheuerten Handgelenke. Ein erstes Eingeständnis seiner Qualen. Seine Stärke war beeindruckend.
Ich *musste* mit ihm allein sein. Nur mit der Kraft meiner Gedanken ließ ich die Tür zufallen. Ein dumpfes Geräusch. Espin zuckte zusammen und sah mich misstrauisch an. Wahrscheinlich hatte auch er Angst vor mir. Auch wenn den Redarianern der Umgang mit Magie vertraut war. Doch ich war sofort über ihm – diese Gelegenheit konnte ich mir einfach

nicht entgehen lassen. Er lag vor mir, als könne ich ihn haben. So leicht ...
Und ich wusste, dass er es nicht mit mir aufnehmen konnte. Vielleicht war er mir körperlich überlegen, doch kräftemäßig hatte er keine Chance.
Ich presste ihn mit meinem Gewicht zu Boden. Unsere Gesichter waren nur wenige Zentimeter voneinander entfernt.
„Was wollt Ihr?“, fragte er erneut. Seine Lippen zitterten unter den meinen.
Er kam meinem Kuss entgegen – wehrte sich nicht. Als ich ihn wieder zu Atem kommen ließ, sagte er: „Lass mich aufstehen – ich ... mein Rücken ...“
Ich lächelte ihn an. War er bereit zu mehr? Oder dachte er vielleicht, er könne sich so „freikaufen“?
Ich ließ ihn aufstehen. Er war etwa so groß wie ich und sehr schlank. Zu schmal für einen Krieger.
„Und – hast du sie nun entführt?“
Er starrte mich an. „Nein! Sie ist freiwillig mitgegangen ... Es war ein Auftrag ...“
„Und ist sie auch freiwillig mit dir ins Bett ...“
„Ich war nicht mit ihr im Bett, verdammt!“, unterbrach er mich heftig. „Ich würde mit keiner Frau ...“ Er verstummte.
Sein Geständnis überraschte mich nicht. „Warum hast du das den Soldaten nicht gesagt?“
Er schwieg und sah verlegen zu Boden. Da erinnerte ich mich: Die Redarianer empfanden es als unehrenhaft, wenn ein Mann ausschließlich mit Männern verkehrte.
„Es ist doch egal, oder? Ich werde so oder so ins Gras beißen ...“
„Warum hast du sie entführt?“, fragte ich noch einmal, ohne auf seine Worte einzugehen.
„Ich habe sie nicht entführt.“ Er betonte jedes Wort. „Sie liebt einen Redarianer – ich habe sie nur zu ihm gebracht. Es war ein verdammter Auftrag! Als ich sie zurückbringen wollte, haben sie mich erwischt ...“
„Warum du?“

Jetzt lächelte er kalt. „Weil mein Freund wusste, dass ich sie nicht anrühren würde. Sie ist hübsch, weißt du? Und wir ...“
„Ihr seid völlig unmoralisch“, warf ich ein.
Er schüttelte trotzig den Kopf. „Wir leben die Dinge aus, von denen ihr nur träumt.“
Ich lachte ein wenig boshaft. „Du doch wohl nicht, oder?“
Er warf mir einen wütenden Katzenblick zu, den ich nicht weiter beachtete.
„Was wisst Ihr schon von Liebe?“, fauchte er.
„Aber du weißt alles?“
Er schwieg – doch seine fremden Augen durchbohrten mich förmlich.
Dessen ungeachtet zog ich einen Schemel heran. „Setz dich, ich sehe mir deine Verletzungen an.“
Fragend zog er die Augenbrauen nach oben. „Wozu sollte das gut sein? Ich werde eh nicht mehr lange leben.“
Ich deutete stumm auf den Hocker, und nach einigen Sekunden setzte er sich.
Sie hatten ihn übel misshandelt, er würde einige Narben zurückbehalten. *Meine Güte, er ist ein Redarianer*, rief ich mir ins Gedächtnis, *er gehört zu unseren Feinden. Und trotzdem ...* Ich dachte darüber nach, ob genau dieser Gedanke gerechtfertigt war. Was hatte Espin getan? Wofür sollte er sterben? Er hatte das Mädchen nicht entehrt – sollte er nun sterben, nur weil er ein Redarianer war? War das richtig?
Ich gestand mir ehrlicherweise ein, dass nur seine Schönheit mich zu diesen Gedanken veranlasst hatte. Wirklich – er hatte Glück. Und meine Einstellung war zugegebenermaßen beschämend. Handelte ich nun moralisch oder unmoralisch, wenn ich ihn gehen ließ? Zumindest aber ungesetzlich, das war klar.
Ich berührte seine Wunden und verschaffte ihm damit ein wenig Linderung. Doch mir war nicht entgangen, dass er zusammengezuckt war, als ich ihn angefasst hatte. Mit den Fingerspitzen glitt ich über seinen Rücken – er bekam eine

Gänsehaut. Seine Reaktion erfreute mich. Doch er konnte es noch nicht akzeptieren. Hätte er meine Berührung einfach genossen, wäre es für ihn ein Eingeständnis von Schwäche gewesen. Ein Eingeständnis, dass er mir unterworfen war. Und die Redarianer waren so verdammt stolz. So ein stolzes Volk.
Ich lächelte.
Er wusste, dass ich alles mit ihm tun konnte. Es stand mir zu, dass ich ihn benutzte – er *gehörte* mir! Ich hatte sogar das Recht, ihn zu töten! Warum nahm ich mir nicht einfach, was ich begehrte? – Bei Eccláto, ich wusste, warum ... weil ich ein *Gewissen* hatte, das mich daran hinderte. Skrupel – auch wenn das Gesetz auf meiner Seite war. Aber ich wollte ihn nicht bezwingen. Ein so stolzes Wesen wie ihn durfte ich nicht unterwerfen.
Espin drehte sich zur mir um. „Was ist?“, fragte er. Er hatte mein Zögern bemerkt.
Vorsichtig und ohne darüber nachzudenken berührte ich sein Gesicht. Seine Haut war heiß und glatt. Er hielt meinem Blick stand.
„Ich sorge dafür, dass du entkommen kannst.“
Espin runzelte überrascht die Stirn. Er glaubte mir nicht. Warum sollte er auch?
„Was muss ich dafür tun?“, fragte er zweifelnd.
„Nichts.“
Er traute mir nicht. „Ich bin ein Redarianer – warum solltest du mich entkommen lassen?“
„Du hast nichts getan.“
„Selbst das weißt du nicht sicher“, wandte er ein.
Ich sah ihm tief in die Katzenaugen. „Doch, das weiß ich.“
Seine Mundwinkel zogen sich nach oben zu etwas, das beinahe ein Lächeln war. Und ich fragte mich, was er gerade dachte.
„Du handelst gegen eure Gesetze, Magier!“
Ich fasste in seinen Nacken und zog ihn zu mir heran. „Ja, das tue ich ...“ Ich teilte seine Lippen mit meiner Zunge. Er schmeckte wunderbar.

„Es gibt Dinge, die ich nicht akzeptieren kann", flüsterte ich dicht an seinem Ohr, „und dazu gehört das blinde Befolgen sinnloser Gesetze."
„Ja ..." Espin kam mir entgegen. Seine Augen funkelten.
Ich fasste in seinen Hosenbund und zog ihn dicht zu mir heran, konnte seine Erregung spüren. Eine Hand ließ ich an seinem Oberschenkel nach oben wandern. Ich fühlte das angespannte Zittern seiner Muskeln. Er reagierte heftig auf meine Berührungen, und die Energie in seinem Körper drohte sich in einem gewalttätigen Akt zu entladen. Er hatte zu viele unterschiedliche Empfindungen ertragen müssen in den letzten Stunden. Zuviel für ein so impulsives Wesen wie diesen Cat'a, so nannten sich die katzenäugigen Bewohner von Reda. Doch noch hatte er sich unter Kontrolle – und gerade diese mühsame Beherrschtheit machte mich wild. Wir starrten uns an wie zwei Raubkatzen kurz vor dem Kampf. Seine Männlichkeit wuchs in meinem festen Griff, und ich wünschte mir, ihn ganz zu besitzen. Eins mit ihm zu werden, denn dann würde ich einen Teil seiner ungebändigten Kraft in mich aufnehmen können, ohne das Tier in ihm bezwingen zu müssen. Er wäre nicht der erste Redarianer, den ich besäße – daher kannte ich die erstaunliche Energie, die sie beim Beischlaf freisetzten. Pure Lebenskraft ... die mich noch stärker machte.
Doch ich löste mich von ihm – schweren Herzens. Es kostete mich alle Willenskraft, die ich aufbringen konnte.
„Verschwinde, bevor die Soldaten wiederkommen."
Sichtlich irritiert schüttelte er den Kopf. Er war erregt, begriff im ersten Moment nicht, was ich meinte.
Ich streifte den schweren, dunklen Umhang von meinen Schultern und hüllte Espin darin ein. So würden wir unbemerkt nach draußen gelangen. Er ließ es geschehen, versuchte, wieder Herr seiner Sinne zu werden.
„Was wirst du ihnen sagen?", fragte er rau.
Ich winkte ab. „Das soll nicht deine Sorge sein."
Ohne weitere Zwischenfälle gelangten wir ins Freie. Espin

reichte mir den Umhang zurück.
„Ich verstehe dich nicht ..."
Ich ließ meine Finger über seine glatten Oberarme gleiten. „Vielleicht habe ich einfach einen ausgeprägten Sinn für Gerechtigkeit?"
„Gibt es das?", fragte er leise. „Gerechtigkeit?"
Ich nickte. „Ja, natürlich ..." Und ich war davon überzeugt.
Espins Blick wanderte über den dunklen Vorplatz der riesigen Burg. Es würde kein Problem für ihn sein, in den Schatten zu verschwinden. Geschickt kletterte er auf die Mauer.
„Wir sehen uns wieder", sagte er knapp.
Hatte ich ein „Danke" erwartet? – Doch ich lächelte, als er in die Dunkelheit sprang.
„Bald mein Freund. Sehr bald ...", flüsterte ich.

Teil 1

Bennet

Zeth saß über dem Plan und starrte ihn missmutig an. Was war das für eine Idee, dachte er. Aber natürlich, wer war für diesen Einsatz besser geeignet als seine Einheit? Wieder einmal mussten seine *Dämonen* herhalten, wenn Caskáran Ferakon einen geheimen Auftrag zu vergeben hatte. Dabei waren sie gerade erst nach Darkess zurückgekehrt! Er hatte sich wirklich ein wenig erholen wollen.
„Capitan Zeth! Ihr müsst unbedingt mitkommen. Das ist nicht richtig so ..." Thraq war außer Atem, als er das Zimmer des Capitan betrat.
„Was gibt's?" Er wunderte sich über die wenig förmliche Ansprache des Soldaten.
„Es geht um einen ..." Thraq zögerte. Offensichtlich war es ihm unangenehm. „Einen Frischling. Einen jungen Soldaten .... Ich denke, wenn Ihr nicht eingreift, wird es Verletzte oder Tote geben."
Zeth sprang auf. Gestern hatte er fünf neue Männer bekommen. Und er ahnte Arges. Seine Soldaten waren sowohl für ihre derben Späße als auch für ihre harten Aufnahmetests bekannt. Er schätzte ihre Rituale nicht besonders, ging aber nicht dagegen vor. Denn er wusste, sie festigten auf eine merkwürdige Weise die Kameradschaft. Und er selbst hatte als junger Mann diese Aufnahmerituale am eigenen Leib erfahren müssen. Sie konnten einen demütigen – doch umbringen?
Er folgte Thraq nach draußen. Der junge Soldat lief mit großen Schritten voran; es war ihm offensichtlich ernst mit dem, was er gesagt hatte.

Als Zeth den Schauplatz betrat, bot sich ihm folgendes Bild:
Ein schmaler, rothaariger Junge stand in Verteidigungsstellung, er blutete aus einigen oberflächlichen Wunden. Die übrigen Soldaten hatten sich angespannt, aber auch lachend um ihn herum gruppiert. In seiner Nähe Finn und Legato, zwei der schärfsten Ausbilder, die Zeth in seiner Truppe hatte. Finn hielt eine Peitsche in der Hand, mit der er dem Jungen offensichtlich schon ein paar saftige Hiebe verpasst hatte.
Ein Kribbeln zog über seine Wirbelsäule bis nach oben in seinen Nacken, fast als würde er beobachtet. Doch als er sich kurz umdrehte, war dort niemand. Er schüttelte das unangenehme Gefühl ab.
„Was ist hier los?"
Zeth hatte nicht laut gesprochen, doch seine gebieterische Stimme ließ alle verstummen. Die Soldaten machten ihm sofort Platz.
Finn fixierte den Jungen weiterhin, während Legato sich seinem Vorgesetzten zuwandte. „Er ist wie ein Tier, Capitan. Er lässt keinen mehr an sich herankommen und verweigert die Befehle. Wir wissen nicht, was wir mit ihm machen sollen."
Zeth sah den Jungen noch einmal genauer an. In seinen Augen spiegelte sich blanke Panik angesichts der Übermacht der Soldaten – aber auch Trotz und der Wille, sich nicht unterkriegen zu lassen.
Finn bestätigte das. „Er beißt und spuckt – ich habe so etwas noch nie erlebt."
Mit einer Handbewegung befahl er Finn, sich zu entfernen. Vorsichtig trat er auf den Jungen zu.
„Was ist dein Problem?", fragte er leise. Er hatte keine Angst, dass der Bursche mit den feuerroten Haaren ihn angriff.
In stummem Entsetzen schüttelte der Junge den Kopf.
„Wie heißt du?"
„Bennet." Eine weiche Jungenstimme.
„Gut, Bennet. Du wirst jetzt mit mir mitkommen. Egal, was passiert ist, Befehlsverweigerung wird bestraft. Aber ich möchte

mir erst einmal anhören, wie es zu dieser unschönen Situation gekommen ist."
Bennet nickte. „Ja, Sir."
Mit hängenden Schultern folgte der Junge seinem Capitan. Er machte sich auf das Schlimmste gefasst. Der junge Capitan der Eliteeinheit war nicht gerade durch seine Mildtätigkeit bekannt. Und er schätzte es sicher nicht, wenn seine Soldaten nicht spurten. Aber verdammt – er war nunmal kein Soldat!
Und das, was er bisher vom Soldaten-Leben mitgekriegt hatte, reichte ihm auch völlig aus. Er musste das nicht weiter vertiefen.
Im Quartier des Capitan angekommen, sah Bennet sich schüchtern um. Zeth war zweckmäßig eingerichtet, doch auf hohem Niveau. Er seufzte unhörbar, fragte sich, wie er hierher gekommen war.
Zeth war der uneheliche Sohn des Herrschers von Yendland und wohnte auf der Festung Darkess, die zwar bescheidener als die Paläste der Caskáran ausgestattet war, doch noch immer mehr Luxus enthielt, als Bennet in der letzten Zeit zu Gesicht bekommen hatte.
Mit einer unauffälligen Handbewegung wies der Capitan seine Wache an, den Raum zu verlassen. Er hatte seine Leute im Griff.
„Nun, ich höre ..." Zeth riss seinen jungen Soldaten aus den Gedanken.
„Ich ... was soll ich sagen?", fragte Bennet leise, wieder wallte der Trotz in ihm auf.
„Ich möchte wissen, was vorgefallen ist."
„Und dann?"
Zeth war erstaunt über soviel Frechheit.
„Dann werde ich sehen, was ich mit dir mache!", erwiderte er hart. „Dein Verhalten meinen Soldaten gegenüber kann ich jedenfalls nicht dulden."
Bennet erschauderte leicht. „*Mein* Verhalten ..."
„Also?"

„Sie haben mich gequält, und ich habe mich verteidigt. Nicht mehr und nicht weniger." Seine Stimme klang trotzig.
Zeth verkniff sich ein Grinsen. Der Junge musste nicht wissen, dass er sich amüsierte.
„Auf Ungehorsam steht der Stock oder die Peitsche, Bennet. Ich denke, ich lasse dir die Wahl."
Bennet wurde blass. „Ich will nach Hause, Capitan Zeth ..."
Er würde nicht flehen, obwohl ihm danach zu Mute war. Wenn es sein musste, hatte er andere Möglichkeiten.
„Warum bist du dann hier?"
„Ich *musste*, Sir. Meine Tante und mein Onkel sind arme Leute und für den Caskáran wurden Soldaten gesucht. Die, die geeignet schienen, wurden mehr oder weniger gezwungen, das Dorf zu verlassen. – Sie haben mich an Eure Soldaten verkauft ..."
Zeth betrachtete den schmächtigen Jungen aufmerksam. Sagte er die Wahrheit? Und wie war Bennet dann ausgerechnet in seine Einheit gekommen? Die Elite des Heeres?
„Und – warum glaubten sie, du seist geeignet?"
Bennet senkte den Blick. „Ich kenne mich mit Pferden aus ..."
„Ich dachte, deine Tante und dein Onkel seien arme Leute."
„Ja ..."
„Und wie kommt es, dass ihr dann Pferde habt?"
Jetzt hob Bennet seinen Kopf wieder an. „Ich sprach nicht von *unseren* Pferden." Er sah Zeth direkt in die Augen. „Ich bin ... ein Pferdedieb. Und zwar ein sehr begabter."
Zeth verzog den Mund zu einem schmalen Lächeln. „Und wahrscheinlich hast du auch noch andere Begabungen, nicht wahr?"
„Was meint Ihr, Sir?"
Zeth winkte ab. „Du willst nicht in der Einheit bleiben?"
„Ich bin kein Soldat!"
„Meinst du nicht, dass du hier Freunde finden wirst?"
Bennet stieß ein zynisches Lachen aus, das nicht zu seinem Alter passte. „Seht mich an! Was glaubt Ihr, was Eure Soldaten

sich dabei gedacht haben, mich in Eure Einheit zu holen?"
Zeth nickte. Das hatte er von Anfang an gedacht. „Haben sie dir etwas getan?", fragte er nüchtern.
Bennet biss sich auf die Unterlippe. Er hatte mehr verraten, als er wollte. „Es gibt schlimmeres."
„Ich dulde keinen gewaltsamen Übergriffe dieser Art, Bennet. Nicht in meiner Einheit."
Bennet betrachtete den Fußboden. War er jetzt vielleicht noch Schuld daran, dass er den Männern gefallen hatte? Er hätte liebend gern darauf verzichtet.
Zeth musterte ihn lange, was er nicht mitbekam. Was sollte er jetzt mit dem Burschen machen? Würde er ihn zurückschicken, das war klar, hätten seine Leute ihr Spielzeug wieder. Zeth wusste, dass sie alles andere als zimperlich waren. Und Bennet war so zart gebaut – er wirkte fast weiblich –, lange würde er solchen Übergriffen nicht standhalten.
Zurück zu seiner Familie schicken wollte er ihn allerdings auch nicht. Er schien ihnen nicht besonders viel wert zu sein, wenn sie ihn einfach verkauften. Da fiel ihm plötzlich etwas ein.
„Ich brauche einen Knappen."
Bennet hob langsam den Kopf. In seinem Blick spiegelte sich mehr als nur Zweifel.
„Ich ... soll Euer Knappe werden?"
Zeth nickte, während er noch über sein eigenes Angebot nachdachte. Er hielt schon seit längerem Ausschau nach einem jungen Mann, der diese Aufgabe übernehmen konnte. Denn sein Kammerdiener Gerion wollte heiraten, eine Familie gründen. Natürlich bedurfte es Zeths Zustimmung zu dieser Verbindung, aber er wollte dem jungen Mann nicht im Weg stehen. Wenn Gerion allerdings Familie hatte, mochte Zeth ihn nicht mehr zu längeren Reisen zwingen. Bennet erschien ihm als passender Ersatz. Nun gut, er hatte seine Qualitäten noch nicht unter Beweis gestellt, aber er war ein cleveres Bürschchen und sicher durchaus lernfähig. Außerdem hatte er behauptet, mit Pferden umgehen zu können. Ein weiterer unbestreitbarer

Vorteil.
„Jamake?"
Die Wache trat ins Zimmer. „Ja, Sir?"
„Ist Thraq noch da?"
Jamake nickte.
„Soll reinkommen."
Der Soldat betrat den Raum. Er schien noch immer unsicher.
Zeth sah sich um. „Hol Esarion, den Arzt, und Finn", wies er die Wache an. Statt dem Burschen seine Strafe zukommen zu lassen, bestellte er einen Arzt – das konnte doch nicht sein! Aber Bennet hatte etwas an sich, das ihn in seinen Bann zog. Außerdem wollte er einen gesunden, leistungsfähigen Knappen!
„Das war sehr selbstlos von dir, Thraq", wandte er sich an den Soldaten.
Dieser nickte langsam.
„Du wirst vielleicht Probleme bekommen."
„Damit werde ich schon fertig."
Thraq musste das wissen. Schließlich hatte er seinen Kumpanen ihr neues *Spielzeug* weggenommen.
„Manchmal ist es wichtiger, sich gegen die Gruppe aufzulehnen", sagte Zeth.
Thraq nickte wieder. Es war ihm deutlich anzusehen, wie stolz er war, dass sein Capitan ihn lobte. Bestenfalls würden sie ihn zwingen, einen Ersatz für Bennet zu beschaffen. Aber woher nahm man schon einen solch hübschen, weiblichen Knaben, der doch nichts wirklich Kindliches mehr an sich hatte?
Als Finn den Raum betrat, sandte er Thraq einen derart schwarzen Blick zu, dass dieser sich schnell verdrückte.
Zeth kam sofort zur Sache. „Finn, warum hast du ihn in die Einheit geholt?"
„Wen?"
„Bennet natürlich", erwiderte Zeth ungeduldig.
Der Ausbilder senkte den Kopf. „Er machte einen passablen Eindruck."
Zeth trat einen Schritt nach vorn und griff nach Bennets

magerem Oberarm. „An welcher Stelle, Finn?“, fragte er liebenswürdig. „Er hat so dünne Arme – er kann ein Schwert nicht einmal hochheben!“
Bennet spürte Zeths festen Griff, seine warme Hand. Auf einmal schien sich all sein Gefühl nur auf diese eine Stelle zu konzentrieren.
Der Ausbilder sah weiterhin verlegen zu Boden.
„Lass uns nicht um den heißen Brei herumreden! Du wolltest ihn für deine Vergnügungen, Finn, und für die Einheit. Aber das lasse ich nicht zu. Er ist kein Gefangener, und du solltest Soldaten suchen – keine Lustknaben.“ Zeths Stimme klang scharf.
Finn straffte sich und nickte.
„Er wird zunächst als Knappe bei mir bleiben. So lange, bis mir etwas besseres einfällt.“
„Ja, Capitan.“
„Capitan Zeth?“ Der Arzt war gekommen – Esarion. Zeth kannte den Mann schon so lange er lebte. Er war ihm immer ein Vaterersatz gewesen und ein Vertrauter. Als Zeth vor etwas über vier Jahren die Festung Darkess übernommen hatte, war Esarion ihm ohne Zögern gefolgt. Und nur wenn Zeth in Gesellschaft war, sprach der Arzt ihn in dieser Form an.
„Du kannst gehen“, wandte er sich an Finn. Der Ausbilder zog sich eilig zurück. Offenbar spürte er Zeths mühsam unterdrückten Zorn und hatte kein Interesse ihn weiter zu reizen.
Zeth ließ sich auf seinen gepolsterten Stuhl fallen. „Schau dir das an, Esarion.“
Der ältere Mann trat auf Bennet zu, der ganz eingeschüchtert in einer Ecke stand. Er betrachtete die Striemen auf der Haut des Jungen.
„Und? Das ist doch eure übliche Art der Bestrafung.“ Er machte sich nicht die Mühe, seinen Widerwillen zu verbergen. Zeth wusste, dass Esarion jegliche Art der körperlichen Züchtigung verabscheute. Sie hatten schon viele lange,

unfruchtbare Gespräche über dieses Thema geführt.
Zeth seufzte. „Nicht auf meinen Befehl. Sie haben ihn auch ..."
Bennets entsetzter Blick ließ ihn verstummen. Doch Esarion wusste es auch so. Er musterte Bennet aufmerksam. Der starrte zu Boden.
„Hast du noch andere Verletzungen?"
Bennet schüttelte stumm den Kopf.
„Er sollte baden, danach kann ich eine heilende Salbe auf seine Wunden auftragen."
„Baden?" Zeth zog die Augenbrauen hoch.
Esarion sah Zeth missbilligend an. „Er ist schmutzig, Zeth – sieh ihn dir an. Seine Verletzungen können sich entzünden. – Er muss sich ja nicht in deinem privaten Badetempel vergnügen, wenn es dir zuwider ist."
Zeth grinste bei der Vorstellung. Nein, im Grunde hatte er nichts dagegen, wenn Bennet sich in seinen privaten Gemächern aufhielt. Bei den anderen Soldaten konnte er ihn auf jeden Fall nicht baden lassen. Und da Bennet als sein zukünftiger Knappe das Recht hatte in seinen Räumen zu schlafen, konnte er ihm jetzt auch dort ein Bad richten lassen.
„Gut, baden ..."
„Capitan, keine Umstände ...", wandte Bennet ein. Ihm wurde fast schlecht wegen der Aufmerksamkeit, die ihm zuteil wurde. Das lief hier alles falsch und zwar entschieden. Doch Zeth schnitt ihm mit einer Handbewegung das Wort ab.
„Jamake?"
Die Leibwache trat wieder in den Raum. „Ja, Sir?"
„Lass ein Bad für unseren jungen Freund hier vorbereiten."
Jamake konnte sich eine hochgezogene Augenbraue nicht verkneifen. „In Euren Gemächern?"
„Ja." Zeth war sich klar darüber, was der Mann jetzt dachte.
Esarion lächelte ihn wohlwollend ihn an. „Siehst du, du bist noch lernfähig."
„Und wenn er wieder genesen ist, dann wird er die Strafe für seinen jetzigen Ungehorsam bekommen", knurrte Zeth.

Der Arzt schüttelte den Kopf. „Peitsch' ihn jetzt aus – dann kann ich die neuen Verletzungen gleich mit behandeln."
„Mach dich nicht über mich lustig", warnte Zeth den Älteren, doch der zeigte sich wenig beeindruckt. Er kannte Zeth einfach schon zu lange.
„Zeth, du machst dem Jungen Angst." Er nahm den eingeschüchterten Jungen am Arm. „Komm, Bennet, ich zeige dir den Weg."
Der ließ sich willig mitziehen.

Bennet hatte lange nicht mehr solch prachtvoll eingerichtete Gemächer gesehen. Es war ihm klar, dass er sich in Zeths privaten Räumen befand. Der Boden bestand aus schwarzem Stein, an den Wänden und vor den Betten und Diwanen befanden sich dichte, kostbare Teppiche mit kunstvollsten Mustern. Massive Holz- und Lacktruhen säumten die Wände, schlichte Seidenvorhänge verhinderten den Blick nach draußen. Zu einer anderen Zeit hätte Bennet diesen Luxus vermutlich kaum bemerkt, doch jetzt war er schier geblendet.
Esarion brachte Bennet in einen der kleineren Baderäume. Eine junge unverschleierte Frau war dabei, das Bad vorzubereiten. Als sie Bennet und Esarion eintreten sah, verharrte sie kurz. Bennet war erstaunt, eine unverschleierte Frau in Zeths Gemächern zu sehen. Der Capitan schien sich nicht um die herrschenden Konventionen zu kümmern, oder vielleicht war sie auch seine Bettgefährtin.
Der Badezuber war eine runde Wanne, die fest in diesem Raum installiert war. Der Rand der Wanne war mäßig hoch, das Wasser darin war so heiß, dass es dampfte. In dem Dorf, in dem er die letzten Jahre gelebt hatte, hatte es keine Badewannen gegeben. Ein kleiner Bachlauf schlängelte sich dicht am Dorf vorbei und mündete in einen See. Dort hatten sie sich gewaschen. Im Winter war das Wasser eisig gewesen, aber er hatte gelernt sich mit den Gegebenheiten zu

arrangieren.
Die junge Frau legte einige Handtücher bereit und eine angenehm duftende Seife.
„Soll ich Euch zur Hand gehen?“, fragte sie ungeniert. Ihr Blick streifte Bennets nackten Oberkörper und die Spuren der Misshandlungen.
Bennet erstarrte, spürte, wie er errötete. Nein, er wollte sich nicht von dieser fremden Frau berühren lassen. Er konnte Berührungen überhaupt nicht ertragen, wusste nicht, wie gut er sich selbst unter Kontrolle hatte. Es war zuviel passiert.
Esarion, dem Bennets Reaktion nicht entgangen war, winkte ab. „Nein, ich mache das schon, Philia. Danke.“ Er konnte sich gut vorstellen, dass es dem jungen Mann mehr als unangenehm gewesen wäre, sich in Gegenwart der hübschen Frau zu entkleiden.
Das Mädchen verneigte sich kurz und verließ dann den Raum.
„Besser so, nicht wahr?“ Der Ältere grinste verständnisvoll als Bennet nickte.
„Wer ist sie?“
„Zeths Dienerin Philia“, antwortete Esarion. Er ging nicht auf Bennets Verwirrung ein. „Zeth möchte dich als seinen Knappen behalten?“
Bennet zuckte mit den Schultern als er seine Hose auszog. „Der Capitan hat so etwas angedeutet.“
„Diese Arbeit übernehmen normalerweise nur die Söhne anderer Adeliger. Du solltest froh sein, von den Soldaten wegzukommen.“ Esarion betrachtete Bennet eingehend.
„Warte“, sagte er, als der Junge gerade in die Wanne steigen wollte.
Bennet erstarrte in der Bewegung.
„Beug dich mal nach vorn.“
„Nein ...“ Bennet klang gequält.
„Sei nicht albern. Ich muss mir das ansehen.“
Widerwillig beugte sich Bennet nach vorn; seine Hände klammerten sich um den Rand der Wanne.

Esarion berührte ihn vorsichtig am Rücken. „Ich schaue nur."
Bennet nickte verkrampft. Sein Herz schlug bis zum Hals. Er spürte Esarions warme Hände auf seinem Rücken. Der Arzt tastete sich vorsichtig hinunter.
„Sie haben dich aufgerissen, Junge. Hast du starke Schmerzen?"
„Nein, es geht." Tatsächlich schmerzten ihn die Striemen auf seinem Rücken im Moment mehr.
„War wohl nicht das erste Mal für dich, was?"
Bennet schwieg.
„Geh in die Wanne", sagte der Arzt. „Ich werde das nachher auch einsalben."
Mit rotem Kopf kletterte Bennet in die Wanne. Er hatte gehofft, dass dieses Thema damit für ihn erledigt wäre, doch Esarion erklärte: „Ich sehe solche Verletzungen häufiger."
Bennet nickte langsam. Er bewegte sich auf unbekanntem Terrain, wusste nicht, wie die Yendländer mit gleichgeschlechtlicher Liebe umgingen. Und nicht, was passierte, wenn jemand dazu gezwungen wurde.
„War es sehr schlimm für dich?"
Bennet biss die Zähne zusammen. Es war nicht erkennbar, ob die Frage der Grund dafür war oder das heiße Wasser, das jetzt Bennets Wunden umspülte.
„Du kannst froh sein, dass einer der Soldaten das Spiel beendet hat."
„Ich weiß", sagte Bennet leise. Er tauchte mit dem Kopf unter. Es war so angenehm, in diesem heißen Wasser zu sitzen. Langsam entspannte er sich ein wenig; die Schmerzen ebbten ab.
„Es ist eine Ehre, als Knappe für Zeth zu arbeiten", sagte Esarion ernst, als Bennet wieder auftauchte.
Bennet nickte wieder. Aber wer wusste schon, was der Capitan alles von ihm erwartete? Früher oder später wurde er gehen müssen, verschwinden. Und hier, in dieser neuen Position, war das sicher schwieriger als aus der Anonymität einer großen Gruppe. Mit völlig ausdrucksloser Miene begann er, sich zu

waschen. Er war wirklich schmutzig. Und er musste nachdenken – vielleicht konnte er irgendwie entkommen? Aber wo sollte er dann hin? Er konnte sich doch nicht als Pferdedieb durchschlagen ...
Wie war es nur zu diesem ganzen Debakel gekommen? Seufzend wusch er sich den Schmutz und das getrocknete Blut vom Körper, das Wasser verfärbte sich zusehends bräunlich-rot. Esarion beobachtete ihn schweigend dabei; er schien ganz in seine eigenen Gedanken versunken.
Schließlich half er Bennet aus der Wanne und reichte ihm ein großes Handtuch. Der wickelte seinen schmalen Leib vollkommen darin ein und genoss für einen Moment das Gefühl, sicher und geborgen zu sein. Für einen Moment ... Ein Gefühl, das ihm sehr fremd geworden war. Kannte er es überhaupt?
„Komm, leg dich hierher." Esarion winkte den Jungen zu einer Liege, auf der ein weiteres weiches Handtuch ausgebreitet war.
Vorsichtig verarztete er Bennets Verletzungen; als er mit den Fingern über Bennets Gesäß strich, zuckte dieser zusammen.
„Entspann dich, Junge. Vor mir brauchst du nun wirklich nichts zu befürchten."
Bennet atmete tief aus und versuchte an gar nichts zu denken.
„Siehst du, das war's schon." Esarion stand auf und reichte Bennet frische Kleidung, eine weite helle Hose und ein grobes Baumwollhemd, das in der Taille von einem Ledergürtel zusammengehalten wurde.
Er warf einen letzten wehmütigen Blick auf seine alten, zerschlissenen Sachen – jetzt fing ein neues Leben an, wieder einmal. Und Bennet war sich noch nicht sicher ob er damit einverstanden war.

Harte Arbeit

Die Festung Darkess war etwa zwei Reitstunden von der Hauptstadt Iskaran entfernt, in der Caskáran Ferakon residierte. Zeth schätzte die relative Einsamkeit, die ihm die Burg und die umliegenden kleineren Dörfer bot. Hier war er sein eigener Herr, und trotz allem war er nicht von der Außenwelt abgeschnitten. Darkess war auch eine Aussichtsplattform, da die Burg ein wenig höher gelegen war, die Iskaran zum Süden hin absicherte. Vom höheren der beiden Wachtürme der Burg konnte man die Wälder und das Umland überblicken.
Als Zeth jetzt dort oben stand, die braun-goldenen Wälder direkt unter sich, und sich den kühlen Wind durch die Haare wehen ließ, stellte er wieder einmal fest, wie gut seine Entscheidung gewesen war, Iskaran zu verlassen. Der Zeitpunkt war der Richtige gewesen, er hatte nicht mehr im Herrscherpalast bleiben können. Zu sehr hatten ihn die damaligen Geschehnisse mitgenommen, zu problematisch wurde sein Verhältnis zu seinem Halbbruder Kyl, dem Thronfolger. Esarion hatte ihn dazu gedrängt, Darkess zu übernehmen, als Gen Dari, der frühere Herr der Festung, ohne einen Nachfolger zu hinterlassen, im Kampf getötet wurde.
Es war viel passiert in der Zwischenzeit. Mittlerweile hatte Zeth seine eigenen Männer, die schwarzen Dämonen. Zeth wusste nicht, warum die Yendländer ihm und seinen Männern diesen Namen verpasst hatten, abgesehen von den schwarzen Wappenröcken, die sie trugen. Vermutlich lag es daran, dass viele ihn selbst mit einem Dämon, einem Raubtier verglichen. Meist wurden er und seine Männer mit geheimen Missionen beauftragt, die bei Nacht und Nebel umgesetzt wurden. Dass die Yendländer ihn mit Misstrauen und abergläubischer Angst betrachteten, war Zeth gleichgültig, so lange er nicht in den Ruf geriet, Magie zu wirken, denn das war der Magierkaste, den Xenten, vorbehalten. Und wer dagegen verstieß, hatte mit

drastischen Strafen, nicht selten mit dem Tod zu rechnen.
Zeth verabschiedete sich mit einem kurzen Nicken von der Wache und begann den Abstieg. Im Moment war alles ruhig, doch er spürte eine Unruhe in sich aufkeimen – bald würde etwas passieren. Sein Instinkt verriet ihm, dass ein Gewitter bevorstand, etwas, das die Machtverteilung im Reich gefährdete. Er wollte keinen Krieg, doch er war für alles gerüstet.
In einem der Räume im oberen Stockwerk befand sich Zeths Arbeitszimmer. Hier bewahrte er Bücher und Karten auf, Aufzeichnungen, Schreibutensilien und seltene Gegenstände, die ihm im Laufe der Zeit in die Hände gefallen waren. Er mochte diesen Raum, hier fühlte er sich wohl. Wie so häufig ließ er seinen Blick über die Dinge gleiten, die hier ihren Platz gefunden hatten. Und wie so häufig blieben seine Augen an einem Gegenstand hängen, der ihm mehr als alles andere bedeutete. Eine kaum handgroße Figur stand vor einigen dicken Wälzern. Sie war aus fast schwarzem Holz geschnitzt. Im ersten Moment sah sie aus wie ein Krieger mit gezücktem Schwert, doch wer genauer hinsah, erkannte einen Magier, aus dessen Handinnenfläche ein Blitz schoss. Die Gesichtszüge der Figur waren sehr filigran gearbeitet, so dass man tatsächlich erkennen konnte, wen die Figur darstellte. Zumindest Zeth konnte das, und es hatte eine Zeit gegeben, da hatte er es nicht ausgehalten, auch nur einen einzigen Blick in dieses winzige Holzgesicht zu werfen. Die Statuette löste, auch nach der langen Zeit noch, die unterschiedlichsten Emotionen in ihm aus. Sie bedeutete großen Schmerz, erinnerte ihn jedoch auch an Tage unbeschwerten Glückes und an die Verantwortung, die er jetzt zu tragen hatte. In diesem Moment bescherte ihr Anblick ihm ein schlechtes Gewissen. Himmel, wie lange war er nicht mehr in Livin gewesen? Art musste mittlerweile ... 14 Jahre alt sein! Wie erging es ihm wohl gerade?
Ein kurzes Klopfen riss ihn aus seinen Gedanken. Sein treuer Diener Gerion trat ein.

„Sir?“
Zeth musterte den hageren, jungen Mann, der ihm seit drei Jahren zur Seite stand, aufmerksam. „Ich habe endlich einen Ersatz für dich gefunden, Gerion.“
Der Diener nickte angespannt. „Ich weiß. Den Jungen mit den feuerroten Haaren.“
Zeth lächelte. „Spricht sich schnell herum, was?“
„Er soll mit Finn und Legato aneinandergeraten sein …“
Zeth ließ sich einen Becher Wein einschenken, so etwas konnte Gerion ganz nebenbei. „Aneinandergeraten? Sagt man das?“
Gerion nickte wieder. Und Zeth ließ es dabei bewenden. Sollten sie sich doch den Kopf darüber zerbrechen, warum er sich für den Jungen entschieden hatte.
„Würdest du ihn bitte einweisen, bevor du aufbrichst?“
„Ja, Sir.“
Zeth hielt ihn mit einer Handbewegung zurück. „Ach, Gerion … er hat keine Ahnung von dem, was er tun soll. Bisher hat er sich als Pferdedieb verdingt, zumindest behauptet er das.“
Gerion zog eine Grimasse, und Zeth wusste, was er damit sagen wollte: Das würde ein hartes Stück Arbeit werden.
„Und bitte schick Philia hier her, wenn du sie siehst.“ Dass seine Dienerin auch seine momentane Bettgefährtin war, war kein Geheimnis. Zeth mochte die junge Frau, sie war offen, sinnlich und loyal. Und er hatte keine Schwierigkeit mit dem Gedanken, dass sie möglicherweise irgendwann ein Kind von ihm bekam. Seine Söhne und Töchter würden mit keinem Makel behaftet sein. Keiner von ihnen würde als Bastard aufwachsen, das hatte er sich geschworen.
Gerion nickte und zog sich zurück.

Bennet wartete angespannt auf Gerion, den Mann, dessen Platz er nun einnehmen sollte. Er war eher überrascht, als er den blassen, sehnigen Mann zum ersten Mal sah. Er hatte eine andere Vorstellung von Zeths ständigem Begleiter gehabt. Doch Gerions Augen waren offen, und er machte einen

unnachgiebigen Eindruck.
„Du bist Bennet?“
Der nickte.
„Du wirst meinen Platz einnehmen. Und ich bin dafür verantwortlich, dass du die grundlegenden Sachen beherrschst.“ Seine Augen glitten offenkundig an Bennet hinunter. Und der wusste, die feste, saubere Kleidung konnte nicht darüber hinwegtäuschen, dass er noch ein Halbwüchsiger war. Er mochte vielleicht so alt sein wie Gerion damals als er in Zeths Dienste getreten war, doch er war mit Sicherheit viel kleiner und zierlicher.
„Wenn du unfähig bist, wird das auf mich zurückfallen. Das werde ich nicht zulassen. Also – denk daran: Ich bin kein Unmensch, aber ich erwarte von dir, dass du die wichtigsten Dinge in verdammt kurzer Zeit beherrschst. Denn“, jetzt wurde sein Gesicht für einen kurzen Moment weicher, „meine Braut wartet auf mich.“
Bennet nickte unsicher.
„Gut, du bist dafür verantwortlich, Zeth beim An- und Auskleiden behilflich zu sein. Du hast ein Auge auf seine Waffen, du musst sie reinigen, wenn das nötig sein sollte. Du wirst ihm ein Bad richten lassen, wenn er danach verlangt, du wirst sein Bote sein, du bist für seine Pferde verantwortlich und hast damit die Aufsicht über die Stallburschen. Du wirst immer da sein, verstehst du, was ich meine? Du ...“
„... wirst ihm den Arsch abwischen“, knurrte Bennet ungehalten.
Gerion trat mit einem schnellen Schritt auf ihn zu und gab ihm eine schallende Ohrfeige.
„Du wirst dir solche Sätze schnell abgewöhnen müssen, Bennet. Zeth schätzt Gehorsam – und er kann ungemütlich werden, wenn jemand ihm nicht gehorcht. Was du nicht kannst, wirst du lernen, aber meine Reaktion auf Unverschämtheiten, wird immer diese sein.“
Bennet starrte ihn düster an. Gerions Handabdruck brannte in

seinem Gesicht.
„Und, ich befürchte, dass du nicht einmal weißt, wie Gehorsam geschrieben wird.“
„Ich habe etwas viel Wichtigeres als Gehorsam gelernt“, grummelte Bennet leise. Dass er lesen und schreiben konnte, erschien ihm nicht erwähnenswert.
Gerion sah ihn an und seufzte. „Und das wäre?“
„Überleben.“
Der junge Mann betrachtete ihn skeptisch. „Ich habe noch nie davon gehört, dass Zeth einen Knappen hätte töten lassen, Bennet. Aber die Möglichkeiten, einen Knappen zu bestrafen sind vielfältig – und an deiner Stelle würde ich es nicht drauf ankommen lassen. Du wirst lernen, dich angemessen zu verhalten.“
Den restlichen Tag und auch die darauf folgende Nacht verbrachte Bennet in Gerions Gegenwart – und der war ein unerbittlicher Lehrer.

Mit großen Schritten überquerte Zeth den Hof. Es war bedeckt heute, doch der Wind nur mäßig kühl. Er war ganz in Gedanken, nahm nicht einmal die respektvollen Begrüßungen der Bediensteten wahr. Er hatte sich auch einfach daran gewöhnt, dass viele Leute ihn fürchteten oder zumindest mit Unbehagen betrachteten. Wobei ihm nie vorgeworfen wurde, ungerecht zu sein. Aber er verlangte von anderen ebenso viel Disziplin wie von sich selbst. Und da das eine oder andere Mal selbst seine Soldaten drakonische Strafmaßnahmen erdulden mussten, waren die Leute auf der Hut. Den Zorn ihres Herrn wollte niemand heraufbeschwören.
Zwei Jungen kreuzten Zeths Weg, Stallburschen, wie er sofort erkannte.
„Hey ihr!“
Sie blieben wie vom Donner gerührt stehen.
„Wisst ihr, wo Legato und Finn sich aufhalten?“
Der Größere der beiden bekam vor Aufregung rote Ohren, als

er antwortete: „Ja, sie sind hinter den Ställen auf dem Trainingsplatz, Sir."
Zeth bekam mit, wie der kleinere Junge sich hinter dem anderen zu verstecken versuchte. Mit einem boshaften Grinsen packte er ihn am Ärmel.
„Ist irgendwas? Hast du was zu verbergen?"
Der Junge verschluckte sich vor Schreck und bekam einen Hustenanfall. Zeth dachte für einen Augenblick, er würde ersticken.
„Nein, nichts, Sir!", keuchte er mit hochrotem Gesicht.
„Sir, mein Bruder hat wirklich nichts ... ich meine, er will nichts verstecken oder so!", rief der größere Junge nun alarmiert.
Zeth ließ den anderen los und betrachtete die beiden genauer.
„So, Brüder seid ihr, ja? Arbeitet ihr beide im Stall?"
Die zwei nickten eingeschüchtert.
„Dann seht zu, dass ihr wieder ans Arbeiten kommt!"
Zeth sah ihnen hinterher, als sie davonliefen. Kopfschüttelnd machte er sich auf den Weg zum Trainingsplatz.
Seine beiden Ausbilder kämpften mit dem Breitschwert gegeneinander. Sie hatten ihre muskulösen Oberkörper entblößt, Schweiß lief ihnen in Strömen über die braungebrannten Leiber. Einige seiner Soldaten sahen bei diesem Trainingskampf zu. Als Zeth sich zu ihnen gesellte, nahmen sie automatisch Haltung an. Zeth nahm das mit einem befriedigten Gefühl zur Kenntnis. Aufgrund seiner illegitimen Geburt war es für ihn nicht immer selbstverständlich gewesen, von anderen mit Respekt behandelt zu werden. Und die Tatsache, dass sein Vater, Caskáran Ferakon, ihn in seiner Nähe haben wollte, hatte es ihm auch nicht erleichtert. Wenn Esarion nicht gewesen wäre, wer weiß, was aus ihm geworden wäre?
Er wartete, bis Legato und Finn den Kampf beendet hatten, um sich mit ihnen zu einer Besprechung zurückzuziehen.
Finn trocknete sich das Gesicht nachlässig mit seinem weiten

Baumwollhemd ab. „Ich bin der Meinung, dass Itron ein Spion ist, Zeth."
Zeth nickte bedächtig und setzte sich auf die Kante des Tisches. Auch er hatte so etwas bereits befürchtet. „Itron war lange Jahre einer der engsten Berater meines Vaters!" *Und ein Freund von Uliteria, seiner jetzigen Gattin,* mischte sich ein unangenehmer Gedanke ein.
„Genau das hat ihn in die Lage versetzt, Informationen weiterzuleiten", warf Finn ein. „Ich hörte, dass er sich jetzt einer Gruppe von Banditen angeschlossen hat, Männer, die vor den Toren der Stadt campieren und den Wald und die Straßen zwischen Iskaran und Darkess unsicher machen."
„Angeschlossen? Ich denke, er sucht lediglich deren Schutz", sagte Legato langsam.
„Wie auch immer ..."
„Was glaubst du, für wen er arbeitet?"
„Für wen auch immer er arbeitet, er hat versucht, sich Zugang zu den unterirdischen Gängen des Palastes zu verschaffen. Ein Wunder, dass die Palastgarde ihn hat ziehen lassen, nachdem er entdeckt wurde."
„Was er da wohl wollte?", rätselte Finn.
„Die Gänge führen zum einen zu den Kerkern und den Folterkammern", sagte Zeth. „Die Magier der Xentenkaste haben dort einen kleinen Sitzungsraum, es gibt verschiedene Vorratskammern und natürlich die magische Sakristei, in der das Raq, der Lichtstein von Meru aufbewahrt wird."
„Der heilige Stein der Xenten und das Herrschersymbol von Yendland." Legato runzelte nachdenklich die Stirn. Seine ohnehin harten Züge wirkten wie versteinert.
Sie sahen sich an. Dachten sie alle das gleiche?
„Er wird uns sicherlich einiges verraten, sobald wir ihn haben", erklärte Zeth kalt.

Als Zeth zu später Stunde seine Gemächer betrat, stellte er mit einem zufriedenen Grinsen fest, dass Bennet bereits dort war.

Das hieß wohl, dass Gerion ihn soweit eingewiesen hatte, dass der Junge nun seine ersten Aufgaben übernehmen konnte. Das war ihm recht, denn es war jederzeit möglich, dass sie Darkess verlassen mussten. Und er wollte Bennet nicht gern auf der Festung zurücklassen.
„Hast du ausreichend zu Essen bekommen, Bennet?", fragte er fast sanft.
Bennet nickte eingeschüchtert. Die Informationen, die er von Gerion über Zeth erhalten hatte, waren alles andere als hilfreich gewesen, um ihn ein wenig zu beruhigen. Aber zumindest wusste er nun, dass Zeth und Gerion nicht das Lager geteilt hatten. Diese Frage hatte ihm allerdings eine weitere Ohrfeige eingebracht. Er beobachtete wie der große Mann sich über seinen Schreibtisch beugte, um noch einmal die Pläne der näheren Umgebung zu studieren. Zeth strich sich die Haare aus dem Gesicht und runzelte konzentriert die Stirn. Er trug die breiten Lederbänder um die Handgelenke, die in Kämpfen vor Verletzungen schützten. Er trug sie wie Schmuck, stellte Bennet fest.
Zeth wirkte wie ein Kämpfer, durch und durch. Doch nicht wie ein grobschlächtiger Schläger, er war elegant wie eine Raubkatze, ein leiser Jäger, aber nicht minder furchteinflößend.
Zeth war die Betrachtung seiner Person nicht entgangen. Er beendete das Studium der Karten und wandte sich seinem neuen Knappen zu.
„Komm her, Bennet. Hilf mir beim Ausziehen."
Bennet trat näher. Er zögerte ein wenig.
„Was ist? Hast du das noch nie gemacht?"
Bennet schüttelte zaghaft den Kopf. Trotzdem begann er die Seitenschnallen des Lederwamses zu lösen, welches Zeth über seinem weißen Oberteil trug.
Er half ihm, das Lederteil über den Kopf zu streifen. Die Nähe des großen, gutaussehenden Mannes mit den pechschwarzen Haaren und den ebenso dunklen Augen verunsicherte ihn. Er sah, dass seine Finger zitterten, als er ihm den schweren

Waffengurt abnahm. Das Schwert, das in der ebenfalls ledernen Scheide steckte, war sehr unhandlich. Es kostete Bennet einige Mühe, es hochzunehmen und zu der dunklen Truhe zu tragen, um es auf dem Deckel abzulegen.
Zeth wirkte allerdings auch ohne Waffe bedrohlich. Er wartete geduldig – doch Bennet vermeinte, eine Anspannung zu spüren. Und er hoffte inständig, dass diese sich nicht gegen ihn entladen würde. Er hatte seinen neuen Herrn noch nicht wirklich zornig gesehen, doch da er eine rege Phantasie hatte, konnte er sich ohne weiteres ausmalen, wie eine solche Situation aussehen würde. Und er betete, dass Zeths Zorn niemals ihm galt.
Bennet fasste nach Zeths Hemd und öffnete es seitlich, so dass er es dem Capitan über den Kopf ausziehen konnte. Einen Moment lang starrte er auf den imposanten Oberkörper, sah die lange Narbe, die quer über der rechten Brust verlief.
Und als er nach der massigen Gürtelschnalle griff, die den breiten Gürtel um Zeths schmale Hüften verschloss, packte Zeth nach seinen Händen. Bennet hob den Kopf und sah seinem Herrn ins Gesicht, direkt in die schwarzen Augen, die ihn aufmerksam beobachteten.
„Bennet, du fasst mich an, als seien wir ein Liebespaar“, spottete Zeth.
Bennet lief rot an. „Verzeihung.“
„Schon gut.“ Zeth ließ die Hände des Jungen wieder los. Die Situation amüsierte ihn, wenn er auch sonst sehr ungeduldig war.
Er zog sich die restlichen Kleidungsstücke selbst aus, bevor Bennet noch völlig versteinerte. Wie der Junge sich wohl anstellen würde, wenn er ihm beim Baden zur Hand gehen sollte? Zeth seufzte leise.
„Leg dich schlafen, Bursche“, knurrte er. „Es war ein langer Tag für dich!“
Bennet gehorchte widerspruchslos. Tatsächlich merkte er jeden Muskel in seinem geschundenen Körper, und auch die

Verletzungen setzten ihm zu. Er war so erschöpft, dass er sich am liebsten auf sein Lager gesetzt und geheult hätte. Aber selbst dazu fehlte ihm die Kraft.
Sein Schädel war wie leergefegt, er war nicht einmal hungrig, dabei hatte er vor lauter Aufregung fast nichts herunterbekommen, als Gerion ihn mit in die Küche genommen hatte.
Mit langsamen Bewegungen streifte er sich das Oberteil vom Körper und legte sich mit Hose unter die Bettdecke.
Zeth nahm das mit einem Stirnrunzeln zur Kenntnis. Was dachte der Kleine?
„Gerion wird dich morgen wecken, Bennet."
„Ja, Sir", murmelte Bennet leise und war auch schon eingeschlafen. Zeths Nähe versprach Schutz, nur instinktiv nahm er das wahr, aber es reichte für einen tiefen Schlaf.

Verräter

Am nächsten Morgen versammelte Zeth seine Männer um sich. Er hatte ihnen Zeit gelassen, ordentlich zu essen, bevor er gemeinsam mit ihnen den Plan für die heutige Nacht durchging. Leichter Nieselregen hatte eingesetzt, und es sah so aus, als würden die Wolken sie den Tag über begleiten. Das ideale Wetter, fand Zeth. Eine sternenklare Nacht hätte ihren Angriff erschwert.
Bennet gab sich Mühe, seinem neuen Herrn zur Hand zu gehen. Aber so recht wusste er nicht, was von ihm erwartet wurde. Und so war er froh, als Gerion ihm mitteilte, er solle sich die Pferdeställe ansehen, sich mit den Pferdeburschen und den Tieren vertraut machen. Von Pyk und Lak, zwei jungen Kerlen aus dem Dorf, ließ er sich das Sattelzeug zeigen, die Futterkammer und die Weiden, die sich bis weit hinter die Festung erstreckten. Pyk und Lak schienen zwar nicht besonders intelligent zu sein, aber sie mochten die Pferde und

ihre Arbeit. Und sie waren sehr gewissenhaft. Bennet konnte darüber hinwegsehen, dass sie strenger rochen als die Tiere. Er war so beschäftigt, dass er die Mittagsmahlzeit vergaß und erst am Nachmittag wieder auf Zeth traf. Auch dieses Zusammentreffen war eher zufällig, aber Bennet war augenblicklich klar, dass er sich früher hätte zurückmelden müssen. Er stand nun im Dienste eines Herren.
Bevor Zeth seiner Laune Ausdruck verleihen konnte, murmelte Bennet: „Entschuldigt, Sir. Ich habe die Zeit nicht im Auge behalten."
Zeth knurrte etwas Unverständliches, und Bennet hielt für einen Augenblick den Atem an.
Er war nass und durchgefroren, seine neue Kleidung stak vor Dreck.
„Lass dir warmes Wasser geben und sieh zu, dass du neue Sachen bekommst."
Bennet nickte, froh, Zeths unnachgiebigem Blick zunächst entkommen zu sein.
Zeth sah ihm nach und schüttelte langsam den Kopf. Es würde Ewigkeiten dauern, bis Bennet einen einigermaßen brauchbaren Knappen abgab.

Wie die Schatten hatten sie am Abend die Festung verlassen. Nur die Geräusche, die ein Pferdehuf macht, wenn er auf durchgeweichten Boden trifft, begleitete die Männer. Zeth hatte neben Finn und Legato nur fünf seiner Krieger zu diesem Einsatz mitgenommen. Er ging davon aus, dass sie Itron ohne weitere Schwierigkeiten gefangen nehmen konnten. Der Mann hatte einen Fehler gemacht – er hätte die Gegend um Iskaran und Darkess besser verlassen und das Weite gesucht!
Die Wege der Dörfer, durch die sie ritten, waren wie leergefegt. Das lag sicher daran, dass es immer wieder regnete, aber Zeth wusste, dass ihnen die Blicke der Dorfbewohner durch die zugeklappten Fensterläden folgten. Er spürte sie, und seine Augen hatten sich an die Dunkelheit gewöhnt.

Am Tage hatte er Neor, einen seiner Kundschafter, in die Wälder geschickt, damit dieser den ungefähren Standort der Banditen herausfand. Zu ihrem Glück hatte Neor sie tatsächlich aufspüren können.
Zeth ließ sie ein Stück in den Wald hinein reiten, bevor er den Befehl zum Absitzen gab. Nur einer von ihnen würde bei den Pferden bleiben, Finn blieb als einziger im Sattel. Er sollte sich aus der entgegengesetzten Richtung dem Lager der Banditen nähern.
Sie sprachen nicht, verständigten sich lediglich mit Gesten. Zeth wartete, bis Finn auf seinem Pferd in der Dunkelheit verschwunden war. Er versuchte, den Hufschlag des drahtigen Tieres auszumachen, aber der Waldboden schluckte die Geräusche. Gut.
Lautlos schlichen sie an das versteckte Lager heran. Es war kühl, Zeth spürte die Nässe durch seine Kleidung kriechen. Aus den Augenwinkeln sah er seine Männer, die sich ebenso leise rund um das kleine Lager verteilten, es damit einkreisten. Die dicht zusammen stehenden Bäume und Büsche gaben ihnen gute Deckung.
Die Männer, die sie aufgespürt hatten, waren vorsichtig. Sie hatten nur ein winziges Feuer entfacht, das man selbst von ihrer Position aus kaum erkennen konnte. Er hörte es leise knistern, roch den Rauch, sah einige Männer, die sich um das Feuer versammelt hatten und gedämpft miteinander sprachen. Legato berührte ihn am Oberarm und machte ihm ein Zeichen, dass seine Soldaten alle platziert waren.
Gut, das war der passende Zeitpunkt für den Überfall. Und wenn alles glatt ging, hatten sie heute Nacht noch einen der Spione in ihrer Hand!
Zeth unterdrückte ein Grinsen, die Anspannung, die seinen Körper ergriff, war besser als alles andere. Er *liebte* diese Einsätze – viel mehr als den offenen Kampf auf dem Schlachtfeld. Der war ihm zu blutrünstig, die Verluste zu groß. Zeth mochte Strategien und ausgeklügelte Pläne – das hatte

ihm die Führung der Eliteeinheit eingebracht. Sein Vater wusste um seine strategischen Fähigkeiten. Schon als Jugendlicher hatte er seinen Vater im Doron, dem Strategiespiel der Magier und Weisen, geschlagen. Dafür hatte er die eine oder andere Ohrfeige einkassiert. Nicht etwa von seinem Vater – sondern von seinen Lehrern, die sein Verhalten skandalös fanden. Niemand besiegte den Herrscher! Nicht einmal in einem Brettspiel ...
Aber Zeth hatte nie viel darum gegeben, sich ehrenvoll zu verhalten. Er war der Bastard des Caskáran – was interessierte ihn die Etikette? Er war oft genug wie der letzte Dreck behandelt worden, während sein jüngerer Halbbruder alles bekam, Achtung eingeschlossen. Wie oft hatte er sich gewünscht, *geachtet* zu werden. Aber er war froh, dass er wenigstens von seinem Vater Anerkennung für seine Leistungen bekam.
„Los", gab er das geflüsterte Signal.
Wie unheilvolle Schatten kamen sie über das feindliche Lager, den Überraschungseffekt auf ihrer Seite. Zeth schlug einem der Männer, der ihm am nächsten saß, die Faust gegen die Schläfe. Er sackte einfach zu Boden. Aus den Augenwinkeln sah Zeth das Handgemenge auf der anderen Seite des Feuers, Stöhnen mischte sich mit überraschten Ausrufen, kurzen Schreien und leisen Flüchen. Zeth sah sich einem weiteren Mann gegenüber, der ein Messer gezückt hatte. Doch auch er hatte das Schwert bereits gezogen, der andere hatte keine Chance. Die Klinge glitt ohne Widerstand in den fremden Körper, und mit einem überraschten Grunzen sank der Mann zusammen.
Bereits nach kurzer Zeit war alles vorbei. Sie hatten gut geplant und ihren Plan exakt in die Tat umgesetzt. Zufrieden sah Zeth sich um, während seine Männer die Gefangenen fesselten. Es gab nur wenige Tote und Schwerverletzte – und keiner seiner Leute war dabei. Doch wo war Itron, der Spion?
Finn gesellte sich zu ihm. Er war noch ganz außer Atem. „Wir haben ihn, Sir. Er hat versucht, sich davonzumachen – aber wir

haben ihn noch rechtzeitig entdeckt!"
„Itron?", fragte Zeth grimmig.
Finn nickte bestätigend. „Genau wie Ihr vermutet habt."
„Es sieht dem Feigling ähnlich, sich aus dem Staub machen zu wollen …" Er spuckte auf den Boden – für Verräter hatte er nichts übrig.
Finn wischte sich mit der Hand den Schweiß aus dem Gesicht. Er hatte eine oberflächliche Kopfverletzung, Blut rann ihm an der Schläfe entlang. Er berichtete, wie er im letzten Moment gesehen hatte, dass Itron sich auf eines der Ponies schwingen wollte, um zu entkommen. Es hatte eine kurze Verfolgungsjagd im Wald gegeben, doch Itron war kein geübter Reiter und er hatte in der Dunkelheit offenbar nichts erkennen können. Ihre Entscheidung, Finn von seinem Pferd aus angreifen zu lassen, hatte sich als richtig erwiesen. Sonst wäre ihnen Itron vermutlich entwischt.
Schweigend, aber in Hochstimmung, lösten sie das Lager auf und kehrten in einem kleinen Tross zur Festung zurück – die Gefangenen zwischen sich. Ihre Heimkehr bereitete kein großes Aufsehen – Zeths Einheit war darauf bedacht, unauffällig und leise zu agieren. Was sicher auch dazu geführt hatte, dass sie als die „schwarzen Dämonen" bezeichnet wurden. Die einfachen Leute fürchteten sich vor ihnen, da sie davon ausgingen, dass Zeths Männer mit den zerstörerischen Naturgeistern, den Siliandren, im Bunde waren. Und Zeth tat selten etwas dafür, diesen Aberglauben aufzuklären.

Die Gefangenen wurden ohne viel Aufsehens in den Kerker von Darkess geworfen. Zeth wusste noch nicht, was er mit Itrons Verbündeten tun sollte, sein Vater war lediglich an Itron interessiert. Den würde er am morgigen Tag selbst nach Iskaran bringen. Er wollte kein Risiko eingehen.
Im kleineren Saal der Burg, vor dem Kamin, trafen sie wieder aufeinander.
Der Boden in diesem Raum bestand aus rechteckigen

Steinplatten, die in ihrer Färbung von grau bis Karmesinrot variierten. In der Mitte des Raumes befand sich der große, offene Kamin, der durch einen halbhohen gemauerten Rand eingegrenzt war. Sicher hätte es hier kalt gewirkt, wären die Fußböden und Wände nicht mit dichten Teppichen geschmückt gewesen. An der Wand, an der die Treppe in das obere Stockwerk führte, hing die schwarze Standarte von Darkess.

Es gab die Reste des Abendessens, Fleisch, Brot und Käse. Schwerer, süßer Wein wurde ausgeschenkt, sie hatten einen Grund zum Feiern. Und sie mussten sich die Kälte aus den Gliedern trinken. Es war zu einem Ritual geworden, erfolgreiche Einsätze dieser Art mit einem kleinen Umtrunk zu beenden. Mit einem Achselzucken hatte Zeth zur Kenntnis genommen, dass Bennet nicht anwesend war. Heute konnte ihm keiner die gute Laune verderben! Nicht einmal ein unverschämter Knappe. Ohnehin hatte er vor, Philia zu sich ins Bett zu holen. Die Aussicht auf einen warmen, willigen Körper hatte etwas sehr Verlockendes, vor allem nach diesem nasskalten Abenteuer.

Er wärmte sich die Hände am Kaminfeuer und grinste Finn an.

„Finn, du warst hervorragend heute! Dank dir haben wir diesen feigen Verräter gefangengenommen. Ich bin sicher, dass er bald singen wird."

Finn lächelte bei diesem Lob des Capitans – und offenbar witterte er seine Chance. „Habe ich dafür nicht eine *kleine* Belohnung verdient?"

Zeth trank einen Schluck des schweren Weins. „Sag, was du willst."

„Den Jungen", erwiderte Finn sofort ohne Nachzudenken. Er war mindestens ebenso angetrunken wie Zeth.

Zeth grinste wieder und schüttelte den Kopf. „Nein."

„Zeth, bitte, habt ein Herz – ich bin vernarrt in den Burschen."

„Du bist nicht vernarrt, Finn. Deinen Zustand nennt man wohl Geilheit."

Legato und Seco, die in der Nähe standen, lachten laut.
Finn zog gekränkt die Mundwinkel nach unten. „Er ist hübsch, Zeth. Und ich brauche einen Knappen."
„Das will ich nicht abstreiten. Natürlich brauchst du einen Knappen, Finn. Aber fürs Bett solltest du dir eine Frau suchen."
„Wenn Ihr Eure Meinung ändert, Capitan – sagt mir Bescheid. Seid so gütig, mich an den Anfang der Liste zu stellen."
Zeth runzelte die Stirn. „Liste? Was für eine Liste?"
„Wisst Ihr denn nicht, wie viele diesen Jungen begehren? Es gibt bereits eine Liste von Bewerbern, falls Ihr ihn nicht einstellen solltet."
„Ach, wirklich?" Zeth war überrascht. „Und warum?"
„Wegen seiner roten Haare ..."
Zeth begann zu lachen. „Finn, sei mir nicht böse, aber du spinnst!"
„Sir, Ihr habt wohl noch nie gehört, dass rote Haare für sexuelle Raserei stehen? Für Unersättlichkeit und ..."
Zeth hob noch immer lachend die Hände. „Verschon mich!"
Finn ließ sich nicht beirren. „Ich weiß es, Ihr seid zu nachsichtig mit ihm. Er wird Euch auf der Nase herumtanzen, Sir. Und für den Fall, dass das passiert, steht mein Angebot."
„Was meinst du mit *auf der Nase herumtanzen*?", fragte Zeth neugierig.
„Mit Verlaub, Sir, er gehorcht Euch nicht. Versucht es ruhig ... stellt ihn auf die Probe. Ihr werdet sehen, dass ich Recht habe. Ich habe ihn erlebt."

Als Zeth in sein Schlafgemach zurückkehrte, schlief Bennet bereits. Er hatte sich wie eine Katze auf seinem Lager zusammengerollt.
„Bennet?"
Der Junge sprang auf. Er war von einem Augenblick auf den anderen hellwach.
„Sir?"

Als er nähertrat, bemerkte er Zeths düsteren Blick. War etwas passiert? Hatte er etwas falsch gemacht? Doch dann wurde ihm klar, warum der Capitan ihn so merkwürdig ansah – er hatte Alkohol getrunken. Bennet überwand seinen Schrecken und trat auf Zeth zu um ihm beim Auskleiden behilflich zu sein. Doch dieser wehrte ihn mit einer Handbewegung ab.
„Zieh dich aus, Bennet." Zeths Stimme war kalt wie Eis.
Der Junge sah zu Boden. Er wusste nicht, was Zeth beabsichtigte.
„Warum?", fragte er leise.
Zeth trat näher an ihn heran. „Für diese Frage hättest du bei einem anderen Herrn schon eine kräftige Ohrfeige bekommen."
„Aber ..."
„Kein Aber – wenn ich dir einen Befehl erteile, wirst du den unverzüglich ausführen!" Zeths Stimme war eine Nuance schärfer geworden.
Bennet schüttelte den Kopf. „Ich bin kein Sklave", sagte er trotzig.
„Du tust, was ich dir sage."
Bennet konnte nicht – und er *wollte* nicht. Er war es nicht gewöhnt, mitten in der Nacht geweckt zu werden, um einen sinnlosen Befehl zu befolgen. „Einen Teufel werde ich tun!"
Eine solche Befehlsverweigerung war Zeth nicht gewohnt. Mit einer für seinen alkoholisierten Zustand erstaunlichen Geschwindigkeit griff er nach seinem Knappen. Doch er hatte nicht mit Bennets Widerstand gerechnet. Denn als Zeth ihn fasste, versuchte Bennet sich loszureißen. Aber Zeth war zu stark. Er begann, Bennet das Hemd vom Leib zu reißen. Er wollte ihn verdammt nochmal ansehen! Und er wollte dem Jungen zeigen, wer sein Herr war. Doch als Bennet das Reißen des Stoffes hörte, brannte bei ihm eine Sicherung durch. Ohne darüber nachzudenken, biss er Zeth kräftig in die Hand.
Der große Mann stieß einen überraschten Schmerzenslaut aus und ließ ihn augenblicklich los.

„Du kleines Biest!“ Fassungslos starrte er auf Bennets Zahnabdruck, der deutlich in seinem Handballen zu sehen war. Das konnte doch nicht sein!
Bennet sah ihn ebenso verblüfft an. Er hatte Capitan Zeth in die Hand gebissen! Hatte er das wirklich getan? Was blühte ihm jetzt dafür? Er wagte nicht zu denken. Jeder Gedanke hätte ihn überfordert. Er hatte das Gefühl, dass ihn jeder Gedanke umbringen konnte! Doch dann wurde ihm klar, dass nicht ein Gedanke sondern Zeth ihn vielleicht umbringen würde. Und der war sehr real.
Zeth sah ihn an. Er war gefährlich ruhig. Zu ruhig – und der Blick, den er Bennet schenkte, war schwärzer als die Nacht.
„Zeth ...“
Doch der winkte ab. „Wache!“
Sofort erschien Jamake im Zimmer des Capitans.
„Schaff ihn weg! Ich will ihn nicht mehr sehen.“
Jamake fasste Bennet am Arm. „Wohin?“
„Mir egal.“
Der stämmige Wächter zog Bennet aus dem Raum.
„Capitan ...“, flehte Bennet. Er wusste, er hatte richtig Mist gebaut.
Doch Zeth schenkte ihm keinen Blick mehr. Und das war schlimmer, als wenn ihn Zeths schwarzer Blick durchbohrt hätte.
Als Jamake den Jungen aus seinen Gemächern entfernt hatte, ging Zeth zur Kommode und hielt seine Hand in eine Schüssel mit kaltem Wasser. Das Wasser kühlte zwar den Biss, doch nicht seine Wut. Finn hatte Recht gehabt: Bennet tanzte ihm auf der Nase herum.
Er hatte ihn tatsächlich gebissen! Zornig fegte Zeth die Schüssel von der Kommode. Mit einem lauten Knall schepperte sie zu Boden.
Verdammt, hatte der Bursche ihm nicht nur die Laune sondern die ganze Nacht verdorben.

Finns Knappe

Am nächsten Tag schmerzte Zeths Hand derart, dass er nach Esarion schicken ließ.
Überrascht sah sich der Arzt die Verletzung an. „Was bedeutet das, Zeth?“
Zeth schenkte ihm einen schwarzen Blick und knurrte: „Wie sieht es denn aus?“
Esarion zog die Augenbrauen nach oben. „Ich will nicht wissen, was das ist, sondern *wer* dich gebissen hat! Du wirst in den nächsten Tagen kein Schwert führen können!“
„Wem sagst du das?“
Als Esarion den Bluterguss vorsichtig untersuchte, sog Zeth zischend die Luft durch die Zähne.
„Also?“
„Der kleine rothaarige Teufel war es natürlich“, grummelte Zeth unwillig.
Esarion schüttelte den Kopf. „Warum hat er das gemacht?“
Statt einer Antwort wurde der Arzt mit einem eiskalten Blick konfrontiert. Diesen hatte Zeth vorsorglich aufgesetzt, damit sie nicht wieder die übliche sinnlose Debatte führen mussten, die jeder Verletzung Zeths zwangsläufig folgte. Esarion entschied diesmal, dass es besser war, zu schweigen.
Mit der gewohnten Umsicht verband der Arzt die Verletzung, nachdem er sie gesäubert und eine Kräuterpaste darauf geschmiert hatte. Zeths Blick war wie versteinert, doch Esarion wusste trotzdem, was in dem Jüngeren vor sich ging. Er hätte nur zu gern herausbekommen, *warum* Bennet ihn angegriffen hatte, das wiederum wusste Zeth. Sonst hätte ihn dieses Spielchen vielleicht amüsiert, aber heute war er eher in der Stimmung jemandem den Hals umzudrehen.

Zeth wartete in seinem Quartier auf Finn. Er hatte nach ihm schicken lassen, weil er noch ein wichtiges Anliegen hatte,

bevor er nach Iskaran aufbrach. Sein Zorn auf den Jungen war noch nicht verraucht, und er wollte, dass Bennet für seinen Ungehorsam bestraft wurde. Verdammt, er sollte leiden. Niemand widersetzte sich seinen Anordnungen!
Finn betrat das Quartier des Capitans noch sichtlich angeschlagen vom gestrigen Saufgelage. Er hatte noch mit den Soldaten zusammen gesessen und getrunken bis in die Morgenstunden. Trotzdem stand er stramm, als er Zeth begrüßte. Er war Soldat und leistete sich keine Schwächen.
„Sir."
„Finn, in einer Stunde werde ich aufbrechen. Ich hoffe, du wirst mich in meiner Abwesenheit würdig vertreten."
Finn nickte. Er würde genug mit dem Training der jungen Soldaten zu tun haben.
Zeth zögerte unmerklich, gab sich dann aber doch einen Ruck. „Ich überlasse ihn dir, Finn, für die Zeit, in der ich weg bin. Du darfst ihm eine Lektion erteilen, aber behandel ihn ordentlich."
Finn wusste sofort, wen Zeth meinte. Er lächelte schmal. „Natürlich, Sir."
Nur wenig später stiegen Zeth und Seco auf ihre gesattelten Pferde.
Seco machte auf den ersten Blick einen harmlosen Eindruck, doch wer in seine hellblauen, wachen Augen sah, revidierte sein Urteil meist schnell. Er war ein gefährlicher Mann mit einem scharfen Verstand. Zeth schätzte ihn sehr – er war einer der besten Bogenschützen, die Zeth kannte und ein guter Freund.
Zeth hatte zuvor überprüft, dass das Gepäck hinter seinem Sattel sicher verschnallt war. Sein eindrucksvoller Rappe tänzelte ein wenig unruhig hin und her, er witterte die Anspannung seines Herrn. Der gefesselte und geknebelte Spion saß auf einem stämmigen Lastenpony, das an Secos Pferd festgebunden war.
Als sie losritten, hatte sich der Nebel etwas gelichtet und die Sonne brach vereinzelt durch die Wolkenfelder. Trotzdem war der Wind kalt. Zeth zog den dunklen, dichten Umhang enger

um seinen Körper.
Er hatte nicht mehr mit Bennet gesprochen.

Die Nacht war schrecklich gewesen ...
Bennet saß in seiner Zelle auf dem Boden und dachte nach. Er hätte Zeth nicht beißen dürfen. Er hätte ihn überhaupt nicht angreifen dürfen. Verdammt, er konnte sich noch immer in den Hintern treten dafür! Und er fürchtete sich vor der Strafe, die ihm blühte. Zeth würde es nicht beim Arrest belassen. Damit hätte er noch leben können. Welcher Teufel hatte ihn bloß geritten, als er sich Zeth widersetzt hatte? Was hätte der Capitan ihm schon antun können?
Bennet schwor sich, dass ihm das nicht noch einmal passierte. Er fühlte sich schlecht. Er hatte seinen Capitan verletzt! Das bereute er zutiefst – unabhängig von der Strafe, die ihn erwartete.
Bennet hörte Schritte auf dem Gang und kurz darauf wurde seine Zellentür von Jamake geöffnet.
Insgeheim hatte Bennet gehofft, Zeth würde kommen. Auch wenn er die Begegnung mit dem mächtigen Mann fürchtete.
„Komm, Junge“, sagte Jamake ohne jede Begrüßung.
„Wo ist Capitan Zeth?“, fragte Bennet leise.
„Er ist abgereist.“ Jamake winkte ihn aus dem Kerker.
„Abgereist?“ Bennets Stimme war tonlos. „Was bedeutet das?“
„Capitan Zeth bringt einen der Gefangenen nach Iskaran. In der Zwischenzeit wirst du bei Finn bleiben, als sein Knappe.“
Bennet hatte das Gefühl, den Boden unter den Füßen zu verlieren. Zeth war weg – und ausgerechnet nach Iskaran! Dorthin hatte auch er gewollt! Und, was viel schlimmer war – er hatte ihn Finn überlassen. Das konnte – das durfte – nicht sein!
„Bitte ... das stimmt doch nicht, oder?“
Jamake sah ihn mit einem merkwürdigen Blick an. „Du bist ein komischer Bursche! Weißt du nicht, wie ärgerlich Capitan Zeth gestern war? Du kannst froh sein, dass er dich nicht

windelweich geprügelt hat."
„Aber er hatte doch zuviel getrunken ...", wandte Bennet ein. Er wollte das einfach nicht glauben.
Jamake schüttelte ungläubig den Kopf. „Komm schon mit. Finn wartet bereits."
„Bitte nicht ..."
Das Gesicht des Wächters wurde ein wenig weicher. „Das hättest du dir vorher überlegen müssen. Jetzt kann ich nichts mehr für dich tun."
Bennet unterdrückte ein Aufschluchzen. Das konnte doch nicht sein ... das war ein Alptraum. Willenlos ließ er sich von Jamake aus der Zelle führen.

Im Palast

Am späten Nachmittag erreichte Zeth, zusammen mit Seco und dem gefangenen Spion den Palast seines Vaters, des Caskáran Ferakon.
Iskaran, die Hauptstadt Yendlands, war ein architektonisches Meisterwerk. Schneeweiße Häuser mit blauen Dächern reihten sich aneinander, die Gassen und Straßen waren perfekt gepflastert und wie mit dem Lineal gezogen. Inmitten der Stadt befand sich der Herrscherpalast, davor ein großer freier Platz, auf dem sich ein ganzes Heer hätte einfinden können.
Kleinere und größere Geschäfte wechselten sich mit Gasthäusern, Bäckern, Schmieden, Schneidern und Händlern ab, ohne dass der Betrachter den Eindruck von Zufälligkeit bekam. Iskaran schien geplant, und gerade die Perfektion hatte etwas Bedrückendes, etwas Beängstigendes. Trotzdem drängten die Menschen in die Hauptstadt, nicht nur der Geschäfte wegen. Hier gab es Arbeit, Luxus und vielfältige Vergnügungen. Man konnte alles erwerben, wonach einem der Sinn stand.
Menschen blieben stehen, um sie anzusehen. Zeth war in Iskaran kein Unbekannter, und es war immer ein Ereignis,

wenn er mit Gefangenen oder seinen eigenen Männern in die Hauptstadt kam. Doch das Interesse der Stadtbewohner währte nicht lange, bald gingen sie wieder ihren alltäglichen Geschäften nach. Zwei stämmige Frauen, die Brotlaibe in großen Tüchern vor sich hertrugen, wichen ihnen aus. Der Duft des frischen Brotes zog Zeth den Magen zusammen.

Iskaran war Zeths Heimatstadt, hier war er aufgewachsen, und doch kannte er längst nicht jeden Winkel. Was wahrscheinlich auch besser war. Alles Weiß, der prächtige Marmor und die Macht, die die Stadt ausstrahlte, konnte nicht über die Düsternis hinwegtäuschen, die die Xenten in Iskaran verbreiteten. Doch vielleicht hatte auch nur Zeth diesen Eindruck. Er hatte seine Gründe, den Magiern der Xentenkaste aus dem Weg zu gehen, und er spürte ihren Einfluss bei jeder Gelegenheit.

Seco und Zeth ritten zusammen mit dem Gefangenen über den großen Vorplatz des Herrscherpalastes, vorbei an der Marmorstatue des Naturgottes Ecclàto. An einem so künstlichen Ort wirkte der Naturgott seltsam deplatziert. Die Hufe ihrer Pferde klapperten auf dem Pflaster. Am von Säulen gestützten Eingang gaben sie Itron in die Hände der Palastwachen. Er wurde sofort abgeführt. Itron hatte Zeth gegenüber geschwiegen, doch der hatte davon abgesehen, den Gefangenen foltern zu lassen. Schließlich sollte Itron lebend nach Iskaran gebracht werden. Üblicherweise hielt er sich an die Anweisungen seines Vaters, auch wenn er gern gewusst hätte, was Itron in den Kellergängen des Palastes gewollt hatte.

Zeth und Seco trennten sich hier.

„Ich werde mir etwas ordentliches zu Essen suchen", erklärte Seco mit dem gedehnten Akzent der Bergbevölkerung. Er war ein Muréner, ein Bewohner des Berglandes, und nutzte den Aufenthalt in Iskaran immer, um sich ein wenig mit seiner eigenen Kultur zu umgeben. In der großen Stadt lebten die unterschiedlichsten Kulturen weitestgehend friedlich nebeneinander.

„Mach das, Seco. Ich schaue in der Zwischenzeit, ob Ferakon zu sprechen ist. Wenn du gesättigt bist, sieh einfach im Palast vorbei. Wir treffen uns hier wieder."
Seco lächelte matt. „So lange es nicht im Knabenpuff von El Ad ist ..."
Zeth lachte. „Du willst doch nicht behaupten, dass ich so ein Etablissement aufsuche?!" Das „El Ads" war vermutlich das verruchteste Bordell der Stadt, und es entsprach in keinster Weise Secos Wünschen.
Mit großen Schritten betrat Zeth den Palast seines Vaters. Hier war er aufgewachsen, als Bastard. Von seinem Vater akzeptiert, musste er sich den Respekt aller anderen erst mühsam verdienen. Und es gab noch andere, wesentlich dunklere Erinnerungen an diesen Ort.
Die Palastwachen kannten ihn und traten zur Seite, um ihn einzulassen. Tiffel, der Hofkastellan, eilte ihm dienstbeflissen entgegen.
„Capitan Zeth! Ich führe Euch sogleich in den Empfangssaal."
Zeth kannte den Mann schon seit seiner Geburt, und er hatte ihn nie leiden können. Dabei hatte der andere ihm nie etwas getan. Es war nur so, dass er etwas Falsches unter der glatten Maske der Unterwürfigkeit erspürte.
Leider war es nicht sein Vater, der ihn im Empfangssaal erwartete.
„Mein lieber Zeth, wie schön Euch hier begrüßen zu dürfen."
Uliteria, die dritte Gattin seines Vaters und folglich die Herrscherin von Yendland, begrüßte ihn überschwänglich. Er ließ sich unterwürfig auf ein Knie sinken.
Er mochte die Frau nicht, was weder damit zusammenhing, dass sie erheblich jünger als sein Vater war, noch dass sie eine der schönsten Frauen des Reiches genannt wurde. Er mochte sie nicht, weil sie berechnend war und zwar auf eine kalte, grausame Art.
Doch Zeth ließ sich nichts anmerken; lieber hätte er sich die Zunge abgebissen, als die Wahl seines Vaters in Frage zu stellen.

Sie ließ ihn lange auf dem Boden knien, ein Zeichen ihrer Macht, ehe sie ihn bat aufzustehen. „Mein lieber Zeth, steht auf. Ich schätze es zwar, wenn so gutaussehende Männer mir zu Füßen liegen, doch ich weiß, dass es Euren Stolz schmerzt.“ Sie lachte glockenhell.
Zeth erhob sich und sah sie an. Uliteria hatte ihr langes, wundervolles goldblondes Haar zu einer klassischen Frisur zusammengesteckt. Einige lange, honiggelbe Strähnen fielen über ihre Schultern. Natürlich wusste er, warum sein Vater ihr verfallen war.
Sie ließ sich von Zeth die Hand küssen.
„Ist mein Vater zu sprechen?“
„Immer gleich zur Sache kommen, nicht wahr, Capitan?“, spottete sie ob seiner Unverschämtheit. „Nein, es tut mir leid. Euer Vater wird erst heute Abend eintreffen. Vergnügt Euch, Zeth. Lasst Euch den Tag nicht lang werden.“
Sie zwinkerte ihm zu, und Zeth wusste, dass sie auf einen der vielen Tempel der Lust anspielte, die zu den zahlreichen Palastgebäuden gehörten. Er vermutete auch, dass Uliteria sich während der Abwesenheit des Caskáran in einem Kreis erlesener junger Männer aufhielt. Sein Vater hatte nichts dagegen einzuwenden, so lange die Caskárin ausschließlich seine Kinder gebar. Ihre Schwäche für gut gebaute junge Männer war ein offenes Geheimnis.
Auch Zeth stand auf ihrer Liste. Aber das konnte er nicht; er würde nicht mit der Frau seines Vaters ins Bett gehen. Und er hoffte inständig, dass sie ihn nicht dazu zwang. Denn da sie nicht blutsverwandt waren, hätte sie durchaus das Recht dazu gehabt.

Als Zeth den Eingangsbereich des Badehauses betrat, kam ihm eine kleine, mollige Frau entgegen. Sie strahlte über das ganze Gesicht. „Capitan Zeth!“ Sie verneigte sich übertrieben. „Wie schön, Euch endlich mal wieder begrüßen zu können!”
„Vinie, seid gegrüßt. Ich muss die Zeit rumkriegen, bis mein

Vater mich empfangen kann.“ Er grinste sie vielsagend an.
Vinie lachte gurgelnd und ihr Doppelkinn wackelte. „Ich habe neue Mädchen“, erklärte sie stolz, „auch neue Knaben. Nach was verlangt es Euch?“
Zeth ließ seine Augen durch das luxuriöse Badehaus schweifen. Es hatte sich nicht viel verändert seit seinem letzten Besuch. Die weiße Marmorausstattung blitzte vor Sauberkeit, üppige Grünpflanzen zierten die Ecken, feiner, angenehm duftender Dampf quoll in den Eingangsbereich hinein.
Das Bad reizte ihn sehr, doch erstmal stand sein Sinn nach etwas anderem.
„Vinie, Ihr kennt mich. Ich überlasse Euch die Wahl“, sagte er lächelnd. Aber er hatte nicht vor, in den anderen Teil des Gebäudes zu wechseln, um sich mit einem Mann oder einem Kastraten zu vergnügen. Dass Vinie seine Gespielin aussuchte, erhöhte für Zeth noch den Reiz des Ganzen.
„Kommt, folgt mir, Capitan Zeth. Ihr werdet später sicher ein Bad nehmen wollen, nicht wahr?“
Zeth nickte.
Gemeinsam verließen sie das Badehaus und betraten einen anderen Teil des Palastes – einen Harem seines Vaters. Zarte, verschleierte Mädchen huschten leise lachend an ihnen vorbei. Er wurde begutachtet. Doch Vinie beachtete sie gar nicht. Sie führte ihren Gast in ein vornehmes Zimmer.
„Bitte macht es Euch bequem. Ich hoffe, ich habe meine Wahl zu Eurer Zufriedenheit getroffen.“
Zeth ließ sich auf einer Ottomane nieder. „Das hoffe ich doch auch.“
Vinie verschwand so schnell es ihre füllige Figur zuließ ohne lächerlich zu wirken. Zeth ließ all die neuen Eindrücke auf sich wirken. In diesem Zimmer war er bisher noch nicht gewesen. Er war gespannt auf Vinies Neuzugang.
Allzu lang wurde seine Geduld nicht auf die Probe gestellt. Was auch gut war, denn Geduld gehörte nicht gerade zu seinen Stärken. Doch auch das wusste Vinie.

Die Tür öffnete sich und eine sehr schlanke, vollkommen verschleierte Gestalt trat ein. „Capitan Zeth?“ Dunkle, samtige Stimme.
Zeth winkte sie näher. Er war angenehm angespannt.
„Dein Name?“ Er versuchte einen Blick auf ihr verschleiertes Gesicht zu erhaschen.
„Rivana.“
„Schön, Rivana. – Komm doch näher.“
Sie folgte seiner Aufforderung und ließ sich anmutig zu seinen Füßen nieder. Ihre schlanken Hände fuhren an seinen muskulösen Beinen hinauf. Mit dem Geschick einer professionellen Hure entwand sie ihm das Obergewand und begann, seine Hose zu öffnen. Noch immer war sie komplett hinter einem Schleier verborgen.
„Warte, meine Teure. Ich möchte dich sehen.“
Rivana verharrte einen Augenblick, dann nahm sie den Schleier von ihrem Gesicht. Zeth erstarrte kurz. Das Gesicht war sehr ebenmäßig und fein geschnitten, und es erinnerte ihn an jemanden. Aber er konnte partout nicht sagen, an wen. Außerdem hatte Rivana wieder begonnen, sich mit seiner mittlerweile beträchtlichen Erektion zu befassen. Und als sie ihre Lippen um seine Härte schloss, war es Zeth vollkommen gleichgültig, an wen ihn das Mädchen erinnerte. Jeder Gedanke war für den Moment ausgelöscht.
Mit ihren langen, schlanken Fingern und ihrer geschickten Zunge trieb sie ihn fast in den Wahnsinn. Es kostete ihn unglaubliche Beherrschung, nicht sofort zu kommen. Er hatte schon länger keine andere Frau als Philia gehabt, und sein Verlangen hatte sich unangenehm aufgestaut. Doch jetzt entlud sich seine aufgestaute Hitze in einem alles verschlingenden Höhepunkt. Das Mädchen war besser als alle anderen Mädchen, die er bisher im Palast seines Vaters gehabt hatte. Da war seinem Vater ein bemerkenswerter Fisch ins Netz gegangen.
Entspannt ließ Zeth sich in seinem Sessel zurücksinken. Aus halbgeschlossenen Augen beobachtete er, wie die junge Frau

sich vom Boden erhob. Ihre kleinen Brüste hoben und senkten sich – sie atmete heftig. Zeth fragte sich, warum sie nicht freizügiger gekleidet war. Für so ein exklusives Etablissement, das sein Vater zusammengestellt hatte, erschien sie ihm recht zugeknöpft.
„Zieh dich aus, Schöne."
Das Mädchen starrte ihn an. „Nein, Herr ...das kann ich leider nicht tun."
Zeth zog die Augenbrauen nach oben. „Wie bitte?"
„Ich ... es tut mir leid. Für solche Wünsche müsst Ihr Euch ..."
„Ich will DICH ... jetzt." Zeth hatte die Stimme nicht erhoben, doch sie durchteilte den Raum wie ein scharfer Säbel.
„Herr ..." Sie trat einen Schritt zurück.
Zeth schnellte aus seinem Sessel hoch und schloss in der selben Bewegung seine Hose.
„Was ist?"
Sie wich zurück.
Er sah ihre Verunsicherung. Was sollte jetzt diese Anstellerei? Sie war immerhin eine Hure! Mit einer raschen Bewegung streifte er ihr die Träger des Oberteils von den Schultern. Er hatte sich noch nie ein Mädchen mit Gewalt nehmen müssen. Ihre Ablehnung ärgerte ihn. Er würde sich bei Vinie über sie beschweren.
„Nein ...!" Sie versuchte, ihm zu entkommen, doch er hielt sie fest.
Und in diesem Moment fielen der hübschen jungen Frau zwei Nektarinen aus dem gut ausstaffierten Oberteil und kullerten auf den Boden.
Zeth erstarrte, sah auf die Früchte, sah dann wieder zu Rivana, die völlig entsetzt war. Zeth brach in schallendes Gelächter aus. „Wunderbare Vorstellung!"
„Zeth, bitte seid leise", flehte ihn Rivana an.
„Wenn du dann bitte die Güte hättest, dich ganz zu entkleiden. Damit mir weitere Überraschungen erspart bleiben." Zeth konnte sich kaum beruhigen. Hatte Vinie das etwa für ihn

vorbereitet?
„Zeth, bitte! Es wird noch jemand kommen, wenn Ihr so lacht."
Der Capitan wischte sich die Lachtränen aus den Augen. Sollte das heißen, dass niemand es wusste?
„Zieh dich aus, ich bestehe darauf."
Rivana begann tatsächlich, die Kleidung abzulegen, und wie Zeth vermutet hatte, kam unter den Schleiern ein schlanker männlicher Körper zum Vorschein. Ganz nackt stand der junge Mann vor ihm und starrte ihn trotzig an. Seine langen schwarzen Haare waren über schulterlang und mit seinen weiblichen, noch dazu geschminkten, Gesichtszügen war Rivana das androgynste Geschöpf, das Zeth bisher gesehen hatte. Sein Alter konnte er unmöglich schätzen.
„Willst du mir weismachen, dass das", Zeth deutete auf das eindeutig männliche Geschlechtsteil seines Gespielen, „hier noch niemand bemerkt hat?"
„Nur zwei Mädchen wissen davon", sagte der Junge leise.
„Du bist also heimlich hier, ja?"
Der Junge nickte nervös.
Zeth konnte das noch immer nicht glauben. Im exklusivsten Harem seines Vaters war ein Mann, der sich als Frau ausgab? Und wahrscheinlich schon andere Gäste seines Vaters bedient hatte? Vielleicht gar seinen Vater selbst? Das war zu verrückt.
„Was um alles in der Welt tust du hier drin?"
„Ich verstecke mich."
Zeth glaubte, seinen Ohren nicht zu trauen. „Vor wem?"
Doch der junge Mann schüttelte den Kopf.
„Wie heißt du denn richtig? Rivana ist wohl nur dein ... Künstlername, was?", spottete Zeth.
„River", sagte sein Gegenüber leise.
„So, River – was soll also dieses Spiel?"
Doch statt ihm zu antworten, wurde River wütend. „Verdammt, Zeth! Warum könnt Ihr Euch nicht mit dem zufrieden geben, was Ihr bekommen habt?"
Mit einem derartigen Ausbruch hatte Zeth nicht gerechnet.

Seine Augen zogen sich gefährlich zusammen. „Was fällt dir ein?"
„Ich habe doch recht! Wenn Ihr nicht so unersättlich wärt ..."
„Unersättlich?"
Ein leises Klopfen unterbrach ihren Disput. „Capitan Zeth?"
River sah ihn erschrocken an.
„Los ins Bett!", fauchte Zeth. Er zerrte sich die Kleider vom Leib und sprang zu River ins Bett.
„Ja?"
„Darf ich eintreten?"
„Ja."
Die Tür öffnete sich vorsichtig, und ein verschleiertes Mädchen trug eine Karaffe mit Wein in das Zimmer.
Zeth drückte den Jungen tiefer unter die Bettdecke. Es war höchst ungewöhnlich, dass sie sich derart in den vielen Decken vergraben hatten, das wusste er. Die Männer, die hier verkehrten bestanden eher darauf, so viel wie möglich von den hübschen Mädchen zu *sehen*. Die Dienerin schenkte ihm Wein ein, ohne einen weiteren Blick auf das Bett zu werfen, und entfernte sich dann eilig.
Keuchend tauchte River unter den Decken hervor. „Wollt Ihr mich umbringen?"
Zeth sah ihn grinsend an. „Eine hübsche Idee." Er spürte Rivers heißen, schlanken Körper an seinem, und seine Lust erwachte erneut. Mit einer Hand griff er in Rivers tiefschwarzes, glänzendes Haar und zog ihn noch dichter an sich heran. Der Junge wehrte sich halbherzig. „Was?", fragte Zeth sanft. „Du bist doch sicher keine *Jungfrau* mehr ..."
River schüttelte den Kopf.
„Und vielleicht hast du recht, und ich bin unersättlich ..."
Rivers Hand glitt an Zeths muskulösem Körper nach unten, bis er den Beweis für Zeths neu entfachte Lust in den Händen hielt. Er war ein wenig verunsichert. Zeths sanfter Zwang, sein Abwarten war so völlig anders als die Annäherungen, die er bisher erlebt oder ertragen hatte. Das besitzergreifende

Betatschen, das grobe Befingern, das er gewöhnt war. Und Zeth gefiel ihm natürlich. Er war anders als andere Männer.
Zeth fasste ihn an den festen, kleinen Hinterbacken und zog ihn auf sich. Er grinste River an. „Meinst du, wir könnten doch noch ein bisschen Spaß haben, bevor wir uns weiter unterhalten?"
Ein wenig zaghaft grinste der Junge zurück. Er hatte beim Sex noch nie viel Spaß erlebt, doch mit Zeth war es vielleicht anders? Außerdem hatte er auch keine Wahl, das war ihm klar.
„Du brauchst keine Angst zu haben."
Überrascht starrte River ihn an. Angst?
„Ich ... ich habe kein Angst", stotterte er.
Zeth lächelte. Er sah in den Augen des Jungen etwas anderes. „Dann ist ja gut."
Er rollte sich auf River und begrub ihn unter seinem Gewicht. Mit einer Hand tastete er nach dem kleinen gläsernen Ölfläschchen, das wie üblich auf dem hölzernen Beistelltischchen stand. Die Ausstattung der Zimmer war nahezu identisch.
River beobachtete, wie Zeth sich das Öl in die Handfläche laufen ließ. Er versuchte sich zu entspannen.
Zeth sah ihn ganz ruhig an. Nur in seinen dunklen Augen glomm das unterdrückte Feuer der Lust.
„Ich will dich jetzt", seine Stimme war rau.
River nickte, spürte, wie Zeth das Öl gefühlvoll an seinem Anus verteilte. Er führte langsam einen Finger in den Jungen ein.
„Gut so?"
River unterdrückte ein Stöhnen. „Ja ..."
Vorsichtig ersetzte Zeth seinen Finger durch seine harte Männlichkeit. Er ging so behutsam wie möglich vor und bemerkte dabei, dass River derartige Übergriffe gewöhnt war. Das machte ihn neugierig.
„Erzähl mir was von dir."
„Später ..." River schloss die Augen und konzentrierte sich auf den Eindringling in seinem Körper. Zeth ging zärtlicher vor als

andere Männer, das erstaunte ihn. Er selbst verspürte tatsächlich Lust bei diesem Akt. Und als Zeth seine Knie umfasste und sie stärker anwinkelte, hatte er keine Angst, dass Zeth ihm wehtun würde.
River gab sich vollkommen hin. Er ließ sich von Zeth nehmen und bekam dafür einen Höhepunkt geschenkt wie schon lange nicht mehr.
Zeth gestattete sich erst zu kommen, als er Rivers Sperma in seiner Hand fühlte. Ermattet sank er auf den schlanken Körper unter sich. Doch trotz der körperlichen Mattheit spürte er einen ungewöhnlichen Energiestoß, der wie eine Welle über ihn hinwegspülte und ihn irritiert aufstöhnen ließ.
„Das bekommt man in der Tat selten“, keuchte er. „Einen so hübschen und begabten Knaben in einem Frauenharem ...“
„Begabt?“ River zog spöttisch die Augenbrauen nach oben.
„Keine Begabung? Dann wohl Training, was?“, schloss Zeth messerscharf. Er rollte sich von River herunter. „Erzähl!“
Es fiel ihm schwer, das war unübersehbar. „Als ich ein kleiner Junge war, fielen die Soldaten von Caskáran Refir in unser Dorf ein. Sie waren auf der Suche nach Sklaven, die sie verkaufen wollten. Sie ... nahmen mich mit. Sie ...“ Er schluckte, als die Erinnerungen in ihm hochkamen. Dann wurde sein Gesicht hart.
„Der Caskáran wollte mich nicht verkaufen, er fand Gefallen an mir. Ich wurde sein ... Lustknabe. Ich war ständig in seiner Nähe, zeitweilig kettete er mich an sich wie einen Hund. Ich ... ich habe darauf gewartet, so lange gewartet, darauf, dass ich eines Tages fliehen kann. Jeder Gedanke drehte sich um meine Flucht. Doch allein hätte ich es nie geschafft.“
„Du bist aus Refirs Palast geflohen um hier unterzukommen?“, fragte Zeth ungläubig. „Das nennt man wohl vom Regen in die Traufe.“
„Es war die einzige Möglichkeit zu entkommen. Jetzt sucht er mich natürlich – und der Serail Eures Vaters ist wahrscheinlich der einzige Ort, an dem seine Spione mich nicht vermuten.“

„Wer hatte diese hirnrissige Idee?"
„Die Idee ist alles andere als hirnrissig", begehrte er auf. „Wenn Ihr nicht gekommen wärt."
„Also?"
„Die Idee hatte jemand, der mir sehr nahesteht."
„Wer?"
„Eine Frau ..."
„Verdammt, ich habe keine Lust auf Ratespielchen, River. Wenn du hier entdeckt wirst, werden sie dich auspeitschen und kastrieren. Dann nimmst du einen anderen Platz in diesem Leben ein, darauf kannst du dich verlassen."
„Ihr wollt mich doch nicht verraten?", fragte River entsetzt.
„Wer ist die Frau?"
„Sie heißt Pascale", sagte River widerwillig.
Zeth stöhnte. „Doch nicht *die* Pascale? Pascale cav Cavain?"
„Ihr kennt sie?" River war verunsichert.
Zeth nickte langsam. Er hatte natürlich schon von ihr gehört. Wer kannte Pascale nicht? Sie war berühmt und berüchtigt, eine Gesetzlose, die sich über alles hinwegsetzte, was Konvention war. Klar – wer sonst würde auf so einen verrückten Plan kommen? Einen Mann in einem Harem zu verstecken ... Absolut hirnrissig!
„Wie sollte denn dieser Plan weiter aussehen?"
„Sie will mich wieder hier herausholen, sobald sie eine Bleibe für mich gefunden hat, wo Refir mich nicht finden kann."
„Und du glaubst, seine Spione würden dich dann nicht mehr erkennen?"
Er schüttelte trotzig den Kopf. „Ich werde mir die Haare abschneiden lassen und sie weiterhin färben. Ich würde eher sterben als mich wieder einfangen zu lassen!"
„Deine Haare sind gefärbt?" Zeth war überrascht. Wahrscheinlich hatte ihm auch dabei Pascale geholfen.
„Wie ist deine natürliche Haarfarbe?"
Seine Augen verzogen sich hasserfüllt. „Rot wie das Feuer. Exotisch genug um Caskáran Refir auf mich aufmerksam zu

machen."
„Rot?" Zeth kannte noch so einen rothaarigen Wirbelwind. Und der hätte sicher ein ähnlich trotziges Gesicht gezogen. Rot schien die Gemüter offenbar anzuregen. Er lächelte ein wenig gedankenverloren, dann fiel ihm ihr unschöner Abschied wieder ein. Er hatte Bennet unter Finns Obhut zurückgelassen. Das nahm ihm der Junge sicher übel. Doch auf der anderen Seite musste er auch lernen, dass er sich nicht alles herausnehmen durfte. Zeth hatte nicht vor, Bennet Finn zu überlassen – doch eine Strafe schadete ihm sicher nicht.
„Wann wollte Pascale denn wieder auftauchen?"
River wurde unruhig. „Sie wollte sich schon vor zwei Tagen melden", sagte er schließlich leise.
Zeth nickte. „Ich werde versuchen, sie ausfindig zu machen. Und dann höre ich mir mal an, was sie für einen großartigen Plan hat. Bis dahin verhalt' dich hier unauffällig."
Er schwang die Beine aus dem Bett und zog sich wieder an. Nach dieser kleinen Szene hatte er große Lust auf ein Bad. Trotzdem wartete er, bis auch River vollständig bekleidet war. Wenn der Junge hier entdeckt wurde, würde er nichts zu Lachen haben.
Zeth überlegte, ob er ihn bereits jetzt irgendwie aus dem Gebäude herausschmuggeln konnte. Aber wo hätte er ihn unterbringen sollen? Im Schloss seines Vaters? – Das war noch gefährlicher als ihn erst mal hier zu lassen. Davon abgesehen, war es ihm nicht erlaubt, Bedienstete oder Unfreie in andere Gebäude mitzunehmen. Mit dem Zorn seines Vaters hätte er dabei noch leben können, doch er wusste, dass Uliteria diesen Fehltritt auf jeden Fall nutzen würde, um ihn auf seinen Platz zu verweisen. Und das konnte er sich nicht erlauben.
„Du meinst also, sie ist hier in der Stadt?"
River nickte, während er sich ankleidete und wieder zu Rivana wurde.
„Danke", flüsterte er, als Zeth die Tür öffnen wollte. Der drehte sich noch einmal um.

„Warten wir es ab."
Das Lächeln, das er Vinie schenkte, als sie sich nach seinem Befinden erkundigte, war mehr als undurchsichtig. Er bemerkte ihre Verunsicherung, ließ sich aber nicht weiter zu diesem Thema aus. Das einzige, wonach ihm jetzt der Sinn stand, war ein ausgiebiges Bad. Und er ertappte sich bei dem Gedanken, dass er es gern mit River genossen hätte.
Die Badetherme in Vinies Haus waren großzügig angelegt und boten allen erdenklichen Luxus. Er wählte ein Becken mit recht heißem Wasser, das angenehm nach Blütenessenzen duftete. Außer ihm war niemand anwesend. Er ließ seine Kleidung ungeniert an Ort und Stelle fallen und stieg die Stufen hinab. Das Wasser war herrlich.
Nachdenklich ließ Zeth sich in dem mittelgroßen Becken treiben. Er genoss das Gefühl des heißen Wassers, das seinen Körper umspülte und seine Muskeln entspannte.
Der Junge im Harem seines Vaters war wirklich eine interessante Entdeckung und versprach, eine nette Abwechselung zu werden. Er nahm sich vor gleich nach dem Treffen mit seinem Vater nach Pascale zu suchen. Vielleicht spürte er sie ja in einer der vielen Kneipen von Iskaran auf. Und dann würde er sie zur Rede stellen, soviel stand fest. Sie hatte River in eine nicht absehbare Gefahr gebracht, indem sie ihn im Harem seines Vaters einquartiert hatte. Welch eine Unverfrorenheit! Und ihm war noch immer nicht klar, wie sie das überhaupt geschafft hatte. Steckte Vinie mit ihr unter einer Decke? Aber das konnte er sich nicht vorstellen. Dieses Risiko wäre sie sicher nicht eingegangen.
„Wünscht Ihr meine Gesellschaft, Sir?", fragte ein junger Mann, der unbemerkt hinzu getreten war.
Zeth sah ihn lächelnd an. „Gern."

Zeth hatte noch lange auf einen Boten des Caskáran gewartet, aber er wurde erst am nächsten Morgen in das Besprechungszimmer seines Vaters gerufen. Er war sich nicht

sicher, ob Uliteria seinem Vater überhaupt von seiner Anwesenheit berichtet hatte. Er traute ihr zu, dies verschwiegen zu haben. Doch Seco war am Abend wieder aufgetaucht, und so hatte er wenigstens Unterhaltung gehabt.
Ein wenig missgelaunt, obwohl er sich das nicht anmerken ließ, folgte er dem Boten nun durch die langen Gänge des Palastes. Sein Vater wartete bereits.
„Zeth, mein Lieber", begrüßte Ferakon seinen Sohn.
Zeth neigte den Kopf und berührte mit dem Knie den Boden, bis sein Vater ihn sachte an der Schulter berührte.
„Wie ich hörte, habt ihr den Auftrag sehr schnell ausgeführt."
Zeth stand langsam wieder auf und verkniff sich ein Grinsen. Sein Vater war ein gütiger Mann, aber er war es auch gewöhnt, dass seine Befehle umgehend befolgt wurden. Nicht umsonst war er im Krieg ein gefürchteter Gegner, er konnte absolut gnadenlos sein.
Zeth sah ihn aufmerksam an, bemerkte die tiefen Furchen in seinem kantigen Gesicht, den sorgenvollen Ausdruck seiner Augen. Er wusste, dass er viel Ähnlichkeit mit seinem Vater hatte, mehr als seiner Gattin Uliteria recht war. Er konnte seine Herkunft nicht verleugnen und das hatte ihm immer eine heimliche Genugtuung verschafft.
„Komm, lass uns in den Garten gehen."
Gemeinsam mit seinem Vater verließ Zeth den Palast, um den großen, wunderschön angelegten Garten zu betreten. Hier hatte er immer einen gewissen Frieden empfunden, die schmalen Wege, die herrlich blühenden Blumen und Bäume und die verwinkelte Architektur waren einzigartig im ganzen Reich. Auch jetzt noch, im Spätherbst, war der Garten sehr reizvoll.
Zeth bemerkte, dass sein Vater allein mit ihm sprechen wollte; das erstaunte ihn. Sie umrundeten einen Springbrunnen, setzten sich allerdings nicht auf die steinerne Bank.
„Itron ist ein Spion, nicht wahr?"
Zeth nickte langsam. „Ja, Sir, so scheint es. Er hatte sich mit einer Gruppe Gesetzloser im Wald zwischen Darkess und

Iskaran versteckt. Leider haben wir nicht herausbekommen, was für Informationen er sammeln wollte und in welchem Auftrag."
Die Sorgenfalten in Ferakons Gesicht vertieften sich weiter. Er schüttelte betrübt den Kopf. „Ich habe Itron immer vertraut. Was hat ihn nur dazu gebracht, mich zu hintergehen?"
Zeth zuckte mit den Schultern.
Ferakons Gesicht verhärtete sich. „Nun, ich denke, spätestens heute Abend wissen wir mehr."
Zeth zwang sich zu einer neutralen Miene. Es war klar, dass Itron zur Zeit verhört wurde, und wenn der Mann weiter so hartnäckig schwieg, würde er gefoltert werden. Der Gedanke an die Foltermeister seines Vaters ließ ihm jedes Mal einen eiskalten Schauer den Rücken hinunterlaufen. Er war nicht grundsätzlich ein Gegner der Folter, aber es waren schon Menschen in den Folterkammern von Iskaran zu Tode gekommen, die ihm sehr nahegestanden hatten. Wie damals, als ... *Wieder denkst du an ihn*, spottete eine böse Stimme in seinem Hinterkopf. *Du wirst ihn niemals loswerden.*
Er schüttelte den unangenehmen Gedanken ab. Für einen Moment schien ihm das Licht, die Wärme der Herbstsonne in diesem Garten irreal, wie in einem Traum. Dann war der Augenblick vorbei und er hörte wieder die Stimme seines Vaters.
„Welchen Eindruck hast du von ihm?"
Zeth zuckte mit den Schultern. „Ich weiß nicht. Vielleicht spioniert er für Caskáran Refir?"
„Daran hatte ich auch schon gedacht. In der letzten Zeit gab es einige Übergriffe auf Nordsiedler an der Grenze zu Refirs Reich. Aber was kann er wollen?"
Die letzte Frage hatte er eher an sich selbst gerichtet, gedankenverloren sah er in den Himmel. Zeth erkannte, dass ihn etwas beschäftigte, aber er wusste sofort, dass sein Vater noch nicht darüber sprechen wollte. Also blieb er schweigend an seiner Seite.
Warum nur wollte sein Vater hier draußen allein mit ihm sein?

Misstraute er seinen engsten Beratern? – Wahrscheinlich hatte der Verrat von Itron ihn erschüttert.
„Wie lange gedenkst du zu bleiben?"
„Ich werde mich baldmöglichst mit Seco auf die Rückreise begeben. Allerdings müsste ich in Iskaran noch eine Kleinigkeit erledigen. Es sei denn, Ihr seid mir behilflich, dann könnte ich schneller wieder zu meinen Aufgaben auf Darkess zurückkehren."
Ferakon runzelte die Stirn. „Um was geht es?"
Zeth brauchte nur einen Augenblick, um sich eine Geschichte zurecht zulegen. „Für meine Truppe und die Festung suche ich ein oder zwei Freudenmädchen. Es kam zu einigen Übergriffen, die ich nicht dulden kann. Und die Mädchen aus dem Dorf sind ... nun, sie sind nicht immer passend. Ich möchte die Bauern nicht verärgern."
Der Caskáran lachte. „Du hast ein paar wilde Kerle in deiner Truppe. Such dir ein starkes Mädchen, das deine Männer verkraftet."
„Ich habe gestern ein Mädchen gesehen, das mir gefällt. Sie ist zur Zeit in Eurem Haus, bei Vinie."
„Du kannst dir gern ein Mädchen aussuchen, oder zwei. Nur leider musst du warten, da ich ein wichtiges Gespräch mit Tar Moxon habe. Ich werde später für dein Anliegen Zeit haben."
Zeth unterdrückte einen ungeduldigen Kommentar und nickte. „Ich danke Euch."
„Aber schau doch in der Zwischenzeit, ob du eine gute Hure auf dem Sklavenmarkt erstehen kannst. Heute gibt es eine große Verkaufsveranstaltung auf dem alten Marktplatz am Ecclάto-Tempel."
Zeth seufzte. Dann würde er sich den Morgen auf dem Sklavenmarkt vertreiben. Vielleicht hatte Seco ja Interesse, ihn zu begleiten. Im Moment blieb ihm nichts anderes übrig. Er konnte River auch noch am Abend aus seiner Gefangenschaft befreien.

Schmerz

Wie betäubt blieb Bennet auf dem Fußboden liegen als Finn aufstand. Er spürte sich nicht mehr. Er hatte das Gefühl mit den kalten Steinen verschmelzen zu müssen. Eis. In ihm war Kälte. Eine Kälte, die ihn schützte. Er würde einen Weg finden, abzuhauen. Er hatte bisher immer Mittel und Wege gefunden. Er hielt das keinen Tag, keine Nacht, keine Stunde länger aus.
Finn lachte selbstgefällig. „Ich bin sicher, dass Zeth dich mir überlassen wird. Jetzt, nachdem ich dich so gut eingeritten habe …"
Bennet tauchte aus dem Meer der Leere wieder auf. Die Vorstellung, für immer an Finn gefesselt zu sein, ließ ihn wieder in die Realität zurückkehren.
Zeth hatte ihn einfach zurückgelassen. Er hätte doch wissen müssen, was Finn ihm antun würde! Er hätte doch … verdammt, warum hatte er Zeth nicht einfach gewähren lassen? Alles wäre besser gewesen als das hier! Und Zeth mochte er wenigstens. Natürlich fürchtete er ihn auch, er hatte Angst vor seinem unberechenbaren Temperament. Aber wenn er Finn ansah, empfand er nur Abscheu.
Seine Augen füllten sich mit Tränen, doch er hätte sich lieber die Zunge abgebissen als nur eine Träne zu vergießen.
„Steh auf und komm her zu mir."
Bennet gehorchte wie in Trance. Er hatte die Gabe zu verführen, warum nutzte er sie nicht? Das würde alles angenehmer machen. Aber er konnte einfach nicht. Er war nicht geboren um zu gehorchen. Er hatte eine andere Bestimmung. Seine Gedanken drifteten wieder ab …

„Bennet! Bennet!" Er hörte die Stimme seiner „Tante". Sie hatte ihn aufgenommen, beschützt, nach ihm gesehen. Ihn begleitet, bis hierher. „Wo bist du?"

„Hier, Tante. Was ist?" Er hatte sich angewöhnt, sie „Tante" zu nennen. Bereits ganz am Anfang, damit ihm kein Schnitzer unterlief.
Als sie ihn sah, lächelte sie leicht. Und Bennet sah, wie müde sie war. Ihre vollen Wangen wirkten schlaff, in ihren Augen glomm kein Feuer mehr. Und er erkannte, wieviel Anstrengung und Kraft es sie und ihren Mann gekostet hatte, ihn zu verstecken. Er hatte kein Recht, ihre Gastfreundschaft länger in Anspruch zu nehmen. Sie hatten, genau wie er, genug schlimme Dinge erlebt.
„Ein Wandermagier aus Ragistin ist im Dorf. Er ... nun, es scheint, als ob er nach dir sucht. Ich dachte, ich sage dir Bescheid, ehe das ganze Dorf mitbekommt, dass irgend etwas Außergewöhnliches passiert."
Er begab sich umgehend in die Dorfschänke, in dem der Wandermagier ein Mittagsmahl einnahm. Schweigend, aufmerksam. Beobachtet von den neugierigen Augen des Wirtes, seiner Frau und einigen Dorfbewohnern. Als der Magier Bennet erblickte, flog ein kaltes Lächeln über sein mit außergewöhnlichen blauen Tätowierungen verziertes Gesicht. Schweigend aß er zu Ende, erhob sich dann und folgte Bennet, der ebenso schweigsam gewartet hatte, nach draußen. Was er zu sagen hatte, war offenbar nicht für andere Ohren gedacht.

„Träum nicht!", donnerte Finns Stimme in seine Erinnerungen. „Ich erwarte von dir bedingungslosen Gehorsam. Wenn du nicht gehorchst, wirst du bald wissen, was Schmerz bedeutet. Jetzt wasch dich. Ich erwarte dich unten im Hof, als Knappe musst du schließlich mehr können, als die Beine breit machen." Das Lachen des Ausbilders gellte in Bennets Ohren.
Er tat, was Finn verlangte, aber er *gehorchte* nicht. Denn er konnte sich nicht unterordnen. Wenn er unten im Hof war, konnte er sich überlegen, wann und wie er fliehen konnte.

„Ich danke euch beiden für alles, was ihr für mich getan habt." Er hatte sein bisschen Besitz zu einem handlichen Paket verschnürt.
„Warum gehst du mit den Soldaten?", fragte sein „Onkel" Hil. „Sie sind kein guter Umgang."

„Ich weiß, sie sind unsere Feinde. Aber Okkuor, der Magier, hat eindeutig gesagt, dass ich mich erst mit den Yendländern verbünden muss. Er wusste nicht, wer ich bin, aber seine Visionen haben ihn hergeführt.“
Hil und Risa sahen ihn liebevoll an. Wahrscheinlich war er tatsächlich so etwas wie ihr Sohn geworden. Und sie setzten große Hoffnungen in ihn. Er hätte fast gelacht, in ihn – einen Halbwüchsigen. Er wusste nicht einmal ansatzweise, was er tun sollte.
„Ich muss eine Menge Geschichten erfinden. Verzeiht, wenn ich euch und euren Einsatz nicht so würdigen kann, wie ihr es verdient hättet.“

Pascale

Zeth schlenderte in gemächlichem Tempo über den Marktplatz. Er hatte Seco nicht überreden können, mit ihm zu kommen. Der hatte nämlich vor, den gesamten Tag im Bett mit zwei Huren zu verbringen, zwei murénischen, natürlich. Sollte er, befand Zeth. Die Gelegenheit bot sich ihm nicht häufig.
Zeth blieb mal hier, mal dort stehen und betrachtete die angebotenen Sklaven und Diener mehr oder weniger interessiert. Für ihn bestand kaum ein Unterschied zu einem Viehmarkt. Zwei ältere Mädchen hatten sein Interesse geweckt, doch er war nicht wirklich auf der Suche, daher hatte er sich nicht auf die Angebote des Händlers eingelassen. Auf Darkess gab es keine Sklaven. Er hatte es sich zur Angewohnheit gemacht, seinen Sklaven die Freiheit zu schenken und sie in den Rang eines Dieners zu befördern.
Ein kurzer, wütender Aufschrei ließ ihn aufmerken. Und da sah er sie in einer langen Reihe hübscher Sklavinnen. Und ein hübsches Gesicht hatte sie auch. Ihr schulterlanges, goldblondes Haar war zu einem straffen Zopf zurückgenommen. Sie alle trugen geschlitzte Kleider, damit die Käufer ihre langen, schlanken Beine betrachten konnten. Doch genau die konnte Pascale cav Cavain nicht vorweisen. Sie hatte

die muskulösen Schenkel einer Reiterin. Und den entschlossenen Blick einer Kämpferin. Doch sie hatten sie kurzzeitig gezähmt. Zeth wollte nicht wissen, was sie ihr angetan hatten, um ihr wildes Temperament zu zügeln. Aber dieser Zufall war unbezahlbar!
Er schlenderte an den Reihen männlicher und weiblicher Sklaven vorbei. Tat, als sei er einer der ganz normalen Kaufinteressenten. Ein dicker, übel grinsender Kerl stellte sich ihm in den Weg.
„Habt Ihr einen besonderen Wunsch?"
Zeth starrte den Sklavenhändler an und versuchte, seinen Ekel nicht zu zeigen. „Hm, ich schaue noch ...", sagte er zögernd. Er wollte Pascale kaufen, doch nicht zu einem überhöhten Preis! Neugierig betrachtete er die „ausgestellte Ware". Er hatte noch nie über das Pro und Contra von Sklavenhaltung nachgedacht. Doch so langsam kam etwas in Zeth in Bewegung. Schon Rivers Schicksal erschien ihm bei genauerer Betrachtung unerträglich. Schließlich wandte er sich wieder an den Fetten.
„Ich suche etwas ... Wildes für einen Freund. Er ... wisst Ihr, er steht auf *Kämpfe*."
Der Sklavenhändler lachte dreckig. „Dann nehmt doch einen der Burschen dort! Wenn man sie besiegt hat, lassen sie sich wenigstens ordentlich besteigen."
Zeth schmeckte den bitteren Geschmack in seinem Mund, den diese Äußerung hervorrief. Doch er musste dieses Spiel mitspielen und zwang sich zu einem kurzen Lachen. „Nein, mein Freund braucht ein wildes Mädchen. Etwas, das er zähmen kann."
Der Sklavenhändler betrachtete ihn skeptisch. „Wie wild hat Euer Freund es denn gern?"
Er deutete auf Pascale. „Diese dort wird ihm die Hölle heiß machen!"
Zeth sah zu Pascale hinüber, direkt in ihr trotziges Gesicht. Hatte sie ihn erkannt?
Er runzelte die Stirn. „Ach, ich weiß nicht ... Es gibt hübschere

Mädchen ..."
Der Dicke lachte. „Aber kaum wildere ..."
„Habt Ihr nichts jüngeres?" Zeth konnte bereits jetzt den blutroten Zorn in Pascales Augen sehen. Einem echten Käufer würde sie vermutlich die Kehle durchbeißen. Zeth hoffte, dass er sie zumindest so lange ruhig halten konnte, bis er die Situation erklärt hatte.
„Bedaure, die jungen Mädchen sind bei weitem nicht so wild, Sir. Ihr müsst Euch entscheiden."
„Wie viel wollt Ihr?"
Der Händler nannte seinen Preis, und Zeth handelte ihn noch weiter hinunter. Dabei kam es ihm zupass, dass Pascale – als sie bemerkte, dass es um sie ging – begann, sowohl Zeth – ihren vermeintlichen neuen Herrn – als auch den fetten Sklavenhändler aufs Wüsteste zu beschimpfen.
Zeth ertrug es mit Fassung. Diese kleine Hexe würde ihm noch dankbar sein.
Ihr Geschrei wurde unsanft durch einen Aufseher unterbrochen, der ihr – ehe Zeth einschreiten konnte – mit der Peitsche einen kräftigen Hieb versetzte. Sie verstummte augenblicklich. Doch der Blick, den sie dem Aufseher zuwarf, hätte einen Berglöwen in die Flucht schlagen können.
„Ihr müsst wissen, sie ist nicht immer so", beschwichtigte der Händler Zeth.
Zeth grinste innerlich. „Legt ihr Fesseln an", wies er den Sklavenhändler an. „Sonst kriege ich sie ja gar nicht mit."
Noch gewarnt durch den ersten Schlag ließ Pascale sich die Fesseln anlegen. Sie wusste offenbar, wenn sie verloren hatte. Doch als Zeth sie aus der Reihe der anderen Sklavinnen herausführte, zischte sie: „Ihr werdet keine Freude an mir haben, Capitan."
„Haltet den Mund und folgt mir", befahl er leise.
Zeth nahm sie mit zu einer nahe gelegenen kleinen Gaststätte, deren Besitzer er kannte.
„Richtet mir bitte ein Bad", sagte er zum Wirt und erklomm die

Treppe, Pascale vor sich hertreibend.
„Lasst mich, verdammt", zischte sie.
Doch Zeth ging nicht auf ihr Gezetere ein. Erst als er die Tür hinter sich geschlossen hatte, wandte er sich ihr zu.
„Hört auf mit dem Gekeife und lasst mich die Fesseln abnehmen."
Sie starrte ihn an, gespannt wie eine Katze, kurz bevor sie ihre Beute anspringt. Doch Zeth war vorsichtig genug. „Macht ja keinen Ärger, Pascale cav Cavain." Er sah ihr erstauntes Gesicht und schüttelte den Kopf. „Glaubt Ihr, ich weiß nicht, wer Ihr seid?"
„Woher kennt Ihr meinen Namen, Capitan? Und warum habt Ihr mich ... gekauft?"
Zeth lachte. „Sicher nicht, weil ich eine willige Gespielin brauche ..."
Sie funkelte ihn an. „Ihr habt einen eigenartigen Sinn für Humor." Sie rieb sich die Handgelenke, als Zeth die Fesseln gelöst hatte.
„Aber um Eure Frage zu beantworten – es gibt da jemanden, der auf Euch wartet! Und was macht Ihr? Lasst Euch fangen und auf einem Sklavenmarkt anbieten! – Wie ist es überhaupt dazu gekommen?"
Pascale sah verdattert drein. „Was zum Teufel meint Ihr?
„Ich spreche von Eurem wahnwitzigen Plan, einen Jungen im Harem meines Vaters zu verstecken."
Pascales Gesichtsfarbe wechselte von einem satten Rot zu Kreideweiß. „Ihr habt ihn entdeckt?"
Zeth zog eine Grimasse. „Das könnte man so sagen. – Und nun erzählt mir doch mal, Lady, was Ihr Euch dabei gedacht habt, den jungen Burschen im exklusivsten Harem meines Vaters einzuschmuggeln?"
„Pah ... junger Bursche." Sie machte eine abfällige Handbewegung. „Er ist doch kein junger Bursche ..."
Zeth lächelte schmal. „Ich kann Euch versichern, er ist genau das."

Sie starrte ihn an. „Was wollt Ihr damit sagen?"
Doch Zeth lächelte einfach und schwieg.
Pascale errötete erneut, doch vermutlich nicht aus Scham sondern vor Zorn, da ihr Plan nicht aufgegangen war. „Habt Ihr ihn etwa verraten?"
Zeth schüttelte den Kopf. „Aber es wird wohl nicht besonders lange dauern, bis die Sache auffliegt. Wenn das nicht schon passiert ist."
„Wir müssen ihn unbedingt da rausholen!"
„Was Ihr nicht sagt ... Was glaubt Ihr, warum ich Euch gekauft habe? Selbst wenn ich die Möglichkeit habe, ihn auszulösen, wo sollte ich ihn unterbringen? So, wie ich das verstanden habe, ist er wohl auf der Flucht vor Caskáran Refir. Sollte man ihn in meiner Gesellschaft entdecken, würde die ganze Sache als politischer Affront gelten. So etwas kann ich mir unter gar keinen Umständen erlauben."
Pascale nickte mit zusammengepressten Lippen.
Zeth zeigte auf ihren Rücken.
„Lasst mich das sehen." Seine Stimme duldete keinen Widerspruch. Trotzdem zögerte sie.
„Es ist nichts."
„Macht mich nicht wütend. Zeigt mir, wie es aussieht!"
Widerwillig streifte sie das Kleid von ihren Schultern und drehte sich um, so dass er ihren glatten Rücken und den hässlichen roten Striemen darauf sehen konnte.
„Erlaubt mir, dass ich eine Salbe auftrage ..."
„Oh, so höflich plötzlich", erwiderte sie höhnisch.
Doch Zeth ließ sich nicht provozieren. „Wo sind Eure Sachen?"
Sie zuckte mit den Schultern. „Diese verfluchten Kopfgeldjäger haben mir alles abgenommen. Am selben Tag, als ich River zum Serail Eures Vaters brachte, lauerten mir diese zwei Kerle auf. – Wie ich Kopfgeldjäger hasse ...!"
„Nehmt ein Bad und zieht Euch etwas Richtiges an", sagte Zeth schroff. „Ich werde Euch angemessene Kleidung besorgen."
„Bringt mir ja kein Kleid! Ich hasse diese Fetzen!"

Zeth machte eine lässige Handbewegung und verkniff sich ein Lachen. „Ich sagte doch: angemessen."
„Und ein Schwert brauche ich!"
„Ich erwarte, dass Ihr gleich noch da seid."
Sie nickte knapp, denn in diesem Moment klopfte der Wirt an die Tür.
„Himmel, schenk mir Geduld", murmelte Zeth als er das Zimmer verließ.

Er machte sich zunächst auf den Weg, um ein geeignetes Schwert und Kleidung zu besorgen. Das Schwert stellte dabei das kleinere Problem dar; er kannte einen guten Schmied in Iskaran und erwarb ein schön gearbeitetes, schmales und etwas leichteres Schwert mit schlichtem Griff, das sehr gut in der Hand lag. Bei der Kleidung stellte er sich ein wenig unbeholfener an. Schließlich entschied er sich für eine Hose aus weichem, dunklem Leder, für ein Oberteil aus festem Leinen und für einen dichten, wollenen Umhang. Alles Kleidungsstücke, die er auch für einen Knappen gekauft hätte. Pascale hatte keine ausgesprochen weibliche Figur, er ging davon aus, dass ihr die Sachen passten.
Als er den Laden des Schneiders verließ, hatte es zu regnen begonnen und ein kalter Wind fegte die Gassen leer. Er warf sich die Kapuze seines Umhangs über den Kopf und ging mit großen Schritten Richtung Gasthaus, in dem Pascale hoffentlich noch auf ihn wartete. Wie würde er reagieren, wenn sie abgehauen war? Was sollte er dann mit River tun? Auf dem Weg lag ein kleiner Laden, den man übersah, wenn man nicht wusste, dass er da war. Aber Zeth kannte ihn sehr genau. Er überwand sich, einzutreten und gleich nahm ihn der Duft der Kräuter und Essenzen gefangen. Es war wie immer, wenn er sich hier aufhielt. Egal, wie sehr er sich dagegen wehrte. Eine ältere Frau mit sorgfältig gekämmtem grauen Haar kam hinter einem braunen, zerschlissenen Vorhang hervor. Sie lächelte schmal, als sie ihn erkannte und nickte ihm zum Gruß zu.

„Nun, womit kann ich dienen?“
Zeth betrachtete die Kräuterkundige nur kurz, ehe er den Blick abwandte. „Ich brauche eine bestimmte Salbe. Ich hoffe, Ihr müsst sie nicht erst herstellen.“
Doch das musste die Frau nicht. Und so war sein Aufenthalt in ihrem Laden glücklicherweise von nicht allzu langer Dauer.
Pascale hatte Wort gehalten. Mit verhaltenem Dank nahm sie ihm die Kleidung und das Schwert ab.
„Bringt ihn mit“, bat sie ungewohnt sanft. „Er hat genug durchgemacht.“
Zeth nickte knapp. „Ich versuche es.“

Tatsächlich hatte sein Vater nichts gegen Zeths Plan einzuwenden, sich ein Mädchen aus seinem Harem aussuchte.
„Meine Liebesdienerinnen scheinen gut ausgesucht und bestens ausgebildet zu sein“, meinte er schmunzelnd. „Aber ich wünsche nicht, dass du dich mit einer Hure einlässt und mit ihr Kinder zeugst.“
„Das hatte ich nicht vor.“
Zeth fühlte sich nicht besonders wohl, als er das Badehaus seines Vaters erneut betrat. Vinie kam ihm genau so überschwänglich entgegen wie am gestrigen Tag. Nichts deutete darauf hin, dass sie von ihrem ungebetenen Gast wusste.
„Zeth, wie schön Euch zu sehen. Was kann ich für Euch tun?“
Zeth zwang sich zu einem unbeschwerten Lächeln. „Wisst Ihr, das Mädchen, das Ihr gestern zu mir schicktet ...?“
„Ja, natürlich, Rivana.“ Sie machte ein unglückliches Gesicht. „Ich kann sie Euch leider nicht mehr schicken.“
Zeth zog die Augenbrauen nach oben. Ihm schwante Böses.
„Rivana wurde mit acht anderen Mädchen verkauft. Ein Freund Eures Vaters fand Gefallen an ihnen, er kaufte sie ihm ab.“
Zeth erstarrte. Er räusperte sich.
„Es tut mir wirklich leid. Kann ich Euch jemand anderen bringen?“

Zeth schüttelte den Kopf. „Sagt mir, welcher Freund meines Vaters war das?“
„Tar Moxon, Capitan. Die Mädchen sind gleich nach dem Handel zum Hafen gebracht worden, das war am frühen Nachmittag. Ich denke, das Schiff ist bereits ausgelaufen.“
„Verflucht!“ Das konnte doch nicht wahr sein?! Ausgerechnet Moxon, er hätte das verhindern können, wenn er früher mit Ferakon gesprochen hätte!
Vinie zuckte zusammen. Natürlich, sie konnte Zeths Verärgerung nicht verstehen.
Er drehte sich auf dem Absatz um. „Wir sehen uns“, presste er noch hervor.
Doch Vinie eilte ihm nach. „Capitan! Habe ich Euch verärgert?“, fragte sie ängstlich.
Er machte eine abwehrende Handbewegung. „Nein, Ihr könnt nichts dafür!“
Erleichterung spiegelte sich auf ihrem vollen Gesicht.

Griesgrämig machte er sich auf den Weg zurück zum Gasthof. Das war ja wohl gründlich daneben gegangen! Nun, es war nichts ungewöhnliches, Sklaven wurden verkauft oder verschenkt. Aber dass dies ausgerechnet River passieren musste! So ein Ärgernis! Hatte der Bursche wieder seine Zungenfertigkeit präsentiert, oder warum wollte Moxon ausgerechnet ihn haben?
Grußlos betrat er die Schenke und erklomm die Treppe zu den Zimmern.
Pascale starrte ihn an, als er die Zimmertür öffnete ohne anzuklopfen. Sie stand in Kampfstellung, bereit, sich zu verteidigen. Mit einem Blick erkannte er, dass er die Kleidung passend ausgesucht hatte.
„Entspannt Euch“, brummte Zeth.
„Wo ist er? Habt Ihr ihn nicht mitgebracht?“, knurrte sie gleichermaßen unfreundlich.
„Nein, das war nicht möglich. Offenbar konnte er sich wieder

nicht zurückhalten und hat Tar Moxon so beeindruckt, dass er ihn und ein paar weitere Huren auf der Stelle gekauft hat. Sie sind auf dem Schiff, das heute Nachmittag ausgelaufen ist."
„Das kann doch nicht wahr sein!", zischte Pascale. Sie ließ sich auf das schmale Bett fallen, das entrüstet knarzte. „Warum habt Ihr Euch nicht ein wenig beeilt?"
Zeth blitzte sie an. „Wer konnte denn so etwas ahnen?"
Es ärgerte ihn, dass sie ihn verantwortlich machte.
„Wir müssen ihn finden. Sagt, wann ist das Schiff ausgelaufen? Tar Moxon hat ihn gekauft? Wie weit ist seine Residenz entfernt?"
„Das Schiff ist bereits vor Stunden ausgelaufen. Und seine Residenz, wie Ihr es so schön nennt, liegt im Süden. Von Darkess vielleicht drei Tage entfernt, wenn Ihr ein schnelles Pferd habt, von Iskaran also ein wenig weiter."
Pascale sprang wieder auf. „Wir müssen sofort los. Habt Ihr die Möglichkeit mir ein Pferd zu besorgen?"
Er stoppte sie mit einer Handbewegung. „Pascale – ich kann mich nicht um einen entlaufenen Lustknaben kümmern! Es tut mir leid."
Sie hob abwehrend die Hände und schenkte ihm einen eiskalten Blick. „Das ist schon in Ordnung, Zeth. Ich bin Euch zu Dank verpflichtet, weil Ihr mich freigekauft habt – ohne eine Gegenleistung zu verlangen ..."
„... die Ihr auch nicht erbracht hättet, oder täusche ich mich?", warf Zeth mit einem Grinsen ein.
„Wenn Ihr sie einfordern wollt, bitte, das steht Euch frei", sagte Pascale mit unbewegtem Gesicht. „Glaubt nicht, ich hätte keine Ehre!"
Zeth schüttelte den Kopf. Das hätte ihm noch gefehlt – eine Frau wie Pascale in seinem Bett! Es gab einfach Situationen, in denen wollte er nicht kämpfen. „Sucht nach ihm, vielleicht habt Ihr Glück?!"
„Dann helft mir wenigstens noch, ein Pferd zu bekommen. Ich möchte keine Zeit verlieren."

Mit einem Seufzen gab Zeth ihrem Wunsch nach. Er hatte nichts zu verlieren.
Auf dem Rückweg vom Pferdehändler traf er auf Seco. Der wirkte zufrieden, aber erschöpft.
„Warum hast du dieses unscheinbare Pferd gekauft? Die Zucht bei Darkess ist bestens."
„Warum fickst du dir die ganze Kraft aus dem Leib?", brummte Zeth statt einer Antwort.
Seco zog die Augenbrauen nach oben. „Auf Darkess gibt es keine murénischen Frauen. Aber ich liebe es, auf Darkess zu leben", fügte er versöhnlich hinzu.
„Dieses Pferd ist ebenfalls für eine Frau ... oder so etwas ähnliches. Ich glaube, ich habe mich auf etwas eingelassen, das ich spätestens jetzt bereue."
„Du hast einer Frau ein Pferd gekauft? Himmel, was soll das bedeuten?"
Zeth starrte ihn griesgrämig an. „Lange Geschichte. Kennst du Pascale cav Cavain?"
Jetzt kam Seco tatsächlich nicht mehr aus dem Staunen heraus. „Du hast ... nein, das glaube ich einfach nicht! Du hast Pascale cav Cavain, der berüchtigsten Gesetzlosen von Yendland, ein Pferd gekauft? Woher kennst du sie? Und was hat das zu bedeuten?"
Zeth seufzte und zog das soeben erworbene Tier hinter sich her. „Glaub nicht, ich hätte mit ihr eine Affäre. Ich habe sie freigekauft, auf dem Sklavenmarkt. Sie hat eine ... Mission zu erfüllen. Ich bin lediglich ein wenig behilflich."
Seco starrte seinen Capitan an. „Muss ich das verstehen?"
„Komm mit mir, wenn ich das Pferd abliefere, und du wirst eine Menge mehr verstehen."

Flucht

Rivers Herz klopfte schmerzhaft schnell. Er musste den richtigen Zeitpunkt abwarten. Er musste auf die Sekunde, den Augenblick warten, wenn die Bewacher der kleinen Gruppe unaufmerksam waren. Schließlich glaubten sie, dass sie nur „leichte" Mädchen begleiteten. Es würde sich eine Gelegenheit ergeben.
River verließ seine Kabine. Das lange Gewand und der Schleier verbargen seine wahre Identität – wobei ihn auch ohne verschleiertes Gesicht jeder für ein Mädchen hielt. Leise und ohne Aufmerksamkeit zu erregen, kletterte er an Deck. Der Wind erfasste ihn sofort scharf. River sah zwei Männer an Deck, die sich unterhielten und ihn nicht weiter beachteten.
Er spürte, wie das kleine Schiff beschleunigte. Lange würde es nicht mehr dauern, dann waren sie auf dem offenen Meer. Es dämmerte bereits. Mit zusammengekniffenen Augen taxierte River die Entfernung bis zum Ufer. Es würde hart werden – obwohl er ein guter Schwimmer war. Aber das würde seine einzige Möglichkeit zur Flucht sein. Und er musste sich schnell entscheiden. Würde er erst bei Tar Moxon sein, flöge seine Maskerade sehr schnell auf. Denn dort hatte er niemanden, der ihn warnte und beschützte.
Mit zierlichen Schritten trippelte er zur Reling. Die beiden Männer hatten bereits Notiz von ihm genommen. Er spürte ihre Blicke in seinem Rücken. Würden sie ihm nachspringen? Er war ein ausgezeichneter Schwimmer – vielleicht reichte sein Vorsprung?
In Windeseile hatte er die Kleider gerafft und kletterte auf die Reling. Er musste verdammt tief hinab! Doch jetzt gab es kein Zurück mehr. Kräftig drückte er sich vom Geländer des Schiffes ab und flog. Er hörte den überraschten Aufschrei der Männer – doch nur kurz...
Dann schlug das Wasser über seinem Kopf zusammen. Und es war eisig.

River war ihm ersten Moment benommen, tauchte aber automatisch vom Schiff weg. Er musste einen Vorsprung herausholen. Erst als ihm die Luft knapp wurde, tauchte er kurz auf. Aber er wagte keinen Blick zurück. Statt dessen tauchte er wieder und entledigte sich eines der Oberkleider, die er trug. Die Sachen behinderten ihn beim Schwimmen. Die dünnen Stoffe hatten sich voll Wasser gesogen und wurden schwer wie Blei.
Er schwamm kraftvoll, tauchte immer wieder, und spürte, wie seine Kräfte schnell nachließen. Das Wasser war so kalt, dass es ihm die Energie raubte. Bald hatte er nicht nur die Wellen und die Strömung, gegen die er ankämpfte, sondern auch seinen eigenen Körper, der aufgeben wollte. Wenn er jetzt einfach aufhörte zu schwimmen, dann würde es nicht lange dauern, bis ihn die Strömung mitriss. Vielleicht noch ein paar qualvolle Momente, aber dann war alles vorbei.
Niemand würde ihn retten, denn, so wie er das mitbekommen hatte, war ihm niemand ins Wasser gefolgt. So wertvoll schien er nicht zu sein. Warum also nicht einfach aufgeben? Sich der Kälte und dem Wasser ergeben?
Verdammt, du hast eine Aufgabe zu erfüllen! Es ist deine verdammte Pflicht zu überleben!
Er zwang sich weiter, kämpfte, verlangsamte bewusst die Geschwindigkeit und ließ seinen Körper zu Atem kommen. Er brauchte nicht mehr zu tauchen, mittlerweile war er weit genug vom Schiff entfernt. Nicht mehr als ein winziger schwarzer Fleck in den hohen Wellen.

Er wartete, bis es dunkel wurde. Finn ging offenbar davon aus, Bennet besiegt zu haben. Vielleicht meinte er auch, der Junge hätte keine Kraft mehr, sich aus dem Staub zu machen. Aber da hatte er sich getäuscht. Er hätte auf Hil und Risa hören sollen – die Soldaten waren kein guter Umgang. Es war ein Fehler gewesen, sich ihnen anzuschließen. Das konnte der Magier nicht gemeint haben. Bennet musste nach Iskaran, in die

Hauptstadt seiner Feinde. Was sollte er auf Darkess? Was sollte er überhaupt an einem Ort, an dem man ihn quälte?
Sein Körper schmerzte, sein Kopf war leer. Er erhob sich von seinem Lager. Finn hatte ihn allein zurückgelassen. Wahrscheinlich feierte er seinen Sieg über den *wilden Rotschopf*, der sich am Ende des Tages so zahm hatte besteigen lassen wie eine alte Stute. Bennet schüttelte sich vor Ekel.
Er konnte nichts mitnehmen, wusste nicht, was er tun sollte, sobald er Darkess verlassen hatte. Er hatte kein Pferd, keine Nahrung, keine Waffe, keine Ahnung, wie er nach Iskaran kommen sollte. Aber fest stand, dass er von hier verschwinden musste.
Das Nebengebäude der großen Festung zu verlassen, war wider Erwarten keine Schwierigkeit. Fast erschien es ihm schon als zu einfach. Als er auf den Hof trat, sah er einige Stallburschen, zwei Mägde, die eilig in der Küche verschwanden, die Wachen, die Darkess' Tore sicherten. Er drückte sich gegen die raue, steinige Wand in den Schatten. Es gab neben dem Haupttor mehrere kleinere Pforten, die jeweils nur von einem Mann bewacht wurden. Wenn er Glück hatte, konnte er die Wache ablenken und durch den Eingang für die Viehtreiber verschwinden. Diese Pforte war eigentlich durchgehend offen, da auch Knechte und Mägde diesen Zugang zur Festung nutzten und sie war gut versteckt, so dass mögliche Angreifer sie nicht sofort entdeckten.
Bennets Herz schlug ihm bis zum Hals, als er sich langsam der kleinen Pforte und der davor stehenden Wache näherte. Er hörte nichts bis auf sein wild schlagendes Herz und das Blut, das durch seine Ohren toste. Und gerade als er sich bückte um ein paar kleinere Steinchen aufzuheben, geschah etwas Unerwartetes: Die Wache verließ ihren Posten. Bennet sah seine Chance und nutzte sie. Er rannte los.
Und als er das Tor passierte und innerlich bereits aufatmen wollte, hörte er die Schritte und das Gelächter hinter sich. Sie hatten ihn beobachtet, wie ein Reh, das sie erjagen wollten. Sie

würden ihn kriegen.

Mit letzter Kraft zog River sich aus dem Wasser. Es war dunkel geworden. Seine Kleider hingen wie nasse Säcke an ihm herunter. Er kam auf die Beine, lief rasch über den schmalen Sandstrand und kletterte über die ersten glatten Felsen.
Der kalte Wind erfasste ihn mit eisiger Härte. Lange konnte er nicht in den nassen Sachen herumlaufen – oder er würde sich den Tod holen. Aber was sollte er tun?
Mit einem Satz sprang er auf der anderen Seite die Böschung hinunter. Er musste in Bewegung bleiben. Barfuß rannte er über die spitzen Steine. Er kletterte an der Steilwand nach oben und betete, dass er nicht abstürzte. Mit Händen und Füßen suchte er Halt in kleinen Einbuchtungen und Felsspalten, nutzte jeden Vorsprung, den seine Finger ertasteten. Seine Fingerkuppen bluteten nach kurzer Zeit, weil er immer wieder abrutschte. Aber er musste weiter.
Als er schließlich oben angelangt war, blieb er für einen Moment erschöpft liegen. Sein Herz raste, sein Brustkorb wollte schier zerplatzen. Aber er rappelte sich wieder auf und lief in den Wald hinein. Zweige stachen in seine empfindlichen Füße.

Xisis

Mit hochgezogenen Augenbrauen sah Zeth, wie Bennet hereingeführt wurde. Mit Lederriemen an Hand- und Fußgelenken gefesselt, sein nackter Oberkörper zeigte Spuren von Schlägen, er hatte den Kopf gesenkt.
„Er hat versucht, sich aus dem Staub zu machen“, sagte Legato.
„Das stimmt nicht“, murmelte Bennet.
Zeth gab Legato ein Zeichen, und dieser zog sich zurück.
„Du wolltest mich also verlassen?“
Bennet schüttelte den Kopf. „Nein, Herr ... ich wäre sofort zu Euch gekommen.“

Zeth machte einen Schritt auf den Jungen zu. „Lüg mich nicht an!“
Bennet zuckte zusammen. „Das ist die Wahrheit ...“
„Und warum bist du dann weggelaufen?“
Bennet zögerte. Er wollte die Erinnerungen an die letzte Nacht aus seinem Gedächtnis tilgen. „Wegen Finn ...“, sagte er schließlich. „Er hat ... er wollte mich nur in sein Bett zwingen. – Aber ich bin nicht sein Leibeigener!“
„Noch nicht.“
Bennet hob den Kopf und starrte Zeth entgeistert an. „Was soll das heißen?“
„Er will dich als seinen Knappen.“
Der Junge schüttelte den Kopf. „Nein, das will ich nicht. Das kann ich nicht! Capitan, ich ... tue alles, was Ihr wünscht, aber überlasst mich nicht diesem ...“
Zeth hob die Hand.
Bennet fiel augenblicklich auf die Knie. „Bitte schlagt mich nicht!“
Überrascht sah Zeth nach unten. „Das hatte ich nicht vor.“
„Bitte Capitan ...“
„Was?“ Seine Frage klang schärfer, als Zeth es beabsichtigt hatte.
„Nehmt mich das nächste Mal mit, wenn Ihr auf Reisen geht. Bitte, ich kann nicht hier bleiben ...“
Zeth verschlug es die Sprache. War der Junge nun so unverschämt oder hatte er solche Angst?
„Ach, ich soll dich also mitnehmen“, spottete Zeth. „Und warum sollte ich das tun? Damit du mich wieder beißen und so für Tage außer Gefecht setzen kannst?“
Bennet erhob sich langsam wieder vom Boden. Die Fesseln erschwerten ihm das Aufstehen erheblich.
„Nehmt mir die Fesseln ab, bitte.“ Seine Stimme war ganz leise. „Ihr wisst, dass ich nicht vor Euch davonlaufen wollte.“
„Woher sollte ich das wissen, Junge? Ich weiß gar nichts über dich.“ Doch Zeth trat einen Schritt auf ihn zu und löste die

Fesseln. Er sah, dass Bennets Hand- und Fußgelenke bereits aufgescheuert waren.
Ohne ein Wort zu sagen begann Bennet seine Hose auszuziehen – das einzige Kleidungsstück, das er noch trug. Er ließ sie einfach auf den Boden rutschen und stand dann ganz nackt da. Nackt und verletzlich. Die Augen fest auf den Boden geheftet.
Zeth starrte ihn an.
„Was soll das?", fragte er langsam. Seine Augen glitten über Bennets noch nicht ausgereiften Körper.
„Das, was ich gesagt habe: Ich tue alles, was Ihr wollt." Bennets Stimme zitterte. „Und Ihr könnt alles mit mir tun."
Zeth umrundete ihn. „Glaubst du, ich würde mich an deinem dünnen, geschundenen Körper vergehen?"
Bennet konnte die Tränen, die in seinen Augen brannten, nicht mehr aufhalten. Sie rollten über seine Wangen und fielen auf den Boden. Doch er schluchzte nicht – er war ganz still.
Er tat Zeth leid, wie er so dastand und heulte. Ein Häufchen Elend.
„Geh ins Bett, Bennet, und schlaf dich gründlich aus."
Bennet presste die Lippen fest zusammen, konnte jedoch nicht verhindern, dass sich ein Schluchzen seiner Kehle entrang. Dass Zeth ihn jetzt abwies, machte alles nur noch schlimmer.
Zeth schüttelte leicht genervt den Kopf, als Bennet sich nicht bewegte. Er trat einen Schritt auf den Jungen zu und warf ihn sich über die Schulter, ehe Bennet reagieren konnte.
„Was ...?" Weiter kam Bennet nicht, denn Zeth öffnete die Tür und trat auf den Gang hinaus.
Und ohne sich um die erstaunten Blicke der anderen zu kümmern, trug Zeth den nackten Jungen in sein Schlafgemach.
Bennet war das alles schrecklich unangenehm, doch er wusste auch nicht, wie er sich gegen Zeths kräftigen Griff zur Wehr setzen sollte. Und außerdem wollte er sich auch gar nicht wehren. Nicht gegen diesen Mann. Im Moment gab es nur Zeth und ihn – was die anderen dachten, schrumpfte in einem

Winkel seines Gehirns zur Gleichgültigkeit. Er spürte Zeths festen Oberkörper an seinem Leib, Zeths muskulöse Schulter bohrte sich in seinen Bauch. Er war verschreckt, doch gleichzeitig so unendlich froh, dass Zeth wieder zurück war.
Einer von Zeths Dienern stieß die Tür zum Schlafgemach seines Herrn auf. Dort setzte Zeth Bennet ab.
„Und jetzt ab ins Bett“, knurrte er unfreundlich.
Bennet dachte nicht weiter nach. Er schlang die Arme um den durchtrainierten Körper des anderen, stellte sich auf die Zehenspitzen und drückte einen Kuss auf Zeths feste Lippen.
Dieser starrte ihn erstaunt an. Dann nahm er Bennet bei den Schultern und schob ihn Richtung Bett. „Jetzt ist aber genug mit so einem Unfug!“, sagte er streng.
Er gab Bennet einen Stoß, so dass dieser auf dem Bett landete.
„Und nun schläfst du.“
Verwirrt, enttäuscht und aufgekratzt schaute Bennet Zeth nach, als der sich aus dem Zimmer entfernte. Zeth hatte ihn auf sein eigenes riesiges Bett gestoßen, das inmitten des Zimmers auf einem kleinen Podest stand. Bennet nahm den angenehmen Geruch wahr, der ihn umgab, die weichen Decken und Kissen, in die er geflogen war. Nur für eine Sekunde hatte er im Kopf, dass Zeth ihn später wecken und ebenfalls missbrauchen würde. Nur für eine Sekunde, dann löste sich ein Knoten in ihm und er begann zu schluchzen. Salzige Tränen rannen über sein Gesicht, mischten sich mit der Hoffnungslosigkeit, die ihn umgab, und darüber schlief er schließlich ein.

Am nächsten Morgen weckte ihn das Gefühl, beobachtet zu werden. Und als er die Augen aufschlug, sah Bennet in Zeths dunkle Augen.
„Sir“, krächzte er.
Zeth nickte ihm zu, dann wandte er sich ab. Bennet hatte rein gar nichts in seinem Gesicht lesen können.
„Zieh dich an und frühstücke ordentlich. Ich brauche einen kräftigen Knappen und kein Skelett.“

Bennet zwang sich aus dem Bett, er überlegte kurz, wo Zeth die Nacht verbracht hatte. Vielleicht bei seiner Geliebten? Aber, was ging das ihn an? So lange er nur sicher war. Er ignorierte seine Nacktheit und schwang seine Beine aus Zeths breitem Bett.
„Wenn du möchtest, kannst du zu Esarion gehen."
Bennet konnte nicht verhindern, dass er rot wurde. „Mir geht es gut."
„Dann erwarte ich dich in einer halben Stunde unten auf dem Hof." Mit diesen Worten verließ Zeth ihn. Egal, welche – unangenehme – Überraschung der Capitan für ihn parat hatte, alles war besser als Finn ausgeliefert zu sein.
Exakt eine halbe Stunde später war Bennet sauber, mit neuer Kleidung versehen und annähernd satt auf dem Burghof von Darkess, nahe der Übungsplätze.
Jemand trat von hinten an ihn heran. „Bennet, komm mit mir."
Er hatte die Stimme sofort erkannt. Unsicher sah Bennet zu seinem neuen Herrn auf. Warum nur hatte er immer dieses merkwürdige Gefühl, wenn er in dessen dunklen Augen versank? Hatte er Angst vor Zeth? Vor dessen berüchtigten Launen? – Bisher hatte er vielleicht nur Glück gehabt, dass Zeth noch nicht die Hand gegen ihn erhoben hatte. Es wäre um so vieles schlimmer gewesen, wenn nicht Finn sondern Zeth ihn misshandelt hätte.
„Los, nicht so schüchtern", ermunterte Zeth ihn, und er folgte dem großen Mann. Zeth ging vor ihm her, Richtung Stallungen. Die Sonne schien, doch der Wind kündigte bereits die kalte Jahreszeit an. Sie begegneten einigen Leuten, die Zeth ehrfürchtig grüßten und ihn, Bennet, nicht beachteten. Er hatte das Gefühl, als würden sie ihn keines Blickes würdigen, wenn er jedoch an ihnen vorbei gegangen war, flogen die Köpfe herum und neugierige Augenpaare folgten ihm.
„Du wolltest doch unbedingt mitkommen das nächste Mal, oder?"

Bennet nickte schüchtern, als sie den Stall betraten.
„Dann brauchst du auch ein Pferd." Zeth führte ihn zu einer Box, in dem ein zierlicher Fuchshengst stand und sie mit einem aufgeregten Schnauben empfing. „Das ist jetzt deiner. Er heißt Xisis."
Zeth beobachtete Bennets Gesichtsausdruck, und als er sah, wie der Junge sich freute, lächelte er zufrieden.
„Danke ... vielen Dank ... ich weiß gar nicht", stotterte Bennet aufgeregt. Der Fuchshengst war ein wundervolles Pferd, das eher zu einem jungen Adeligen gepasst hätte. Aber er war hier nur ein Knappe! Und die ritten normalerweise auf stämmigen Ponies oder auf großen Maultieren.
Mit leuchtenden Augen betrachtete er das Tier.
„Danke ..."
Zeth grinste. „Nun fall nicht gleich auf die Knie. – Möchtest du eine Runde reiten?"
„Ja ..."
Zeth winkte einen der jungen Stallburschen heran, doch Bennet fragte sofort: „Kann ich ihn nicht satteln?"
„Natürlich."
Der Stallbursche blieb trotzdem in ihrer Nähe und reichte Bennet den Sattel und das Zaumzeug. Andächtig strich Bennet dem Pferd über den schlanken Hals. „Ein Laräer, nicht wahr?"
Zeth nickte. Tatsächlich hatte er das edle Tier von einem laräischen Händler erstanden. Die Nomaden züchteten gute, ausdauernde Pferde, und Zeth veredelte ihre eigene Zucht gerne mit laräischem Blut. Der Junge schien wirklich Ahnung zu haben.
Bennet hielt sich nicht lange mit den Steigbügeln auf, er sprang mit einem geschmeidigen Satz auf den Pferderücken.
Zeth lachte. „Du bist noch nicht häufig mit einem Sattel geritten, was?"
Aber Bennet nahm den gutmütigen Spott einfach hin, er war viel zu begeistert von seinem Pferd, als dass ihn irgend etwas hätte ärgern können.

Esarion trat zu Zeth, der Bennets Reitkünste abschätzte und mit dem, was er sah, mehr als zufrieden war.
„Schlechtes Gewissen?"
Zeth schnaubte. „Warum sollte ich?"
„Dein Ausbilder hat ihn misshandelt und vergewaltigt. Und du weißt das. Du hättest ihn nicht hier lassen dürfen."
Zeth sah dem alten Arzt ins Gesicht. „Er hätte mich nicht beißen dürfen."
Esarion zuckte mit den Schultern. „Ich wünschte mir, du würdest dich für ihn verantwortlich fühlen ..."
„Ich bin für alle Leute auf Darkess verantwortlich", grollte Zeth.
Esarion verzog den Mund. „Ich wünschte, du würdest die menschliche Seite an dir nicht ganz so stark verleugnen. Warum wird soviel Blut vergossen, warum werden Menschen gequält? Selbst du strafst mit der Peitsche."
„Das ist mein Recht, Esarion. Aber ich kann dich beruhigen – ich werde Bennet nicht misshandeln."
„Pass auf ihn auf."
„Warum sagst du mir so etwas?" Langsam wurde Zeth ärgerlich.
Esarion runzelte die Stirn. „Ich weiß nicht, nur so eine Ahnung."

Intrigen

„Capitan! Capitan Zeth!"
Zeth ließ den Bogen sinken und drehte sich im selben Moment um wie Seco, mit dem er zusammen auf die großen Scheiben in einiger Entfernung geschossen hatte. Er hatte den Ehrgeiz, Seco irgendwann einmal zu besiegen – aber im Augenblick war er noch weit davon entfernt. Der junge Mann war der beste Bogenschütze, den er kannte.
Jetzt aber starrten sie beiden dem Mann entgegen, den Zeth als einen der Hauptwachmänner erkannte und der höchst aufgeregt auf sie zulief.

„Was gibt es, Aurin?“
„Capitan, schlechte Neuigkeiten!“, keuchte Aurin. „Auf Euren Vater wurde ein Anschlag verübt!“
Zeth packte Aurin am Kragen. „Was sagst du da?“
Seco berührte ihn besänftigend am Arm. „Zeth ...!“
„Euer Vater, der Caskáran, wurde bei einem Attentat verletzt! Er wünscht, dass Ihr Euch sofort mit ein paar Männern auf den Weg macht!“
„Zeth“, wiederholte Seco noch einmal ruhig, und der Angesprochene ließ Aurin widerwillig los.
„Ist er in Lebensgefahr?“
Aurin schüttelte verstört den Kopf. „Nein, es scheint nicht so. Der Bote sprach von einem Streifschuss. Der Pfeil wurde von einer Armbrust abgefeuert.“
„Und der Täter? Wurde er gefasst?“
„Nein, Sir. Deswegen sollt Ihr auch einige Eurer Männer mitbringen ...“
Zeths Gesichtsausdruck wurde hart. Es war kein gutes Zeichen, wenn sein Vater ihm die Ermittlungen übertragen wollte, oder wie auch immer der Auftrag lauten würde. Das hieß, dass er seinen eigenen Soldaten misstraute, etwas anderes konnte es nicht bedeuten.
„Ich will sofort aufbrechen, Seco. Informier’ Thraq, Toran, Pheridon, Aquir, Oleus, Ivgyr, Ragan, Sen und Gallor und sattele dein eigenes Pferd.“
Seco nickte knapp. Er entfernte sich mit schnellen Schritten und genau das hatte auch Aurin im Sinn, doch Zeth hielt ihn zurück.
„Warte! – Gib meinem Knappen Bennet Bescheid, dass wir schnellstmöglich aufbrechen. Er soll die Sachen packen!“
„Ja, Sir.“
Grübelnd folgte Zeth dem davoneilenden Wachmann. Er hatte ihn mal wieder grundlos in Panik versetzt und nahm sich vor, beim nächsten Mal weniger aufbrausend zu sein. Wenn er daran dachte ...

Im Moment aber waren seine Gedanken ganz woanders. Sein Vater war Opfer eines Anschlags geworden ... Wer konnte dahinter stecken? Hatte das vielleicht mit den Grenzstreitigkeiten zwischen Ferakon und Caskáran Refir zu tun? – Eine andere Möglichkeit kam für Zeth fast nicht in Betracht. Ferakon war ein gerechter Herrscher! Zeth glaubte nicht, dass er allzu viele Feinde in den eigenen Reihen hatte. – Der Anschlag hatte Uliteria sicher in höchste Aufregung versetzt – und ebenso seinen Halbbruder Kyl. Immerhin war er der Thronfolger!

Zwölf Reiter machten sich auf den Weg nach Iskaran. Sie ritten zügig, ohne die Pferde zu überfordern. Hinter den Sätteln war das Gepäck verschnallt, Zeth und seine Männer trugen schwere dunkle Umhänge über ihrer dunklen Kleidung und den schwarzen, schmucklosen Wappenröcken, die sie vor Wind und Wetter schützten. Direkt hinter Zeth ritt Bennet auf seinem neuen Fuchshengst Xisis. Er genoss den schnellen Ritt und konzentrierte sich vollkommen auf die Bewegungen des Pferdes.
Als er den Befehl bekommen hatte, die Sachen für den Ritt zu packen, hatte er es zunächst nicht glauben wollen. Aber Zeth hatte ihn tatsächlich mitgenommen. Er musste nicht noch einmal auf Darkess bleiben. Und trotz des befreienden Gefühls umwölkten dunkle Emotionen seine Gedanken. Er war auf dem Weg nach Iskaran, seinen Feinden näher als je zuvor. Darkess war nur ein Zwischenspiel gewesen, und vielleicht war Zeth das auch. Er musste nun so viel an Informationen sammeln, wie er bekommen konnte. Und dieses Unterfangen war lebensgefährlich.
Aber Zeth schien ihm zu vertrauen, zumindest im Ansatz. Denn er hatte Bennet auf Esarions Vorschlag hin eine Waffe wählen lassen. Natürlich brauchte er als Knappe eine Waffe! Aber nach ihrem unglücklichen Start hätte Bennet nie zu fragen gewagt.
Er hatte sich für ein schönes, kleines Messer entschieden. Das

war eine Waffe, die er immer bei sich tragen und – mit der er effizient umgehen konnte.

Endlich in Iskaran.
Bennet sog die Eindrücke in sich auf. Seit langer Zeit war er wieder in einer richtigen Stadt. Er hatte das Gefühl vermisst, auch wenn Iskaran die Stadt seiner Feinde war. Und wenn irgendjemand gewusst hätte, wer er war, dann wäre er wahrscheinlich augenblicklich inhaftiert und vermutlich auch getötet worden. Aber niemand kannte ihn. Es war zu lange her.
Und so genoss er einfach die Menge, die Menschen, die Händler und die Möglichkeiten, die Iskaran bot. Sein Fuchshengst tänzelte einige Male nervös, auch er schien die Unruhe und das Gewusel einer Stadt nicht zu kennen.
Zeth hatte sich sofort zu seinem Vater begeben, Bennet hingegen war mit Zeths Männern im Soldatenquartier, nahe des Palastes untergebracht. Das war ihm recht. Er glaubte nicht, dass er es ertragen hätte, die Mörder seiner Familie zu sehen.
Es war ohnehin schwer genug, den Hass zu verbergen, der tief in ihm schwelte. Ein Hass, der sich nicht gegen Zeth oder seine Männer richtete, sondern gegen den Herrscher von Yendland und die Xenten. Aber sein Leben hing davon ab, dass er sich unter Kontrolle hatte.

Zeth eilte durch die langen Gänge des Palastes bis zum Gemach seines Vaters. Die Wache ließ ihn passieren.
Ferakon, der Herrscher von Yendland, lag blass aber bei Bewusstsein auf seinem riesigen Bett, den Kopf durch Kissen gestützt.
Zeth näherte sich ihm leise. „Mein Caskáran?"
Ferakon drehte seinen Kopf und sah ihm entgegen. „Ah, Zeth – schön dich zu sehen." Seine Stimme klang heiser, angestrengt.
„Ich bin sofort losgeritten, als ich von dem Anschlag hörte. Was ist passiert? Wie geht es Euch?"
Ferakon lächelte matt. „Es war nur ein Streifschuss, Zeth. Aber

es dauert wohl noch eine Zeit, bis die Verletzung verheilt ist und ich das Bett wieder verlassen kann. Aber – wie du sicher verstehst – ich bin beunruhigt."
„Ja, natürlich. Habt Ihr einen Verdacht?"
Ferakon seufzte. „Nein, ich habe keinen richtigen Verdacht. Vielleicht ist der Anschlag von einem von Refirs Männern verübt worden. Es gab Schwierigkeiten an den Grenzen. Doch ich möchte mich da nicht festlegen. Meine Berater sehen das wie üblich anders, sie sehen es als erwiesen an, dass Refir seine Hände im Spiel hat. Die Caskárin kommt fast um vor Sorge. Und Kyl ... na ja, du kennst ihn."
Zeth nickte. Seinen Halbbruder Kyl kannte er allerdings zu Genüge. Aber er hatte die Hoffnung noch nicht aufgegeben, dass Kyl irgendwann einmal einen würdigen Thronfolger abgeben würde. Auch wenn er im Moment noch Meilenweit davon entfernt war. Er war ein launischer, verantwortungsloser Kerl, der nur auf seinen eigenen Vorteil bedacht war.
Ob Uliteria allerdings besorgt war, das wagte er zu bezweifeln. Doch er hütete sich, diesen Gedanken auszusprechen.
„Ich habe einige meiner besten Männer mitgebracht. Wir werden sofort losreiten, um die Attentäter dingfest zu machen."
Doch Ferakon schüttelte langsam den Kopf. „Ich brauche dich hier, Zeth – du sollst Nachforschungen anstellen. Ich brauche jemanden, dem ich vertrauen kann. Du wirst erst aufbrechen, wenn du eine richtige Spur hast. Ich kann es mir nicht erlauben, euch blind herumsuchen zu lassen. Dafür fehlt mir die Zeit."
Zeth hob erstaunt den Kopf und sah seinen Vater fragend an.
Der wies die Wachen mit einer Handbewegung an, den Raum zu verlassen. Und erst als sie allein waren, sagte er kaum hörbar: „Sie wollten mich nicht umbringen, Zeth, da bin ich sicher. Es war ein Ablenkungsmanöver – sie ..." Er zögerte unmerklich. „Sie haben das Raq gestohlen. Das Zeichen der Macht. Du weißt, was das bedeutet."
„Den Lichtstein", flüsterte Zeth erschrocken. War es das, was

bereits Itron hatte stehlen wollen? Das war ein Schlag für Yendland! Der Lichtstein von Meru war das Zeichen der Herrschaft. Sollte der Stein in die Hände eines anderen Caskáran fallen, bedeutete das Krieg, unweigerlich. Denn das Raq band die Xenten an Yendland, und nur durch das magische Heer der Xenten hatte Yendland diese vorherrschende Stellung erlangen können. Jeder andere Caskáran würde versuchen, die Xenten an sein eigenes Land zu binden und die Herrschaft über die anderen Staaten zu erlangen.
„Das ist eine Katastrophe! Niemand darf davon erfahren. Es war ein Zufall, dass Uliteria auf ihrem Weg zur Krypta den niedergestochenen Wächter fand. Sie hat mich sofort aufgesucht, ohne Alarm zu schlagen."
„Wie konnte das passieren?"
Ferakon schüttelte matt den Kopf. „Ich kann es mir nicht erklären. Nur ein fremder Magier hätte den Stein nehmen können ..."
„Wer weiß davon?", fragte Zeth leise.
„Uliteria, Kyl, dein Halbbruder und Mandaor, mein engster Berater."
„Was habt Ihr nun vor?"
Ferakon fixierte seinen Sohn scharf. Um seinen Mund hatten sich tiefe Falten gebildet. Er unterdrückte den Schmerz um klar zu denken.
„Es gibt nur einen Weg – du musst das Raq finden, bevor bekannt wird, dass es gestohlen wurde. Das war auch der Rat, den Mandaor mir gab."
Zeth brauchte eine Zeit, das eben Gehörte zu verdauen.
„Finde das Raq, es bindet die Xenten an mein Reich. Aber es darf niemand davon erfahren. Auch deine Männer dürfen den wahren Grund ihrer Mission nicht kennen. Wenn du das Raq findest, dann hast du auch die Männer, die mich angegriffen haben."
„Das wird schwer werden", wandte Zeth ein. „Vor allem, wenn

ich es mit einem Magier aufnehmen muss."
„Ich verlasse mich auf dich, Zeth!", krächzte Ferakon streng.

Nach dem Besuch am Krankenbett seines Vaters wurde Zeth auf dem Weg in sein Quartier von Vernon, dem Berater seines Halbbruders Kyl aufgehalten. Da Vernon ein unangenehmer Zeitgenosse war und zudem zur Xentenkaste gehörte, mied Zeth ihn wie der Faule die Arbeit. Zu seinem Glück war Vernon ein Magier der fünften Stufe und damit nicht sehr mächtig. Das war der Grund, warum er sich den Posten als Berater erarbeitet hatte. Und mittlerweile hatte er eine Menge Einfluss. Er nahm es sich heraus, nicht die übliche Kutte der Xenten zu tragen, sondern ein dunkelgrünes langes, enganliegendes Gewand, das mit magischen Symbolen bestickt war. Beeindruckend und vielleicht beängstigend für jeden, der nicht mit Magie vertraut war.
„Capitan Zeth, meldet Euch umgehend bei Fran Kyl."
Zeth nickte, die Unhöflichkeit der Aufforderung ignorierend. Was konnte sein Halbbruder von ihm wollen? Auf jeden Fall gab es dringendere Angelegenheiten zu erledigen. Zunächst musste er ins Soldatenquartier.
Über all den Dingen, an die er denken musste und Entscheidungen, die er zu treffen hatte, vergaß Zeth Vernon und Kyl. Eine Unachtsamkeit mit Folgen.

Zeth holte Bennet aus den Soldatenquartieren, um ihm den Palast zu zeigen. Er bemerkte die Anspannung des Jungen, der sich dicht hinter ihm hielt, fast, als wolle er sich verstecken. Doch Zeth glaubte, dass es ihm ähnlich ergangen wäre in Bennets Alter, wenn er hier nicht seine Kindheit verbracht hätte.
Bennet fühlte sich deutlich unwohl in dieser Umgebung. Zeth fiel wieder ein, für welche Waffe sich der Junge entschieden hatte – für einen Dolch. Er war eben nicht in einem Palast aufgewachsen, sondern nur ein einfacher Bauernbursche.

Warum hätte er sich ein Schwert aussuchen sollen? Woher sollte er den Umgang mit einem Schwert kennen? Vielleicht konnte er noch mit dem Bogen umgehen, doch selbst das bezweifelte Zeth. Als Nordsiedler mied er es, Fleisch zu essen. Warum sollte er es also jagen? Die Beeren würde er sicher nicht aus den Büschen schießen.
Nach einer kurzen Besichtigungstour durch die oberen Palasträume und die riesige Bibliothek führte Zeth ihn nach unten, in das Labyrinth der unterirdischen Gänge, Richtung Sakristei. Er wollte Bennet nichts von dem gestohlenen Raq erzählen, doch er hatte vor sich den *geheimen* Ort anzusehen, an dem der Lichtstein verwahrt worden war. Den Ort, an dem Uliteria den toten Wächter gefunden hatte. Und er wollte vermeiden, allein dort angetroffen zu werden.
Die magische Sakristei war nur einer der Räume in dem ausgedehnten Kellergewölbe. Es war dunkel in den engen Gängen, rußende Fackeln, die in Wandhaltern steckten, spendeten wenig Licht. Jemand musste ungesehen in das Kellergewölbe hinein- und wieder herausgekommen sein. Ein Fremder hätte das kaum fertig gebracht, unbemerkt. Davon abgesehen bestand die große Gefahr, nicht mehr aus den verwinkelten Gängen hinauszufinden. Hatte jemand aus dem Palast das Raq entwendet? Wer hatte gewusst, dass es in der magischen Sakristei aufbewahrt wurde? War die Aufregung durch den Anschlag auf Ferakon so groß gewesen, dass niemand auf das Kellergewölbe acht gegeben hatte? Das konnte sich Zeth kaum vorstellen. Nicht in diesem Palast.
Sie hörten Stimmen und Schritte und als Zeth um die Ecke bog, sah er in einiger Entfernung Ne'ertal, den Großmeister der Xenten, der mit einem weiteren, ihm unbekannten Magier sprach. Sie waren beide in die schlichten dunkelgrauen Xentenkutten gehüllt, doch Zeth hatte Ne'ertals Ausstrahlung gespürt noch bevor er ihn richtig erkannt hatte. Als sie Zeth und Bennet entdeckten, verstummte ihre Unterhaltung abrupt.
Es war nicht sehr verwunderlich, einen Xenten hier unten

anzutreffen, da man über diese Gänge auch zu den Kerkerräumen gelangte. Und die Xenten waren die offiziellen Ermittler und Hüter über Recht und Gesetz. Zudem hatten sie einen eigenen Versammlungsraum in der Nähe der Sakristei, in dem kleinere Seminare und Treffen stattfanden.
Was Zeth viel mehr beunruhigte, als einen der Xenten zu treffen, war der Blick, den Ne'ertal Bennet zuwarf. Ein irritiertes Blinzeln begleitete das suchende Aufschauen, doch offenbar fand der Großmeister nicht das vor, was er gedacht hatte. Ohne Zeth und Bennet weiter zu beachten, wandte er sich wieder dem anderen Magier zu.
Wenn Ne'ertal sich hier herumtrieb, wusste er mit Sicherheit, dass das Raq verschwunden war, schoss es Zeth durch den Kopf. Ne'ertal war ein mächtiger Magier – er musste gespürt haben, dass jemand den Lichtstein entwendete. Es sei denn, der Dieb verfügte ebenfalls über eine ausgeprägte magische Begabung. Aber ein Magier im Palast von Iskaran, der nicht zur Xentenkaste gehörte? Wer sollte so ein Risiko eingehen? Und zu welchem Zweck? Feststand für Zeth, dass Ferakon den Magier nicht glauben machen konnte, das Raq sei an einen sicheren Ort gebracht worden. Die Sache blieb zunächst ein Rätsel.
„Bennet? Kommst du?" Zeth drehte sich um und sah erst jetzt wie blass und erschrocken der Junge war. „Was ist los?"
Bennet räusperte sich. Er hatte die Blicke der zwei Magier auf sich gespürt wie Säure, die man über seinen Kopf schüttete. Und doch schienen sie ihn nicht erkannt zu haben.
Zeth nahm Bennet am Arm und zog ihn in die Sakristei. Hier standen sie nun vor dem leeren Sockel, auf dem der Lichtstein von Meru hätte liegen müssen, sein hellblaues Licht ausstrahlend. Er war, wie Ferakon ihm erläutert hatte, von einem speziellen Tuch abgedeckt gewesen. Denn sonst hätte er den ganzen vorderen Bereich der Sakristei erleuchtet. Zeth inspizierte den Raum, sich der schwachen magischen Strahlung bewusst, die in diesem Raum vorherrschte, während Bennet

sich eher oberflächlich umsah. Natürlich, er wusste schließlich nicht, dass etwas so Wertvolles gestohlen worden war.
Die Wände des steinernen Raumes waren mit magischen Symbolen übersät und mit altertümlichen Waffen ausstaffiert. Bennet schätzte sie als sehr wertvoll ein. Er wunderte sich darüber, dass sie nicht in der Schatzkammer untergebracht wurden.
„Dieser Raum wird eigentlich von einem Soldaten der Palastgarde bewacht. Es ist immer jemand hier ... gewesen", fügte er hinzu. Denn, nun gab es gerade keinen Grund für eine spezielle Überwachung der Sakristei. Wie sein Vater wohl diesen Umstand erklärte? Vermutlich dachte niemand daran, dass der Lichtstein von Meru nicht mehr im Palast von Iskaran sein könnte. Niemand würde darüber nachdenken, warum die magische Sakristei nun nicht mehr bewacht wurde, denn Zeth kannte nicht viele, die eine Anordnung des Caskáran hinterfragt hätten.
Hier, in der Sakristei, hatte Uliteria den Toten entdeckt. Doch, was hatte sie hier gewollt?
Er drehte sich um. Vom Eingang aus konnte man den Sockel des Raq nicht direkt sehen. Er ging zurück, verließ die Sakristei und stellte sich dann in den gemauerten Rundbogen um seine Vermutung zu überprüfen. Uliteria musste in die Sakristei hineingegangen sein, zufällig hatte sie den toten Wächter nicht entdeckt. Vielleicht hatte sie eine Ahnung gehabt, dass die Attentäter das Raq stehlen wollten. Oder hatte sie gezielt danach geschaut? Das bedeutete aber, dass sie zumindest den Aufbewahrungsort gekannt hatte. Aber natürlich, sie war die Caskárin. Ein kurzer Schauer strich über ihn hinweg. Als er aufschaute, bemerkte er Bennets aufmerksamen Blick auf sich ruhen. Noch immer wirkte der Junge blass.
Seufzend winkte er ihn zu sich. Er würde mit Uliteria reden müssen, ohne allzu viel über seine eigenen Gedankengänge zu verraten.

Auf dem Weg in die Soldatenquartiere traf Zeth auf Seco und teilte ihm die wichtigsten Details mit. Bennet hielt sich im Hintergrund, um eine neutrale Haltung bemüht. Aber er spürte bereits jetzt wie seine Maske bröckelte. Er konnte nicht lange in Iskaran bleiben, das würde er nicht durchhalten.
„Capitan Zeth? – Ihr sollt SOFORT zu Fran Kyl kommen."
Zeth, der in das Gespräch mit Seco vertieft gewesen war, trat einen Schritt zurück und sah die Wache erstaunt an.
Der Soldat hielt seinem Blick stand. Was war los? Der Mann machte den Eindruck, als würde er ihn notfalls festnehmen. Das machte Zeth ein wenig stutzig. Auch wenn er sich gerade in diesem Moment an Vernons Aufforderung erinnerte. Aber so wichtig war eine Audienz bei Kyl wohl nicht, dass er verhaftet werden musste. Was bildete sich sein Halbbruder wieder ein?!
Seco stand abwartend, ein wenig lauernd in seiner Nähe. Auch ihm schien das Auftreten der Wache befremdlich. Bennet war ein Stück zurück gewichen.
„Was ist los?"
„Kyl möchte mit Euch reden."
„Warum?" Zeth, der sich entschieden hatte, keinen Auflauf zu verursachen, folgte der Wache durch die langen Gänge, bis sie im Palastbereich seines Halbbruders angelangten. Er hatte Seco und Bennet mit einem Wink mitgeteilt, dass er allein gehen würde.
„Das wird er Euch selbst sagen."
Zwei Diener öffneten die Flügeltüren, und Zeth betrat hinter der Wache den Raum. Kyl saß – in eine schlichte Soldatenuniform gekleidet – an seinem Schreibtisch. Die Stiefel hatte er auf der Tischplatte – und er nahm sie auch nicht runter, als Zeth sich vor ihm auf den Schreibtisch stützte.
„Was willst du, Kyl?"
Der Thronfolger grinste ihn an, jedoch ohne jeglichen Humor. Es sah eher aus, als fletsche er die Zähne.
„Ich sollte dich auspeitschen lassen", zischte er unfreundlich.
Zeth glaubte, seinen Ohren nicht zu trauen. „Bitte?"

Hatte sein Halbbruder den Verstand verloren?
Kyl nahm die Füße vom Tisch und war im nu auf den Beinen. „Du glaubst doch nicht, dass ich mir so etwas gefallen lasse?"
„Was zum Teufel redest du?"
Kyl packte ihn mit einer Hand am Hemd. Zeth konnte nur mit Mühe dem Drang widerstehen, die Hand einfach wegzuschlagen. Er atmete tief durch und rief sich ins Gedächtnis, dass Kyl der rechtmäßige Thronfolger war. Jede Tätlichkeit gegen ihn würde massive Folgen haben. Feindselig blickte er den anderen an.
„Kyl, nimm' deine Finger von mir und klär' mich darüber auf, was ich angeblich getan habe."
„Warum bist du hier? Wolltest du den Thron an dich reißen?!"
Kyl gab Zeth einen Stoß, so dass dieser zwei Schritte zurücktaumelte. In diesem Moment riss bei Zeth der Geduldsfaden. Er sprang auf Kyl zu und schlug ihn mit einem kontrollierten Faustschlag zu Boden.
Der war zu überrascht, um reagieren zu können; und Zeth bereute seine Tat augenblicklich. Doch er wurde schon von Kyls Leibgarde gepackt. Eine wilde Euphorie durchflutete ihn – er war schneller gewesen als Kyls Männer.
Langsam stand Kyl auf, bewegte prüfend seinen Kiefer und starrte Zeth düster an. Zeth wusste, dass er einen Fehler gemacht hatte. Und es tat ihm leid, dass er den Jüngeren niedergestreckt hatte. Kyl machte es einem zwar nicht leicht, dass man ihn mochte, aber er war immerhin sein Halbbruder!
„Führt ihn ab", knurrte der Thronfolger seiner Leibwache zu.
Zeth nickte und ließ sich widerwillig von den Wachen abführen. Es war nicht das erste Mal, dass er unter Arrest gestellt wurde, daher war ihm der Zellentrakt des Palastes bekannt.
Der Kerkermeister sah ihn allerdings verblüfft an. „Capitan Zeth?"
„Eine kleine Auseinandersetzung mit meinem Bruder", schwächte Zeth die Situation ab. Doch in Wirklichkeit war er

ein wenig beunruhigt. Was um alles in der Welt hatte er Kyl getan – abgesehen von dem Kinnhaken, den er ihm verpasst hatte? Warum hatte Kyl ihn überhaupt zu sich bestellt? Das machte alles keinen Sinn.
Der Kerkermeister öffnete ihnen eine der Zellen, und Kyls Leibgarde ließ ihn dort zurück. Hier konnte er nun überlegen, was seinen Bruder so aufgebracht hatte. In der ersten Stunde tigerte Zeth noch unruhig durch die enge, feucht-kalte Zelle, dann jedoch setzte er sich auf den Boden und lehnte sich gegen die Wand. Wie lange wollte Kyl ihn noch schmoren lassen? Er konnte doch nicht derart zornig sein, weil Zeth nicht umgehend bei ihm vorgesprochen hatte. Auch wenn er der Fran war, der Thronfolger – noch musste Zeth ihm nicht bedingungslos gehorchen. Die unangenehme, feuchte Kälte kroch in seine Glieder und trotzdem schloss er für einen Augenblick die Augen. Als wenn er nichts Wichtigeres zu tun hätte, ärgerte er sich. Das Raq befand sich nicht mehr im Besitz seines Vaters, DAS war ein Problem. Und niemand wusste, dass er im Zellentrakt eingekerkert worden war – das war ein weiteres. Er konnte Kyls Gedankengänge nicht nachvollziehen. Was hatte der bloß mit ihm vor?
Wie lange er dort gesessen hatte, konnte er nicht sagen, als plötzlich die Tür zu seiner Zelle aufgestoßen wurde. Zwei Folterknechte, die Zeth persönlich kannte, traten ein und sahen ihn ein wenig scheu an. „Capitan Zeth ...“
Zeth starrte sie an. Das konnte doch nicht wahr sein! Er *musste* träumen. Ja, wahrscheinlich war er eingeschlafen, und diese beiden waren nun in seine Traumwelt geschlüpft ... ausgerechnet. Denn soweit würde selbst Kyl nicht gehen.
Doch einer der beiden sprach ihn an: „Capitan, bitte macht uns keinen Ärger. Zieht Euer Hemd aus und stellt Euch mit gespreizten Armen und Beinen vor die Wand.“
Ungläubig sah Zeth die zwei Burschen an. Sie meinten es offensichtlich ernst. Ganz langsam kam er auf die Beine. Ein Alptraum, dachte er, während er sein Hemd über den Kopf zog.

Doch die kalten, eisernen Hand- und Fußfesseln fühlten sich erschreckend real an. Was hatte das alles zu bedeuten? Zeth machte sich bereits auf das Schlimmste gefasst, doch Kenko und Marius hatten offenbar nicht den Auftrag, ihn zu foltern. Denn sie verließen die Zelle, ohne ein weiteres Wort zu verlieren.
Zeth wartete. Was war das für eine Intrige, die ihn hierher gebracht hatte? Er konnte sich nur vorstellen, dass Vernon seine Finger im Spiel hatte. Kyl war so leicht zu beeinflussen. Ein jähzorniger junger Mann mit einem Hang zum Sadismus. Er war alles andere als geeignet, ein Land zu regieren.
Zeth war fast zur völligen Bewegungsunfähigkeit verurteilt. Seine Arme begannen bereits nach ein paar Minuten zu schmerzen – und er verdammte seinen Halbbruder.
Doch allzu lange ließ ihn der Fran nicht warten, auch wenn es Zeth wie eine Ewigkeit vorkam.
Die schwere Zellentür fiel hinter Kyl ins Schloss und Zeth versuchte, einen Blick auf seinen Halbbruder zu erhaschen – was ihm nicht wirklich gelang.
Kyl trat näher und klopfte ihm mit dem Griff einer Peitsche gegen den angespannten Oberarm.
„Das ist das erste Mal, dass du mir wirklich gefällst“, spottete er.
„Red' keinen Quatsch und sag mir lieber, was los ist“, grollte Zeth.
Erschrocken keuchte er auf, als Kyl ihn schlug. Damit hatte er nicht gerechnet.
„Verdammt, Kyl! Was soll das?“
Die Hiebe, die Kyl ihm verpasste, brannten heftig. All seinen Hass und seine Aggressionen ließ er seinen Bastardbruder nun spüren.
Und der Jüngere holte erneut aus. Leder sirrte durch die Luft und klatschte auf Zeths schweißnassen Rücken.
„Kyl!“
„Was denn, mein lieber Zeth?“, fragte Kyl zuckersüß. Auch er war außer Atem.

„Hör auf! – Oder sag mir – verdammt noch mal – wenigstens, warum du mich schlägst!“
„Das fragst du noch?“, fauchte Kyl. „Du Bastard! Wenn du glaubst, du könntest meinen Platz einnehmen, dann hast du dich getäuscht. Ich bin der Fran, und du wirst mir gehorchen. – Du bist verantwortlich für den Angriff auf meinen Vater. Du hättest ihn schützen müssen!“
Zeth vergaß für eine Sekunde die brennenden Striemen, die Kyls Schläge auf seinem Rücken hinterlassen hatten. „WAS?!?“
„Du hast diesen Spion nach Iskaran gebracht, und das Attentat war ein Racheakt. Nur wegen dir wurde das Raq entwendet! Und weißt du, was das bedeutet? Wenn Vater gestorben wäre, dann hätte ich kaum noch eine Möglichkeit, Yendland zu regieren!“
„Wer sagt das?“, keuchte Zeth.
Kyl zögerte einen Augenblick zu lang, und Zeth kannte die Antwort – Vernon.
„Willst du deine Mitschuld etwa leugnen?“
„Ja! Das einzige, was ich getan habe, war, dir eins in die Fresse zu hauen ...“ Zu Recht, ergänzte er im Stillen. Sein Bruder schien völlig irre zu sein. Wie konnte er so etwas glauben?
Kyl war für einen Augenblick stumm. Dann: „Warum sollte ich dir glauben?“
„Kyl, ich weiß, unser Verhältnis ist nicht gerade das beste, doch ich habe dich noch nie angelogen.“
Widerstrebend musste Kyl das zugeben.
„Kyl, sei kein Narr und mach mich los. Du weißt, ich lüge dich nicht an.“
„Ich mach dich noch nicht los“, beharrte Kyl selbstgefällig.
„Und warum nicht?“
„Weil du mir so gefällst.“ In diesem Moment hatte Kyl soviel Ähnlichkeit mit seiner Mutter, dass er sicher selbst verblüfft gewesen wäre. Er liebte es einfach, mit Menschen zu spielen – wie Uliteria. Er liebte das Gefühl der Macht, den Schmerz, den er anderen zufügen konnte.

„Kyl, bitte … mir tut alles weh … mach mich los, und wir vergessen die Sache.“ Es kostete Zeth einige Überwindung, seinen Halbbruder zu bitten, aber er war ihm ausgeliefert. Jede Bitte, jedes Flehen würde seinen Bruder besänftigen.
Kyl trat ganz dicht hinter ihn. „Du siehst gut aus, Zeth. – Was würdest du machen, wenn ich dir jetzt die Hose herunterziehe und dich … ficke?“
Zeth zuckte zusammen, doch er antwortete: „Ich würde das Maul halten und dich machen lassen …“
„Dann stimmt es also, dass du mit Männern ins Bett gehst?“
Welche Wendung würde ihr Gespräch nun nehmen?
Als Kyl schwieg, sagte er: „Es stimmt, aber ich lasse mich nicht ficken.“
Kyl lachte boshaft, doch Zeth hörte die Unsicherheit, die in seinem Lachen mitschwang.
Zeth atmete tief durch. Seine Arme schmerzten, und sein Rücken brannte höllisch. Er konnte sich kaum daran erinnern, wie es war, ausgepeitscht zu werden. Und er hätte viel dafür gegeben, wenn seine Erinnerung nicht aufgefrischt worden wäre.
„Was willst du, Kyl?“ fragte er leise.
Der junge Mann zögerte.
„Verdammt! Du solltest einen guten Grund haben, mich so zu behandeln“, fauchte Zeth aufgebracht. „Immerhin bin ich von unserem Vater hergerufen worden …“
„Pah … du bist doch nur hergekommen, um mir den Thron streitig zu machen“, kommentierte Kyl giftig.
„Was redest du bloß?“ Zeth schloss die Augen. „Ich werde den Thron nie besteigen – ich bin ein Bastard!“
Jetzt lachte Kyl gehässig. „Ja, das bist du. Ein verdammt gut aussehender Bastard.“
„Ich will nicht spielen. Sag mir, was ich tun muss, damit du mich losmachst. Wenn du mich noch länger hier hängen lässt, werde ich Vaters Auftrag nicht umgehend erfüllen können.“
„Dein Knappe …“, sagte Kyl sofort, „nimmst du ihn in dein

Bett?“
„Nein ...“ Zeth wurde hellhörig. Was hatte Bennet damit zu tun? Wann hatte Kyl ihn gesehen? Verdammt, warum nur war Bennet mit seinen feuerroten Haaren so auffällig?!
„Ich will ihn – für eine Nacht“, forderte Kyl, doch wieder klang er unsicher.
„Tut mir leid. Bennet ist mein Knappe, nicht mein Leibeigener. Ich kann ihn dir nicht überlassen ...“
„Doch! Du kannst, Zeth. Und du wirst. Wenn du dich weigerst, werde ich dich die ganze Nacht hier hängen lassen.“
Weigern ... als wenn er die Möglichkeit dazu gehabt hätte, dachte Zeth. Niemand würde wissen, wo er sich befand. Er hatte keine Wahl.
„Entweder ich bekomme ihn – oder ich darf euch zusehen“, erklärte Kyl lächelnd und schien nun wirklich zufrieden, dass er etwas gefunden hatte, das Zeth nicht behagte.
Zeth spannte sich unwillkürlich an. Er würde Bennet auf keinen Fall vor den gierigen Augen seines Halbbruders besteigen. Das wäre noch unwürdiger, als ihn selbst zu Kyl zu schicken.
„Mach mich los. Ich werde Bennet holen.“
Kyl lachte rau.

Muréner

River erschrak heftig, als sich eine große, schwere Hand auf seine Schulter legte. Er war doch tatsächlich eingenickt! Verdammt, das hätte nicht passieren dürfen. Sofort war er auf den Beinen. Das Feuer, das er entzündet hatte, war bis auf ein wenig Glut heruntergebrannt. Er hatte Glück gehabt, dass er überhaupt einen Feuerstein entdeckt hatte.
„Na, wen haben wir denn da?“
Zitternd wich River zurück – doch er sah sofort, dass jede Flucht sinnlos war. Ihm gegenüber standen drei Männer –

breitschultrig, muskulös, mit finsteren Gesichtern und derber Kleidung. Bergbewohner, Murèner, das war ihm sofort klar.
An eine Flucht war nicht zu denken, er fror erbärmlich, seine Glieder waren so steif, dass er sich kaum bewegen konnte.
„Los, auf!" Eine riesige Hand packte ihn am Oberarm und riss ihn auf die Füße.
„Wer bist du?" Die Männer sprachen Yendländisch, doch mit breitem Akzent.
„R ... River", stotterte der Junge. Panik kroch durch seinen Leib und lähmte ihn.
Noch immer war er nur mit den Untergewändern einer Frau bekleidet. Er hatte sie allerdings so um sich geschlungen, dass dies nicht gleich auffiel.
„Komischer Vogel", meinte ein anderer Mann und sah sich misstrauisch um. „Bist du allein?"
River nickte.
„Bist du ein Mädchen oder ein Junge?", wollte der dritte wissen.
Die beiden anderen lachten. „Schauen wir nach!"
Und noch bevor River sich wehren konnte, hatten sie ihm die Kleidung vom Leib gerissen. Nackt und zitternd stand er vor ihnen.
Die Männer grinsten sich an. „Zieh dich wieder an", sagte schließlich der offensichtliche Anführer der drei. „Du wirst mitkommen!"

Als die Sonne unterging, wanderten sie noch immer. River war zu erschöpft, um Angst zu empfinden. Er spürte seinen Körper nur dumpf, die Schmerzen waren wie ein Schatten, sie begleiteten ihn ständig, doch er fürchtete sich nicht mehr davor.
Der schmale Steinpfad stieg nun steil an. River stolperte entkräftet. Eine starke Hand riss ihn mit Leichtigkeit wieder hoch, so dass er nicht stürzte. Er erschrak, rappelte sich auf, aber sein angestrengter Geist war kaum noch in der Lage, einen klaren Gedanken zu fassen. Die Erschöpfung trieb ihn zurück

an einen anderen dunklen Ort, sechs Jahre zurück in die Vergangenheit. Aber – waren dies überhaupt seine Erinnerungen?

„Los, kommt, mein warik! Steht auf! Wir müssen fliehen!“

Er schlug die Augen auf, wusste für einen Augenblick nicht, wo er war. Über ihm verdeckte das breite, bärtige Gesicht seines Leibwächters den Schein des Mondes, der normalerweise seine Kammer erhellte.

„W... was ist los?“, fragte er schläfrig verwirrt, doch Linus zog ihn bereits am Arm nach oben. Überrascht ob dieses körperlichen Übergriffs wich der Schlaf aus Rivers Körper.

„Was machst du da?“

„Die Stadt brennt, mein warik. Yendländische Truppen sind einmarschiert. Ihr seid in Lebensgefahr!“

In Windeseile sprang River aus dem Bett und schlüpfte in seine Hosen. Das Oberteil warf er sich im Laufen über, denn Linus drängte ihn bereits aus dem Gemach. Auf den Gängen war das Chaos ausgebrochen. Bedienstete rannten hin und her, schrien sich gegenseitig an, Vorgesetzte versuchten vergeblich, Befehle zu erteilen. River erschauderte, als er dieses Durcheinander wahrnahm, doch er rannte, angeschoben von seinem Leibwächter weiter den Gang entlang. Linus drängte ihn zu den geheimen Stufen, dem Teil des Palastes, den er und sein Bruder nie hatten betreten dürfen. Der Gang neigte sich abwärts und schon sah River die unscheinbare, mit Eisenbeschlägen versehene Tür. Linus griff sich eine Fackel aus einer der vielen Wandhalterungen. River keuchte, als sie vor der Tür Halt machten, doch er kam nicht dazu zu verschnaufen. Mit ziemlichem Kraftaufwand schob Linus die Tür auf. Sie stolperten hinein, in einen dunklen Gang. Die Geräusche von draußen verstummten, als die Tür hinter ihnen zufiel. Es ging bergab. Sand und Steine unter Rivers Füßen. Er verlor vollkommen die Orientierung, lief fast blind hinter der tanzenden Fackel seines Führers her. Lange, eine Ewigkeit, bis kalte Nachtluft sie umfing.

„Was ...was ...?“

Linus packte den verwirrten Jungen an den Schultern und zwang ihn weiter. Bis sie schließlich vor einer Höhle Halt machten. „Hier bleiben wir, mein warik. Reda ist angegriffen worden. Morgen bei

Tagesanbruch werden wir weitersehen."
„Was bedeutet das – Reda wurde angegriffen?" Langsam begann River zu verstehen, aber er konnte das Ausmaß, die Tragweite von Linus' Worten nicht begreifen.
Aber bald wurde ihm klar: Reda war gefallen.
Der Schein eines Lagerfeuers holte ihn aus seinen Erinnerungen zurück. Er wurde wieder gepackt und Richtung Feuer gestoßen. Das gleißende Licht brannte in seinen Augen, er blinzelte.
Die Männer gruppierten sich um ihn, brennende, abschätzende Blicke wanderten über seinen Körper. Er kannte diese Blicke, wusste, was sie bedeuteten. Doch im Augenblick waren sie ihm egal, denn er spürte die Wärme des Feuers auf seiner nackten Haut. Und endlich hüllte ein Hauch von Wärme seinen Körper ein und Leben kehrte in ihn zurück.
„Setz dich dorthin und iss etwas", sagte der Bärtige, der offenbar der Anführer der Gruppe war.
Da er nicht sofort reagierte, wurde er auf den Boden, in die Nähe des Feuers, gedrückt. Und ehe er sich versah, hielt er eine Schale mit einer dampfenden Fleischbrühe in den Händen. Er roch das Fleisch, doch er zwang sich, zu essen. Sein Magen rebellierte und vollführte gleichzeitig Freudensprünge. Wenn er nicht aufpasste, würde er das Essen nicht bei sich behalten.
Die Männer unterhielten sich kurz in einer für ihn fremden Sprache.
„Was bist du für einer?", wandte sich schließlich einer der Männer an ihn. „Ein Sklave, der seinem Herren fortgelaufen ist?"
River verschluckte sich fast, als er diese Worte, die so nah an der Wahrheit lagen, hörte. Er nickte langsam. Wie sollte er am besten reagieren? Schlimmstenfalls hielten sie ihn für eine wertvolle Geisel. Dann bestand die Gefahr, dass sie von seiner Herkunft oder seinem letzten Aufenthaltsort erfuhren. Bevor das passierte, würde er lieber sterben! Niemals mehr wollte er in die Hände von Caskáran Refir geraten. Denn River konnte sich

nur allzu gut ausmalen, wie dessen Reaktion auf seine Flucht aussehen würde. Und Refir nahm immer grausame Rache, wenn es um Verrat ging. Besser war es also vermutlich, diese Banditen hielten ihn für einen entlaufenen Sklaven, vielleicht einen Lustknaben, mit dem man seinen Spaß haben konnte. Vielleicht ergab sich dadurch früher oder später die Möglichkeit zu einer weiteren Flucht.
Die Männer ließen ihn in dieser Nacht in Ruhe. Sie betranken sich, feierten ihren außergewöhnlichen Fang und schmiedeten Pläne für die nächsten Tage.
River lag ganz still auf der Seite. Sein Körper schmerzte, die Decke, die sie über ihn geworfen hatten, kratzte über seine empfindliche Haut, und er betete inständig, dass sie weder einen Magier noch einen Zauberkundigen in ihren Reihen hatten, noch dass sie einem begegneten.
Schließlich fielen ihm die Augen zu. Momentan gab es für ihn nur ein einziges Ziel: Überleben. Aber er fühlte sich furchtbar schwach und allein unter diesen Wilden.

Der Auftrag

Zeth ließ sich noch einen Becher des starken, dunklen Biers bringen, das eine Spezialität in Iskaran war. Er wusste, er hatte schon mehr als genug. Das Bier hatte sich bereits auf seine Stimme gelegt, und seine Bewegungen wurden mit jedem Schluck träger. Die Schmerzen in seinem Rücken waren noch nicht abgeklungen, doch Zeth empfand sie merkwürdigerweise als gerecht. Seine alkoholbetäubten Gedanken drehten sich um den Anschlag auf seinen Vater, Uliterias wissendes, spöttisches Lächeln, als er sich, den Schmerz noch in den Augen, zu ihr begeben hatte, Kyls Aggressionen ihm gegenüber und natürlich um Bennet. Jetzt, in diesem Augenblick, war Bennet in Kyls Bett – und er hatte das zu verantworten. Er hatte ihn quasi verkauft.

Immerhin hatte das Gespräch mit Uliteria etwas ergeben: Sie hatte am Tatort, nahe des ermordeten Soldaten einen Dolch gefunden, der eindeutig murénischen Ursprungs war. Der Dolch war zwar nicht die Tatwaffe gewesen, doch vielleicht hatte der Täter ihn bei dem Kampf verloren. Zeth hatte bereits beschlossen, nicht länger zu warten. Morgen würden sie aufbrechen, Richtung Norden ins Bergland. Er wollte diesen Banditen keinen noch größeren Vorsprung gewähren.
Gerade als er den Becher wieder an die Lippen führte, tippte ihm jemand auf die Schulter. Zeth fuhr herum.
„Capitan Zeth?"
Vor ihm stand Pascale – er erkannte sie sofort, obwohl sie die schlichte Kleidung der Nomaden trug und auf den ersten Blick nicht als Frau zu erkennen war. Er starrte sie an. Was machte sie hier? War sie nicht auf der Suche nach River? Er brauchte einen Augenblick, um seine Gedanken zu sortieren.
Sie ließ sich neben ihm auf den harten Stuhl gleiten.
„Es war schwierig, Euch ausfindig zu machen, Zeth."
Er nickte langsam. Der Anschlag auf seinen Vater war geheimgehalten worden. Daher wussten nur wenige Leute, dass er mit einem Teil seiner Truppe wieder im Palast des Caskáran weilte.
„Was wollt Ihr hier?"
Die junge Frau verkniff sich ein Lächeln und sagte: „Ich dachte schon, es hätte Euch die Sprache verschlagen. – Wo sind Eure Männer?"
„Ich bin allein hier." Zeth angelte sich erneut den Becher und nahm einen großen Schluck.
„Ich muss mit Euch reden, Zeth. Es ist wichtig. Ich habe eine Spur ..."
„Nicht hier!", unterbrach Zeth sie.
Pascale stand auf. „Dann kommt! Lasst uns draußen weiterreden."
Zeth erhob sich mühsam. Nicht nur der Wein machte ihm zu schaffen. Er stöhnte leise.

„Was habt Ihr?“, fragte Pascale, der Zeths schmerzumwölkter Blick nicht entgangen war. „Außer zuviel getrunken ...“
Zeth warf ihr einen lakonischen Blick zu. „Ein schlechtes Gewissen.“ Dann schwankte er zur Theke und zahlte seine Zeche. Er fühlte sich in der Tat schrecklich. Er hatte Bennet – wie einen Lustknaben – an Kyl abgetreten. Der vorwurfsvolle Blick des Jungen verfolgte ihn. Er konnte nur hoffen, dass Kyl ihm nichts antat. Erst Finn und nun auch noch Kyl ... Wahrscheinlich hasste Bennet ihn mittlerweile. Auf der anderen Seite – warum machte es ihm überhaupt etwas aus, dass sein Knappe schlecht von ihm dachte?
Pascale hatte die Kneipe bereits verlassen und wartete draußen in einer dunklen Seitenstraße auf Zeth. Trotz seiner Trunkenheit war er wachsam.
„Warum um alles in der Welt habt Ihr Euch so voll laufen lassen?“, empfing sie ihn aus den Schatten. „Müsst Ihr nicht vorsichtiger sein?“
„Sagte ich doch schon“, knurrte Zeth. Er lehnte sich gegen die kühle Hauswand, stieß sich jedoch gleich wieder mit zusammengebissenen Zähnen davon ab.
Pascale beobachtete sein eigenartiges Verhalten stirnrunzelnd.
„So, Ihr habt also Rückenschmerzen wegen Eures schlechten Gewissens ...“
Zeth winkte ungeduldig ab. Er war betrunken, und Pascale war sicher die letzte, der er von seinen Problemen erzählen würde.
„Ihr sagtet, Ihr habt eine Spur?“ Das zusammenhängende Sprechen bereitete ihm einige Mühe.
„Ja, die habe ich in der Tat. Während Ihr Euch hier betrinkt, habe ich eine halbe Weltreise auf dem von Euch so sorgsam und gut ausgewählten Pferd hinter mir. Mein Dank dafür. Als ich bei Tar Moxon ankam, erfuhr ich, dass eines der Mädchen bereits kurz nach dem Auslaufen des Schiffes über Bord gegangen war. Es war natürlich River! Wer sonst?! Der kleine Idiot ist über die Reling gesprungen, aber keiner hat ihn wieder an Bord gezogen. Man nahm an, dass das *Mädchen* ertrunken

war. In meinem Frust – und glaubt mir, der war groß – suchte ich in Hantogan einen Seher. Wart Ihr schon einmal in Hantogan?“
Zeth nickte.
„Dann wisst Ihr sicher, dass das äußerst schwierig und gefährlich ist. Aber ich fand tatsächlich einen Wandermagier, der über gute seherische Fähigkeiten verfügte.“
„Und was hat der nun für eine Vision gehabt?“, unterbrach Zeth drängend und zusehends nüchterner. Er fühlte sich nicht wohl in den Straßen von Iskaran über Wandermagier und Visionen zu plaudern. Damit konnte man allzu leicht die Aufmerksamkeit der Xenten auf sich ziehen.
„Er teilte mir mit, dass wir beide in Iskaran wieder aufeinander träfen. Und dass unsere Wege in die gleiche und in die entgegengesetzte Richtung führten.“
Zeth unterdrückte ein Stöhnen. „Toll“, bemerkte er ironisch. „Wenn das nicht eine heiße Spur ist.“
„Es ist allemal mehr, als Ihr anzubieten habt. Denn er gab mir den Hinweis, nach Norden Richtung Bergland zu reiten. Also, schließt Euch mit Euren Männern an. Ich bin sicher, dass die Vision des Magiers stimmte: River ist Richtung Norden gezogen.“
Richtung Norden, das bedeutete Richtung Isiria. Immer wieder hatte es Streitigkeiten an der Grenze zwischen Isiria und Yendland gegeben. Sie wären sicher nicht gern gesehen, dort im Grenzgebiet. Und warum zum Teufel sollte River ausgerechnet nach Norden ziehen? Er war doch von dort geflohen! Dass er selbst den Plan hatte, nach Norden zu reiten, ließ er sich vorerst nicht merken.
„Hört mir zu, Pascale! Die Reibereien an der Grenze zwischen dem Reich meines Vaters und dem Caskáran Refirs eskalieren immer weiter. Euer Anliegen in allen Ehren, aber Ihr glaubt doch nicht, dass ich einen Krieg provoziere, um einen Lustknaben zu retten! Was wollt Ihr überhaupt mit ihm?“
Zornig starrte sie ihn an, gab ihm jedoch keine Antwort. „Seht

Ihr denn nicht, dass wir unsere Ziele verbinden können?“
Ein wenig unwillig zuckte Zeth mit den Schultern. „Nein, bisher kann ich das noch nicht sehen! Ich weiß ja nicht einmal, wo der Bursche jetzt ist. Und was wisst Ihr überhaupt von meinen Zielen?“
„Refir hat ihn auf jeden Fall nicht!“, warf Pascale ein.
Seufzend rieb Zeth sich die Schläfen. Er hatte nicht vorgehabt, ihren Auftrag zu seinem eigenen zu machen. Er hatte wahrlich andere Sorgen. Außerdem wusste er, es konnte Ärger bedeuten, mit einer Gesetzlosen gemeinsame Sache zu machen. Ärger, den er sich nicht leisten konnte.
Wie sollte das überhaupt funktionieren? Er konnte sie doch nicht mit seinen Männern reiten lassen! Er kannte seine Soldaten! Bei aller Disziplin – das würde nicht gutgehen!
„Hört auf, so ein Gesicht zu ziehen, Zeth! Ich weiß sehr wohl, was in Eurem Kopf vorgeht. Ihr wollt nicht mit mir zusammen reiten, weil ich eine Frau bin!“
Ertappt sah Zeth zu Boden. „Erklärt mir, was der Junge mit meinem Auftrag zu tun hat! Dann überlege ich es mir vielleicht noch ...“
Pascale warf ihm einen giftigen Blick zu. Seine Sturheit brachte sie augenscheinlich schon wieder zur Weißglut.
„Ihr habt den Auftrag, die Männer zu finden, die den Anschlag auf Euren Vater ...“
„Woher wisst Ihr davon?“, unterbrach Zeth sie heftig.
Pascale seufzte. „Ich muss meine Augen und Ohren überall haben. Das glaubt Ihr mir doch wohl, oder nicht?“
„Weiter!“, knurrte Zeth ungehalten. Wenn sich der Anschlag auf den Caskáran schon so weit herumgesprochen hatte ... hatte er einen verdammt schlechten Stand.
„Nun, Ihr sollt auf jeden Fall den oder die Täter fangen ... Bisher weisen alle Spuren Richtung Refir! Der Caskáran von Isiria scheint etwas im Schilde zu führen. Immer wieder kommt es zu Übergriffen auf die Nordsiedler.“
Zeth nickte bestätigend. Wäre sein Vater jetzt nicht verletzt

worden, er hätte ein Treffen mit Refir vereinbaren wollen, um den Grund der Auseinandersetzungen zu erfahren. Refir war ein brutaler Herrscher, doch bisher hatte er sich gegenüber Yendland immer diplomatisch verhalten.
„Euer Anliegen“, unterbrach Pascale seine Gedankengänge.
„Ich suche nach dem Jungen, der vor Refir auf der Flucht ist. Und dieser Junge ist seit einiger Zeit in genau diesem Gebiet verschwunden. Unsere Suche geht also in die gleiche Richtung!“ Sie seufzte. „Außerdem sagte der Magier noch, dass ich versuchen sollte, Euch in meiner Nähe zu behalten. Das wäre auch für Euch wichtig.“
„Ihr seid verdammt hartnäckig.“
„Das ist die Grundvoraussetzung für meinen ... ähm, Beruf.“
„Bitte?“ Zeth war irritiert. Aber natürlich, womit verdiente sie sich eigentlich ihren Lebensunterhalt? Er hatte nie gefragt, war vermutlich davon ausgegangen, dass sie alles, was sie brauchte, ergaunerte.
„Wir verdienen unseren Lohn mit einer ähnlichen Arbeit“, erklärte sie ihm. „Ihr bekommt geheime Aufträge von Caskáran Ferakon, ich übernehme Aufträge von ganz normalen Menschen.“
„Was für Aufträge? Seid Ihr etwa eine Spionin?“, fragte Zeth misstrauisch.
„Nein, und auch keine Auftragsmörderin“, grollte Pascale.
„Kennt Ihr den cairrigkinen Begriff Searcher?“
„Ein Sucher?“, übersetzte Zeth.
„Ja, ich bekomme Aufträge Dinge oder Menschen zu suchen und ...“
„Wer ist Euer Auftraggeber für River?“, unterbrach Zeth ihre Erklärung.
„Niemand!“
„Trotzdem weiß ich nicht, ob ...“, versuchte Zeth noch einmal einzuwenden, brach dann aber von sich aus ab. Er hatte zwar einige Bedenken, aber es konnte ihm doch eigentlich egal sein, ob seine Soldaten ihr gegenüber übergriffig wurden. Das war

schließlich nicht sein Problem. Und vielleicht war sie eine Hilfe, wenn sie sich mit dem Aufspüren von Leuten auskannte.
„Also?"
„Gut, dann ... Morgen Mittag reiten wir los, Richtung Norden. Wenn Ihr Euch uns anschließen wollt, seid zur 12. Stunde am westlichen Stadttor."
Pascale versuchte gar nicht erst, ihre Befriedigung zu verbergen. Sie stemmte sich von der Wand ab, an der sie gelehnt hatte. „Mögt Ihr mir jetzt noch den Grund verraten, warum Fran Kyl Euch die Peitsche spüren ließ?", fragte sie mit einem süffisanten Grinsen.
„Verschwindet!", fauchte Zeth ungehalten.
Den Gefallen tat sie ihm auch umgehend, doch er hörte ihr leises Lachen. Verdammt! Wer war ihr Informant im Schloss?

Als Bennet am folgenden Morgen Zeths Schlafgemach betrat, war der Capitan schon auf. Zeth hatte einen teuflischen Kater, doch im Bett hatte ihn nichts mehr gehalten. Er hatte – trotz des Alkohols – die ganze Zeit an Bennet gedacht.
Jetzt betrachtete er seinen Knappen aufmerksam. „Alles in Ordnung, Bennet?"
Der Junge wich seinem Blick aus. Er wirkte übernächtigt. „Ja, natürlich."
„Wir müssen heute abreisen", Zeth zögerte, „kannst du ... ich meine, wir müssen ein weites Stück zu Pferde zurücklegen."
Bennet wurde rot. „ Kein Problem. – Wann reiten wir los?"
„In zwei Stunden."
Bennet nickte. „Dann würde ich jetzt gern noch etwas schlafen, wenn Ihr mich nicht braucht ..."
Zeth stand auf und massierte sich die schmerzenden Schläfen. Wahrscheinlich hatte er größere Probleme als Bennet, wenn sein Hintern mit dem Sattel in Berührung kam. Aber er wusste auch nicht, was Kyl mit Bennet angestellt hatte.
„Leg dich ruhig noch ein bisschen hin."
Wie ein Stein fiel Bennet auf seine Liege. Bei Kyl im Bett war es

wesentlich bequemer gewesen, doch er hatte kein Auge zugekriegt – und das nicht, weil der Thronfolger ihn die ganze Nacht über in Anspruch genommen hätte.
Kyl hatte ihn nicht gequält. Doch Bennet war mehr als schockiert darüber, dass Zeth ihn einfach für die Nacht zur Verfügung gestellt hatte. Ohne mit der Wimper zu zucken! Als wäre er Zeths Lustknabe! Dabei ... Bennet holte tief Luft. Er spürte, wie ihm die Brust eng wurde und eine einzelne Träne sich aus seinem Auge löste. *Er ist es verdammt nochmal nicht wert!*
Er fühlte sich schlecht, benutzt – Zeth hatte über seinen Körper verfügt, wie über seinen Besitz. Warum zum Teufel hatte er das getan?
Trotz seines inneren Aufruhrs fielen Bennet die Augen zu. Er rollte sich zusammen wie ein Welpe und schlief ein.

Zeth hatte den Vormittag genutzt, um seine Männer auf den Aufbruch vorzubereiten. Sie hatten Vorräte gepackt und ihre Satteltaschen gefüllt, ihre Pferde und ihre Waffen überprüft. Trotzdem versuchten sie, Iskaran zu verlassen, ohne größeres Aufsehen zu erregen. Zeths Einheit zog nicht in den Krieg. Eine allzu große Aufmerksamkeit würde sie nur behindern.
Pascale war zu ihnen gestoßen. Zeth hatte sie nicht weiter vorgestellt. Sie trug die Kleidung der Nomaden, wie am Abend zuvor und war nicht als Frau zu erkennen. Da sie sich schweigend am Ende des Trosses eingereiht hatte, wurde sie zunächst nicht weiter beachtet.
Ein scharfer Wind fegte durch die Straßen und begann heftig an ihrer Kleidung zu reißen als sie die Stadttore hinter sich gelassen hatten. Zunächst hielten sie sich auf den breiten Straßen, die die Händler nutzten. Dort konnten sie ihre Tiere einfach laufen lassen, ohne sie zu sehr zu beanspruchen. Die Straßen waren gut ausgebaut, die hohen Bäume zu beiden Seiten hielten den Wind ein wenig im Zaum.
Zeth war mürrisch und schweigsam, daher sprachen ihn seine Männer kaum an. Er gab seine Befehle und konzentrierte sich

ansonsten auf sein Pferd, den Weg und seine Gedanken. Bis zum Abend ritten sie ohne Pause. Die Wolken färbten sich hellrot, mit fliederfarbenen Ausläufern über den schwarzen Baumwipfeln. Noch war es hell genug, sie konnten sicher reiten. Aber sobald die Sonne hinter den Bäumen verschwand, würde es stockdunkel werden. Dann spätestens mussten sie sich für die Nacht rüsten.

Als sich das Rot vollkommen aufgelöst hatte und blaugraue Wolken den Himmel füllten, sagte Zeth: „Wir werden gleich unser Lager aufschlagen."

„Wenn ich mich nicht irre, kommen wir an zwei kleineren Höfen vorbei", sagte Seco, der dicht zu Zeth aufgeschlossen hatte.

„Dann bleiben wir dort", beschloss Zeth. Es war ihm recht, ein Dach über dem Kopf zu haben. Außerdem konnte er vielleicht etwas über die Männer in Erfahrung bringen, die sie suchten. Vorausgesetzt, sie hatten den gleichen Weg eingeschlagen.

Der Hof, auf dem sie schließlich ihr erstes Lager aufschlugen, lag ein wenig ab von der Straße, verborgen durch einen Fichtenhain. Der Bauer war nicht begeistert, Soldaten auf seinem Grund und Boden zu beherbergen, aber er verhielt sich auch nicht unfreundlich. Da sein Vieh noch auf der Weide war, hatten sie im Stall ausreichend Platz für ihre eigenen Tiere. Nur Zeth bot der Bauer einen Schlafplatz im Haus an, doch das machte seinen Männern nichts aus. Sie hatten schon schlechter geschlafen. Der Stall war sauber, es roch nach frischem Heu. Man sah die Vorbereitungen für das Winterquartier des Viehs.

Zeth überlegte ob er Bennet mit ins Haus nehmen sollte. Er hätte einen Leibdiener brauchen können. Die Striemen auf seinem Rücken brannten heftig, er vermied jede überflüssige Bewegung. Aber er entschied sich dagegen. Zwischen ihm und dem Jungen war eine unangenehme Spannung entstanden, die er zunächst beobachten wollte. Es war nicht so, dass er Bennet misstraute, doch er behielt im Hinterkopf, dass der Junge bewaffnet war. Bennet war verletzt und gedemütigt worden, das

konnte Zorn schüren, der vielleicht in einem ungünstigen Moment zum Ausbruch kam.
So ließ er ihn in Secos Obhut zurück.
Er handelte mit dem Bauern, einem eher zurückhaltenden, misstrauischen Mann und seiner Frau ein gutes Nachtmahl und Futter für die Pferde aus. Doch als er zurückkam, erwartete ihn eine Überraschung.
Pascale hatte den Nomadenumhang und den Gesichtsschutz, der ein Gutteil ihres Gesichts verbarg, abgelegt. Sie wirkte entspannt, im Gegensatz zu seinen Männern, die unverhohlen lüsterne Blicke auf sie warfen. Pascale war eine gutaussehende Frau, nicht einfach hübsch, sondern mit klassisch edlen Gesichtszügen und einer kräftigen, doch gut proportionierten Figur. Ihre Gelassenheit und ihre Selbstsicherheit wirkten selbst auf Zeth anziehend, auch wenn er sich bereits vorher entschieden hatte sich Pascale nicht in dieser Weise zu nähern. Sie war eine Kämpferin, das musste er sich nicht antun.
Sie überprüfte ihre Ausrüstung, sah jedoch auf, als Zeth den Stall betrat. Es schien, als fielen ihr erst jetzt die Blicke der anderen Männer auf. Amüsiert zog sie die Augenbrauen nach oben.
„Euer Starren beeindruckt mich nicht“, bemerkte sie trocken. „Wenn einer mit mir das Lager teilen möchte, müsste er schon andere Qualitäten vorweisen.“
Zeth grinste, als er die verblüfften Gesichter seiner Leute sah. Nur einer schien unbeteiligt – Bennet. Nun, Zeth hätte sich auch gewundert, wenn Bennet sich für Frauen interessiert hätte, die deutlich älter waren als er. Zeth schätzte Pascales Alter auf etwa 30 Jahre, sie war damit sogar älter als er.
Später am Abend, als sie ihr Essen zu sich nahmen, sah er, dass Toran und Ivgyr sich zu Pascale gesellt hatten. Sie versuchten tatsächlich ihr Glück, und Zeth fragte sich, wie Pascale mit ihren Avancen umgehen würde. Die anderen Männer unterhielten sich halblaut, Pheridon saß mit zusammengekniffenen Augen in einer Ecke, während Bennet

sich völlig zurückgezogen hatte. Er schien mit seinen Gedanken ganz weit weg. Zeth ließ ihn in Ruhe. Sollte der Junge sich um die Pferde und die Ausrüstung kümmern. Er würde schon langsam in seine Aufgaben hineinwachsen, wahrscheinlich brauchte er nur Zeit. Und als wenn Bennet seine Gedanken gespürt hätte, schaute er auf einmal zu Zeth herüber. Es war nur ein kurzer Blick, aber der war so intensiv, fast brennend, dass Zeth kurz erschauderte. Er erwiderte Bennets Blick, bis der ertappt nach unten sah.

Früh am nächsten Morgen ritten sie wieder los. Zeth hatte schlecht geschlafen. Sein Rücken schmerzte, er wusste, dass sich einige der Striemen, die Kyls Peitsche hinterlassen hatte, entzündet hatten. Er wusste immer genau, wenn etwas mit ihm und seinem Körper nicht stimmte. So wie er die Krankheiten und Verletzungen von anderen immer genau einordnen konnte. Ein Fluch, seit seiner Kindheit. Etwas, das er verheimlichte und verabscheute. Etwas, das ihm die schlimmste Tracht Prügel seiner Kindheit beschert hatte.
Seine Laune war entsprechend. Und als Torans Stute am frühen Abend in der Dämmerung strauchelte und danach lahmte, sank sie auf einen absoluten Tiefpunkt. Immerhin konnten sie kurze Zeit später auf ein kleineres bäuerliches Anwesen reiten.
Zwei große Hunde liefen ihnen bellend entgegen und kündigten ihr Eintreffen an. Und wenig später wurde Zeth von einem alten, verknitterten Knecht in die Behausung des Landlards geführt. Auch hier bot sich das Bild relativen Wohlstands. Die Stube war angenehm geheizt, mit groben, aber gut gezimmerten Möbeln bestückt. Mägde huschten in die Küche, und ein großer, etwas grobschlächtiger Mann erschien. Seiner Kleidung nach der Landlard dieses Hofes.
Zeth grüßte ihn höflich.
„Landlard, wir möchten gern für die Nacht Quartier. Ist dies möglich auf Eurem Anwesen?“

„Das Dorf ist nur noch eine kurze Reitstrecke von hier entfernt“, gab der Landlard bereitwillig Auskunft. „Dort könntet Ihr alles bekommen.“
„Wenn es Euch nichts ausmacht, würden wir gern hier bleiben.“
Der Landlard grinste und offenbarte damit zwei Reihen windschiefer Zähne. Eine Fahne üblen Atems wehte Zeth an, der daraufhin die Luft anhielt. „Könnt Ihr gern. Wie Ihr seht, mir und meinen Leuten geht’s gut. Da ist’s nich’ schlimm, wenn ein paar weitere Männer bleiben. Und für die Dämonen des Caskáran habe ich immer ein Plätzchen.“
Zeth erfasste sofort, dass der Mann ihn erkannt hatte, was ihm nicht besonders behagte. Doch natürlich verriet ihre schwarze Kleidung denen, die sich für die Politik in Iskaran interessierten, wer sie waren.
„Wir sind nicht viele, aber ein Abendessen und Futter für die Tiere hätten wir gern.“
Der Landlard winkte ab. „Das ist keine Schwierigkeit. Ihr könnt mit Euren Leuten das Haus der Knechte beziehen. Zur Zeit sind nur wenige meiner Knechte hier, das Vieh muss aus dem Umland hergetrieben werden, bevor der Winter kommt. Das nimmt immer einige Zeit in Anspruch.“
Zeth verneigte sich leicht. Er war froh, ein solch komfortables Nachtlager aufgetan zu haben. Da der Landlard ihn jedoch weiterhin fragend ansah, sagte er: „Ihr werdet natürlich entschädigt.“
Der Landlard lachte heiser. „Dann hoffe ich mal, dass mir der Caskáran etwas von den Abgaben erlässt, Capitan.“
„Dazu kann ich leider nichts sagen. Ich werde Euch gleich morgen entlohnen. Auf die Abgaben habe ich keinen Einfluss.“
Ein Blitzen in den Augen des anderen ließ ihn aufmerken.
„Ah, das ist nicht Euer Geschäft. Aber Ihr versteht sicher, dass man sich nich’ gern schröpfen lässt, wenn man mit eigener Hände Arbeit diesen Wohlstand erreicht hat.“
Zeth nickte knapp. Es war nicht das erste Mal, dass er auf

Ablehnung von Ferakons Politik stieß. Er hatte seine eigenen Probleme auf Darkess, die Politik seines Vaters hatte ihn nie sonderlich interessiert.

Landlard Albargo beauftragte zwei seiner Mägde, etwas zu Essen für Zeths Männer zusammen zu stellen. Der verließ das Wohnhaus, um mit seinen Leuten das Haus der Knechte in Augenschein zu nehmen. Der alte Knecht, der sie bereits empfangen hatte, zeigte ihnen die Räume, die frei waren. Zeth stellte fest, dass Albargo für seine Leute sorgte, selbst Betten befanden sich in den Zimmern.
Zwei weitere Knechte fanden sich ein, entfachten das Feuer im Ofen und halfen den Mägden schließlich, Käse, Brot, Butter, Wein, Wasser und kaltes Fleisch auf dem großen Tisch aufzubauen. Eine der Mägde brachte einen Korb mit Äpfeln und Birnen.
Doch für all das hatte Zeth noch keine Augen. Zunächst mussten die Pferde versorgt und in den Ställen untergebracht werden. Bennet meisterte zumindest diese Aufgabe schon recht gut, wie Zeth feststellte.
Der Landlard hatte einige seiner eigenen Arbeitstiere im Stall, aber noch ausreichend Platz für die Tiere der Soldaten.
Toran versorgte das Bein seiner lahmenden Stute mit einem kühlenden Verband. Zeth sah über die Trennwand des Stalles und betrachtete das Tier nachdenklich.
Solche Verzögerungen hatte er nicht eingeplant. Es sah nicht so aus, als würde Torans Stute morgen wieder einwandfrei laufen können. Aber da er Toran nicht zurücklassen wollte, blieben ihm nicht allzu viele Alternativen.
Zeth verwarf den Gedanken, zwei Reiter auf ein Pferd zu setzen. Selbst wenn Bennet seinen Hengst abgab und er selbst bei einem anderen Soldaten mitritt, war das für die Pferde eine unnötige Belastung. Sie ritten keine Schlachtrösser, sondern zähe, schlanke, hoch im Blut stehende Pferde, die sich durch Schnelligkeit und Trittsicherheit auszeichneten. Keine

Lastenträger.
„Müssen wir das Pferd zurücklassen?“, fragte Seco, der neben Zeth getreten war. „Der Bauer hat einige Ponies am Hof.“
Zeth schüttelte den Kopf. „Es wäre zwar sicher einen Anblick wert, Toran auf einem Pony zu sehen, aber die Ponies hier sind Last- und Zugtiere. Sie können von der Geschwindigkeit her nicht mithalten. Nicht einmal, wenn wir Bennet auf eines der Tiere setzten.“
Sie kehrten in die Stube des Knechthauses zurück, wo sich die anderen mittlerweile versammelt hatten.
„Wie sieht es mit Torans Pferd aus?“, fragte Aquir, während er seine Decke ausrollte.
Zeth zuckte mit den Schultern. „Wir werden das morgen sehen.“
„Bennets kleiner Fuchshengst könnte Toran ohne weiteres tragen.“
Zeth schüttelte den Kopf, obwohl Aquir natürlich recht hatte. Er ertappte sich bei dem Gedanken, lieber Toran mit seiner Stute zurückzulassen, als diese unpopuläre Entscheidung zu treffen. Das würde er nur im äußersten Notfall tun.
Da die freien Betten schnell verteilt waren und Zeths Männer großen Hunger hatten, saßen sie bald zusammen um den riesigen Holztisch, vor dem Ofen. Das Essen schmeckte gut, und Zeth gestattete seinen Leuten Wein zu trinken.
Toran wirkte bedrückt, wurde aber nach einigen Bechern Wein ein wenig fröhlicher. Die Stimmung wurde ausgelassener. Zeth bemerkte, dass Pheridon sich neben Pascale geschoben hatte und ihr nicht mehr von der Seite wich. Er selbst hatte eigene Pläne.
Bereits vor dem Essen war Zeths Blick auf eine der beiden Mägde gefallen. Eine recht dralle Brünette mit hübschem offenen Gesicht. Er brauchte keine großen Überredungskünste, um sie für sich zu gewinnen.

Johlen und Lachen begleitete Zeths Abgang mit der hübschen Magd. Bennet biss die Zähne zusammen und versuchte sich an einem neutralen Gesichtsausdruck. Dabei war es ihm alles andere als egal, dass Zeth sich mit dieser Frau zurückzog. Seine Gefühle waren zwiespältig; auf der einen Seite, und das wusste er nun sicher, begehrte er Zeth. Auf der anderen Seite hatte er einen Heidenrespekt. Und dieser Respekt schien seine Lust noch zu verstärken.
„Du solltest mitgehen und ihm beim Ausziehen helfen", erinnerte ihn Seco grinsend an seine Pflichten.
Die anderen lachten über sein entsetztes Gesicht. Nur Pascale, die Frau, die sich ihnen angeschlossen hatte, bemerkte: „Lass dich nicht aufziehen. Er wird seine Sachen sicher allein runterkriegen."
Bennet warf ihr einen dankbaren Blick zu, fragte sich aber gleichzeitig, ob sie etwas ahnte, was seine Gefühle für Zeth betraf. Sie schien zumindest ein Gespür dafür zu haben. Bennet war nicht überrascht gewesen, als er – wie die anderen – festgestellt hatte, dass der fremde Reiter eine Frau war. Er begehrte sie nicht, mochte sie aber von Anfang an. Ihre schweigsame, selbstsichere Gelassenheit erinnerte ihn an seine Mutter, aber er würde sich hüten, ihr das zu sagen, da sie es sicher nicht als Kompliment auffassen würde. Seine Mutter war eine mutige Frau gewesen. Sie hatte sich, trotz widriger Umstände, auf seinen Vater eingelassen. Eine Verbindung, von der sie gewusst hatte, wie gefährlich sie war. Eine Verbindung, die sie letztendlich das Leben gekostet hatte. Genauso schätzte er Pascale ein.
Ihre feste Hand landete auf seinem Arm. „Bleib einfach, wenn du es dir nicht ansehen willst. Ich bin sicher, Zeth wird dir nicht böse sein."
Bennet war wirklich hin- und hergerissen. Vielleicht *wollte* er Zeth beobachten, wie er sich mit der Magd auf den Laken wälzte? Doch schließlich entschied er sich abzuwarten.
Erst nach einer ganzen Weile, er hatte Mühe, noch die Augen

offen zu halten, wagte er, ihre gemeinsame Kammer zu betreten.
Timba, die Magd, war nicht mehr da. Aber Zeth schlief noch nicht. Mit zufriedenem Blick musterte er Bennet, der sofort zu Boden sah.
„Bennet, hol mir eine Schüssel mit heißem Wasser, wenn du schon mal da bist."
Bennet entging der spöttische Unterton in Zeths Stimme nicht. Sofort drehte er sich auf dem Absatz um und verließ die Kammer fast fluchtartig. Doch der Geruch der sexuellen Vereinigung klebte ihm bereits in der Nase. Nur einmal sollte Zeth so zufrieden, so befriedigt aussehen und er, Bennet, war der Grund dafür.
Er seufzte als er die große Schüssel mit heißem Wasser vom Ofen befüllte und vorsichtig wieder zu Zeths Kammer trug.
Erneut traf ihn der Blick des anderen mit einer solchen Intensität, dass er den Eindruck hatte, einige Zentimeter zu schrumpfen. Er stellte die Schüssel auf dem Tisch ab.
„Danke. Und jetzt geh schlafen. Du hättest schon längst im Bett sein sollen. Wer weiß, wann wir das nächste Mal so ein gutes Nachtlager haben."
Bennet nickte schweigend, zog schnell seine Hose und sein Hemd aus und schlüpfte unter die grobe Decke. Er fragte Zeth nicht einmal, ob er ihm beim Waschen zur Hand gehen sollte. Und Zeth kommentierte diese Unverschämtheit nicht.
Bennet wünschte sich, nicht diese Gefühle für seinen Capitan zu empfinden. Natürlich, Zeth hatte ihn gerettet, er selbst hatte ihm noch nie etwas getan – aber er hatte ihm deutlich gezeigt, was er von ihm hielt. Für ihn war Bennet nicht mehr als ein Leibeigener, über den man verfügen konnte. Und, das durfte er nie vergessen, Zeth war ein Yendländer, und die Yendländer hatten alles vernichtet, was ihm etwas bedeutet hatte. Bei Therion, dies konnte doch nicht der Weg sein, den er beschreiten musste! Er hatte eine Aufgabe, und er war kein verdammter Sklave! Verdammt? Ein Idiot war er, sich nach

einem Mann wie Zeth zu verzehren. Er wusste nicht einmal, ob Zeth sein Lager dann und wann mit einem Mann teilte. Und ob es ihn nach einem Jungen gelüstete, nun, das war mehr als zweifelhaft. Mürrisch schloss er die Augen und war kurze Zeit später eingeschlafen.

Der nächste Tag begann früh und mit viel Arbeit. Bennet versorgte die Tiere und stellte fest, dass das Bein der verletzten Stute noch nicht wieder in Ordnung war.
Er schob die Meldung bei Zeth noch ein wenig hinaus. Seit zwei Tagen, seit der Nacht, die er in Kyls Bett verbracht hatte, mied er Zeth – soweit ihm das möglich war. Er hatte ihm nicht einmal beim An- und Auskleiden geholfen, und merkwürdigerweise hatte Zeth das auch nicht eingefordert. Bennet fragte sich, ob es seinem Capitan mittlerweile leid tat, dass er ihn einfach so an seinen Halbbruder abgetreten hatte. Sollte es doch, dachte er. Die Gründe für Zeths Handeln kannte er nicht, würde sie sicher auch nicht erfahren. Aber was hätte das schon rechtfertigen können? Und so war die Stimmung zwischen ihnen merkwürdig unterkühlt, was auch die anderen bemerkten.
Auf dem Weg zum Stall stieß Bennet mit Pascale zusammen. Er war ganz in Gedanken versunken gewesen und hatte sie nicht bemerkt.
„He, warum passt du nicht auf?“, herrschte sie ihn an.
Er zuckte zusammen. „Tut mir leid. – Ich ...“, er stotterte herum, „ich hab mir gerade Sanfaras Bein angesehen. Es ist noch immer angeschwollen.“
„Dann geh zu Zeth und sag ihm Bescheid.“
Bennet sah sie zweifelnd an. „Geht Ihr?“
Pascale schüttelte den Kopf. „Warum sollte ich? Du bist für die Pferde verantwortlich.“
„Aber ich ...“, begann Bennet.
Sie sah ihn forschend an.
Bennet zog eine Grimasse, aber es war ihm klar, dass Pascale

recht hatte. Für die Pferde war er verantwortlich. Wahrscheinlich wurde es ihm auch noch als Versagen angekreidet, dass das Bein des Pferdes noch nicht wieder in Ordnung war.
„Vielleicht lässt er das Pferd zurück ...", sagte sie, nun ein wenig sanfter. Es klang fast, als wolle sie ihn beruhigen.
Er zuckte mit den Schultern. Das glaubte er nicht. Woher hätten sie hier einen passenden Ersatz für das wertvolle Tier nehmen sollen? Schweren Schrittes machte er sich auf den Weg zu Zeths Quartier. Er wollte nicht. Alles in ihm sträubte sich dagegen, zu seinem Capitan zu gehen und ihm auch noch eine schlechte Nachricht zu überbringen. Aber er musste. Verdammt, es war seine Pflicht, ihn zu informieren.
Er klopfte kurz und betrat dann ihr gemeinsames Quartier, aus dem er heute in aller Frühe geflohen war. Zeth war noch nicht angezogen und saß mit bloßem Oberkörper, die Beine in seine enge, schwarze Reithose gehüllt, an dem grob zusammengezimmerten Schreibtisch. Er studierte eine Karte.
„Sir?"
Er drehte sich nur kurz um, und als er in Bennets erstauntes Gesicht sah, stand er auf, um sich etwas anzuziehen. Ein Schatten huschte über sein Gesicht.
Doch Bennet starrte ihn an und glaubte, seinen Augen nicht zu trauen. Zeths Rücken zierten dunkelrote Striemen, deren Herkunft eindeutig war: Zeth war geschlagen worden. Doch – von wem? Wann? Und warum?
„Starr' mich nicht an, Bennet", sagte Zeth gefährlich ruhig und warf sich ein leichtes Hemd über die breiten Schultern.
Bennet konnte im Augenblick keinen klaren Gedanken fassen. Er hatte das Gefühl, jemand hielte seinen Magen mit eisiger Faust umklammert. Wer hatte Zeth ... ausgepeitscht? Das konnte doch nur ... das musste ... im Palast passiert sein! Bennet schluckte, sein Hals war trocken. Das konnte nicht sein. Es war nicht möglich, dass Kyl ...? Hatte er seinen Halbbruder etwa auf diese Weise unter Druck gesetzt, um ihm eine Nacht

mit seinem Knappen abzutrotzen?
Bennet konnte das nicht glauben. Natürlich, er war begehrt – das hatte er mehr als einmal schmerzlich erfahren müssen – aber soweit würde selbst Kyl nicht gehen! Vor allem, weil der Fran jeden und jede in seinem Bett haben konnte.
Und Zeth und er, Bennet, waren doch kein Paar! Zeth hätte Kyl diesen schlichten Wunsch sicher nicht verweigert. Da erforderte es wohl keine derart drastischen Maßnahmen ...
„Bennet!“ Zeths unfreundlicher Tonfall riss den Jungen aus seinen wirren Gedanken. „Was willst du? – Vielleicht netterweise deine Aufgaben erfüllen?“
„Ich ... ich ... wollte nur mitteilen ... Sanfaras Bein ist immer noch angeschwollen ... ich meine, die Stute von Toran ...“, stotterte Bennet mit hochrotem Kopf.
„Okay, dann muss ich mir was überlegen“, knurrte Zeth. „Sonst noch was?“
Bennet schüttelte rasch den Kopf. „Sir.“ Fast fluchtartig verließ er Zeths Quartier wieder. Es musste Kyl gewesen sein, schoss es ihm durch den Kopf. Kyl hatte seinen Halbbruder gezwungen, ihm seinen Knappen für eine Nacht zu überlassen. Aber warum?

Gegen Mittag zogen sich die Wolken zu dunklen Ungetümen zusammen. Der anziehende Sturm brachte eisige Temperaturen.
Bennet sah, dass Albargo unruhig wurde. Mit zusammengekniffenen Augen lief er über sein Anwesen und starrte in die Ferne.
Zeth hatte sich dazu entschlossen, eine weitere Nacht auf dem Anwesen des Landlards zu bleiben. Er hatte Oleus und Aquir in das nahe Dorf geschickt, damit diese Proviant und Decken besorgten. Denn wenn sie am nächsten Tag über den Bergpass ritten, mussten sie vermutlich ein, zwei Nächte im Freien übernachten.
Bennet hatte sich seinerseits entschlossen, Seco auf Zeths

Verletzung hinzuweisen. Er wusste, dass die beiden Männer befreundet waren.
Zeth war erstaunt, als Seco ihn ohne große Umschweife ansprach. „Dein Knappe macht sich Sorgen."
„Hm?"
Seco lehnte sich gegen den Türrahmen. „Ist zwar nicht meine Aufgabe, aber er meinte, vielleicht bräuchtest du Hilfe wegen deinem Rücken?!"
Zeths Gesicht wurde hart. Diese kleine Ratte konnte auch nicht den Mund halten.
„Bist du verletzt? Dann lass es mich anschauen."
Secos Ruhe trieb ihn, wie so oft, zur Weißglut. Er sah in dem anderen Mann natürlich einen Freund, aber er konnte es auf den Tod nicht ausstehen, wenn man sich in seine Angelegenheiten einmischte. Doch da Seco einfach abwartete, seinen wütenden Blick, bei dem jeder andere das Weite gesucht hätte, ignorierend, gab er schließlich seufzend nach. Er wusste, einige der Striemen hatten sich entzündet. Der Schmerz war zu ertragen, aber es würde schneller verheilen, wenn jemand ihm half, die Wunden zu verarzten.
„Schließ die Tür", wies er ihn an.

Am Abend wurde es sehr kalt. Zeth war froh, dass Sanfaras Verletzung sie gezwungen hatte, noch zu verweilen. Er hätte das Tier ungern zurückgelassen und irgendeine Eingebung hatte ihn dazu gebracht, diesen weiteren Tag in Kauf zu nehmen. Oleus und Aquir waren wohlbehalten zurückgekehrt, aber sie waren beide froh, am warmen Ofen im Knechthaus eine heiße Brühe trinken zu können. Sie berichteten, dass der Eiswind auch die Bewohner des nahegelegenen Dorfes überrascht hatte. Kaum einer war auf diesen plötzlichen Temperaturabfall eingerichtet.
Landlard Albargo hatte alle Hände voll zu tun, da seine Knechte mit einem Teil des Viehs zurückgekehrt waren. Und so mussten sie alle etwas enger zusammenrücken. Im Knechthaus

gab es nur einen Ofen und um den drängten sich die nun die Männer, die Knechte und Mägde und Pascale.
Zeth fragte sich, ob es im Haupthaus nicht ein wenig mehr Platz gegeben hätte, aber er wollte Albargos Gastfreundschaft nicht zu sehr strapazieren.

Der eisige Regen überraschte Bennet, als er bei den Stallungen war. Es war schon spät, er hatte noch einmal den kühlenden Verband um Sanfaras Fesselgelenk erneuert. Die Schwellung war zurückgegangen.
Weil es bereits dunkel war und die schweren, schwarzen Regenwolken den Himmel zusätzlich verdüsterten, hatte Bennet die kleine Petroleumlampe auf die Stallgasse gestellt, peinlich darauf bedacht, dass sich das Stroh nicht entzünden konnte. Ein harter Wind fegte in die Stallungen, und Bennet beschloss, die Tür gleich zu schließen. Er war der Letzte, der nach den Pferden sah.
Doch noch während er nach den anderen Pferden schaute, begann es zu regnen. Zunächst nur in kleinen Tropfen, dann jedoch prasselte ein Sturzregen auf das Stalldach nieder, der so heftig war, dass die Pferde unruhig zu schnauben begannen.
Bennet beruhigte sie mit leisen Worten, doch auch ihm wurde es etwas mulmig zumute. Der Regen wirkte ziemlich bedrohlich, und der Junge überlegte, ob er besser hier warten sollte, bis der Schauer vorüber war.
Vorsichtig ging er mit der Lampe zur Tür – es regnete Bindfäden! Und es sah auch nicht so aus, als ob es in der nächsten Zeit aufhören würde. Der kalte Wind blies Bennet fette Regentropfen ins Gesicht. Er hatte ja nicht damit gerechnet, trockenen Fußes rüber zu den Quartieren zu kommen, aber dass es nun derart schütten musste ... Er würde bis auf die Haut durchnässt sein – und das bei diesen Temperaturen!
Bennet zog eine Grimasse. Nun, es war nicht zu ändern. Mit zusammengekniffenen Augen rannte er los durch den Regen.

Der Boden war bereits aufgeweicht, Bennet hatte Mühe, nicht auszurutschen. Der Weg kam ihm nun doppelt weit vor. Er schlitterte an einer matschigen Stelle, und die Lampe erlosch.
Bennet fluchte ungehalten, doch er lief weiter, umrundete zwei große Pfützen, die sich bereits gebildet hatten. Wasser lief in seine Stiefel, tropfte aus seinen Haaren in seinen Kragen. Nur noch ein paar Meter. Er sah bereits das Licht im Knechthaus.
Der steinige Weg zum Eingang des Hauses war überflutet. Bennet sprintete über die glatten Steine und erreichte – völlig durchnässt – die Tür. Ungeduldig bollerte er dagegen, bis jemand öffnete. Als er eintrat, lachte Seco, der ihm geöffnet hatte. Die meisten anderen hatten sich bereits auf die Zimmer zurückgezogen.
„Komm rein, nasses Kätzchen“, gurrte er anzüglich.
Bennet schenkte ihm einen giftigen Blick. Doch er wusste, dass Seco ihn nur aufzog. Zeth hatte keinen der Männer mitgenommen, die sich damals an Bennet vergangen hatten. Zufall?
Mit zügigen Schritten – und eine nasse Spur hinter sich lassend – ging Bennet zum Quartier des Capitans. Die durchweichte Kleidung klebte unangenehm auf seiner Haut. Er begann zu frieren.
Bennet klopfte, und nachdem Zeth „komm rein“ geknurrt hatte, trat er ein.
Zeth zog erstaunt die Augenbrauen hoch, als er Bennets Zustand begutachtete. „Warum warst du draußen?“
„Bei den Pferden“, entgegnete Bennet knapp. Und fügte dann noch hastig ein „Sir“ hinzu.
„Zieh deine Sachen aus, Junge. Du holst dir sonst den Tod.“
Bennet zögerte nur kurz, doch als er sah, dass Zeth sich wieder seinen Karten zuwandte, zog er sich rasch aus. Er hatte am ganzen Körper eine Gänsehaut.
Zeth warf ihm ein Handtuch zu. „Hier, trockne dich ab und wickel' dich gleich in die Decke ein.“
„Hm ja, danke“, murmelte Bennet. Zitternd trocknete er sich

ab und hüllte sich nackt in die Decke, in der Hoffnung, wieder warm zu werden.
„Wird eine lausige Nacht werden“, bemerkte Zeth. „Gut, dass wir noch nicht weitergeritten sind.“
Bennet nickte nur. Mit einer Hand hängte er seine Kleidung zum Trocknen auf. Dann legte er sich auf die harte Pritsche und schloss die Augen.
Zeths Augen ruhten auf ihm – er spürte das. Aber selbst dieser Blick konnte ihn nicht aufwärmen. Dabei brachte Zeths Blick sein Blut sonst oft zum Kochen. Doch das hätte er niemals zugegeben.
Zeth drehte sich mit einem Lächeln auf den Lippen wieder zum Schreibtisch. Der Junge hatte wirklich ausgesehen wie eine ins Wasser gefallene Katze.
Nach ein paar Minuten hatte er keine Muße mehr, sich mit den Landkarten zu befassen. Er wusste, wo sie herreiten mussten. Schweigend zog er sich aus und löschte das Licht. Gern hätte er sich noch eine Nacht mit Timba, der Magd, vergnügt. Ihre weiche Willigkeit hatte ihm gefallen. Aber Timbas Liebhaber, einer der Knechte, die das Vieh zurückgetrieben hatten, war nun wieder da. Zeth seufzte leise. Er hatte sich Bennet noch immer nicht zur Brust genommen ob seines unverschämten Verhaltens. Der Junge zeigte weder besonderes Interesse noch Talent für seine Aufgabe als Knappe. Das einzige, was er konnte, war, mit Pferden umgehen ... und Männer auf dumme Gedanken bringen, dachte Zeth bitter lächelnd. Er würde ihn doch noch in Kampftechniken ausbilden müssen. Zumindest, damit er sich seiner Haut erwehren konnte.
„Nacht“, brummte er.
„Ja, gute Nacht“, sagte Bennet leise und schlang die Decke fester um seinen Körper.

Zeth drehte sich auf die andere Seite. Irgendetwas hatte ihn aufgeweckt. Wie lange hatte er schon geschlafen? Was war passiert? Trotz seiner Müdigkeit reagierte sein Körper sofort auf jede Veränderung. Er hatte die feinen Sinne eines Tieres, das selbst im Schlaf aufmerksam ist. Doch dieses Mal drohte keine Gefahr. Zeth lauschte in die Dunkelheit hinein und erkannte das Geräusch, das ihn aus dem Schlaf gerissen hatte – das Klappern von Zähnen.

Und da nur eine einzige Person mit ihm im Zimmer schlief, fiel es ihm nicht schwer, die Quelle dieses Zähneklapperns ausfindig zu machen.

„Bennet!"

Das Geräusch verstummte augenblicklich.

„Ja, Capitan?"

„Was ist los, zum Teufel?"

„Es ist lausig kalt."

„Das kann doch wohl nicht wahr sein", fluchte Zeth leise und schälte sich aus seiner Decke heraus. „Hast du noch gar nicht geschlafen?"

„Nein." Bennets Stimme war ganz dünn. Er hätte viel dafür gegeben, wenn er Zeth nicht aufgeweckt hätte.

„Bei diesem Zähneklappern kann ich auch nicht schlafen. – Los! Komm her!"

„Capitan?"

Zeth hörte, wie unsicher Bennet war, doch er duldete keinen Widerspruch. „Wird's bald?"

Bennet stand langsam auf und kam zu Zeths Schlafplatz herüber. In respektvollem Abstand blieb er stehen.

„Jetzt komm schon näher! Du wirst die Nacht bei mir schlafen."

Bennet schluckte. Er konnte sich alles mögliche vorstellen, aber nicht mit Zeth die Liege zu teilen. Zeth war sein Herr und ...

„Bennet, hättest du die Güte, dich jetzt ENDLICH hinzulegen?"

Bennet zuckte zusammen; Zeths Stimme klang gefährlich ruhig.

„Ja, Capitan." Er setzte sich vorsichtig auf die schmale Liege. Er zitterte noch immer, die Kälte saß ihm in allen Gliedern.

„Bennet, verdammt, muss ich dich noch beschleunigen?", fauchte Zeth ungehalten. Besitzergreifend schlang er seinen

kräftigen Arm um den schmalen Brustkorb des Jungen und zog ihn unter seine Decke.
So eng an Zeth gepresst, wagte Bennet kaum zu atmen. Er fühlte die Hitze des anderen Mannes, seinen harten kampfgestählten Körper, er roch Zeths angenehm männlichen Duft, der sich markant von dem der einfachen Männer unterschied, einfach aus dem Grund, weil Zeth an den Luxus des Badens gewöhnt war. Viele seiner Leute machten um Badewannen lieber einen großen Bogen.
„Ist das jetzt besser?"
Bennet erschauderte beim Klang von Zeths dunkler Stimme. Er spürte den warmen Atem des anderen in seinem Nacken.
„Ja", presste er zwischen den Zähnen hervor. Seine eigene Stimme war rau.
„Und wirst du jetzt schlafen können?"
In Bennets Kopf entstand ein heilloses Chaos; an Schlafen war überhaupt nicht zu denken. Doch er zwang sich zu nicken.
„Gut", murmelte Zeth schläfrig. Seine Lippen berührten den Nacken seines Knappen. Nur ganz leicht, doch Bennet hatte den Eindruck sterben zu müssen. Dann schlief Zeth ein. Und Bennet grübelte die ganze Nacht darüber nach, warum Zeth das getan hatte. Wahrscheinlich hatte er bereits geschlafen und gedacht, ein süßes Mädchen in seinen Armen zu halten.

In den Bergen

Am nächsten Tag war der Wind abgeklungen, die Kälte jedoch blieb. Trotzdem war Zeth bereits am frühen Morgen auf um sich das Bein der verletzten Stute anzusehen. Die Stute war Torans eigenes Pferd, und er mochte sie nicht zurücklassen. Trotzdem konnten sie keinen weiteren Tag vergeuden. Es war ruhig im Stall, außer zwei von Albargos Burschen, die ihm kurz zunickten, war niemand hier. Er hockte sich neben das Bein der Stute ins Stroh und strich vorsichtig über die Fessel. Noch

immer spürte er die leichte Schwellung und die Wärme, die davon ausging. Auch heute würden sie noch nicht aufbrechen können. Aber er brauchte Toran und der brauchte das Pferd.
Ohne weiter darüber nachzudenken, sammelte er die Energie, die durch seinen Körper strömte und übertrug sie durch seine Hände auf das Pferd. Eine Verbindung entstand, Zeth spürte das heilende Feuer. Er sah die Verletzung vor seinem inneren Auge heilen. Ein Teil seiner selbst sträubte sich mit aller Macht gegen das, was er tat. Aber er tat es trotzdem, ließ seinem Instinkt freien Lauf. Es war seine Gabe, sein Fluch. Er verlor den Bezug zur Zeit.
Wie lange hatte er neben dem Pferd gesessen? Als er aufstand, waren seine Beine taub. Er fühlte sich matt und zerschlagen, als hätte er seit Tagen nicht mehr richtig geschlafen. Er schwankte leicht, zwang seinen Körper jedoch, keine Schwäche zu zeigen.
Langsam ging er zurück zum Knechthaus. Seine Muskeln schmerzten, sein Magen krampfte sich vor Hunger zusammen. Das war ein weiterer Grund, warum er seine Gabe ablehnte: Sie schwächte ihn, laugte ihn aus. Er stolperte fast, als er durch die Tür trat, in die angenehme Wärme hinein. Einige seiner Männer waren bereits auf und hatten sich zum Frühstück wieder am großen Tisch in der Stube versammelt. Dem einzigen Raum im Haus, der wirklich warm war.
Zeth ließ sich schwerfällig auf einen freien Stuhl sinken. Er spürte die fragenden Blicke auf sich ruhen und zwang sich zu sprechen. „Nach dem Frühstück reiten wir los. Packt euch warm ein, es ist unfreundlich draußen."
Seco sah ihn weiterhin prüfend an. „Alles klar?"
„Ich muss was essen."
Nur mit allergrößter Beherrschung gelang es ihm, nicht wahllos Essen in sich hineinzustopfen um die verlorene Energie zu ersetzen. Trotzdem war die Menge, die er verdrückte, beachtlich. Seco schien daraus die falschen Schlüsse zu ziehen, denn er grinste Zeth anzüglich an.
Nach und nach kamen alle Männer an den Tisch, auch Pascale

suchte sich ihren Platz um das letzte Essen vor dem Abritt zu sich zu nehmen. Zeth nahm das eher am Rande zur Kenntnis. Es schien keine unerfreulichen Zwischenfälle mit Pascale zu geben, er hatte mit mehr Ärger gerechnet. Sie hielt sich im Hintergrund.
Zeth gab die ersten Befehle, Satteltaschen wurden gepackt und Schlafquartiere geräumt.
„Wenn einer noch baden möchte, das nächste warme Wasser gibt es wahrscheinlich erst in ein paar Tagen."
Dieser Ankündigung folgten ganz unterschiedliche Reaktionen: Ein Teil von Zeths Leuten blieb mit verächtlicher Miene sitzen, in die anderen kam Bewegung. Und weil es nur in der Stube warm war und auch das Wasser auf dem großen Ofen gewärmt werden musste, schleppten Oleus und Toran zusammen mit einem der Knechte den großen Badezuber herein. Die Mägde brachten Seife und große Tücher zum Abtrocknen.
Zeth hätte sich gern ebenfalls noch einmal gründlich gereinigt, doch er wollte seine offensichtlichen Verletzungen nicht präsentieren. Und so blieb er noch ein wenig sitzen und trank Tee, während einer nach dem anderen in das warme Wasser stieg und den Luxus eines heißen Bades genoss. Er sah aus den Augenwinkeln, wie Pascale, die sich nicht bemüßigt fühlte, ihr Frühstück zu unterbrechen, das ein oder andere Mal interessiert schaute, was die Männer zu bieten hatten.
Als Bennet schließlich ein wenig schüchtern seine Kleidung ablegte und in den Badezuber kletterte, passierte etwas Eigenartiges: Zeth spürte ein deutliches Ziehen in seiner Lendengegend. Der Anblick des nackten Jungen erregte ihn, ließ ihn hart werden. Wenn Zeth sich selbst nicht so gut gekannt hätte, ihn hätte es vermutlich nicht einmal gewundert. Denn Bennet war hübsch und bot einen sinnlichen Anblick. Aber diese Reaktion seines Körpers kam derart überraschend, dass es fast so schien, als sei sie von außen gesteuert. Ihn überkam das übermächtige Bedürfnis, sich mit Bennet zu vereinigen. Verwirrt wandte er sich ab.

Gegen Mittag ritten sie los und ließen Albargos Anwesen schnell hinter sich. Sie machten einen kleinen Bogen um das Dorf, in dem sie zuvor Proviant gekauft hatten und waren bald darauf in dem dichten Waldgebiet, das den Bergen vorgelagert war. Der Wald hielt den Wind ein wenig ab, und Zeths Leute konnten etwas entspannen.
Pascale lenkte ihr Pferd neben Zeth. „Darf ich nach Eurer weiteren Vorgehensweise fragen?"
„Ihr dürft", brummte Zeth eher abweisend und überlegte einen Moment, ob er einfach nichts mehr sagen sollte. „Wir werden zunächst dem Bergpass folgen, auf dem Weg sind einige kleinere Dörfer. Ich halte es für ziemlich wahrscheinlich, dass die ...", um ein Haar hätte er „Diebe" gesagt, doch natürlich wusste niemand, dass die Männer etwas gestohlen hatten, „...diese Kerle den Bergpass gewählt haben, wenn sie tatsächlich nach Norden geritten sind. Weiter östlich müssten sie den Spe überqueren, oder einen Teil des Weges mit dem Schiff zurücklegen. Von dort könnten sie nur über die Grenze nach Isiria oder ins Wantai-Gebirge Richtung Cairrigk. Letzteres kann man fast ausschließen, denke ich."
Pascale nickte zustimmend.
„Glaubt Ihr, die Täter sind Muréner?", fragte sie geradeheraus.
„Möglich", wich Zeth aus. „Die Tat war gut geplant, es waren mehrere Männer daran beteiligt. Wenn man davon ausgeht, dass die Täter Söldner waren, dann ist der Täterkreis schon sehr eingeschränkt."
„Also eine kriminelle Gruppe aus Iskaran habt Ihr sofort ausgeschlossen?"
Zeth schüttelte den Kopf. „Nicht ich, aber Großmeister Ne'ertal."
„Also hatte er Euch bereits den Hinweis gegeben nach Norden zu reiten – bevor ich mich eingemischt habe?"
Zeth grinste nur. Sie war eine wirklich clevere Frau. „Ich musste glücklicherweise nicht persönlich mit Ne'ertal reden", sagte er

lediglich, und Pascale sandte ihm einen schwarzen Blick.
Am Nachmittag machten sie eine kurze Pause und ließen die Pferde an einem schmalen Bachlauf trinken.
Bennet hatte sich ganz am Ende des Trosses eingereiht. Er wirkte nachdenklich. Noch immer beschäftigte ihn die Nacht mit Kyl. Aber nicht Kyl selbst war es, an den er dachte, sondern natürlich sein Halbbruder Zeth. Der Mann, der nun seltsam unelegant vom Pferd rutschte, um sich die Beine zu vertreten. Bennet hatte bereits an diesem Morgen bemerkt, dass Zeth müde aussah. Er selbst hatte, obwohl er das nicht für möglich gehalten hatte, die Nacht in Zeths Armen ausgeruht und ohne wilde Träume überstanden. Als er aufgewacht war, musste er jedoch feststellen, dass Zeth sich nicht mehr an seiner Seite befand.
Hatte Zeth noch immer Schmerzen? Bennet war froh, Seco auf den Zustand ihres Capitans aufmerksam gemacht zu haben. Auch wenn der Ältere ihn zunächst äußerst skeptisch betrachtet hatte, später schien er Zeth angesprochen zu haben. Mehr konnte Bennet nicht tun.
Wenn man seine Situation von einer ganz anderen Seite betrachtete, war das, was er machte, der absolute Irrsinn. Was hatte er hier zu suchen, in den Bergen, mit einer Gruppe yendländischer Soldaten, auf der Suche nach Männern, die es nicht einmal geschafft hatte, Ferakon zu ermorden?! Hätte er nicht in Iskaran sein sollen, um die wenigen Magier ausfindig zu machen, die sich vor den Xenten versteckten? Aber er konnte nichts anderes tun, als sich von seinem Instinkt leiten zu lassen. Mehr Anhaltspunkte hatte er nicht. Und das war verdammt wenig.
Schweigend aß er etwas von dem Obst, das er sich von Albargo mitgenommen hatte, während sein Fuchshengst Xisis neben ihm graste. Nein, er hatte sich nicht getäuscht, Zeth ging schwerfälliger als sonst, er wirkte blass und angespannt.

Nach der kurzen Pause ritten sie weiter Richtung Norden. Der Wald lichtete sich ein wenig, und es ging nun stetig bergan. Der Wind war zum Glück ein wenig abgeflaut, die Sonne, die sich durch die Wolken gekämpft hatte, wärmte ihre ausgekühlten Körper.
Normalerweise waren sie nicht so schweigsam unterwegs, aber Zeth hatte alles bis auf normale Gespräche unterbunden, da er niemanden aufscheuchen oder warnen wollte. Trotzdem waren Zeths Leute nicht übermäßig angespannt. Konzentriert, wachsam, aber nicht nervös.
Zeth ließ sich zurückfallen und lenkte sein Pferd neben Secos Rappen. „Seco?"
„Ja, Sir?"
„Ich möchte, dass du dich um Bennets Ausbildung kümmerst, wann immer du Zeit findest."
„Ausbildung?" Um Secos schmale Lippen spielte ein erstauntes Lächeln.
Zeth nickte. „Er ist ganz gut mit dem Messer, aber er muss weitere Kampftechniken beherrschen."
„Ach, ich dachte, er könnte auch gut zubeißen!"
„Hüte deine Zunge", grollte Zeth und ärgerte sich darüber, dass sich diese Episode herumgesprochen hatte.
Seco verkniff sich ein Lachen. Er wollte seinen Capitan nicht provozieren. „Mach nicht so ein Gesicht, Zeth. Ich werde mich um den Jungen kümmern."
Zeth sah das merkwürdige Aufblitzen in den Augen seines Freundes, und er wünschte sich, nicht zu wissen, was das zu bedeuten hatte.
Ohne ein weiteres Wort zu verlieren, trieb er seinen Hengst an und setzte sich wieder an den Anfang der Gruppe.
Es war nicht gut, wenn seine Männer dachten – was auch immer sie dachten. Ach, verdammt, sollten sie denken, was sie wollten, so lange seine Autorität nicht darunter litt. Und selbst wenn sie ihm eine sexuelle Beziehung mit Bennet unterstellten, wäre das nicht weiter schlimm gewesen. Wenn – Bennet nicht

Bennet gewesen wäre! Aber der quirlige rothaarige Junge erregte nun mal allgemeine Aufmerksamkeit.
Der steil ansteigende Weg erforderte bald Zeths gesamte Konzentration und verdrängte alle anderen Gedanken vorläufig aus seinem Kopf.
Mit einer knappen Handbewegung befahl er seinen Leuten, sich hintereinander einzuordnen. Zur linken Seite des Wegs fielen die Klippen steil herab. Ab und zu rieselte Geröll die Steilwände hinab, das von den Pferdehufen losgetreten wurde. Die Sonne stand tief und blendete die Reiter. Zeth verzog das Gesicht. Er wusste, dass diese Strecke einige Gefahren in sich barg. Doch um die winzigen Bergdörfer zu erreichen, mussten sie über den Pass. Und viele Söldner wohnten in den Bergdörfern oder nutzten den Pass, um in die wenigen größeren Städte zu gelangen.
Schweigend ritten sie durch das schier unwegbare Gelände. Die Männer waren nun alle hochkonzentriert und – wie Zeth spürte – auch angespannt. Hinter jedem Felsvorsprung konnte eine Falle sein. Doch sie erreichten unbehelligt eine Art Plateau, auf dem sie ihr Lager für die Nacht aufschlagen wollten. Denn als die Sonne unterging, wurde es wieder kalt.

Sen und Gallor übernahmen die erste Wache, während die anderen sich um das kleine Lagerfeuer gruppierten. Sie saßen eng beisammen, suchten die Körperwärme des Nebenmannes, während sie aßen. Seco erwärmte Wasser in dem kleinen Kessel, den sie mitgenommen hatten und brühte einen Tee auf. Zeth sah, dass Pascale zusammen mit Pheridon von den Pferden zurückkam. Er ahnte bereits, dass zwischen den beiden etwas lief, denn es war nicht das erste Mal, dass er sie zusammen sah. Gleichmütig zuckte er mit den Schultern. Pheridon wäre nicht ihre schlechteste Wahl – der grummelige, eher schweigsame Mann war klug und absolut loyal.
Oleus begann, Geschichten zu erzählen. Er war ein guter Erzähler, und bald lauschten alle gebannt seiner angenehmen

Stimme. Er berichtete erst von früheren Aufträgen und Kämpfen und dann von magischen und unheimlichen Begebenheiten. Oleus wusste seine Zuhörer zu fesseln. Zeth ließ sich von seiner angenehmen Stimme einlullen, er war noch immer nicht ganz bei Kräften. Nun, da er satt war, wollte er nur noch schlafen. Oder mit Bennet ...
„Leg dich hin", bemerkte Seco neben ihm. „Du siehst erschöpft aus."
„Willst du mir vorschreiben, was ich zu tun habe?", funkelte Zeth ihn an.
Seco nickte ungerührt.
Zeth gab nach, Seco hatte ja recht. Er zog sich ein paar Meter vom Lagerfeuer zurück, um seine Decken auszurollen. Sofort hüllte ihn Kälte und Dunkelheit ein. Aber direkt am Feuer würde er wegen der Gespräche kein Auge zutun. Vielleicht würde er später, beim nächsten Wachwechsel, wieder näher ans Feuer rücken.
Zeth trat noch ein wenig tiefer in die Dunkelheit, um sich zu erleichtern, als er plötzlich die Anwesenheit eines weiteren Menschen spürte. Er brauchte sich nicht umzudrehen, um zu wissen, wer ihm gefolgt war.
Zögernd kam Bennet näher. „Sir? Darf ich Euch zur Hand gehen?"
„Beim Pinkeln?"
„Nein, das nicht ... Ich wollte meine Aufgabe erfüllen."
Überrascht sah Zeth auf. Er versuchte, irgendeinen Gedanken in Bennets Gesicht zu lesen. Aber das war aufgrund der Dunkelheit nicht möglich. Schließlich nickte er und brummte zustimmend.
Bennet trat nah an ihn heran und löste mit geschickten Fingern den schweren Waffengurt. Zeths Schwert sank zu Boden. Konzentriert öffnete Bennet auch die Schnallen des Lederharnischs, der Zeths Oberkörper vor Verletzungen schützte. Als Zeth das Teil los war, seufzte er erleichtert auf.
Bennet sah ihn aufmerksam an, seine Augen blitzten leicht auf.

Mittlerweile hatten sich ihrer beider Augen an die Lichtverhältnisse gewöhnt.
„Wie ...“, er räusperte sich, „wie geht es Eurem Rücken?“
Zeth erstarrte für einen Augenblick. Er hatte ganz verdrängt, dass Bennet es gesehen hatte.
„Besser“, antwortete er knapp.
Doch Bennet ließ sich nicht einschüchtern. „War das Fran Kyl?“
Zeths dunkler Blick durchbohrte ihn förmlich. „Was erlaubst du dir, Junge?“
„Ich denke, ich habe ein Recht darauf, es zu erfahren“, sagte Bennet leise.
Zeth trat noch näher an ihn heran und packte ihn bei den Schultern. „So, glaubst du das? – Kyl hat das Recht, *jeden* in sein Bett zu holen. Du musstest seinem Befehl gehorchen!“
„Aber es war Euer Befehl“, wandte Bennet ein.
Zeths Griff war unangenehm fest. Und plötzlich ließ er den Jungen wieder los und wandte sich ab.
„Hat er Euch gezwungen?“
„Was spielt das für eine Rolle?“
Bennet rieb sich verstohlen die schmerzenden Schultern. „Für mich spielt das eine Rolle ...“
Zeth seufzte. „Er hat mir die Wahl überlassen. Entweder er oder ich ...“
Bennet blinzelte ungläubig. „Was soll das heißen?“
„Er wollte mir zuschauen, wie ich auf dich krieche ... oder es selbst tun.“ Zeths Stimme klang hart.
Bennet spürte, wie er rot wurde. „Und Ihr habt mich lieber ... abgegeben?“, flüsterte er.
„Natürlich“, erklärte Zeth mit Nachdruck.
Zeths Entschiedenheit trieb Bennet die Tränen in die Augen. Es wurde ihm schlagartig bewusst, dass der Ältere so rein gar nichts für ihn empfand. Er schluckte betroffen – doch er konnte nicht verhindern, dass ihm einige Tränen über die Wangen liefen.

Zeth bemerkte dies sofort.
„Was ist denn jetzt?“, fragte er gereizt. Er konnte sich Bennets Stimmungsschwankungen einfach nicht erklären.
Bennet wünschte sich, im Erdboden versinken zu können. Denn er konnte jetzt unmöglich einfach abhauen. Es war seine Entscheidung gewesen, Zeth nachzugehen, jetzt musste er das durchziehen.
„Ich hatte ... gehofft, Ihr ...“ Er verstummte.
„Was denn?“, hakte Zeth ungeduldig nach.
„Dass Ihr mich ein bisschen mögt ...“
Zeth verdrehte die Augen. „Oh, ich mag dich, Bennet. Sonst hättest du sicher das eine oder andere Mal eine Tracht Prügel bekommen.“
Bennet zuckte zusammen. „Denkt Ihr nur daran, mich zu schlagen, wenn Ihr mich seht? Ich meinte ... ich dachte, Ihr findet mich ... vielleicht attraktiv ...“
„Meine Güte, Junge. Sei doch froh, dass du nicht für die ganze Kompanie den Arsch hinhalten musst!“
Bennet sah beschämt zu Boden. „Vielleicht ... hätte ich es ja gern getan bei Euch ...“
„Warum?“
„Weil ... ach, ich weiß auch nicht ...“ Bennet verließ der Mut. Er hätte besser nie etwas gesagt. Dann wäre er nie in diese peinliche Situation geraten.
Zeth trat wieder näher auf ihn zu. „Ich kann mich an eine Situation erinnern, da hast du mich angegriffen, weil ich dich angefasst habe.“
„Ja ... da hatte ich Angst“, sagte Bennet kläglich.
„Und jetzt?“ Drohend baute sich Zeth vor dem schmächtigen Jungen auf.
Bennet wich einen Schritt zurück. Er hatte noch immer Angst vor Zeth – das stand fest. Doch er begehrte ihn auch. Er hatte ihn von Anfang an begehrt – das wurde ihm nun klar. Das Blut toste durch seine Adern, als er stumm die Hand nach Zeth ausstreckte und ihn noch weiter hinter sich herzog, bis zu

einem halbhohen Felsen.
Er wagte nicht, Zeth zu berühren oder zu küssen; statt dessen öffnete er seine Hose, drehte sich um und stützte sich mit den Händen auf den kalten Stein.
Zeth war verblüfft, dass Bennet sich ihm so auslieferte, doch er war sofort über ihm. Es war der völlig falsche Zeitpunkt. Er gierte nach Bennet, und mit Sicherheit würde er sich nicht zurückhalten können. Die Flamme in seinem Körper loderte auf, Adrenalin schoss durch seinen Körper wie kurz vor einem Angriff. Zeth unterdrückte ein Stöhnen.
Zeths Gewicht auf sich zu spüren, war für Bennet wie eine Befreiung. Er wäre gestorben, hätte Zeth ihn ausgelacht.
„Du kannst unmöglich wollen, dass ich dich hier so nehme ... im Stehen“, flüsterte Zeth rau.
„Doch.“
„Ich werde dir wehtun.“
„Ich vertraue Euch.“
„Das reicht mir nicht.“
Bennet spürte, wie er den Boden unter den Füßen verlor. „Ich will es!“, forderte er ungehalten.
„Aber du zitterst ...“ Zeths Hände wanderten über Bennets Flanken. „Immer wenn ich dich in den Armen halte, zitterst du wie Espenlaub.“
Zeth strich über Bennets festen Hintern und seufzte selbst ein wenig zittrig. Die Lust, die er empfand, schien ihn zu überwältigen. „Die Angst macht dich nicht gerade lockerer“, stellte er fest.
Er ließ einen nass geleckten Finger in Bennets Spalte gleiten. Als er ihn öffnete, stöhnte Bennet. „Das reicht mir nicht!“
Zeth lachte leise. „Ob du das gleich auch noch sagst?!“
Er presste sein hartes Geschlecht gegen Bennets festen Hintern. Gleich würde er wissen, ob Bennet tatsächlich so gut im Training war. Er hoffte es, denn er konnte sich selbst kaum noch beherrschen. Für eine zärtliche Verführung würde er heute keine Geduld mehr aufbringen. Dabei hätte er das

gewollt – es war nicht richtig, ausgerechnet Bennet hier draußen, im Stehen zu nehmen.
Bennet konnte sein schmerzerfülltes Stöhnen nicht unterdrücken, als Zeth langsam in seinen Körper eindrang. Seine Finger krallten sich in den kalten Stein, seine Fingerkuppen schürften ab. Aber trotz des anfänglichen Schmerzes gab er sich vollkommen hin. Er wollte Zeth spüren, seine Stärke, die Geschmeidigkeit seines Körpers, die Unausweichlichkeit dieses Aktes. Er gehörte Zeth, jetzt mehr als zuvor.
„Geht's?", raunte Zeth über ihm.
Die raue Stimme jagte einen Schauer durch Bennets Körper.
„Ja ...!" Er keuchte, versuchte, sich Zeths Bewegungen anzupassen, und bereits nach kurzer Zeit flutete Erregung seinen Leib. Er spreizte die Beine ein wenig mehr, und Zeth schob sich noch weiter in ihn hinein.
Er spürte, dass es Bennet gefiel. Aber er hatte nicht mit Bennets Begehren gerechnet. Bisher war er davon ausgegangen, dass der Junge Angst vor ihm hatte.
Er umfasste die schmalen Hüften und zog Bennet zu sich heran, um ihm auch Befriedigung verschaffen zu können.
Als Zeths Hand seinen Schaft umschloss, kam es Bennet mit solcher Intensität, dass er einen Aufschrei nicht unterdrücken konnte. Wie ein Blitz schoss das Gefühl durch Zeths Körper – es war, als würde er mit einer ungeheuren Energie gefüllt. Er war eins mit Bennet, als er den schmalen Jungen an sich drückte und sich ebenfalls seinem Höhepunkt hingab. Bennets heftiger Orgasmus hatte ihn überrascht. Auch sein eigenes Empfinden verblüffte ihn. So reagierte er normalerweise nicht auf Sex, auch nicht auf besonders guten. Seine Arme und Beine kribbelten als hätte er an einer Stosh-Pfeife gezogen. Als wenn in der Nähe ein Blitz eingeschlagen hätte ... Aber er hatte dieses eigenartige Kribbeln in der letzten Zeit schon einmal gespürt. Nicht in dieser Heftigkeit, aber es war unbestreitbar da gewesen, als er mit River im Harem seines Vaters verkehrt

hatte.
Bennet entspannte sich in Zeths Armen. Er fühlte sich seltsam, ausgelaugt, aber ruhig und befriedigt. Angenehme Wärme flutete seinen Körper. Nur langsam ebbten die Wellen des Höhepunktes ab, und er genoss die starken Arme, die ihn hielten. Nach einer ganzen Zeit ließ Zeth ihn los, schloss seine eigene Hose, griff nach Bennets Hose und zog sie ihm wieder über die Hüften. Er nahm seinen Waffengurt vom Boden auf, warf Seco, der sie aufmerksam und gut sichtbar aus einiger Entfernung beobachtete einen warnenden Blick zu und schob Bennet vor sich her zu ihrem Nachtlager.
Sie waren sicher gut hörbar gewesen, kein Wunder, dass Seco ihnen nachgegangen war. Aber das interessierte ihn im Augenblick nicht. Er fühlte sich geradezu euphorisch, dabei hätte er eigentlich müde und erschöpft sein müssen.
Sie verloren kein Wort, und Bennet war froh darüber. Jedes Wort hätte ihre zerbrechliche Übereinkunft zerstören können.
Zeth zog ihn neben sich zu Boden und schlang seinen Arm um den schmalen Brustkorb.
So schliefen sie schließlich ein.

Als Zeth am nächsten Morgen erwachte und Bennet neben seinem Lager in die Decke gekuschelt sah, beschlich ihn ein merkwürdiges Gefühl. Hatte er das wirklich getan? Leise erhob er sich und trat hinaus in den noch nebligen Morgen. Es war unangenehm kühl, ihre Decken waren mit Feuchtigkeit überzogen, trotzdem hatte Zeth den Eindruck, die Kälte zu brauchen, um aufzuwachen und über einiges nachdenken zu können.
Hatte er Bennet benutzt? Wie all die anderen vor ihm ...? Er wusste, dass das nicht richtig war; überhaupt sollte er mit dem Jungen kein körperliches Verhältnis haben. Bennet war zwar kein Kind mehr, aber er war sein Knappe! Doch es hatte sich gut angefühlt, verdammt gut. Er hatte Bennet gestern so heftig begehrt wie noch niemanden zuvor. In ihm zu sein, mit ihm

zum Höhepunkt zu kommen, war die absolute Erfüllung gewesen. Wie konnte das sein?
Außer der Wache, es war Toran, die ihn kurz grüßte, schliefen seine Männer noch.
Er entfachte erneut das Feuer, das fast erloschen war. Sein Blick ruhte auf Bennet, der im Schlaf ganz entspannt wirkte. Eccláto hilf, wo sollte das hinführen?

Sie brachen gleich nach dem kargen Frühstück auf. Niemand nahm Anstoß an dem, was zwischen ihm und Bennet vorgefallen war. Zeth ging davon aus, dass jeder es mitbekommen hatte. Die Lautstärke hatte sicher ausgereicht. Aber er war der Anführer, es stand ihm zu, sich das zu nehmen, was er begehrte.
Er spürte Bennets Blicke. Sobald der Junge sich unbeobachtet fühlte, sah er zu Zeth herüber. Was diese Blicke zu bedeuten hatten, wusste er jedoch nicht. Sie sprachen nur das Notwendigste miteinander. Kein Zeichen von Vertrautheit war zwischen ihnen entstanden, was Zeth bedauerte. Er wollte allerdings auch nicht, dass Bennet sich in ihn verliebte.
Doch etwas merkwürdiges bemerkte er: es ging ihm körperlich besser. Er fühlte sich frisch und erholt. Die Striemen auf seinem Rücken schienen fast abgeheilt, sie schmerzten nicht mehr. Vielleicht eine Folge der Heilenergie, die er für die verletzte Stute verwandt hatte?
Am frühen Nachmittag erreichten sie einen kleinen Bergsee, und Zeth beschloss, dass sie hier ihr Nachtlager aufschlagen würden.
Er wusste, dass die kleinen Bergdörfer häufig in unmittelbarer Umgebung von Seen und Bächen angesiedelt waren. Es machte Sinn, von hier aus einen Erkundungsritt zu starten. Und in Pascale fand er eine interessierte Mitstreiterin.
Schweigend ritten sie über den engen, gewundenen Bergpfad. Sie waren aufmerksam, fast ein wenig nervös. Zeth entging nicht die kleinste Bewegung, er war jederzeit kampfbereit, falls

sie in einen Hinterhalt gerieten.
An einem kleinen Bach, zügelte Pascale ihre Stute und stieg ab. „Hier sind frische Spuren“, stellte sie fest. Vorsichtig ließ sie die Erde durch ihre Finger gleiten. Wieder einmal stellte Zeth fest, dass sie eine ausgezeichnete Fährtenleserin war.
„Das Dorf muss in der Nähe sein“, sagte Zeth. „Vermutlich fließt dieser Bach in den See, an dem wir lagern.“
„Wart Ihr schon einmal in einem der Bergdörfer?“, wollte Pascale wissen. Sie trank rasch ein paar Schlucke des klaren Quellwassers und saß wieder auf.
Zeth nickte. „Seco kommt aus einem Bergdorf. Ich habe ihn einmal begleitet, als er seine Sippe besucht hat. – Die Bergbewohner sind recht seltsame Menschen.“
Pascale lachte leise. „Gleiches sagen sie wohl auch von uns. – Glaubt Ihr, dass sie mit Caskáran Refir gemeinsame Sache machen?“
Zeth zuckte mit den Schultern und wendete sein Pferd. „Wenn sie sich davon einen Vorteil versprechen ... Allerdings würde es mich wundern, wenn einer von ihnen den Anschlag auf meinen Vater geplant hätte. Sie sind Söldner, nicht politisch interessiert.“
„Auf Gastfreundschaft können wir wohl nicht hoffen, oder?“
Zeth schüttelte den Kopf. „Wahrscheinlich nicht. Aber ich glaube auch nicht, dass wir gleich angegriffen werden. Vielleicht können wir noch ein wenig Proviant kaufen, der Weg in die Stadt dauert noch mindestens eine Tagesreise.“
Erst nach einer ganzen Zeit brach Zeth erneut das Schweigen. „Wollt Ihr mir nicht erzählen, warum Ihr so verbissen nach dem Jungen sucht?“
„River?“
Zeth zuckte mit den Schultern. „Sucht Ihr sonst noch einen?“
Sie schüttelte den Kopf.
„Hat er Euch etwas gestohlen?“
Pascale lachte ungläubig. „Ihr seid so ein verschlossener Kerl, warum glaubt Ihr, dass ich Euch meine persönlichen Motive

auf die Nase binde?"
Zeth lächelte schmal. „Ah, es ist etwas persönliches ..." Er konnte sich wirklich nicht vorstellen, warum Pascale nach River suchte. Es sah nicht gerade danach aus, als hätte sie ihr Herz an den kleinen Stricher verloren.
Als sie die ersten Anzeichen des Dorfes bemerkten, wurden sie wieder vorsichtiger. Zeth ging zwar nicht davon aus, angegriffen zu werden, aber er wollte sich ungern überraschen lassen.
Der Weg wurde breiter und stieg sacht bergan. Pascale war froh, dass ihre Stute recht trittsicher war. In diesem Gelände war es lebensgefährlich mit einem weniger trittsicheren Tier.
Direkt hinter einer Biegung stießen sie auf die ersten Hütten des Dorfes. Große, ungepflegte Hunde liefen über die Wege, kamen ihnen bellend entgegen. Vorsichtig ritten sie auf dem Hauptweg weiter. Die Pferde gingen vorsichtig auf dem aufgeweichten Lehm. Wenn es hier eine Zeitlang nicht geregnet hatte, staubte es wahrscheinlich heftig, dachte Zeth.
Zwei Knaben, kaum älter als 10 Jahre, stoppten ihren Ritt, indem sie seitlich aus dem Gebüsch brachen und Zeths Hengst zum Scheuen brachten.
„Was wollt ihr hier?", riefen sie. Ihr Akzent erinnerte ihn sofort an Seco.
„Wir kommen in friedlicher Absicht. Könnt ihr uns zu eurem Dorfvorstand bringen?" Zeth versuchte, möglichst freundlich zu klingen. Was ihm aber nicht sehr gut gelang, wenn man von Pascales Gesichtsausdruck auf seine Wirkung schließen wollte.
Die beiden Jungen musterten sie noch einmal misstrauisch, winkten ihnen jedoch zu. Zeth und Pascale folgten.
Das Dorf, eine Ansammlung von Lehmhütten, wirkte seltsam ausgestorben. Einige magere Ziegen liefen um die Hütten, Zeth sah ein paar Hühner.
„Was ist hier los?", fragte Pascale angespannt. „Warum ist hier niemand?"
„Ich schätze, sie sind in die Stadt aufgebrochen. Umso besser für uns, wenn wir uns nicht auf einen Kampf in den Bergen

einlassen müssen."
„Habt Ihr mit einem Kampf gerechnet?" Sie musterte ihn scharf.
Zeth grinste schief. „Besser, man rechnet mit allem."
Der größere der beiden Jungen verschwand in einer Hütte und kam kurze Zeit später wieder heraus. „Ihr könnt reinkommen. Muhar erwartet euch."
Mit einem eher unguten Gefühl überließen Pascale und Zeth den beiden Jungen ihre Pferde. Es stellte sich heraus, dass Muhar die Dorfälteste war, Chefin des Dorfclans. Sie bestätigte Zeths Vermutung: außer den Alten und den Kindern waren alle Dorfbewohner in die Stadt aufgebrochen, um vor dem Wintereinbruch ihre Geschäfte zu tätigen.
Muhar wirkte uralt und sehr gebrechlich, wie sie in ihrem großen, fast thronartigen Stuhl saß, aber sie hatte einen wachen Verstand.
„Warum seid Ihr hier?"
„Sind Fremde hier aufgetaucht?", fragte Zeth ohne Umschweife.
„Seid Ihr auf der Suche?", fragte sie zurück.
„Ja, das sind wir."
Als sie lächelte, sah Zeth, dass sie keine Zähne mehr im Mund hatte.
„Es sind Leute meines Stammes hier aufgetaucht. Ich kannte sie nicht, sie gehörten nicht zu meinem Clan. Es waren Männer, acht oder zehn, ich weiß nicht genau. Sie haben Proviant gekauft. Einer erzählte etwas von einem wertvollen Stein, den sie verkaufen wollten. Aber so etwas interessiert hier keinen."
Zeth wurde hellhörig. Acht oder zehn Männer? Das waren deutlich mehr als er vermutet hatte. Waren das die Männer, die das Raq gestohlen hatten? Und was wollten sie damit hier oben, im Bergland? Wollten sie das Raq an Refír verkaufen? Aber, was sollte der Caskáran mit dem Lichtstein, in Isiria war Magie unter Todesstrafe verboten! Und das schloss sicher auch den Caskáran selbst mit ein.
„Was glaubt Ihr, Muhar, wo sind diese Männer hingeritten?"

Die Alte lächelte schlau. „Versucht's in Mirmiran, dort treibt sich alles Gesindel herum. Oder vielleicht gehörten sie auch zu Orkuns Söldnern."
„Orkuns Söldner?", fragte Pascale nach.
Muhar nickte. „Orkun al Kenzo, der Herr von Runo. Er hat ein ganzes Heer von Söldnern."
„Ich danke Euch für Eure Auskunft, Muhar. Wie kann ich Euch entlohnen?"
„Wenn Ihr Proviant braucht, reicht es mir, wenn Ihr es bei uns zu einem angemessenen Preis erwerbt."

Seco übernahm den Posten des Anführers in Zeths Abwesenheit. Er wies Oleus, Sen und Gallor an, den Lageraufbau zu überwachen und schickte Toran und Aquir los, etwas Essbares zu erjagen.
„Sobald du fertig bist mit den Pferden, werden wir ein bisschen mit dem Kurzschwert trainieren. Capitan Zeth hat mich zu deinem persönlichen Ausbilder ernannt", erklärte Seco Bennet, der gerade begonnen hatte, die Pferde zu versorgen.
Bennet schaffte es nicht ganz, eine Grimasse zu unterdrücken. Wozu brauchte er einen persönlichen Ausbilder? Seco sollte sich bloß nicht so aufspielen. Schließlich hatte Zeth ihn, Bennet, gevögelt! Aber änderte das überhaupt etwas an seiner Position? Sie hatten kein Wort mehr darüber verloren. Es war fast, als hätte das alles gar nicht stattgefunden. Warum hatte Zeth überhaupt mit ihm geschlafen? Hatte er es nur getan, weil Bennet sich angeboten hatte? Und was sollte das jetzt mit Seco? Wozu sollte er den Umgang mit dem Schwert erlernen? Das einzige, das Seco ihm hätte beibringen können, wäre der Umgang mit dem Bogen gewesen.
Bennet tränkte mit aufreizender Langsamkeit die Pferde. Er war sich bewusst, dass er Secos Geduld auf eine harte Probe stellte. Das Lager war schon längst hergerichtet, und Bennet beschäftigte sich noch immer mit den Pferden. Er hatte sich eine Bürste aus der Satteltasche gefischt und striegelte nun

hingebungsvoll seinen Fuchshengst.
„Bennet? Komm' gefälligst – ich warte nicht noch länger." Secos Ton war schärfer geworden.
Warum verdammt sollte er sich von Seco durch die Gegend scheuchen lassen? Er sah keinen Sinn darin, mit dem Kurzschwert zu trainieren. Er konnte mit dem Messer umgehen; das reichte doch, oder? Außerdem war der Ritt anstrengend genug, er brauchte sich wirklich nicht zusätzlich zu schinden.
„Bennet!" Seine Stimme war noch eine Nuance schärfer geworden.
Mittlerweile sahen die anderen Männer zu ihnen hinüber. Teils belustigt, teils neugierig. Diese Bühne wollte Bennet eigentlich nicht, denn er mochte Seco nicht vorführen. Aber es reichte ihm, dass er Zeth gehorchen musste. Warum sollte er sich nun auch noch einem von Zeths Männern fügen?
„KOMM.SOFORT.HIER.HER!"
Bennet zuckte kurz zusammen. „Ich komm ja schon", murrte er. Lustlos, mit gesenktem Kopf trottete er zu dem Soldaten. „Was soll ich bloß mit so einem Quatsch?"
Secos Augen verengten sich zu Schlitzen. „Was meinst du?", zischte er.
„Ich brauche das doch gar nicht ... Ich kann mich selbst verteidigen!", erklärte Bennet frech.
Seco stieß ein ungläubiges Lachen aus. „Du kannst *was*? Dass ich nicht lache." Er packte Bennet am Arm und zog ihn mit sich. Der Junge sträubte sich sofort, konnte aber Secos Kraft nichts entgegen setzen. Der schleifte ihn weg von den anderen, in die Nähe des kleinen Sees.
Noch immer schien Bennet den Ernst der Lage nicht zu begreifen. Verstockt sah er Seco an, als dieser ihm eines der beiden Kurzschwerter zuwarf, das er reflexartig auffing. Mit zusammengekniffenen Lippen rammte er die Klinge in den Boden.
„Ich brauche das nicht! Und Ihr habt mir nichts zu sagen!"

Seco nahm die Herausforderung an. Er zögerte nur einen Augenblick, dann packte er sich Bennet, warf ihn sich kurzerhand über die Schulter und schleppte ihn ein Stück in den Wald hinein.
„Was habt Ihr vor, verdammt?!" Bennet zeterte und versuchte, sich aus Secos Griff zu befreien. Doch natürlich hatte er keine Chance.
„Ich hole das nach, was Zeth offenbar bisher versäumt hat!"
Irgendetwas an Secos Stimme ließ Bennet innehalten. Was ...? Unsanft wurde er wieder auf die Füße gestellt. Er sah, wie Seco einen dünnen Stock von einem Gebüsch abknickte und mit einer schnellen Bewegung entlaubte.
„Seco?" Er erwog, sich aus dem Staub zu machen, aber ihm wurde augenblicklich klar, dass er nicht weg konnte!
„Seco, ich bitte Euch ..."
„Worum?", fragte der nüchtern. „Dass ich mir deine Frechheiten weiter gefallen lasse?"
„Nein, ich werde ... ich will ..."
„Zu spät", unterbrach Seco ihn mit fast sanfter Stimme. Er setzte sich auf einen der dicken, umgestürzten Baumstämme und klopfte sich leicht auf den Oberschenkel.
Stumm schüttelte Bennet den Kopf.
„An deiner Stelle würde ich es nicht noch schlimmer machen, als es sowieso schon ist."
„Aber das hat Capitan Zeth sicher nicht gemeint, als er ..."
Wieder wurde er von Seco unterbrochen. „Bennet, ich habe weder Zeit noch Lust, mit dir zu verhandeln. Eines kann ich dir jedoch versichern: Wenn du nicht sofort herkommst, wird es nicht nur bei dieser einen Tracht Prügel bleiben."
Bennet schluckte. Warum hatte er sein vorlautes Mundwerk nicht zügeln können? Immer wieder brachte er sich in solche Situationen!
Langsam trat er näher an Seco heran. Es kostete ihn alle Überwindung, sich mit dem Oberkörper auf dessen muskulösem Schenkel niederzulassen. Mit einer Hand löste

Seco den Gürtel, der Bennets Hose hielt. Sie rutschte ihm bis auf die Knöchel. Aber darüber brauchte er sich keine Gedanken zu machen; denn er spürte umgehend die Rute auf seiner nackten Haut, und Seco prügelte ihn windelweich. Und auch wenn er es sich vorgenommen hatte, am Ende konnte er die Tränen doch nicht mehr zurückhalten.
Als Seco ihn schließlich wieder auf die Füße stellte, fühlte Bennet sich furchtbar. Sein Gesicht glühte – und nicht nur sein Gesicht. Der Soldat hatte ihn gnadenlos auf seinen Platz verwiesen.
„Zieh die Hose hoch und geh dich waschen", wies Seco ihn an.
Bennet nickte stumm und ging, gefolgt von Seco, zur Böschung des kleinen Bergsees. Ohne zu zögern tappte er in das eisige Wasser – es kühlte seine brennende Haut ein wenig. Beim nächsten Mal würde er sich überlegen, ob er sich einem Befehl von Seco widersetzte.
„So, vielleicht können wir jetzt endlich mit dem Training beginnen?"
„Ja, Sir."
Mit einem befriedigten Grinsen warf Seco Bennet das Kurzschwert zu, als dieser aus dem Wasser kam. Der Junge fing es geschickt auf.

Nach Mirmiran

Als Zeth und Pascale von ihrer Erkundungstour zurückkehrten, dämmerte es bereits.
Bennet eilte ihnen entgegen und übernahm pflichtbewusst die Pferde, was Zeth ein wenig verwunderte. Wenn es um Arbeit ging, zeichnete der Junge sich normalerweise nicht gerade durch Schnelligkeit aus. Er starrte auf Bennets roten, zerzausten Hinterkopf, wurde aber abgelenkt, da Seco und Pheridon ihnen entgegen kamen.
„Und – konntet Ihr etwas herausbekommen?"

Zeth nickte knapp. Der lüsterne Blick, den Pheridon Pascale zuwarf, blieb ihm nicht verborgen.
„Ruft die anderen zusammen, damit wir die nächsten Schritte planen können!"
Pheridon machte sich sofort auf den Weg, um die anderen zu informieren.
Pascale strich sich die Haare aus dem Gesicht. „Ein Königreich für ein warmes Bad."
Zeth grinste. Sie hatte bei Albargo darauf verzichtet, sich vor seinen Männern zu entblößen. „So wie es aussieht, könnt Ihr das bald bekommen."
Sie sammelten sich um das Lagerfeuer, über dem zwei große Hasen schmorten, und Zeth berichtete von ihrem Besuch im Bergdorf.
„Also ist es der Weg nach Runo, den wir einschlagen?", fragte Toran nach.
Zeth schüttelte den Kopf. „Wir werden erst in die Stadt reiten, nach Mirmiran. Falls wir dort keine Anhaltspunkte finden, können wir immer noch zurück in die Berge. Aber darum reiße ich mich wahrlich nicht."
„Mirmiran?", fragte Pascale nach.
„Ja, wart Ihr schon mal da? Mirmiran ist die einzige Handelsstadt hier oben im Grenzbereich. Dadurch ist Tar Erivàn ein einflussreicher Mann geworden. – Aber ich habe nicht vor, allzu viel Kontakt zu ihm zu haben."
Pascale sah ihn überrascht an, sagte jedoch nichts. Und Zeth war es egal, ob sie sich nun den Kopf darüber zerbrach.
„Warum reiten wir nicht zuerst nach Runo?"
„Muhar erwähnte zunächst Mirmiran, bevor sie ihre Vermutung äußerte, die Männer, die wir suchen, könnten Orkuns Söldner sein."
„Außerdem", ergänzte Seco, „ist es nicht gerade ein sanfter Spazierritt nach Runo. Die Stadt, deren Herr Orkun al Kenzo ist, ist eine Bergstadt. Sie ist in den Stein gehauen, alle Behausungen sind Höhlen innerhalb des Berges. Abgesehen

davon, dass Orkun und seine Söldner allesamt Muréner sind, und damit nicht besonders aufgeschlossen Fremden gegenüber, ist Runo gut gesichert. Uns könnte ein unangenehmer Empfang erwarten, sollte Orkun etwas mit dem Anschlag auf Ferakon zu tun haben."
Oleus schaltete sich mit einem hintergründigen Lächeln ein. „Und Runo grenzt an Bolén, den Wald der toten Seelen, der zu Reda gehört."
Bennet, der an einem Stück Käse nagte, verschluckte sich und bekam einen heftigen Hustenanfall.
„Reda, die Verbotene Stadt?", fragte Pascale neugierig nach.
Zeth zog eine Grimasse. Er mochte das Thema nicht, auch wenn sie nicht in Iskaran waren, wo es verboten war, den Namen „Reda" überhaupt auszusprechen. Und natürlich mochte er auch den Gedanken nicht, vielleicht versehentlich in das Waldgebiet zu geraten, das Bolén genannt wurde, der Wald der toten Seelen. Er wollte allerdings keine Ängste schüren, Aberglauben konnte er nicht leiden, daher ließ er dem Gespräch freien Lauf.
„Reda hatte endgültig über die Stränge geschlagen", berichtete Oleus. „Die freien Magier hatten den Zorn der Xenten auf sich gezogen. Und als unsere Streitmacht zusammen mit den Xentenkriegern in Reda einfiel, wurde schnell klar, dass es ein kurzer Kampf werden würde. Aber die freien Magier überzogen Reda und den Wald von Bolén mit Bannflüchen und schwarzer Magie. So konnten die Seelen der Gefallenen nicht in die Urenergie Redas zurückkehren. Sie verseuchen den Wald von Bolén und töten jeden Eindringling. Sie sind wie die Siliandren, schnell und grausam. Und sie sind still, still wie der Tod. Niemand hat Bolén bisher lebend verlassen. Der Wald verschlingt die Eindringlinge, deren Seelen sich den anderen Geistern anschließen. Und so wird das Übel immer größer. Niemand sollte in die Nähe von Bolén geraten, nicht einmal versehentlich."
„Hatte mal'n Freund, der hat's versucht", brummte Gallor.

„Kam nie wieder, der Bursche."
Zeth sah Bennets angespanntes Gesicht, seine sonst leuchtend grünen Augen wirkten fast schwarz. Aber es war auch kein Wunder, dass Bennet so auf die Schauergeschichten rund um Reda reagierte. Gerade als er seine Männer auffordern wollte, das Thema zu beenden, überraschte ihn Bennet, als er fragte: „ War einer von euch dabei? Ich meine, in dem Kampf gegen Reda?"
Bennets Frage hatte fast nebensächlich geklungen, aber Zeth spürte, dass dem nicht so war. Er wusste nur nicht, warum Bennet sich für diese Geschichte interessierte. Vermutlich nur, weil er ein Nordsiedler ist, dachte Zeth. Die Nordsiedler hatten schließlich immer enge Verbindungen nach Reda gehabt.
Er bekam mit, dass seine Männer Bennets Frage verneinten, nun ruhte der Blick seines Knappen auf ihm. Ein seltsamer Blick. Er schüttelte den Kopf.
„Nein, ich war auch nicht dabei. Ich hätte mitreiten sollen, aber in der Nacht vor dem Aufbruch wurde ich krank." Zwei Tage hatte er im Fieber gelegen. Als er wieder bei Bewusstsein war, hatte es die Stadt nicht mehr gegeben.
Es sah fast so aus, als ob Bennet aufatmete. Zeth konnte nicht wissen, dass dem tatsächlich so war.
Er stand auf und streckte sich. „Seco übernimmt die erste Wache. Ihr anderen legt euch schlafen. Wir brechen morgen früh zeitig auf."
Die Runde löste sich auf, Decken wurden nahe des Lagerfeuers ausgebreitet. Auch Bennet holte seine Decke und rückte in die Nähe des Feuers.
Zeth fiel auf, dass Bennet ungewöhnlich ruhig und folgsam war. Er ahnte, dass etwas vorgefallen war. Neugierig nahm er Seco beiseite.
„Was ist mit Bennet los?"
Seco bedachte ihn mit einem seltsamen Blick, grinste dann aber zurückhaltend. „Ich habe ihm die Tracht Prügel verpasst, auf die er anscheinend gewartet hat."

Zeth blinzelte erstaunt. Seco hatte Bennet verprügelt? Aus welchem Grund?
„Capitan ... ich übernehme Bennets Ausbildung gerne. Er ist ein cleverer Bursche, und er lernt schnell. Aber ich werde ihn sicher nicht *bitten*, meinen Befehlen zu folgen! Und Gehorsam muss er wohl erst noch erlernen!"
Zeth nickte. Da hatte Seco den Nagel auf den Kopf getroffen. Doch offensichtlich war noch etwas anderes in seinem Gesicht zu lesen gewesen, denn Seco sagte: „Ich habe ihn nur übers Knie gelegt, Zeth. Kein Grund zur Sorge."
Zeth zog eine Grimasse. Es passte ihm überhaupt nicht, dass der andere seine Gedanken erraten hatte. Er klopfte Seco auf die Schulter. „Der Bursche kann einen wirklich zur Weißglut bringen ..."
Der lachte leise. „Nicht nur zur Weißglut, oder?"
„Hm." Zeth hatte nicht vor, seinem Freund weitere Einblicke in sein Gefühlsleben zu gestatten.
„Ich dachte, er kommt gleich zu dir gerannt, um sich zu beschweren."
Zeth schüttelte den Kopf. „Nein, er hat sich nicht beschwert."
„Nun, es spricht für ihn, dass er sich nicht hinter dir versteckt. Ich mag ihn, Zeth, wirklich. Aber er ist ein Junge, dem man nicht beigebracht hat, sich zu benehmen."
War Bennet nur das? Ein junger Bursche, dem man noch den Hintern versohlen konnte? Oder war er viel mehr als das?
Zeth stöhnte innerlich auf. Auf was hatte er sich da bloß eingelassen? Bennet beschäftigte ihn weit mehr als gut war.

Bereits kurz nach Sonnenaufgang waren sie bereit um weiterzureiten. Bennet hatte schlecht geschlafen. Er erledigte seine Arbeiten, ohne auf die anderen Männer zu achten. Er war in Gedanken versunken. Das Gespräch über Reda hatte ihn überrascht, kalt erwischt, wie man zu sagen pflegt. Dann die Schläge und Zeths indifferente Haltung ihm gegenüber. Die eisige Kälte hatte ihr übriges dazu getan.

Erst als Bennet Zeths Bügel hielt, um das Verrutschen des Sattels beim Aufsteigen zu verhindern, fragte er: „Reiten wir nun in die Stadt?"
Zeth nickte. Er überlegte, warum Bennet noch einmal nachfragte. Ein wenig misstrauisch betrachtete er den Jungen. Wollte der sich etwa aus dem Staub machen? Er hatte Bennets Fluchtversuch nicht vergessen, und wo konnte man sich leichter unsichtbar machen als in einer größeren Stadt?
Bennet wartete, bis alle anderen auf ihren Pferden saßen und stieg dann selbst auf. Aber als sein Hintern den Sattel berührte, hielt er erschrocken die Luft an. Auf schmerzhafte Weise an seinen Ungehorsam erinnert, bemühte er sich, keine Miene zu verziehen.
Dafür habe ich mich vögeln lassen, dachte Bennet griesgrämig. Für eine Tracht Prügel! Nun konnte er gar nicht mehr sitzen! Natürlich hatte nicht Zeth ihn geschlagen, aber er vermutete, dass Zeth diesen Übergriff einfach geduldet hatte. Er war eben nur ein Knappe, nicht mehr ... und am wenigsten ein – *Geliebter*. Geliebter? Wie kam er nur auf diesen absurden Gedanken?
Mehr stehend als sitzend brachte Bennet die anstrengende Strecke bis Mirmiran hinter sich. Seine Beine schmerzten und zitterten vor Anstrengung. Und er war geradezu glücklich, als sie die Stadtmauern von Mirmiran vor sich sahen.
Zeth wies seine Männer, sich aufzuteilen. Niemand sollte ihre Stärke gleich zu Anfang einschätzen können. Er wusste schließlich nicht, was oder wer sie erwartete.
Die kleine Stadt im Tal war eine typische Handelsstadt. Hierher kamen die Händler und Geschäftsleute aus den umliegenden Dörfern und Kleinstädten, um ihre Waren anzubieten und sich mit dem nötigen Vorrat für den Winter einzudecken. Dieser Handel hatte der Stadt einen guten Stand eingebracht; es gab weniger Arme als in den großen Zentren.
Die Hauptstraße, über die Zeth und seine Männer ins Zentrum gelangten, war gut ausgebaut, Marktstände befanden sich zu

ihrer Linken und Rechten. Aber auch in den kleineren Seitenstraßen waren bunte Stände aufgebaut, Kinder rannten lärmend durch die Gassen, und es herrschte reges Treiben. Stände mit bunten Stoffen, mit Gewürzen, Fleisch, Obst und Gemüse wechselten einander ab. Hier und da sah man das Schild eines Waffenschmieds oder einer Spelunke.
Zeth war schon einige Mal hier gewesen, er wusste, dass Tar Erivàn die uneingeschränkte Macht besaß, obwohl es in diesem Städtchen auch einen Bürgervorsteher gab.
„Wollt Ihr einen offiziellen Empfang bei Tar Erivàn?“, fragte Pheridon.
Zeth stöhnte innerlich auf. „Nein. Ich möchte kein Aufsehen erregen. Wir werden uns in der Herberge der Nordsiedler am Ende der Straße einquartieren.“
Pheridon nickte und ließ sein Pferd wieder ein Stück zurückfallen. Pascale – in ihrer Kleidung nicht als Frau zu erkennen – sah Zeth aufmerksam von der Seite an.
„Ich hoffe, dass die Unterkunft nicht allzu übel ist ...“
Zeth lächelte schmal. „Sie ist angemessen, und Ihr werdet Euer warmes Bad bekommen. Wenn wir bei Tar Erivàn aufkreuzen würden, wäre schnell die ganze Stadt über unsere Anwesenheit informiert.“
„Aber er wird Euch so oder so empfangen wollen.“
Zeth nickte ein wenig angespannt.

Der rote Saphir

Zu verschiedenen Zeitpunkten trafen Zeth und seine Männer an der Herberge „Zum roten Saphir“ ein. Diese Herberge kannte Zeth schon von einigen Aufenthalten in Mirmiran. Er mochte den Wirt und seine Familie – Nordsiedler. Freundliche, verschwiegene Leute, die – trotz der Schlichtheit der Herberge – stets auf Sauberkeit achteten.
Der „Rote Saphir“ befand sich am Ende einer kleinen, holprig

gepflasterten Straße, an der mehrere Gasthäuser und Kneipen angesiedelt waren. Es war ein kleines Steinhaus mit dunkelrotem Anstrich. Ein goldenes Schild prangte über dem Eingang. Im Hinterhof befanden sich Ställe. Dorthin ritten sie. Und lange mussten sie auch nicht warten, bis alle Männer Zeths sich eingefunden hatten.
Ein junger Stallbursche mit verschlagenem Blick nahm ihnen die Pferde ab und führte sie in die Ställe, die für die Gäste bestimmt waren.
„Jetzt bekommt Ihr Euer Bad“, wandte sich Zeth an Pascale und grinste.
Pascale erwiderte sein Lächeln. „Das hoffe ich doch.“
„Zeth und seine Nordsiedler“, stöhnte Pheridon, als er von seinem Pferd stieg. Ivgyr und Toran lachten dröhnend.
Sie trafen sich im Schankraum des Gasthauses. Der Wirt, ein großer, stämmiger Mann, brachte ihnen Essen, eine schmackhafte Gemüsesuppe und Bier in groben, steinernen Krügen.
„Halt dich zurück mit dem Bier“, sagte Zeth zu Bennet, der neben ihm Platz genommen hatte. „Das Zeug ist ziemlich stark.“
„Hat schon manch einen von der Bank gehauen“, erklärte Seco grinsend.
Bennet kniff die Lippen zusammen. Hielt Zeth ihn für einen kleinen Jungen?
Der Wirt und sein Sohn bedienten, während die Frauen sich in der Küche aufhielten.
„He, Mirdo“, rief Zeth ihn zu sich. Der Wirt kam zu ihm herüber. „Wie heißt dein Sohn?“
„Tiél, Capitan.“
Zeth musterte den Jungen wohlwollend. Er war vielleicht 17 oder 18 Jahre alt, kräftig gebaut, mit einem ausgeprägt männlichen Gesicht und wachen, hellblauen Augen.
Mirdo sah den Blick und lachte. „Schaut ihn nicht so an, das macht ihn verlegen.“

„Jetzt sagt nicht, Ihr haltet ihn an der kurzen Leine?!“
Zeths Männer lachten, und Tiél wurde rot.
„Er hält sich selbst kurz“, erklärte Mirdo grinsend.
„Bitte, Vater ...“ Tiél mochte die Aufmerksamkeit der Männer nicht.
„So scheu?“, fragte Zeth sanft und zog Tiél am Arm zu sich heran.
Bennet versteinerte. Was hatte Zeth vor? Wollte er den Jungen mit in sein Bett nehmen?
„Capitan, bitte ...“
„Du hast doch keine Angst, oder?“
Tiél schüttelte den Kopf, aber in seinen Augen las Bennet etwas anderes.
Der Wirt klopfte Zeth lachend auf die Schulter. „Er ist verliebt, in die Tochter des Waffenschmieds.“
Zeth begann ebenfalls zu lachen, und Tiél lief feuerrot an.
„Würdest du ihn mir für die Nacht überlassen?“
Zeths Männer grölten.
Mirdo ernüchterte ein wenig. „Natürlich, Zeth.“
Tiél starrte seinen Vater fassungslos an. Ihm fehlten ganz offensichtlich die Worte.
„Schön“, sagte Zeth mit einem kühlen Lächeln. „Schick ihn gleich nach dem Essen zu mir hoch.“
Tiél wurde blass, Bennet konnte es nicht fassen und Zeths Männer? – Aßen, tranken und unterhielten sich, als wäre nichts geschehen.
„Ganz schön spröde für einen Nordsiedler“, sagte Seco und stieß Zeth in die Seite.
Bennet spürte, wie ihm das Blut ins Gesicht schoss. Glaubten Sie vielleicht auch, dass *er* mit jedem ins Bett sprang? Nur, weil sie ihn zu den sogenannten Nordsiedlern zählten? Warum ließen sie den Jungen nicht in Ruhe? – Ihm wurde klar, dass er eigentlich nichts über Zeth wusste.
Er vermied jeden Blickkontakt mit seinem Capitan an diesem Abend. Schließlich erhob Zeth sich, um seine Schlafkammer

aufzusuchen. Bennet fühlte den Widerwillen wie einen Kloß im Hals. Er wollte nicht mitkommen. Er wollte nicht dabei sein, wenn Zeth sich den Jungen nahm. Er wollte das nicht sehen – aber er musste.

Stumm folgte er Zeth die Treppe hinauf.

Die Schlafkammer bestand aus einem recht großen Raum mit einem breiten, aufwändig verzierten Bett aus hellem Holz, einem Schemel, zwei hölzernen Truhen, die ebenso kunstvoll gearbeitet waren, einem großen, dunklen Schrank und einer weiteren Liege.

Zeth drehte sich zu Bennet um, als dieser die Tür schloss.

„Was hältst du von einem Bad?"

Bennet nickte zustimmend, aber auch leicht beklommen. Zeth musterte ihn intensiv, und der Junge fragte sich, was wohl in seinem Kopf vor sich ging. Aber im selben Moment wollte er es gar nicht mehr wissen.

„Komm, hilf mir."

Bennet trat näher heran und half ihm, die leichte Rüstung abzulegen, dann begann er die Verschnürungen des Hemdes zu lösen. Dass er nun wusste, wie Zeths Körper sich anfühlte, erleichterte seine Aufgabe nicht gerade.

In diesem Augenblick klopfte es an die Tür. Bennet zuckte zusammen, als wäre er bei irgendetwas ertappt worden. Zeth grinste wölfisch.

„Komm rein!"

In der Tür stand Tiél, er wirkte blass und angespannt.

„Capitan", sagte er leise.

Zeth ging auf ihn zu und schloss die Tür hinter ihm. Dann berührte er ihn sanft an der Wange.

„Sag Tiél, kann es sein, dass du noch nie mit einem Mann geschlafen hast?"

Tiél senkte verlegen den Blick. Er wusste ganz offenkundig nicht, was er machen, wie er reagieren sollte.

Bennet spürte seine Verlegenheit, seine aufkeimende Panik. Was würde Zeth machen, wenn Tiél sich weigerte? Würde er

ihn mit Gewalt nehmen?
„Magst du mich nicht?", fragte Zeth weiter. In seinen Augen glitzerte es kalt.
„Doch, Sir", flüsterte Tiél.
„Glaubst du, deine Schwester wäre auch so kühl, befände sie sich an deiner Stelle?"
Tiél schüttelte unglücklich den Kopf. „Nein ..."
Er schien sich mit dem Unvermeidbaren abzufinden.
Zeth fasste ihn an den Schultern, seine Lippen befanden sich direkt vor Tiéls Gesicht.
„Nun, weißt du, ich nehme mir nie jemanden mit Gewalt. Bereite mir ein Bad und verschwinde dann!"
Er ließ ihn los. Ungläubig hob Tiél den Kopf und starrte Zeth an.
„Danke ..."
Zeth winkte ab.
Als Tiél sie verlassen hatte, atmete Bennet erleichtert auf.
„Warum habt Ihr das getan?"
„Was?", fragte Zeth ein wenig abwesend.
„Warum habt Ihr ihn gehen lassen?"
Zeth grinste. „Ich hatte nicht vor, ihn zu schänden."
„Aber ... Ihr habt ihm Angst gemacht!", stammelte Bennet. „Warum?"
Zeth sah ihn lange an. „Ich wollte sehen, ob Mirdo und seine Familie noch immer loyal sind. Hätte ich nach seiner Frau verlangt, hätte Mirdo sie mir schicken müssen!"
„Ihr glaubt wohl, nur weil sie Nordsiedler sind, macht es ihnen nichts aus, so behandelt zu werden", brauste Bennet auf.
Zeth schenkte ihm einen nachdenklichen Blick, der den Jungen gleichzeitig in seine Schranken verwies.
„Entschuldigt", murmelte Bennet sofort. Sein Hintern brannte noch von Secos Schlägen. Diese Erinnerung wollte er nicht allzubald auffrischen.
Schweigend beobachteten sie, wie Tiél die große Wanne hereinschleppte und heißes Wasser einfüllte, darauf bedacht,

Zeth nicht in die Augen zu sehen.
„In Mirmiran gibt es auch Badehäuser. Vielleicht haben wir Gelegenheit, eines zu besuchen“, sagte Zeth, als Bennet ihm half, die kniehohen Stiefel auszuziehen.

Darrens Ankunft

Zeth hatte sich gerade zum Essen in den kleinen, abgetrennten Speiseraum begeben, als der Sohn des Wirtes eintrat. „Sir – ein Bote wünscht Euch zu sprechen.“
Zeth nickte dem jungen Mann zu, versuchte, sein Erstaunen zu verbergen. Ein Bote? Was hatte das zu bedeuten?
Doch noch ehe er weiter darüber nachdenken konnte, kam *der Bote* mit energischen Schritten in das Speisezimmer.
Ein Lächeln huschte über Zeths Gesicht. „Ah, Darren! Was führt dich denn hierher?“
Der mit Darren angesprochene junge Bursche grinste ein wenig unsicher. „Zeth“, er senkte den Kopf zur Begrüßung und zeigte damit seine Achtung vor dem Älteren. „Ich hätte nicht gedacht, dass ich Euch so schnell finde. Ein schöner Zufall.“
„Komm, setz dich zu mir“, lud Zeth ihn freundlich ein. Darren war einer seiner Cousins, und er brachte ihm weitaus mehr Sympathie entgegen als seiner übrigen Sippschaft. Was vermutlich daran lag, dass Darren sich nie wie einer der snobistischen Adeligen verhalten hatte. Obwohl er natürlich adelig war; adelig *und* legitim. Aber er hatte immer Wert darauf gelegt, eine vernünftige Ausbildung zu bekommen. Zeth hatte Darrens Anstrengungen geschätzt und gefördert. Und so hatte Darren eine Menge von seinem Cousin gelernt, unter anderem auch Disziplin, was für Zeth verdammt wichtig war.
Zeth hatte die Entwicklung des mageren, schüchternen Halbwüchsigen zum Mann mitverfolgen können, er kannte ihn besser als seine Eltern, hatte seine Niederlagen und Erfolge fast wie seine eigenen erlebt und war stolz gewesen, als Darren in

die Armee seines Vaters, Caskáran Ferakons, aufgenommen wurde.
Noch immer fühlte er sich für Darren verantwortlich, was wohl daran lag, dass sie soviel Zeit miteinander verbracht hatten. Und Zeth fand, Darren hatte mit seinen 18 Lenzen noch eine ganze Menge zu lernen.
Er betrachtete ihn aufmerksam. „Warum so förmlich? Bist du im Auftrag unterwegs?"
Darren nickte. „Euer Vater schickt mich. Ich soll die neuesten Entwicklungen überbringen. Mittlerweile ist selbst Fran Kyl beunruhigt über die Zuspitzung der Situation."
In ein paar knappen Sätzen schilderte Darren die neuesten Ereignisse im Palast des Caskáran. Ferakon ging es besser, er befand sich eindeutig auf dem Weg der Genesung. Allerdings hatte es immer wieder Berichte von Übergriffen an der Grenze zu Isiria gegeben. Dazu kam, dass sich erneut Fremde Zutritt zum Palast verschafft hatten. Ferakon wusste nicht, ob er sich weiterhin auf seine Palastwachen verlassen konnte. War eine Verschwörung im Gange? – Fran Kyls Berater drängten ihn, mit Ferakon über eine Teilung des Königreiches zu verhandeln.
„Und welche Rolle Uliteria dabei spielt, vermag niemand zu sagen", schloss Darren.
Zeth war klar, dass Darren eine eigene Vermutung geäußert hatte. Er schob ihm einen Becher mit Wein entgegen. „Welchen Sinn sollte eine Aufteilung des Reiches haben?"
Darren zuckte mit den Schultern. „Die Sicherheit erhöhen. Zwei Herrscher, die zusammen regieren, sind weniger angreifbar."
„Sagen Kyls Berater, nehme ich an."
Darren grinste ein wenig linkisch. „So ist es. Ferakon würde sich nie auf so etwas einlassen."
Zeth runzelte die Stirn. Normalerweise nicht, aber was konnte sein Vater tun, wenn seine Position mehr und mehr geschwächt wurde? Vielleicht plante Caskáran Refir tatsächlich einen Angriff? – Er musste unbedingt herausfinden, ob Refir bereits

seine Truppen sammelte um nach Yendland einzumarschieren. Wenn das nicht der Fall war, warum terrorisierte Refir dann die Nordsiedler? Was machte das für einen Sinn? Hatte am Ende doch Refir den Auftrag erteilt, das Raq zu stehlen?
„Es ist verzwickt, nicht wahr, Zeth? Auf dem Ritt hierher habe ich mir immer wieder meine Gedanken darüber gemacht. Aber ich bin zu keinem logischen Schluss gekommen."
„Es sind nicht alle Dinge gleich auf den ersten Blick ersichtlich", gab Zeth zu bedenken.
Der Sohn des Wirtes trug einen Teller mit herrlich duftendem Eintopf auf. Darrens Magen machte sich sofort lautstark bemerkbar. Zeth grinste.
„Bringt uns noch einen Teller hiervon", wies er den Mann an. „Sonst verhungert unser junger Freund hier noch!"
Darren errötete leicht. Eines von vielen kleinen Zeichen für Zeth, dass er eben noch nicht erwachsen war.
„Wie läuft es in deiner Einheit, Darren? Kommst du gut zurecht?"
Darren entspannte sich ein wenig. „Mit meinen Ausbildern komme ich besser zurecht, als mit meinem Vater! Er wird immer unleidlicher, drangsaliert meine Mutter und die ganze Familie."
Zeth beugte sich über seinen Teller und begann mit Genuss zu essen. Mittlerweile stand auch die Portion für Darren auf dem Tisch.
„Iss! – Was deine Familie betrifft: Die kannst du dir leider nicht aussuchen. So ist das mit den Blutsverwandten, mein Lieber."
Darren machte sich mit Heißhunger über sein Essen her. „Ja, leider", bestätigte er schmatzend. „Ich könnte auch damit leben, nur für meine Mutter tut es mir leid. Sie ist oft so unglücklich."
„Aber dafür bist du nicht verantwortlich, Darren. – Sag, wirst du sofort zurückkehren?"
Darren schüttelte vorsichtig den Kopf und sah Zeth an. „Ich würde gern bleiben, wenn das möglich ist."
„Bei meiner Einheit?", fragte Zeth überrascht nach. „Gibt es

einen bestimmten Grund?“
Darren druckste ein wenig herum. „Ja, nun ja ... Ich brauche mal etwas Abstand, denke ich.“
Zeth zog die Augenbrauen nach oben. „*Abstand*? Das hört sich nach einer privaten Angelegenheit an.“
Wieder wurde Darren rot. Ein wenig betreten sah er auf den Tisch. „Nicht ganz so privat, wie es sein sollte.“ Er hüstelte leicht angespannt.
„Na, los, raus mit der Sprache!“
Darren seufzte. „Ich hatte eine kleine Auseinandersetzung mit einem meiner Vorgesetzten, mit Henkrin. Er ... oder besser ich ... Um es kurz zu machen: Seine Bettgefährtin ist in *mein* Bett gekrochen. Und das ist wirklich so gewesen! Ich konnte absolut nichts dafür!“ Darren wirkte ehrlich empört.
Zeth stutzte einen Moment, dann lachte er leise. „Und Henkrin hat davon Wind bekommen?“
„So kann man es auch ausdrücken – er hat uns zusammen erwischt. Und leider ist Iphrina nicht irgendeine Hure – sondern das Mädchen, mit dem Henkrin sich verbinden wollte ... oder will. Ich weiß es nicht. Sie hat nur offensichtlich diese Schwäche für jüngere Männer ...“
Zeth unterdrückte nur mühsam ein Grinsen.
„Henkrin wollte mich zunächst kastrieren, aber wir konnten uns dann darauf ... ähm, einigen, dass ich ihm einfach erst mal eine Zeit aus dem Weg gehe.“
„Was für eine kluge Entscheidung“, spottete Zeth.
„Ihr glaubt mir nicht, oder? Aber es war wirklich so – Iphrina ist zu mir gekommen. Sie ... sie ist überhaupt nicht mein Typ!“
Zeth hob beschwichtigend die Hände. „Meinetwegen kannst du erst einmal mit uns reiten. Es spricht nichts dagegen – du bist schließlich Soldat, kein Zivilist!“
Plötzlich stutzte Darren. Stirnrunzelnd sah er auf seinen Teller.
„Stimmt etwas nicht?“
„Ich ... suche nach dem Fleisch“, sagte Darren irritiert.
Zeth lachte leise. „Fleisch? Diese Herberge wird von

Nordsiedlern geführt! Da wirst du höchst selten so etwas wie Fleisch auf der Speisekarte finden."
Darren seufzte. „Nordsiedler ... Ich werde nie verstehen, was sie gegen ein gutes Stück Fleisch einzuwenden haben."
Zeth grinste. „Sie sind einfach keine Jäger. Bei ihnen geht die Lust auf Fleisch eher in eine andere Richtung ..." Er dachte an Bennet und seinen Widerwillen, wenn er Fleisch essen sollte.
Darren, der diese Anspielung sehr wohl verstanden hatte, zog eine Grimasse. „Warum habt Ihr Euer Quartier nicht bei Tar Erivàn aufgeschlagen?"
Zeth lächelte ein wenig schief. Tar Erivàn wusste natürlich mittlerweile von seiner Anwesenheit und hatte ihn prompt zu einem offiziellen Empfang geladen. „Ich wollte jedes Aufsehen vermeiden. Außerdem bestimme ich gern selbst, mit wem ich mein Lager teile."
Darren errötete leicht. „Wollt Ihr damit sagen, Tar Erivàn ...?"
Zeth sah ihn durchdringend an. „Du bist verdammt neugierig. Aber ja, Tar Erivàn erwartet von mir, dass ich sein Bett bereichere. Da reicht es mir schon, zu diesem einen Empfang gehen zu müssen. Ich habe nicht vor, bei Erivàn die Nacht zu verbringen. Weder diese noch irgendeine andere ..."
„Er ... Ihr ...", Darren hüstelte verlegen.
„Darren, glaub nicht, dass ich dir intime Details verrate!"
Zeths Aussage brachte Darren noch mehr in Verlegenheit.
„Das habe ich auch nicht erwartet."
In diesem Moment trat Bennet in den kleinen Speiseraum. „Sir?" Neugierig musterte er den Neuankömmling, der neben Zeth am Tisch saß.
„Bennet, mein Knappe", stellte Zeth ihn vor.
Bennet sah, dass er ausgiebig betrachtet wurde.
„Und das ist Darren ap Korrun, einer meiner Cousins und Soldat der caskáranischen Armee."
Bennet nickte knapp und nicht mit der Achtung, die er jemandem in Darrens Position hätte entgegen bringen müssen. Der sagte jedoch nichts dazu, sondern bemerkte lediglich

trocken: „Ist er auch ein Nordsiedler?“
Zeth glaubte, dass Darren auf Bennets rote Haare anspielte, trotzdem war er für einen Augenblick aus dem Konzept.

In Begleitung von Seco und Ivgyr ritt Zeth in den großzügig beleuchteten Innenhof von Tar Erivàns kleinem Palast. Unzählige Fackeln waren entzündet worden und tauchten die Umgebung in ein unwirkliches Licht.
Uniformierte Wachen nahmen ihnen die Pferde ab, und ein Diener geleitete sie ins Innere des Gebäudes. Zeth war nicht überrascht als er die Vielzahl der Gäste in der prachtvoll geschmückten Eingangshalle sah. Doch Seco und Ivgyr blieben einen Moment wie erstarrt stehen, geblendet von soviel Reichtum. Kleine Springbrunnen aus hellem Marmor, fast überwältigend große Grünpflanzen in goldenen Übertöpfen, wertvolle Teppiche an den Wänden und kristallene Deckenleuchter mit unzähligen Kerzen vervollständigten den Eindruck von Luxus und Überfluss. So etwas waren sie sonst nur vom Palast in Iskaran gewöhnt. Ivgyr pfiff leise durch die Zähne, und Zeth grinste ihn an.
„Mischt euch unters Volk und schaut, ob ihr was Interessantes erfahrt.“
Die beiden nickten. Zeth sah ihnen nach, und als er sich wieder umdrehte, stand Tar Erivàn direkt vor ihm.
„Capitan Zeth“, begrüßte er ihn herzlich. „Wie schön, dass Ihr dieses bescheidene Fest durch Eure Anwesenheit bereichert.“
„Tar Erivàn.“ Zeth verneigte sich leicht. „Ihr habt Euch wieder selbst übertroffen.“
Er musterte den kleinen, drahtigen Mann mit der imposanten Adlernase und den kleinen, wachsamen Augen. Er trug einen fast bodenlangen Umhang aus feinster dunkelblauer Seide über seiner ausnahmslos edlen Kleidung. Der Umhang wurde durch eine auffällige Goldbrosche zusammen gehalten, in deren Mitte ein dunkelroter Rubin blitzte. Neben soviel Prunk wirkte Zeths schwarze Kleidung fast zu schlicht.

Erivàn nahm Zeth am Arm und führte ihn durch die Menge. Zeth bemerkte die Blicke der übrigen Gäste.
„Was führt Euch nach Mirmiran, Capitan?“, fragte Erivàn neugierig.
So kannte Zeth ihn, direkt bis zur Unverschämtheit, doch so eilig wollte er nicht zur Sache kommen, auch wenn er durchaus vorhatte, Erivàn ein wenig auszufragen. Denn der wusste für gewöhnlich alles, was in Mirmiran passierte.
„Verschiedene Geschäfte“, wich er also aus.
Erivàn grinste verschlagen. „Wein?“
Als Zeth nickte, füllte Tar Erivàn ihm höchstpersönlich das Glas mit einem schweren dunkelroten Wein.
„Seit wann seid Ihr unter die Geschäftsleute gegangen?“
Zeth lächelte leicht. „Ich tue, was immer die Umstände verlangen“, entgegnete er mehrdeutig.
Das entlockte Erivàn ein raues Lachen. „Das ist mir bekannt.“
Neue Gäste betraten den Saal, und Erivàn entschuldigte sich, um die Neuankömmlinge begrüßen zu können.
„Wir sprechen uns später noch, Capitan.“
Zeth nickte. *Mit Sicherheit ...*
Er ließ seinen Blick über die übrigen Gäste schweifen und trank einen Schluck Wein. Es hätte sicher seine Annehmlichkeiten gehabt, Tar Erivàns Gastfreundschaft in Anspruch zu nehmen. Aber der Preis war Zeth einfach zu hoch.
Gerade wollte er zu Seco hinübergehen, den er auf der anderen Seite des Saales entdeckt hatte, da berührte ihn jemand am Arm.
„Capitan Zeth, was für eine Überraschung!“
Zeth zuckte fast ein wenig zusammen, als er die weiche Hand auf seinem Unterarm spürte. Dann legte sich ein Lächeln auf seine Züge, als er die Frau erkannte, die ihn angesprochen hatte. Sarina ci Baldoque, eine der engsten Beraterinnen von Caskárin Lyda. „Sarina ... die Überraschung ist ganz auf meiner Seite.“
Er nahm ihre Hände in die seinen und drückte sie vertraut zur

Begrüßung. Das versprach ein interessanter Abend zu werden, dachte er und verkniff sich ein Grinsen. Sarina ci Baldoque war eine einflussreiche und äußerst attraktive Frau.
„Erivàn, der Schelm... Glaubt nicht, dass er mir von Eurer Anwesenheit in Mirmiran berichtet hätte.“ Vorwurfsvoll suchte sie den Saal nach ihrem Gastgeber ab, wandte sich dann aber wieder an Zeth.
„Wir sind gerade erst angekommen. Ihr müsst ihm verzeihen“, erklärte Zeth. „Ihr seid aber auch weit von Eurer Heimat entfernt“, setzte er vorsichtig hinzu. Sein Blick glitt nebenbei über ihr wunderschönes Gewand und die Reize, die es vorteilhaft betonte.
Sie seufzte. „Meine Caskárin hat mich auf eine Reise mit diplomatischem Hintergrund geschickt“, erwiderte sie vage. „Aber das ist ein hübscher Zufall, dass Ihr mir hier über den Weg lauft, Zeth. Ich dachte, ich sähe Euch erst in einigen Wochen, wenn ich nach Iskaran reise.“
Zeth zuckte mit den Schultern. Warum hielt sie sich einige Wochen in diesem Gebiet auf? Der Weg von Mirmiran nach Iskaran dauerte wahrlich nicht so lange. Er vermutete, dass sie entlang der Küste reisen wollte. Die Hafendörfer und kleineren Städte waren interessant geworden, nachdem Reda nicht mehr angelaufen werden konnte. Außerdem konnte man über die Flüsse Spe und Imb einen relativ schnellen Austausch von Waren gewährleisten.
„Ich bin nicht mehr so häufig in der Hauptstadt.“
„Oh, vielleicht hätte ich auch einen kleinen Abstecher nach Darkess machen können. Aber man sagt, Ihr versteht Euch nicht mit der Gattin Eures Vaters, mit der Caskárin.“ Sarina lächelte ihn offen an, doch in ihren großen braunen Augen schimmerte eine Mischung aus Intelligenz und Berechnung. Sie war eine Frau, die man nicht unterschätzen durfte. Nicht umsonst hatte Lyda sie zu ihrer Beraterin gemacht.
Zeth lächelte nichtssagend. „So, sagt man das?“
Er fragte sich, ob sie ihm seine Naivität abnahm, aber er sah an

ihrem Gesichtsausdruck, dass er sie nicht hatte täuschen können.
„Sarina, wollt Ihr mir nicht mehr über Euren Auftrag erzählen? Die Handelsbeziehungen zwischen Cairrigk und Yendland sind sehr gut, es gibt keine Feindschaft zwischen den Reichen. Wenn Ihr also in Yendland unterwegs seid, dann gibt es doch sicher einen ernsten Grund."
„Natürlich, mein lieber Zeth. Aber den werde ich mit Eurem Vater besprechen."
Zeth schaffte es, seine neutrale Miene beizubehalten, obwohl er sich ärgerte, eine derartige Abfuhr zu erhalten. Sie spürte das offenbar, denn sie beugte sich ein wenig zu ihm herüber, so dass er einen weiteren Einblick in ihr freizügiges Gewand hatte. Durchaus ein reizvoller Anblick, wie Zeth fand.
„Wenn Ihr solche Informationen von mir wollt, müsst Ihr mir schon einen Gegenwert bieten", lachte sie und machte eine auffordernde Geste.
„Mit was sollte ich Euch bezahlen können, meine Liebe?"
Sie schenkte ihm einen anzüglichen Blick, bei dem sicher den meisten Männern die Knie weich geworden wären. Bei Zeth löste dieser Blick etwas anderes aus. Natürlich fand er Sarina attraktiv, aber in erster Linie interessierten ihn die Informationen, die sie hatte. – Ob sie wohl wusste, dass Erivàn ihn ebenfalls beanspruchte? Aber darüber konnte er sich jetzt keine Gedanken machen, und er hatte eh nicht vorgehabt, Erivàns unausgesprochenem Wunsch nachzukommen.
Er lächelte. „Ich weiß nicht, ob meine jetzige Unterkunft Euch zusagt ..."
Sie lachte. „Ich hatte auch nicht vor, länger bei Euch zu verweilen."
Das waren klare Worte. Sie wusste, was sie wollte, und Zeth konnte damit leben, dass sie ihn wie einen Strichjungen benutzen wollte. Er hatte im Laufe seines Lebens gelernt, Chancen zu nutzen und nicht allzu viel auf seinen Stolz zu geben. Wenn er wollte, konnte er genau so berechnend sein wie

sie.
Und doch wartete er noch einige Zeit, bis er das Fest verließ. Sarina traf er erst im „Roten Saphir“ wieder.
„Ihr habt wirklich einen seltenen Geschmack“, stellte sie fest.
Zeth ignorierte das. „Bitte, geht voran. Das erste Zimmer ist meines.“
Bereits auf der letzten Stufe schob er sich nah an sie heran. So nah, dass sie seine Erregung spüren konnte. Ein kleines, erwartungsvolles Seufzen entfloh ihren Lippen.
Zeth öffnete an ihr vorbei die Tür und schob sie mit einem dunklen Lachen in seine Kammer. Nur das Licht zweier Kerzen gewährte die Möglichkeit zur Orientierung.
„Capitan Zeth – seid Ihr immer so forsch?“
Sarinas Gurren ging Zeth durch und durch, er wollte sie jetzt unbedingt. Er wollte sie unter sich spüren, das Verlangen war so stark, dass er ein Aufstöhnen unterdrücken musste. Nein, er hatte nicht vergessen, dass er aus reiner Berechnung Sarina beiwohnen wollte – aber warum sollte er es nicht genießen?
Aus den Augenwinkeln sah er eine Bewegung – Bennet lag also bereits auf seiner Pritsche. Aber seine Anwesenheit störte Zeth wenig. Und auch für Sarina sollte es nichts Ungewöhnliches sein, wenn sie mit einem Mann zusammen war, dessen Knappe sich im gleichen Raum befand.
Bennet war wie erstarrt, als er die Geräusche hörte, die von Zeths Lager zu ihm herüberdrangen. Er zog sich die Decke über den Kopf. Warum tat Zeth ihm das bloß an? Er war nicht prüde, und er wusste, dass Zeth sich jederzeit anderweitig vergnügen konnte, aber es erschien ihm gerade jetzt unerträglich, ihn mit einer Frau dort im Bett zu sehen. Er fühlte sich merkwürdig leer. Die Laute und das, was er sehen konnte, erregten ihn nicht im geringsten. Und so wartete er noch eine Zeitlang, bevor er sich leise aus dem Bett rollte und ebenso lautlos die Kammer verließ. Als Knappe hatte er an Zeths Seite zu bleiben. Er hatte die Aufgabe, wachsam zu sein. Er musste ... Aber er wollte nicht. Mit großen Schritten verließ

er den „Roten Saphir“, um die Geräusche der sexuellen Vereinigung hinter sich zu lassen.
Zeth hörte das Klappen der Tür, spürte aber instinktiv, dass keine Gefahr drohte. Vielleicht musste Bennet nur austreten. Auf seinen Instinkt konnte Zeth sich verlassen. Er konzentrierte sich auf Sarina, die sich nun vollkommen entkleidet unter ihm wand.
Zeth war ein leidenschaftlicher Mann, aber Sarina gegenüber war er *effizient*. Er erlaubte sich nicht sich gehen zu lassen, auch wenn er ihre Vereinigung genoss.
„Was muss das für ein Gefühl sein, Euch ganz zu besitzen“, sagte Sarina, als sie sich, vollkommen befriedigt, wieder von seinem Bett erhob. Sie zog sich an, richtete ihre Kleidung und ihre Frisur.
Zeth lächelte ohne Gefühl. Wer ihn kaufte, würde nicht mehr bekommen. Doch ihn beschäftigte ohnehin etwas anderes: Bennet war nicht wieder gekommen.

Bennet drehte sich auf seinem Lager um und stöhnte leise. Sein Kopf war schwer wie Blei, in seinen Schläfen pochte es unerträglich. Warum nur hatte er soviel Wein getrunken?
Er versuchte, sich an den gestrigen Abend zu erinnern. Nur verschwommen kehrten einige Bilder in sein Hirn zurück. Das letzte, woran er sich erinnern konnte, war, dass Zeth diese dralle Frau mit dem langen, dunklen Haar mit in sein Bett genommen hatte. In sein Bett ... Er hatte ihnen wohl ein wenig zugesehen, oder?
Er blinzelte mit zusammengekniffenen Augen. Mist, Zeth war schon aufgestanden. Und nicht nur das – er betrachtete ihn auch noch geradewegs. Bennet versuchte, sich aufzurichten, doch seine Schultern und sein Nacken schmerzten derart, dass er sich nicht bewegen konnte.
„Wo warst du letzte Nacht?“
Bennet stöhnte. Langsam kehrten weitere Erinnerungsfetzen zurück. „Ich weiß nicht genau ... Ich glaube, in der Kneipe am

Ende der Straße."
Seufzend stand Zeth auf. „Rutsch' hier rüber, Junge. Ich brauche Leute, die bei Kräften sind – und bei Sinnen."
Bennet zuckte zusammen. „Was meint Ihr?"
Aber Zeth machte eine unmissverständliche Handbewegung, und der Junge rutschte erneut leise stöhnend an den Rand des Bettes.
Er war überrascht, als Zeth sich mit gespreizten Beinen ans Kopfende der Liege setzte.
„Bleib so liegen, auf dem Rücken."
Er schob seine kräftigen Finger unter Bennets schmale Schultern und begann vorsichtig, die verspannte Muskulatur zu bearbeiten. Seine langen Finger wanderten an Bennets Nacken entlang, mit einem gekonnten Griff dehnte er die Halswirbelsäule.
Bennet keuchte erschrocken; aber er genoss die Berührungen – nicht nur, weil sie ihm fast augenblicklich die Schmerzen nahmen. Er bekam eine feine Gänsehaut auf den Oberschenkeln, so schön war das, was Zeth mit ihm machte. Er bemerkte, dass ihn die ganze Situation erregte. Aber nicht nur das: Zeth nahm ihm mit seinen kundigen Berührungen den hämmernden Kopfschmerz. Dafür war er dankbar, aber es verblüffte ihn gleichermaßen.
„Du solltest nicht soviel trinken", sagte Zeth sanft tadelnd.
Bennet öffnete die Augen. Hätte er nicht soviel getrunken, hätte er sich an alles erinnert, was gestern passiert war. Erinnern müssen oder erinnern können? Aber vieles war im undurchdringlichen Schwarz seiner alkoholbedingten Amnesie verschwunden. Zum Glück.

Im Anschluss an seine morgendliche gute Tat traf sich Zeth mit Seco und Ivgyr im Schankraum des „Roten Saphir". Sie nahmen ein Frühstück ein und wollten sich über die Informationen des letzten Abends austauschen. Zeth hoffte, dass auch Seco und Ivgyr etwas Neues erfahren hatten.

Mirdos Sohn brachte ihnen frisches Brot, Käse, feinste Marmelade und Tee.
Seco sagte kauend: „Erivàn war recht übellaunig, als du auf einmal verschwunden warst."
„Ich hatte andere Pläne, meinen Abend zu verbringen."
Seco nickte wissend. „Erivàn hat schnell umdisponiert." Er warf einen Blick auf Ivgyr, der diesen mit einer Grimasse quittierte. Ivgyrs äußerliche Ähnlichkeit, auch er hatte dunkle Haare und eine stattliche Größe, hatte Erivàn wohl ebenfalls angesprochen.
Zeth wartete einen Moment, aber da Ivgyr offenbar nicht vorhatte, sich zu beschweren, wandte er sich wieder Seco zu.
„Sarina, die Beraterin der Caskárin Lyda, wusste einige erstaunliche Dinge. Ich glaube zwar, dass sie mir längst nicht alles verraten hat, aber zumindest hat sich mein Verdacht erhärtet, dass wir mit Refir auf der falschen Fährte sind."
„Wahrscheinlich hat sich nicht nur dein Verdacht erhärtet", warf Seco grinsend ein.
Zeth ging nicht auf den Kommentar ein und berichtete, was er von Sarina erfahren hatte.
Caskárin Lyda, die Herrscherin von Cairrigk hatte begonnen, ihre südlichen Grenzen zu sichern. Sie ging offenbar davon aus, dass von Caskáran Heraban, dem Herrscher von Winden, Gefahr ausging. Das hatte Zeth überrascht. Winden war ein kleines Reich, ohne größere Streitkraft. Heraban hatte sich bisher immer ruhig verhalten, doch auch nie besonders interessiert an Wirtschaftsbeziehungen. Im Süden von Winden lebten die Nomaden, die ohnehin ihre eigenen Geschäfte tätigten. Heraban hatte keinen großen Einfluss auf das wandernde Volk. Sie verdingten sich, wie auch die Muréner des Berglandes, oft als Sklavenhändler und Söldner. Was also sollte ihn bewogen haben, einen Angriff auf Cairrigk zu planen?
Caskáran Refir auf der anderen Seite hatte kein Interesse, Lyda mit seiner Streitmacht zu unterstützen. Er war eher rückständig, konnte Lyda, weil sie eine Frau war, nicht als Caskárin

akzeptieren. Dazu kam, dass er in seinem Reich Isiria keinerlei Magie erlaubte. Lyda hingegen war sehr liberal; viele yendländische Magier hatten sich nach den Querelen mit den Xenten in Cairrigk niedergelassen.
„Das heißt also", schloss Seco, „dass der Anschlag auf Ferakon nichts mit Caskáran Refir zu tun hat. Sondern vielleicht mit Heraban, da er ahnt, dass Lyda Ferakon um Hilfe bitten wird."
„Sollte Heraban tatsächlich Cairrigk erobern können, was ich für unmöglich halte, abgesehen davon, dass das ganze Ewigkeiten dauern würde, wäre sein Reich allerdings größer als Yendland." Und was wäre, wenn Heraban das Raq hätte? Zeth wagte nicht, diesen Gedanken weiter zu denken. Denn wer das Raq besaß, konnte sich der Unterstützung der Xenten fast sicher sein.
„Und, was hat Erivàn zu erzählen gehabt?"
„Außer der Tatsache, dass es ihn ganz heiß macht, einen richtigen Krieger im Bett zu haben?", brummte Ivgyr und imitierte dabei Erivàns Tonfall.
Zeth und Seco lachten leise. Sie wussten beide, dass Ivgyr kaum Spaß an dem Zusammensein mit Erivàn gehabt hatte. Nie nahm er sich einen Mann, wenn er die Möglichkeit sah, eine Frau zu bekommen. Und sich nehmen zu lassen, von einem Mann, der ihm körperlich absolut unterlegen war, hatte für ihn sicher eine Überwindung dargestellt.
„Er hat sich beschwert, dass seine Stadt neben einer Geisterstadt läge. Die Bewohner hätten Angst, den Wald um Reda zu betreten. Früher hätte man dort exzellent jagen können, da die ...", er zögerte kurz, „...Bewohner der Stadt kein Fleisch gegessen hätten."
„Ein Gespräch über Reda kann man nicht gerade als beiläufige Unterhaltung betrachten", meinte Zeth nachdenklich. *Vor allem nicht, wenn man gerade intime Dinge miteinander treibt.*
„Aber, was viel interessanter ist", ergänzte Ivgyr. „Erivàn hat mir mitgeteilt, dass Murener hier waren, die sich nach unserem Aufenthaltsort erkundigt haben. Er hat sie jetzt ein paar Tage

nicht mehr gesehen, aber sie kommen immer mal wieder in die Stadt. Scheint, als ob sie auf uns warten. Erivàn fragte, ob wir Probleme mit denen hätten. Er kannte die Kerle nämlich nicht."
„Noch nicht, aber die vielleicht bald mit uns", zischte Zeth.
„Meinst du, das waren die, die wir suchen?"
„Wir werden es wahrscheinlich bald wissen, wenn wir hier auf sie warten. Auf jeden Fall sind wir ihnen auf den Fersen." Zeth lehnte sich zurück. Die Aussicht, ein paar Tage länger in Mirmiran zu bleiben, war nicht die schlechteste. Und vielleicht – sollte er sich täuschen und die Murėner waren nicht die Attentäter, die er suchte – hatten sie Informationen über das Raq, die sie ihm verkaufen wollten. Das würde ihre Heimlichtuerei erklären. Was ihm allerdings nicht gefiel: Woher wussten die Murėner überhaupt von ihm und seinen Leuten? Darüber konnte er sich nun den Kopf zerbrechen. Aber, sollten sie nicht mehr in Mirmiran auftauchen, würden Zeth und seine Männer erst einmal Richtung Runo reiten.

Anziehung

„Richte mir bitte ein Bad", befahl Zeth dem jungen Sohn des Wirts. Der nickte diensteifrig, und bereits kurze Zeit später war der Holzzuber in Zeths Kammer mit dampfendem Wasser gefüllt.
Bennet stand schweigend in der Ecke und beobachtete die Vorbereitungen. Gegen ein heißes Bad hatte er auch nichts einzuwenden, und daher hoffte er, später ebenfalls in den Genuss zu kommen.
Zeth entließ den Sohn des Wirtes mit einem kurzen Nicken, und Bennet trat auf ihn zu. Er hatte Zeths freundliche Hilfe von heute Morgen und seine Nachsicht nicht vergessen.
„Darf ich Euch behilflich sein?"
Zeth grinste. Er war erstaunlich gut gelaunt. „Komm her,

Bennet und sei nicht so verdammt förmlich."
Bennet war zunächst erstaunt, dann erfreut. Er wagte ein anzügliches Lächeln. „Steht Euch der Sinn nach etwas anderem?"
Mit geschickten Fingern begann er, Zeth zu entkleiden. Und obwohl er sich vorgenommen hatte, seine Aufgabe mit der angemessenen Sachlichkeit auszuführen, sah er bald, dass seine Finger bereits zitterten. Und auch Zeth sah es, denn er griff nach Bennets Händen.
„Nervös?"
Bennet sah zu ihm auf. „Sollte ich?"
Zeth grinste und ließ seine Finger wieder los. Nackt kletterte er in die Badewanne.
Bennet stellte sich hinter den Zuber und begann, Zeths Schultern zu massieren. Als Zeth wohlig knurrte, fuhr er mit den Fingern durch Zeths nasses Haar.
Der widerstand nur mit Mühe dem Bedürfnis, den Jüngeren zu sich in die Wanne zu ziehen. Aber Bennet war noch komplett angezogen, und es hätte sicher eine kleine Ewigkeit gedauert, bis die Sachen wieder getrocknet wären.
Trotzdem erregten ihn Bennets Berührungen ungemein, mehr als der sich bewusst war. Und so war er ziemlich überrascht, als Zeth mit rauer Stimme flüsterte: „Bei Eccláto, Bennet, zieh dich aus!"
Mit einem wohligen Schauer entkleidete Bennet sich. Zeths dunkle Stimme jagte die unterschiedlichsten Gefühle durch seinen Körper.
Kaum hatte er seine Kleidung abgestreift, spürte er Zeths kräftigen Arm um seinen Brustkorb. Mit einem Platschen landete er in der Wanne, das warme Wasser schwappte in einem Schwall über den Rand.
Zeth erstickte Bennets Lachen mit einem leidenschaftlichen Kuss. Bennet ließ sich fallen, genoss den unerwartet nahen Kontakt.
„Mmh, bist du knochig", murmelte Zeth und zog den Jungen

auf seinen Schoß.
„Stört Euch das?“, schnurrte der.
„Nein, mein Hübscher.“
Bennet schlang die Arme um Zeths kräftigen Nacken. Seine Augen blitzten auf, und er ließ sich auf Zeths aufgerichtete Männlichkeit sinken. Der Schmerz und die Anstrengung verfärbten sein Gesicht dunkelrot. Zeth hielt ihn an den Hüften fest.
„Nicht so schnell“, keuchte er. „Du tust dir weh.“
Bennets Kopf kippte gegen Zeths Schulter. „Es muss weh tun!“
„Warum?“
„Lass mich los“, stöhnte Bennet unwillig.
Und als Zeth ihn tatsächlich losließ und er sich selbst aufspießte, entfuhr ihm ein kleiner, rauer Schrei.
Zeth verharrte, bis Bennet ihn wieder ansah. „Wenn du es so willst“, sagte er spöttisch.
„Ja ...“ Bennet verzog seinen hübschen Mund zu einem etwas verzerrten Lächeln und begann, sich auf Zeth zu bewegen. Der küsste den schmalen Oberkörper des Jungen, seinen Hals, zog mit der Zunge eine feine Linie über Bennets Schlüsselbein. Seine Hände ruhten auf Bennets Hüften und verhinderten, dass der Ritt gar zu heftig wurde.
Trotzdem schwappte das Wasser über den Rand der Holzwanne, aber die beiden ließen sich nicht davon stören. Sollte der Wirt dafür sorgen, dass das Zimmer gleich wieder getrocknet wurde.
„Bist du noch böse?“, fragte Zeth lauernd, sein Atem kam stoßweise.
Bennet verharrte abrupt. Unsicher suchte er Zeths Blick. „Böse?“
Zeth nickte lächelnd und beobachtete, wie Bennet unter seinem Blick errötete. Er setzte an, etwas zu sagen, blieb dann aber doch stumm. Warum konnte Zeth ihn so leicht durchschauen?
„Was?“ Zeth war sichtlich amüsiert.
„Müssen wir *jetzt* darüber sprechen?“

„Nein, natürlich nicht ..." Zeth packte Bennets Hüften ein wenig fester und trieb ihn mit kurzen, kräftigen Stößen zum Höhepunkt. Als Bennet auf ihm zusammensackte, ließ er sich ebenfalls gehen. Der Funkennebel, der in seinem Kopf explodierte, machte ihn für eine Weile benommen. Warum hatte er dieses Gefühl nicht verspürt, als er mit Sarina zusammen gewesen war?

Als Bennet die Pferde versorgte, trat Zeth in den Stall. Er beobachtete den Jungen eine Weile. Ein Lächeln glitt über sein Gesicht, als er sich an ihre heftige Zusammenkunft im Badezuber erinnerte. Dann bemerkte er, dass Bennet leicht humpelte. Der Junge spürte Zeths Anwesenheit offenbar, denn er spannte sich ein wenig, und das Humpeln verschwand. Doch er zog ein verdrießliches Gesicht.
„Was gibt's?", fragte Zeth.
„Nichts", erklärte Bennet stur.
Zeth wartete ungeduldig.
„Also?"
„Meine Knie tun weh."
Zeth bedachte ihn mit einem skeptischen Blick. Die Ärmel von Bennets Hemd waren ein Stück zu kurz, und seine Hosenbeine hätten ebenfalls länger sein können. Er sah ein wenig ärmlich aus.
„Du wächst", stellte er schließlich fest. „Wir müssen neue Sachen für dich kaufen."

Vor dem Geschäft des Schneiders hielten sie an. Zeth hatte Ivgyr beauftragt, Bennet zu begleiten.
„Hier, diesen Schneider hat Mirdo empfohlen", sagte Ivgyr nun.
Sie saßen ab und betraten den Laden. Bennet war noch nie zuvor in einem solchen Geschäft gewesen. Es hatte zwar eine Zeit gegeben, in der er besser – anders – gelebt hatte, aber das war lange her, und er wusste, dass er nicht daran denken durfte.

Verbotene Gedanken.
Er riss sich zusammen. Ein älterer Mann mit grauen Haaren und freundlichen Augen kam ihnen entgegen. „Wie kann ich Euch helfen?“
„Der Bursche hier braucht neue Kleidung“, erklärte Ivgyr gleich.
„Oh ja“, lächelte der alte Mann, „Das ist unübersehbar. In welcher Preisklasse bewegen wir uns?“
„Er soll ordentliche Sachen bekommen, die lange halten.“
„Lange werden sie nicht halten“, sagte der Schneider mit einem Seitenblick auf Bennet. „Er wächst schließlich noch.“
Er winkte sie mit in einen Hinterraum. Dort lagen aufgeschichtete Stoffballen, Lederstücke aus feinstem Leder und einige Felle. Zwei junge Frauen saßen an einem Tisch und bearbeiteten eine große, dunkelrote Stoffbahn, aus der augenscheinlich ein kostbarer Umhang wurde.
„So, junger Mann“, wandte sich der Schneider an Bennet. „Ihr sitzt wohl viel im Sattel?!“
Bennet nickte.
„Wie wäre es mit einer Hose aus diesem Leder?“
Er hob ein Stück dunkelbraunes, gegerbtes Leder hoch. Bennet sah zu Ivgyr. Er war sich nicht sicher, ob dies überhaupt erschwinglich war. Doch Ivgyr nickte. Er hatte sich mittlerweile einen Überblick über die Stoffe verschafft. Mit geübtem Blick ging er durch die Reihen.
„Fertigt bitte hieraus ein warmes Untergewand und hieraus ein festes Hemd.“ Er strich über einen edlen, dunkelgrauen Stoff. „Könnt Ihr hiervon einen Umhang nähen?“
Der Schneider lächelte. „Ihr habt einen guten Geschmack, junger Herr. Natürlich kann ich das.“
Er winkte Bennet mit sich. „Stellt Euch hier drauf.“
Er holte einen kleinen Hocker unter dem Tisch hervor. „Ich möchte Eure Maße nehmen.“
Ein wenig verlegen zog Bennet sein zerschlissenes Hemd aus. Es hatte auf dem bisherigen Ritt sehr gelitten.

Der alte Schneider nahm seine Maße, und Bennet war froh, dass er vor den zwei Frauen nicht auch noch seine Hose hatte ausziehen müssen.
Als sie wieder draußen waren, erklärte Ivgyr: „Die Sachen werden Zeth sicher gefallen." Er grinste.
„Ich bin keine Hure, die man mit Kleidern beschenkt", fauchte Bennet überraschend heftig. Abrupt drehte er sich um und stieg auf sein Pferd.
„Du liebe Zeit, bist du empfindlich!" Ivgyr lachte leise, wurde dann aber wieder ernst. „Du bist Zeths Knappe. Er will nicht, dass du wie ein Bettler herumläufst. Die Aufgabe des Knappen übernehmen normalerweise die Söhne anderer Adeliger. – Und es interessiert übrigens niemanden, dass du für ihn den Hintern hinhältst. "
Bennet wurde rot und nickte ein wenig beschämt. Ivgyr hatte recht, aber es machte ihm zunehmend zu schaffen, dass viele Leute die Nordsiedler als Freiwild ansahen. In dem Dorf, in dem er in den letzten Jahren gelebt hatte, war er nicht ständig mit der Nase darauf gestoßen worden! Aber die beiden Menschen, die er als Tante und Onkel bezeichnete, hatten auch andere Sorgen gehabt ... Ein Erinnerungsschatten verdunkelte kurz sein Gesicht. Es hatte andere Zeiten gegeben.
Niemand durfte davon erfahren.

Das nächste Mal, als Bennet auf Zeth traf, hatte sich seine angegriffene Stimmung wieder gelegt.
„Hat alles geklappt beim Schneider?", fragte Zeth ohne von der Kontrolle seiner Waffen aufzublicken. Er überprüfte gerade seinen langen Bogen.
„Hm, ja ..."
„Ist irgendwas?" Zeths schwarzer Blick traf ihn unvorbereitet.
„Nein ... nein ... vielen Dank für die Kleidung." Bennet wand sich. Hatte Ivgyr vielleicht etwas gesagt?
Noch immer ruhte Zeths Blick auf ihm.
„Darren hat mich gefragt, ob ich heute Abend mit ihm einen

Zug durch die Kneipen mache ..."
Zeths Antwort bestand zunächst aus nachdenklichem Schweigen. Doch schließlich löste sich die Anspannung seines Gesichts, und er lächelte leicht.
„Durch die Kneipen und Freudenhäuser?"
Bennet schüttelte verlegen den Kopf. Davon hatte Darren nichts gesagt.
„Schick ihn zu mir, bevor ihr geht."

Unternehmungslustig blinzelte Darren Bennet zu.
„Los, keine Bange."
Gemeinsam schoben sie sich durch das dichte Gedränge in der Schankstube. Es roch nach Wein und Bier, schwitzenden Körpern und altem Holz. Bennet fand das alles sehr aufregend. Er wunderte sich noch immer darüber, dass Zeth ihn hatte gehen lassen. Das lag sicher nur daran, dass Darren Zeths Cousin war.
Darren ergatterte zwei große Humpen mit süßem, blutroten Wein. Grinsend reichte er einen davon Bennet.
„Auf diesen Abend."
Und zunächst ließ sich der Abend tatsächlich gut an. Bennet und Darren hatte eine Menge Spaß. Bennet mochte Zeths Cousin, und der wusste offensichtlich, wie man einen angenehmen Abend verbringen konnte. Bald landeten sie im „Leuchtfeuer", einem Haus, das sowohl guten Wein und schmackhaftes Bier anbot, als auch Service, der darüber hinaus ging. So hatte Darren bald zwei Huren am Arm, und auch Bennet konnte sich vor Angeboten kaum retten. Natürlich, Zeth hatte geahnt, dass es so laufen würde.
Halbherzig wehrte Bennet die Zuwendungen einiger hübscher Frauen ab, die sich schnell anderweitig orientierten. Die Wirtin brachte neuen Wein und plötzlich saß ein junger Mann neben ihm. Bennet entspannte sich, als eine warme Hand auf seinem Oberschenkel landete und eine vorwitzige Erkundungstour startete. Ein Stricher, aber ein sehr anziehender. Schulterlange,

glänzende Haare umrahmten ein schmales, jungenhaftes Gesicht mit vollen Lippen. Große, glänzende Augen rundeten das Bild ab – Bennet war hingerissen, der Alkohol tat sein Übriges. Er war bereits jetzt ziemlich enthemmt. Kerio, so war der Name des Jungen, der ihm ungeniert am Tisch die Hose öffnete, und nun seinen Kopf in Bennets Schoß vergrub, hatte ihm vorher zugeflüstert, dass er nicht an das Haus gebunden war. Aber Bennet fragte sich leicht benebelt, wer Kerio bezahlen würde? Und wenn er, wovon?
Sie verließen das „Leuchtfeuer", noch ehe Bennet mit Kerio unter dem Tisch landete. Angeheitert zogen sie in die nächste Kneipe weiter. Darren bevorzugte ganz offensichtlich weibliche Begleitung, aber er akzeptierte Bennets Geschmack ohne jeglichen Kommentar. Im „Fulbe", einer eher anrüchigen Spelunke, ergatterten sie einen Ecktisch, obwohl es in dem Laden rammelvoll war, und in diesem Fall war das doppeldeutig zu verstehen.
Paare vergnügten sich in aller Öffentlichkeit auf den Tischen und in den Ecken. Das „Fulbe" schien in erster Linie von Soldaten frequentiert zu werden. Dies erkannte Bennet, da die Kopulierenden sich in der Regel nicht die Zeit nahmen, sich zu entkleiden.
Das *Ambiente* schien auch Kerio anzustacheln. Bennet fand sich bald ebenfalls auf dem Tisch liegend, während Kerio sein bestes Stück gekonnt mit der Zunge bearbeitete. Ihre kleine Darbietung hatte offenbar einige Zuschauer angelockt, die begannen sie lautstark anzufeuern. Bennet war mittlerweile zu betrunken, um mitzubekommen, wie sich die Situation aufheizte.
Doch als fremde Hände seine Oberarme fixierten und Kerio von ihm heruntergerissen wurde, da begriff er, dass es brenzlig wurde. Er versuchte sich den fremden, aufdringlichen Kerlen zu entziehen. Aber sie hielten ihn auch für einen Stricher wie Kerio, der mittlerweile aufgegeben hatte und sich auf allen Vieren von einem grobschlächtigen Soldaten durchnehmen

ließ.
Bennets Gestrampel machte sie noch heißer. Kalte Panik durchflutete ihn. Er wehrte sich nach Leibeskräften und schaffte es tatsächlich auf die Beine zu kommen. Wo bei allen Siliandren war nur Darren, wenn man ihn brauchte?
Als wieder einer der Männer versuchte ihn zu überwältigen, zog Bennet geistesgegenwärtig sein Messer und rammte es dem Angreifer kurz in den Oberschenkel. Er fühlte, wie das Messer sich in das Fleisch des anderen grub und zog es gleich wieder zurück. Mit einem Wutgeheul ließ der von ihm ab, stolperte rückwärts und fiel gegen einen der großen Tische, auf dem eine Hure gerade für einen Freier die Beine breit machte. Der Tisch kippte und mit einem ohrenbetäubenden Scheppern ging alles zu Boden, was sich darauf befunden hatte, einschließlich der Hure. Es entstand ein heilloses Durcheinander, Fäuste und Bierhumpen flogen durch die Luft, wütendes Geschrei mischte sich mit dem Stöhnen und den Geräuschen einer wilden Kneipenschlägerei.
Bennet war bereits fast wieder nüchtern und versuchte, das „Fulbe“ irgendwie zu verlassen. Aber der Soldat mit der blutigen Stichwunde hatte sich ihm wieder genähert. Er sah die Faust erst, kurz bevor sie in sein Gesicht traf. Dann ging er in dem allgemeinen Chaos zu Boden. Doch er verlor glücklicherweise nicht das Bewusstsein. Bennets Gesicht pochte, er schmeckte den metallenen Geschmack von Blut, während er auf Händen und Knien einen Ausweg aus diesem Desaster suchte. Schmale Hände packten ihn fest an den Schultern und rissen ihn hoch.
„Hier her!“
Das war Darren. Seine Augen funkelten, als handele es sich bei dieser Schlägerei um den größten Spaß.
Er schaffte es tatsächlich, sie beide bis zum Eingang des „Fulbe“ zu manövrieren. Doch an dieser Stelle ging es nicht weiter, da sich drei finster dreinblickende Kerle vor ihnen aufbauten.
„Wohin wollt ihr zwei Hübschen denn so eilig?“

Bennet zog erneut sein Messer, doch in diesem Augenblick öffnete sich die Tür der Spelunke, und Seco betrat zusammen mit Ivgyr den Eingangsbereich. Er schien die Situation sofort richtig einzuschätzen, denn er ging mit einem herrischen: „Hab ich euch endlich!“, dazwischen, schnappte sich Darren und Bennet am Arm und ließ die drei Kerle überrascht zurück.
„Das war ein hervorragender Auftritt“, erklärte Darren grinsend, als sie auf der Straße standen. Noch immer wirkte er euphorisch.
Seco musterte sie beide mit zusammengekniffenen Augen. „Mal sehen, ob es heute noch weitere Auftritte geben wird. Ivgyr war euch gefolgt und hat mich zum Glück in der Nähe angetroffen, als er sah, dass die ganze Sache gefährlich wurde.“ Mit einem Seitenblick betrachtete er Bennets Blessuren. „Sonst wäre es sicher nicht so glimpflich verlaufen.“
Ivgyr schnaubte. „Was habt ihr in so einer Kaschemme zu suchen? Capitan Zeth wird kochen vor Zorn!“
Bennet verzog das Gesicht.
Schweigend marschierten sie zurück zum „Roten Saphir“. Bennets Schritte wurden immer langsamer, aber Seco schob ihn umbarmherzig vor sich her. Das Schweigen der beiden Soldaten war kein gutes Zeichen. Was mochte sie wohl erwarten?

Zeth saß unten in der Schankstube, zusammen mit Mirdo, dem Wirt, Pheridon und Pascale. Als er die Delegation eintreten sah, war er sofort auf den Beinen.
„Ich bringe deine zwei Heißsporne zurück“, erklärte Seco mit einem ironischen Lächeln.
Mit einer knappen Geste bedeutete er ihnen nach oben zu gehen. Das kündigte sicher nichts Gutes an, befürchtete Bennet. Er wäre lieber unten, in der Öffentlichkeit, geblieben.
In Zeths Kammer angekommen, erstattete Ivgyr Bericht. Der war kurz und prägnant, ließ keinen Raum für Interpretationen und machte Bennet klar, dass er ihnen den ganzen Abend über gefolgt war.

Aufgebracht klopfte Zeth mit den Fingern auf die Tischplatte. Sein Blick ruhte auf Bennets Gesicht. Sein rechtes Auge war blau-grünlich verfärbt, das Blut auf seiner Unterlippe bereits getrocknet.
„Und?“
Bennet senkte verlegen den Blick.
„Hast du irgendwas zu deiner Verteidigung vorzubringen?“
„Ich habe nicht angefangen ...“
„Das ist mir egal!“, brüllte Zeth ihn an. „Keiner meiner Soldaten ist in eine ordinäre Schlägerei verwickelt!“
Bennet wurde immer kleiner auf seinem Sitz. „Ich bin kein Soldat“, sagte er ganz leise. Offenbar die falsche Antwort.
Zeth wandte sich an Darren, der wie erstarrt in der Ecke stand.
„Darren, verdammt!“ Zeths Stimme war gefährlich leise. „Ich dachte, du bist alt genug!“
Darren senkte den Blick. „Entschuldigt, Sir.“
Der letzte Rest alkoholisierte Aufgedrehtheit schien mit einem Schlag verflogen.
Zeth kam einen Schritt näher. „Ich habe mich auf dich verlassen. Was hast du zu deiner Verteidigung zu sagen?“
„Nichts, Sir“, antwortete Darren leise.
„Es ist nicht seine Schuld“, warf Bennet ein, doch Zeth brachte ihn mit einer Handbewegung zum Verstummen.
Er war wirklich wütend. Bennet sah das kalte Funkeln in seinen Augen. Warum war er so aufgebracht? Bennet hatte Angst vor ihm; doch Darren wusste offensichtlich, was ihn erwartete.
„Du setzt dich da hin!“, befahl Zeth. Seine Stimme knallte wie ein Peitschenhieb durch den Raum. Eingeschüchtert drückte Bennet sich in eine Ecke.
Er ahnte das Schlimmste. Und doch konnte er es nicht verhindern. Verdammt, sie hätten beide wissen müssen, wie Zeth darauf reagieren würde. Er duldete keinen Ungehorsam, und was Darren und er sich geleistet hatten, war absolut gegen Zeths Anweisungen gewesen.
Er würde Darren dafür bestrafen – das stand fest.

„Deinen Gürtel, Darren.“
Mit zitternden Händen zog Darren den Gürtel aus seiner Hose und reichte ihn Zeth.
Bennet hätte viel dafür gegeben, wenn er es nicht hätte mit ansehen müssen.
Schweigend und im Stehen empfing Darren die Schläge. Bennet schämte sich entsetzlich. Wohingegen Seco und Ivgyr eher unbeeindruckt wirkten. Sie hatten sich nicht vorher zurückgezogen und machten Darrens Bestrafung noch unangenehmer – auch für Bennet. Vielleicht war das der Auftritt, von dem Seco gesprochen hatte.
Nach dem letzten Hieb gab Zeth Darren wortlos den Gürtel zurück und schickte ihn mit einem kurzen, unpersönlichen Befehl aus dem Zimmer.
Bennet sprang sofort auf, um Darren zu folgen, und Zeth hielt ihn nicht zurück.
„Darren, warte! Ich ... es ...“ Hilflos sah er Darren an.
Der bedachte ihn mit einem schwarzen Blick, der Zeths fast in nichts nachstand. Doch es war der Schmerz und die Scham, die seinen Blick verdunkelten. „Ich hab doch noch Glück gehabt.“
„Glück?“, fragte Bennet perplex.
Darren nickte langsam. „Dass Zeth mich noch immer als Knaben betrachtet. – Hätte er mich wie einen erwachsenen Mann mit der Peitsche geschlagen, hätte ich nicht weiterreiten können.“
Bennet sah ihn zweifelnd an. Aber Darren wandte sich einfach um und stieg mit steifen Beinen die Treppe hinunter.
Mit gesenktem Kopf kehrte Bennet in Zeths Kammer zurück.
Zeth strafte ihn bis zum nächsten Tag mit völliger Missachtung.
Darren traf er am nächsten Morgen beim Frühstück wieder, das der junge Mann aus nachvollziehbaren Gründen im Stehen einnahm. Bennet fühlte sich elend. Zeths gesamte Wut hatte sich gegen seinen Cousin entladen. Es wäre nur fair gewesen, wenn auch er bestraft worden wäre. Immerhin hatte Darren zu seiner *Rettung* beigetragen.

„Es tut mir leid, Darren“, sagte Bennet zerknirscht.
„Bennet – ich sollte auf dich aufpassen! Zeth hatte einen Grund, mich zu schlagen. Den kann ich akzeptieren. Er hat mich damit zwar gedemütigt, aber – wie's scheint – hatte ich es verdient.“
„Was meinst du mit *wie's scheint?*“, fragte Bennet verwirrt.
Jetzt lächelte Darren. „Ich hab nicht gewusst, wie ... eng euer Verhältnis ist ...“
Bennet lief rot an. „Eng? Verhältnis?“
„Er geht nicht nur mit dir ins Bett. Er war besorgt und verärgert, weil ich dich in diese Gefahr gebracht habe“, erklärte Darren. „Er hat sogar Ivgyr hinter uns hergeschickt, damit wir einen Wachhund haben!“
Bennet wollte etwas darauf erwidern, doch der andere schnitt ihm das Wort ab. „Wärest du einfach nur sein Knappe, hätte er auch dich gezüchtigt. – Und? Hat er das?“
Bennet schüttelte den Kopf. Es war ihm unangenehm, dass sein neuer Freund Zeths ganzen Zorn allein abbekommen hatte.
Darren hatte seine Gedanken offenbar erraten. „Bennet – ich mag dich trotzdem noch.“
„Wirklich?“
„Ja. Auch wenn es mir sehr schwerfällt zu glauben, dass Zeth mit dir ...“ Er grinste anzüglich. „Aber du stehst ja auf Männer.“

Der Abend bot eine interessante Abwechselung. Auf jeden Fall für Zeth.
Aus den Schatten löste sich eine dunkle Gestalt, und Zeth verharrte dort, wo er gerade stand. Auch Pascale blieb abwartend stehen. Sie wirkte angespannt und kampfbereit.
„Ich hörte, Ihr sucht nach einem Jungen ...“, begann der Fremde. Heißer Atem, eine Mischung aus Alkohol und fauligen Zähnen, das konnte selbst Zeth riechen. Der Mann sprach mit dem Akzent der Muréner.
„Richtig“, sagte sie knapp.
„Dünner Kerl mit schwarzen Haaren? Sieht aus wie ein

Mädchen?"
Wieder bestätigte sie.
„Er war hier, nur kurz. Durchreise. Schien der Diener von Orkun al Kenzo zu sein. Der Herrscher von Runo, sagt Euch sicher was."
Er lachte abgehackt.
„Wo sind sie hingeritten?"
„Zurück in die Berge. Haben Geschäfte hier erledigt. Wenn Ihr ihnen folgen wollt, müsst Ihr den schmalen Bergpass nehmen, der im Osten von Mirmiran beginnt."
Zeth versuchte, mehr von dem Mann zu erkennen, doch sein Gesicht war fast gänzlich unter einer großen Kapuze verborgen. Warum gab er so viele Informationen preis? Was hatte sie ihm geboten?
Münzen wechselten den Besitzer.
„Warum sucht Ihr ihn? Ist er ein entflohener Sklave?"
„Könnte man sagen", erwiderte Pascale unwirsch.
Ein Geräusch am Ende der Gasse ließ sie beide herumfahren. Und als Pascale sich wieder zu dem Mann herumdrehte, war der nicht mehr da.
Jemand näherte sich, Pheridon, wie Zeth am Gang erkannte. Er hatte den Soldaten auf sie angesetzt. Doch als er gesehen hatte, wie sie sich heimlich davon stahl, war er ihr selbst gefolgt.
„Was treibst du hier mitten in der Nacht?"
„Das ist meine Sache", erklärte sie kalt. Die Tatsache, dass sie mittlerweile ab und an das Lager teilten, bedeutete offenbar noch lange nicht, dass er alles über sie wissen musste.
Pheridon zuckte mit den Schultern, sein Brustpanzer klirrte leise. „Bist du jetzt fertig mit *deinen Sachen*?"
Sie nickte knapp.
Er machte einen weiteren Schritt auf sie zu. Zeth sah, dass er nach ihr griff. Sie wich ihm nicht aus, ließ sich von ihm gegen die steinerne Wand drängen.
Zeth verließ sein Versteck und die beiden ineinander verschlungenen Gestalten in der dunklen Gasse.

An diesem Abend versammelten sich die Männer im Schankraum der Herberge. Die meisten tranken Bier, einige waren auf schweren Rotwein umgestiegen. Ein Barde und zwei Musiker, von denen der eine Zumbél – ein schlankes Saiteninstrument – und der andere eine Trommel spielte, hatten sich ebenfalls eingefunden. Sie spielten und sangen abwechselnd und boten gute Unterhaltung. Die Stimmung war ausgelassen. Es war der letzte Abend von Zeths Männern in Mirmiran. Zeth ließ sie gewähren.
Die Soldaten waren nicht die einzigen Gäste, und auch die anderen Männer hatten dem Alkohol schon reichlich zugesprochen.
Bennet hielt sich an einem Humpen des starken Biers fest und grinste bereits leicht angeheitert.
„Hey Wirt!“, rief Pheridon und stützte seinen massigen, muskulösen Körper auf der Tischplatte ab. „Kann dein Sohn tanzen?!“
Mirdo nickte lachend. „Wir können alle tanzen!“
Die Männer grinsten, einige prusteten laut los, als sie einen Blick auf Mirdos schwerfällige Gestalt richteten. „Nein, tut uns das nicht an, Wirt! – Euer Sohn würde uns voll und ganz reichen!“
Mirdo tat beleidigt und winkte Tiél zu sich heran.
Sofort schlugen die Musiker eine Art Reel an, einen raschen Tanz, und Tiél begann – zunächst ein wenig verlegen – zu tanzen.
Bennet starrte ihn an, seinen muskulösen Körper, seine geschmeidigen, exakten Bewegungen. Es war lange her, dass er selbst getanzt hatte, aber als das Lied schneller wurde, fühlte er das große Verlangen, sich ebenfalls zur Musik zu bewegen. Es waren die Lieder und Tänze der Nordsiedler, und Bennet waren sie in Fleisch und Blut übergegangen. Sein Fuß wippte bereits im Takt mit, ohne dass er es wirklich wahrnahm. Als das erste Lied vorbei war, klatschten und grölten die Männer und

ließen Tiél nicht von der Tanzfläche. Der junge Mann strahlte über das ganze Gesicht. Jegliche Unsicherheit war wie weggewischt.
Seco stieß Bennet in die Rippen, so dass dieser sich an seinem Bier verschluckte.
„Los, du bist doch auch einer von denen!"
„Ja, Bennet!", brüllte Toran angetrunken. Seine Augen blitzten. „Zeig mal, was du drauf hast!"
Und ehe Bennet sich wehren konnte, hatten sie ihn schon in den Schankraum geschoben, er sah ihre erwartungsvollen Gesichter und ernüchterte ein wenig. Doch Tiél blinzelte ihm verschwörerisch zu und packte ihn an den Handgelenken. Er zog ihn in eine gekonnte Drehung und stob zu einem raschen Tanz mit ihm über die freie Fläche.
Bennet brauchte nicht lange, um sich an die komplizierten Schrittfolgen zu erinnern. Die Zuschauer lachten und klatschen und feuerten sie an. Bennet lief bereits nach kurzer Zeit der Schweiß über das Gesicht, aber er genoss die wilde Unbekümmertheit, die der Tanz in ihm aufsteigen ließ.
Und so entging ihm völlig, dass auch Zeth sich zu den Zuschauern gesellte. Mit brennenden Augen beobachtete er die Darbietung. Bennets Körper war gespannt wie eine Bogensehne, seine Bewegungen strotzten vor Energie. Zeth hatte selten so ein überwältigend positives Gefühl gespürt, wenn er anderen beim Tanzen zusah.
Bennets erhitztes Gesicht und die Harmonie, die ihn mit seinem Tanzpartner verband, wirkte unglaublich erotisch. Erregung flutete Zeths Leib. Warum nur machte der Junge ihn so heiß?
Er lehnte sich gegen die Wand und ließ sich von Mirdo ein Bier bringen. Seine Augen hingen an Bennet, der immer ausgelassener wurde.
Er selbst hatte am Tanz nie soviel Spaß gehabt. Er beherrschte die wichtigsten Regeln, doch das war ein Pflichtprogramm für ihn gewesen. Natürlich war er in der Lage, bei Empfängen und

Festen zu tanzen, und er machte dabei nicht einmal eine schlechte Figur. Aber das, was Tiél und Bennet dort vorführten, war etwas ganz anderes. Das war pure Lebensfreude, die auch auf die Zuschauer übersprang. Und Zeth sah mehr als nur einen begehrlichen Blick auf Bennet gerichtet. Ob sich der Junge dessen wohl bewusst war?
Seco hatte sich an Zeths Seite gedrängt.
„Zeth ..."
Zeth warf ihm nur einen kurzen Blick zu.
„Er tanzt verdammt gut, nicht wahr?", meinte Seco lauernd.
Zeth nickte knapp. Er wollte Bennet nicht aus den Augen lassen. Neben sich ertönte leises Lachen.
„Was gibt's?", fragte Zeth ein wenig gereizt.
„Ich muss mich wohl entschuldigen ..."
Erstaunt wandte Zeth sich ihm zu und zog die Augenbrauen nach oben. „Wofür?"
„Na dafür, dass ich deinem *Geliebten* den Hintern versohlt habe", grinste Seco und machte eine kleine förmliche Verbeugung.
Zeth wusste nicht ob er wütend reagieren oder lachen sollte. War es den anderen Männern auch schon aufgefallen, dass ihn und Bennet weit mehr verband als eine lockere Affäre?
„He, ihr beiden!", rief nun einer der anderen Gäste, „Könnt ihr auch die anderen Tänze der Nordsiedler?"
Tiél und Bennet warfen sich einen kurzen Blick zu, aber bevor sie noch Einwände erheben konnten, begannen die Musiker eine langsame, betörende Melodie zu spielen.
Anfeuernde Pfiffe und obszöne Bemerkungen erfüllten den Raum und eine seltsame Spannung, die von allen gleichermaßen Besitz ergriff. Bennet ließ sich nicht einschüchtern. Sein Körper bewegte sich zunächst vorsichtig, als müsste er erst erproben, wie sich das anfühlte. Doch schnell nahm er den Rhythmus in sich auf, wiegte sich im Takt der Musik.
Tiél hielt sich im Hintergrund, umfasste nur Bennets schmale

Hüften, stieß ihn von hinten andeutungsweise wie bei einem sexuellen Akt.
Einige Männer stöhnten auf, einer zischte dicht neben Zeth: „Hör auf, Junge! Oder bist du nachher zu haben?!"
Doch Bennet ließ sich davon nicht beeindrucken. Er war schließlich herausgefordert worden! Sein Körper wurde eins mit der Musik.
Zeth starrte ihn an. Bennets fließende Bewegungen, sein angespannter, geschmeidiger Körper, das alles saugte er förmlich in sich hinein. Wenn Bennet noch lange so verführerisch tanzte, würde er sich kaum beherrschen können. Aber er durfte seine Begierde nicht so offen zeigen,
er wollte nicht, dass die anderen Männer ihn für Freiwild hielten. Denn das war Bennet verdammtnochmal nicht! Auch wenn er so aufreizend tanzte wie eine redarianische Liebesdienerin.
Zeth erstarrte bei diesem Gedanken. Reda, die verbotene Stadt, war tot! – Aber die Tänze hatten in den Nordsiedlern überlebt, redete er sich ein.
Endlich entließen die Musiker Bennet und Tiél aus ihrer Pflicht. Beide waren nass geschwitzt, doch sie genossen die Wirkung ihres Auftrittes.
Mirdo drückte Bennet einen weiteren Humpen Bier in die Hand, und Tiél hatte Mühe, sich zurückzuziehen. Die Angebote, die ihm gemacht wurden, waren eindeutig. Doch Zeth hatte nur Augen für Bennet, der langsam auf ihn zuschlenderte. Erstaunt bemerkte er, dass Bennet verlegen war.
Ihre Blicke trafen sich mit ungeheurer Wucht, und Zeth hätte sich nicht gewundert, wenn kleine, weiße Blitze zwischen hin- und hergeschossen wären.
„Habt Ihr die ganze Zeit zugesehen?", fragte Bennet leise, förmlich.
Zeth grinste und widerstand nur mit Mühe dem Bedürfnis, den Jungen an sich zu ziehen. Seco bemerkte das und grinste scheinheilig, doch er zog sich nicht zurück.

„Woher kennst du diese Tänze?", wollte Zeth wissen.
Diese scheinbar harmlose Frage ließ Bennet stocken. „Ich bin Nordsiedler, das wisst Ihr doch", stammelte er errötend. Wenn Zeth allerdings herausbekam, dass es in Fauvel weder Schenken noch Tavernen gab, in denen er hätte tanzen können, dann war guter Rat teuer. Aber Zeth war offenbar noch nicht in dem winzigen Dorf gewesen.
Hastig setzte Bennet den Bierkrug an die Lippen und trank einige große Schlucke. Seco beobachtete ihn belustigt.
„Du hast auch noch nichts dazugelernt, was?"
Bennet warf ihm einen giftigen Blick zu, doch er kam nicht dazu, etwas entsprechendes zu erwidern, denn Secos Augen weiteten sich ungläubig.
„Ja, sieh sich das einer an ..."
Bennet und Zeth folgten seinem Blick. Darren hatte gerade den Schankraum betreten, das Gesicht noch gerötet vom kalten Wind. Den Arm hatte er um ein blondes Mädchen geschlungen, das ihn vergnügt anlächelte. Ihr Haar glänzte im Schein der Kerzen, als wäre es aus purem Gold.
„Fyra, die jüngste Tochter des Wirts", bemerkte Zeth.
„Warum habe ich sie bisher noch nicht gesehen?", maulte Seco und konnte kaum den Blick von ihr wenden. „Jetzt hat Darren sie für sich entdeckt."
„Ich hörte, sie wird zur Goldschmiedin ausgebildet. Ihr Lehrherr hatte sie mit nach Iskaran genommen", erklärte Zeth lächelnd.
Seco zog die Augenbrauen nach oben. „Mirdo erlaubt seiner wunderhübschen Tochter allein nach Iskaran zu reisen?", fragte er ungläubig.
„Wieso allein?", wandte Bennet ein.
„Nordsiedler und Muréner haben eine unterschiedliche Moralvorstellung, wie du wissen solltest", lachte Zeth und klopfte Seco auf die Schulter. „Nimm's nicht so schwer. Wenn du auf eine Jungfrau gehofft hattest, wäre Fyra nichts für dich gewesen."

Seco warf ihm einen forschenden Blick zu, der nur bedeuten konnte: Hast du sie schon gehabt? Doch Zeth schwieg lächelnd.
Darren schob sich mit dem Mädchen im Arm zu ihnen herüber. Er vermied es, Zeth anzusehen, wahrscheinlich spürte er noch immer die Schläge auf seinem Hintern. Doch Bennet bewunderte ihn trotzdem für seinen zur Schau gestellten Gleichmut. „Haben wir etwas verpasst?"
„Ja", antwortete Seco und konnte Darrens Begleitung nun aus der Nähe bewundern. „Tiél und Bennet haben die Luft zum Kochen gebracht."
Bennet wurde rot und starrte zu Boden.
Fyra sah sich rasch um. „Mein Bruder hat getanzt? Schade, dass wir nicht hier waren! Er tanzt hinreißend, besser als wir Mädchen!"
„Das ist kaum vorstellbar", murmelte Darren und drückte seine Lippen auf ihr zu einem schlichten Zopf zurückgenommenes Haar.
Bennet beobachtete Darren und Fyra neugierig. Würde sein Freund das Mädchen verführen? Er sah, wie Darrens Hand nach unten glitt und auf dem runden Hinterteil des Mädchens liegenblieb. Er selbst hatte kein Interesse an Mädchen, aber er fand ebenfalls, dass Fyra außergewöhnlich hübsch war. Er mochte das freche Blitzen ihrer großen braunen Augen. In ihnen lag nichts Naives oder Gutgläubiges.
Darren fing seinen Blick ein und hielt ihn für einen Moment. Sie kannten sich noch nicht besonders lange, aber Bennet versuchte trotzdem, ihm zu übermitteln, dass er keine Gefahr für sein Schäferstündchen bedeutete. Erstens wirkte Darren bereits viel männlicher als er selbst und zweitens begehrte er nur Zeth, dessen Augen so unverwandt auf ihm ruhten, dass ihn heiße und kalte Schauer durchfuhren.
Darren nickte ihm kurz zu. „Dann habe ich wohl wirklich etwas verpasst. Ich hätte dich gerne tanzen sehen", flirtete er lächelnd. „Bist du darin genau so geschickt wie mit den Fäusten?"
Seco schaute Bennet über die Schulter und grinste. „Ihr

Schweine! Habt ihr vergessen, dass eine junge Dame anwesen ist?!“
Darren sah ihn verständnislos an. Aber Zeth lachte dröhnend.
„Mein Cousin ist nicht so bewandert in den Spielarten der männlichen Liebe ...“
Bennet verkniff sich ein Grinsen, als er Darrens pikierten Gesichtsausdruck bemerkte.
Fyra sagte nichts, sondern wand sich behände aus Darrens Arm.
„Ich bin gleich zurück.“
Flink durchquerte sie den Schankraum und verschwand in der Küche.
„Willst du sie mir ausspannen?“, wandte sich Darren grummelnd an Seco.
Der grinste nur breit. „Natürlich. Aber gegen deinen jungenhaften Charme komme ich nicht an. Los, trink ein Bier mit mir und lass uns den anderen beim Würfelspiel zuschauen. Pheridon ist ein Meister des Falschspiels.“ Er lachte leise.
Bennet sah den beiden nach und drehte sich dann wieder zu Zeth um. Dessen brennender Blick traf ihn mit verstörender Intensität. Ohne zu überlegen kreuzte er die Handgelenke auf Brusthöhe. Das Zeichen der Stricher, und es bedeutete: Ich bin zu haben.
Zeth stieß ein raues Geräusch aus. „Was tust du da?“
Bennet antwortete nicht.
Jetzt versuchte Zeth nicht mehr, sein Verlangen zu verbergen. Er fasste Bennet bei den Schultern und schob ihn aus dem mittlerweile überfüllten Schankraum hinaus. Einige neidische Augenpaare folgten ihnen, doch niemand rief ihnen etwas zu. Wahrscheinlich wagte es keiner.
Auf der Treppe presste er sich bereits an Bennets schlanken Körper und spürte, dass der Junge zitterte.
„Hast du Lust?“, flüsterte Zeth ihm ins Ohr.
Bennet erschauderte kurz und nickte. Zeths heisere Stimme jagte seinen Puls in die Höhe. Er stolperte die letzten Stufen nach oben.

„Fliehst du vor mir?“, fragte Zeth amüsiert.
Bennet drehte sich um und grinste unsicher. Doch das Funkeln in Zeths Augen ließ ihn schon wieder stocken. Er berührte dessen breiten Oberkörper, spürte die verhaltene Kraft unter seinen Fingerspitzen.
„Nicht, sonst nehme ich dich hier auf der Treppe“, brummte Zeth.
Mit einem schiefen Grinsen wich Bennet zurück und floh in ihre gemeinsame Kammer.
Zeth schloss die Tür hinter ihnen und sah Bennet mit brennenden Augen an. In diesem Augenblick wirkte er recht bedrohlich. Aber Bennet zerrte sich das Oberteil über den Kopf, ohne die Schnürungen vorher zu lösen.
Zeth war sofort vor ihm, öffnete ihm den Gürtel, so dass die Hose zu Boden fiel, und hob ihn mit einem Ruck auf die kleine Kommode.
„Ob die mich trägt?“, murmelte Bennet kritisch.
„Und wenn sie unter uns zusammenbricht, ist es mir auch gleich“, grinste Zeth ihn an.
Doch trotz seiner Lust nahm er Bennet nicht heftig, ohne ihn vorzubereiten. Der quittierte Zeths Bemühungen mit einem ungeduldigen Stöhnen.
„Hast du es eilig?“, neckte Zeth ihn und verbarg, dass es auch ihn unglaublich viel Selbstbeherrschung kostete, nicht grob über Bennet herzufallen.
Der Junge biss ihm in den Hals und umschlang Zeths Hüften mit seinen langen Beinen.
In diesem Moment verlor auch Zeth die Kontrolle.
Nach der Runde auf der wackeligen Kommode fielen sie auf das große Bett. Bennet schwang sich auf Zeths Körper zu einem wilden, ungestümen Ritt. Das raue Stöhnen des Älteren feuerte ihn nur noch an.
Und schließlich rollten sie vom Bett herunter und trieben es auf den hölzernen Bodenplanken, bis sie erschöpft voneinander ablassen mussten.

Grinsend stützte Bennet sich auf die Ellenbogen. „Ich will nicht wissen, wie viele blaue Flecken ich jetzt habe."
Zeth sah ihn kopfschüttelnd an. „Wenn ich gewusst hätte, dass du gerne wie eine Hure behandelt wirst, hätte ich dich auch meinen Männern überlassen können."
Bennet warf ihm einen kurzen Blick zu und erkannte, dass Zeth scherzte. Er schmiegte sich an den breiten, nackten, schweißüberströmten Oberkörper und betrachtete das Chaos im Zimmer.
„Ich will nur dich", flüsterte er und biss zärtlich in eine von Zeths Brustwarzen, was zur Folge hatte, dass dessen Männlichkeit wieder zum Leben erwachte.
„Du kriegst wohl nie genug", gurrte er.
Sanft drängte Zeth sich an Bennets erhitzten Körper. Er fühlte sich tatsächlich nicht erschöpft. „Von dir bestimmt nicht."

Böse Überraschungen

Eine fast greifbare Erleichterung hatte sich unter Zeths Männern breit gemacht als feststand, dass sie Mirmiran in Richtung Runo verlassen würden. Endlich hatte das Abwarten, das Nichtstun, ein Ende. Bennet empfand seltsamerweise ähnlich, obwohl ihn auch eine Beklommenheit ergriff, wenn er daran dachte, wie nah Runo am Wald von Bolén und damit an Reda lag. Darren war als einziger von Zeths Männern schlecht gelaunt. Er hatte sich von Fyra verabschieden müssen, die er ganz offenkundig sehr mochte. Die ganze Nacht hatte er in ihrer Kammer verbracht und, so vermutete Bennet, als er ihn sah, nicht viel Schlaf bekommen.
Am frühen Morgen sattelten sie die Pferde. Es war kühl, doch der Wintereinbruch ließ gnädigerweise auf sich warten. Der Eisregen war lediglich ein Vorbote gewesen, eine Warnung.
Am Stadttor von Mirmiran trat ihnen eine schlanke Gestalt entgegen, die ganz in einen langen Umhang gehüllt war.

Zeth hielt an, und im gleichen Augenblick erkannte Bennet, der direkt hinter Zeth ritt, wer ihnen den Weg verstellte: Es war Kerio, der Stricher. Er warf Bennet einen feurigen Blick zu, sagte jedoch zu Zeth: „Ich wollte mich noch einmal für die hohe Entlohnung bedanken." Er sprach leise, schnell, doch Bennet entging kein einziges Wort. Entlohnung? Daran hatte er überhaupt nicht mehr gedacht! Blut schoss ihm in die Wangen.
„Sie war angemessen", entgegnete Zeth nur knapp.
„Hab gehört, Ihr hättet Geschäfte mit dem alten Freek gemacht. Ihr solltet Euch in Acht nehmen, der Alte hat seine Seele verkauft." Mit diesen Worten trat er hinter die Stadtwachen zurück und ließ sie passieren.
„Du solltest die Dienste bezahlen, die du in Anspruch nimmst." Mehr sagte Zeth nicht und trieb Bennet damit erneut die Schamesröte ins Gesicht.

Pascale ritt direkt hinter ihnen. Sie wollte offenbar in Zeths Nähe bleiben, um jede seiner Entscheidungen gleich mitzubekommen. Noch immer schien sie ihm nicht über den Weg zu trauen, und das beruhte auf Gegenseitigkeit.
Der Weg war steinig, und es ging rasch bergan. Doch zunächst hatten sie ausreichend Platz um zu zweit oder zu dritt nebeneinander zu reiten und sich zu unterhalten. Ungewöhnlich war der dichte Wald, der sie umgab. Doch wahrscheinlich befanden sie sich trotz der Höhe noch unterhalb der Baumgrenze.
Gegen Mittag legten sie eine Pause ein.
Als sie weiterritten, wurde der Weg bald schmaler. Zeth warf einen kurzen Blick nach oben. Über ihm berührten sich die Wipfel der alten, riesigen Bäume. Das Buschwerk zu beiden Seiten des Weges war so dicht, dass er nicht hindurch schauen konnte. Es war seltsam ruhig, nur das Klappern der Hufe auf dem festen Boden durchdrang die Stille des Waldes. Zeth spürte, wie sich seine Nackenhaare aufrichteten. Er mochte solche Wege nicht, aber dies war nach seiner Kenntnis der

kürzeste Weg nach Runo. Sie schienen River und auch den vermeintlichen Attentätern und Dieben dicht auf der Spur zu sein.
In einiger Entfernung erkannte Zeth eine Weggabelung. Rechts davon schloss sich der erste graue Felsblock an, der verriet, dass sie sich mitten im Gebirge befanden. Das ideale Versteck für ... ein Pfeil sauste nur wenige Zentimeter an seinem Ohr vorbei! Er hörte das gefährliche Sirren und schrie im gleichen Augenblick: „Runter! Ein Hinterhalt!“
In Sekundenschnelle glitt er von seinem Pferd und schlug sich seitlich ins Gestrüpp. Mit einer fließenden Bewegung hatte er den Bogen von seinem Sattelknauf gezogen. Den Köcher mit ein paar Pfeilen hatte er wohlweislich vor dem Ritt auf seinen Rücken geschnallt. Zeths Männer gingen geistesgegenwärtig zum Angriff über. Während er seinen Bogen spannte, sah er bereits die ersten Pfeile, die zurückschwirrten.
„In Deckung bleiben!“, rief er schneidend.
Reiterlose Pferde kreuzten den Weg, und er nutzte dieses kurzzeitige Durcheinander als Sichtschutz. Auf der anderen Seite erkannte er Seco und Pheridon. Noch immer flogen feindliche Pfeile durch die Luft. Mit einem gewaltigen Satz sprang er hinter die erste Felsgruppe und rollte sich dahinter ab. Der Boden war hart, doch Zeth spürte den Aufprall gar nicht.
Die Schreie und Rufe auf beiden Seiten nahm er nur noch im Hintergrund wahr. Mit einer Handbewegung lotste er Seco und Pheridon hinter sich her. Von den anderen konnte er derzeit nichts erkennen.
Und plötzlich sprangen direkt vor ihm drei Männer mit gezückten Schwertern hinter einem Felsblock hervor. Zeth ließ seinen Bogen fallen und zog ebenfalls sein Schwert.
Die drei griffen ihn sofort an, doch Seco erledigte einen mit einem gut platzierten Pfeil. Er schien noch recht weit entfernt, und so musste Zeth erst einmal allein mit den zwei Angreifern fertig werden.

Die beiden waren ziemlich groß, Bergleute, vermutete er. Geschickt wich er einem heftigen Schwertschlag aus und parierte den Hieb des anderen Mannes. Die Wucht des Schlages betäubte seinen Arm kurzzeitig. Er wirbelte herum und erwischte den ersten am Bein. Blut schoss aus der Wunde, doch Zeth nahm den Schmerzensschrei in dem allgemeinen Lärm nicht wahr. Nun konnte er sich auf den anderen konzentrieren. Doch, wo waren die restlichen Angreifer, und mit wie vielen hatten sie es hier überhaupt zu tun?
Er sprang mit einem Satz auf eine kleine Anhöhe, der andere folgte ihm, drängte ihn an den Rand. Aus den Augenwinkeln erkannte Zeth den steilen Abhang, der direkt hinter dem Felsmassiv nach unten fiel. Fluchend stolperte er einen Schritt nach vorn.
Er wich einem weiteren Hieb aus. Der Angreifer war kein eleganter Schwertkämpfer, kein Techniker, aber er hatte viel Kraft. Zeth traf mit einem kurzen Vorstoß den linken Arm des Mannes, doch der verzog keine Miene. Sie umkreisten einander auf der schmalen Plattform. Wollte Zeth zurückweichen, hätte er dem anderen den Rücken zuwenden müssen!
Er täuschte einen weiteren Hieb an und brachte seinen Gegner aus dem Gleichgewicht. Sein Schwert bohrte sich in den massigen Leib, Zeth sah das Erstaunen in den Augen des Mannes, bevor er röchelnd zusammenbrach.
Hinter ihm erschienen Seco und Pheridon.
„Zurück“, befahl er knapp.
Seco wischte sich den Schweiß von den Händen. „Sieht aus, als wären wir in der Überzahl.“
Zeth zog sein Schwert aus dem Körper des toten Mannes. „Vielleicht können wir einen Gefangenen machen.“ Er betonte „einen“ unmissverständlich, denn er hatte kein Interesse daran, mit einer großen Gruppe feindlich gesonnener Männer weiterzuziehen.
Die drei kletterten wieder nach unten. Zeth stellte fest, dass nur noch vereinzelt Pfeile durch die Luft schwirrten. Die Angreifer

hatten ihr Versteck verlassen, und nun kämpften sie mit Schwertern Mann gegen Mann.
Zeth versuchte herauszufinden, wo sich der letzte Bogenschütze aufhielt und sah in diesem Augenblick Bennet, der den Schützen bereits erspäht hatte. Sein Magen krampfte sich zusammen, als Bennet in einer halsbrecherischen Aktion auf den Felsen kletterte, den Mann mit dem Bogen nicht aus den Augen lassend. Der konnte Bennet von seinem erhöhten Standpunkt aus nicht erkennen.
Ein weiterer Pfeil flog in Zeths Richtung, und er musste zur Seite springen, um nicht getroffen zu werden.
„Mistkerl!“, fluchte er laut. Trotzdem beobachtete er fasziniert, wie Bennet das Messer aus seinem Stiefel zog und den Bogenschützen mit einem gezielten Wurf fällte. Diese Genauigkeit hätte er dem Jungen nicht zugetraut. Erst jetzt riss er sich von dem Anblick los und stürmte zu Thraq, der von seinem Gegner gegen einen Baum getrieben wurde.
Zeth spießte den fremden Mann von hinten auf, ehe dieser reagieren konnte.
„Zeth, Vorsicht!“, schrie Thraq, und Zeth konnte sich im letzten Augenblick unter einem gewaltigen Schwerthieb hinwegducken, der ihm den Schädel gespalten hätte. Die Klinge traf ihn mit der flachen Seite an der Schulter, und er musste sein eigenes Schwert fallenlassen. Sein Arm war augenblicklich taub. Doch noch bevor der Angreifer nachsetzen konnte, wurden seine Augen groß, eine Blutfontäne spritzte seitlich aus seinem Hals, und Zeth erkannte das schwarze Heft von Bennets Messer, das aus der tödlichen Wunde ragte. Der Mann fiel wie ein Baum und begrub Zeth unter sich. Nur mühsam kämpfte der sich unter dem Toten hervor und sah Thraq, der mit schmerzverzerrtem Gesicht auf dem Boden saß, an den Baum gelehnt.
Er quälte sich ein Lächeln ab. „Das war verdammt knapp!“
Zeth grinste kurz und versuchte, sich einen Überblick zu verschaffen. Es überraschte ihn nicht, dass seine Leute die

Situation bereits im Griff hatten. Damit hatten die Angreifer vermutlich nicht gerechnet.
Mühsam stemmte er sich auf die Beine, er musste sich um die Verletzten kümmern. Und die gab es leider, doch zum Glück keine Verluste auf ihrer Seite.
Bennet schwankte auf ihn zu, kreidebleich. Im ersten Moment dachte Zeth, er sei verletzt.
„Bennet?"
Der winkte ab. „Geht schon ..." Dann stützte er sich an einen Baumstamm und übergab sich.
Er hat zum ersten Mal getötet, dachte Zeth betroffen. Aber darum konnte er sich jetzt nicht kümmern.
„Denk an dein Messer", erinnerte er ihn streng. Dann sah er nach seinen Leuten.
Von den Angreifern lebten nur noch zwei, und die waren so schwer verletzt, dass sie in der nächsten Zeit sterben würden. Zeth empfand kein Mitleid mit ihnen.
Thraq hatte eine tiefe Fleischwunde am Oberschenkel, in Oleus' rechter Seite steckte ein feindlicher Pfeil, ansonsten waren seine Männer mit leichteren Blessuren davongekommen. Nur Darren fehlte! Ausgerechnet.
Zeth fluchte leise.
„An der nächsten Quelle werden wir unser Lager aufschlagen", erklärte er missmutig. Der Angriff hatte ihn gründlich verstimmt.
Sie mussten sich zunächst um die Verletzten kümmern. An Weiterreiten war nicht zu denken.
„Zeth!" Pascales Stimme ließ ihn herumfahren. Sie hockte vor einem Busch. War sie verletzt?
Zeth und Seco liefen rasch zur ihr hinüber. Noch immer war Zeths Arm so gut wie taub, er presste ihn mit dem unversehrten Arm gegen seinen Körper.
„Was gibt's?"
„Darren ..."
Zeth erkannte sofort, was passiert war. Der Junge war in einen

dornigen Zirkonienbusch gestürzt, dessen Blätter unangenehme Brandwunden auf der Haut verursachten.
„Beim heiligen Pardronius!“, entfuhr es Seco. Der murénische Fluch brachte ihm einen verdrießlichen Seitenblick von Pascale ein.
„Darren? Kannst du aufstehen?“
Ein Stöhnen kam aus dem Gebüsch, als Darren versuchte, sich zu bewegen.
„Wie kriegen wir ihn da raus?“, fragte Pascale. Sie sah wild aus, Blut verschmierte ihr Gesicht, in ihren Augen glomm noch immer das Feuer, das der Kampf in ihr entfacht hatte. Sie war wunderschön in diesem Augenblick, fand Zeth.
„Darren, kannst du dich an etwas festhalten?“
„Glaube schon“, krächzte der.
Doch Seco gab zu Bedenken, dass er sich durch das Herausziehen aus dem Gestrüpp vermutlich noch mehr verletzen würde.
Pheridon und Toran zerrten und schleppten die Leichen in der Zwischenzeit bereits zu dem Abhang hinter den Bäumen und stießen sie dort hinunter.
Zeth zog sein Schwert und begann, einen Zugang zu Darren in das Gehölz zu schlagen. „Erinnere mich daran“, sagte er an Seco gewandt, „ ... dass ich die Klinge im nächsten Ort schärfen lasse.“
Seco grinste matt.
„Schaut, was Ihr tut“, mahnte Pascale, „Ihr werdet ihn sonst treffen!“
„Helft mir lieber, statt schlaue Ratschläge zu verteilen.“
Sie zog mit einem missmutigen Gesicht ihren Dolch und begann ebenfalls, das Gehölz zu zerteilen. Schweiß lief ihnen über die Gesichter, während sie so einhellig arbeiteten. Mehr als einmal verbrannten sie sich die Arme an den gefährlichen Blättern, Dornen ritzten ihre Haut auf. Doch schließlich konnten sie Darren aus dem Busch bergen. Er stöhnte leise, als sie ihn bewegten. In seinen Augen stand glühender Schmerz,

doch er biss tapfer die Zähne zusammen.
„Ein kleines Stück weiter befindet sich eine Quelle, Zeth“, meldete Ivgyr. „Dort könnten wir unser Lager aufschlagen.“
„Dann tut das!“, knurrte Zeth.
Gemeinsam mit Seco stellten sie Darren auf die Beine. Dessen Augen waren vor Schmerz geweitet, nur mühsam unterdrückte er einen Aufschrei.
„Pheridon? Hilf Seco, Darren zu tragen!“
Er überließ Pheridon seinen Platz und ging langsam zu dem letzten der Angreifer, der noch lebte. Mit zusammengekniffenen Augen betrachtete Zeth den Mann, der am Boden lag. Sein rechter Arm lag über seinem Körper, darunter war er blutüberströmt. Sein Atem ging stoßweise, Blut floss in einem kleinen Rinnsal aus seinem Mund. Sein Gesicht war dreckig und zerfurcht, Hass und Pein standen in seinen Augen. Diese Bauchwunde bedeutete einen langsamen, qualvollen Tod.
„Tötet mich“, krächzte er.
„Wenn Ihr mir sagt, wer Ihr seid und warum Ihr uns angegriffen habt ...“
Der Mann schwieg verbissen.
„Ihr wollt nichts sagen?!“
Blanker Hass sprühte ihm entgegen. Zeth ging neben dem Mann in die Hocke. „Seid Ihr schwer verletzt?“, fragte er sanft.
„Ja.“
„Ihr habt Schmerzen, wie ich sehe. Wollt Ihr mir nicht sagen, wer Euch beauftragt hat?“
Der Mann stöhnte leise, und ein weiterer Schwall Blut quoll aus seinem Mund. Aber er schüttelte stur den Kopf.
„Nun, dann verreckt elendig. Ich hoffe, Euer Sterben dauert lange.“ Zeth drehte sich um und ging.
„Bastard“, zischte der Mann.
Er konnte nicht sehen, wie ein bitteres Lächeln Zeths Züge verzerrte.

Sie schlugen ihr Lager direkt neben der kleinen Quelle auf.
Zeth erteilte verschiedene Befehle. Sie brauchten ausreichend Wasser für die Versorgung der Wunden. Außerdem sollte einer von ihnen ein kleines Feuer entzünden. Diese Aufgabe übernahm Bennet, der zwar noch immer weiß wie ein Laken war, aber einen verbissenen Gesichtsausdruck aufgesetzt hatte.
Thraqs Beinwunde war tief und offensichtlich äußerst schmerzhaft, doch er beschwerte sich nicht, als Zeth sie säuberte und verband. Auch Oleus' Verletzung war rasch verarztet.
Sie hatten Darren auf einige Decken gebettet, und Seco hatte bereits angefangen, ihn vorsichtig zu entkleiden. Die Haut, die mit den Blättern des Busches in Berührung gekommen war, hatte Blasen ausgebildet, Darren war gespickt mit Dornen, die bis zu Handlang waren.
„Ach du lieber Himmel", murmelte Seco. „Zeth?! Ich glaube, wir brauchen hier jemanden, der etwas mehr Ahnung von so etwas hat!"
Zeth beugte sich über den Verletzten und grinste Darren aufmunternd an. „Schlechte Wahl, um sich zu verstecken, mein Lieber."
Darren versuchte sich an einem Grinsen, was misslang, da sein Gesicht mittlerweile völlig zugeschwollen war. „Wäre ich nicht zur Seite gesprungen, hätte der Kerl mich in zwei Teile gespalten", brummte er undeutlich.
„Nun, in so ein ausgefallenes Versteck mochte er dir sicher nicht folgen."
Pascale sah ihn mit funkelnden Augen an. „Jetzt helft dem Burschen endlich, und hört auf, ihn zu verspotten! Vielleicht ist er mit der hiesigen Vegetation auch nicht vertraut?"
„Ehrlich gesagt hatte ich keine Zeit, mich für den einen oder anderen Busch zu entscheiden", erklärte Darren murmelnd und keuchte erschrocken auf, als Zeth den ersten Dorn aus seinem Oberschenkel zog. Glücklicherweise hatte das Lederwams verhindert, dass die Dornen in seinen Oberkörper eingedrungen waren.

Seco hob Darrens Kopf ein wenig an und drückte ihm eine Flasche mit Branntwein an die Lippen. „Trink!"
Es dauerte eine Ewigkeit, bis alle Dornen entfernt waren. Seco hatte Darren in der Zwischenzeit abgelenkt und abgefüllt, und so schlief der junge Mann nun, während Zeth ihn vorsichtig wusch und seine Verletzungen behandelte. Am Ende legte er seine geöffneten Hände auf Darrens unverletzten Oberkörper und verharrte so einige Zeit.
Bennet stand in einiger Entfernung und beobachtete Zeth. Er fragte sich, woher der so viel über die Behandlung von Wunden wusste. In seinem Tun wirkte er so selbstsicher wie ein Heiler.
„Zieht ihn wieder an", erklärte Zeth schließlich und erhob sich schwankend. Seine Schulter schmerzte heftig, und er vermutete, dass sie sich mittlerweile blau verfärbt hatte. Stöhnend ließ er sich in der Nähe des Feuers nieder. Seco gesellte sich zu ihm und reichte ihm die Flasche.
„Bist du verletzt?"
Zeth schüttelte unwillig den Kopf. „Das ist nichts."
„Sei nicht albern und lass es mich ansehen", sagte Seco tadelnd. Und Zeth fügte sich. Er ließ sich von Seco helfen, das Kettenhemd und den Lederharnisch abzulegen. Die Bewegung war mehr als unangenehm, und als Seco ihm das Hemd aufschnürte und über den Kopf zog, sog er zischend die Luft durch die Zähne.
Seco stieß einen leisen Pfiff aus. „Der Kerl hat dich richtig erwischt!"
„Quatsch! Hätte er mich *richtig* erwischt, hätte ich jetzt nur noch einen Arm ...", brummte Zeth.
„ ... oder keinen Kopf mehr!", fügte Pascale hinzu, widerwillig besorgt.
„Ihr haltet Euch da raus! Wegen Euch und Eurem flüchtigen Strichjungen sind wir hier!"
Pascale hob abwehrend die Hände und entfernte sich wieder. Wenn Zeth in so einer Stimmung war, konnte man nicht mit ihm reden.

„Du hast Glück gehabt“, sagte Seco, als er vorsichtig eine Heilsalbe aus Kräutern auf die Verletzung auftrug, die Zeth ihm gegeben hatte. „Die Haut scheint nicht verletzt.“
Zeth biss die Zähne zusammen und ließ die Prozedur schweigend über sich ergehen.
„Sag mal, von was für einem Strichjungen war vorhin die Rede?“
Zeth seufzte. Sein Ärger hatte ihn unvorsichtig werden lassen. Der Ärger und die Erschöpfung. „Sagen wir mal, der Bursche ist Pascales Auftrag. Oder hattest du geglaubt, sie reitet mit uns, um die Attentäter zu fassen?“
„Pascale sucht einen Strichjungen?“, vergewisserte sich Seco ungläubig. „Bei Eccláto, warum?“
Zeth zuckte mit den Schultern und stöhnte gleich darauf schmerzerfüllt auf. „Ich habe absolut keine Ahnung. Vielleicht möchte sie ihn als kleines Spielzeug?“
Seco lachte leise. „Das hat sie wohl nicht nötig.“
„Du meinst, weil fast die Hälfte meiner Männer scharf auf sie ist – du eingeschlossen?“
„Sie ist faszinierend. Ich würde mich gern für einen Ritt zur Verfügung stellen“, grinste Seco breit.
„Sie ist eine streitsüchtige, gefährliche Amazone!“
„Du weißt eine richtige Frau eben nicht zu schätzen“, behauptete Seco und half Zeth sein Hemd wieder anzuziehen.
„Wenn du mir damit unterstellen willst, dass ich nur noch hinter Männern herschaue, muss ich dir widersprechen!“
Secos Grinsen wurde noch breiter, aber er sagte nichts mehr.
Plötzlich vernahmen sie Geschrei. Toran tauchte auf und schleppte einen jungen Mann am Kragen mit sich. Der zappelte und versuchte, sich loszureißen, wilde Flüche ausstoßend.
„Hier, über diesen Burschen bin ich noch gestolpert. Er hockte zwischen den Felsen in einem Versteck. Hat sich verraten, als er sich aus dem Staub machen wollte!“
Zeth betrachtete den Gefangenen, der offensichtlich ebenfalls ein Muréner war. Ein junger, groß gewachsener Mann mit

langen, wirren Haaren und einem kantigen Gesicht.
„Das nenne ich Glück“, sagte er kaltlächelnd. „Glück für uns.“
„Lasst mich los!“, fauchte der Bursche aufgebracht.
„Setzt Euch zu mir und beantwortet mir ein paar Fragen.“
Der junge Muréner spuckte Zeth vor die Füße, aber der Capitan blieb gelassen. Er gab Toran einen Wink und der trat dem Muréner so heftig in die Kniekehlen, dass der Mann neben Zeth zu Boden ging.
Als er sich ein bisschen aufrappelte und Zeth einen feindseligen Blick zuwarf, nahm der die Hand des jungen Mannes.
„Keine Schwerthand“, bemerkte er wie nebensächlich. „Seid Ihr Bogenschütze?“
„Wüsste nicht, was Euch das angeht, aber ja – ich bin Bogenschütze!“
Zeth nahm die Hand des Müreners in beide Hände und drehte sie mit einem schnellen, heftigen Ruck. Der Mann stieß einen überraschten Schmerzensschrei aus.
„Ihr *wart* Bogenschütze“, korrigierte Zeth sachlich.
Fassungslos starrte der Muréner auf seine gebrochene Hand, die in einem unnatürlichen Winkel nach unten zeigte.
Bennet hatte die Szene aus der Entfernung beobachtet. Er war schockiert von der kalten Effizienz, mit der Zeth den jungen Mann mürbe machte.
Der Muréner war blass geworden, noch immer konnte er augenscheinlich nicht glauben, was gerade passiert war.
„Wisst Ihr, wer ich bin, junger Freund?“
Der Mann hob den Kopf, schwieg aber.
„Genau so stur wie unser Mann dort hinten, der lieber langsam verrecken wollte. Wenn Ihr weiter schweigt, werde ich Euch die Zunge herausschneiden, dann braucht Ihr auch in Zukunft nicht mehr sprechen.“
Toran grinste. „Dann solltet Ihr ihn verkaufen. Sklaven, die nicht sprechen können, erzielen einen guten Preis!“
Zeth nickte zustimmend. Er hatte gesehen, wie bleich der Muréner geworden war. Als er jedoch weiterhin schwieg und zu

Boden starrte, packte Toran ihn von hinten und hielt seinen Kopf mit einem eisernen Griff. In aller Seelenruhe zückte Zeth seinen Dolch und zwang die Lippen des Muréners auseinander. Panisch versuchte der zu entkommen, aber er hatte keine Chance. Ein spitzer Schrei kam über seine Lippen, als er die kalte Klinge an seinem Mund spürte.

„Hört auf! Ich sage Euch alles ..."

Zeth schüttelte den Kopf. „Das interessiert mich jetzt nicht mehr! Ihr hattet Eure Chance."

„Bitte! Hört auf!", flehte der junge Mann undeutlich, da Zeths Finger bereits in seinem Mund waren.

„Bitte! Nein!", gurgelte er.

Bennet biss sich auf die Lippen und drehte sich weg. Er wollte dieses grausame Schauspiel nicht weiter verfolgen.

Und endlich ließ Zeth von ihm ab. Toran ließ ihn ebenfalls los, und der Murener brach vor den beiden Männern zusammen.

„Nun – ich höre."

„Schwört mir, dass Ihr mir nichts antut, wenn ich rede", winselte der junge Mann.

Zeth lächelte eisig. „Ich glaube nicht, dass Ihr in der Position seid, Ansprüche zu stellen."

„Nein, natürlich nicht", stammelte der am Boden Liegende. „Ich ... ich sag alles, was ich weiß!"

Zeth wiederholte seine Frage: „Wisst Ihr, wer ich bin?"

Der Mann nickte zu Zeths Erstaunen. „Ihr seid Zeth, der Sohn Caskáran Ferakons und Anführer der schwarzen Dämonen."

„Warum habt ihr uns überfallen?"

Der junge Mann zog sich sichtbar zusammen, aber er hatte keine Wahl. „Um Euch unschädlich zu machen", sagte er leise.

„Jetzt lasst Euch nicht alles aus der Nase ziehen, verdammt!", polterte Zeth ungeduldig. Er war mit seinen eigenen Kräften am Ende, wie er wütend feststellte.

Der Muréner fuhr erschreckt zusammen.

„Wir haben Euch erwartet, um Euch zu töten", erklärte er hastig. „Es war ein Auftrag!"

„Wer hat Euch diesen Auftrag erteilt?“ Zeth war sichtlich genervt.
„Unser Anführer, Imgor, hat ihn aus Iskaran mitgebracht. Wir sind Söldner. Ich weiß nicht, wer der Auftraggeber ist. Ich schwöre ...“
„Aus Iskaran?“, unterbrach Zeth ihn heftig. Noch immer spielte er mit seinem Dolch, was den Muréner sehr verunsicherte. Er nickte.
„Seid Ihr vielleicht auch für den Anschlag auf Ferakon verantwortlich?“
Der junge Mann senkte den Kopf. Für Zeth reichte das als Antwort. Der Muréner tat nicht einmal überrascht! Sie hatten tatsächlich die Leute gefunden und ausgelöscht, die für den Anschlag auf seinen Vater verantwortlich waren. Nur – wer steckte dahinter?
„Wer ist euer Auftraggeber?!“ Er packte den anderen am Kragen und schüttelte ihn unsanft, bis dem die Zähne aufeinanderschlugen.
„Ich ... ich weiß es nicht!“, schrie der Mann. „Ich weiß es wirklich nicht!“
Zeth stieß ihn von sich. „Euer Gefangener!“, sagte er zu Toran. Dessen Augen blitzten kalt und boshaft auf.
Bennet sah, wie Toran den Muréner davonschleifte. Der Mann krümmte sich vor Angst, die gebrochene Hand vor der Brust haltend.
„Ich will ihn lebend mit nach Iskaran nehmen“, rief Zeth ihm hinterher.
„Aye, Sir.“
Nachdenklich setzte Zeth sich ans Feuer und streckte mit einem unterdrückten Stöhnen die Beine aus. Damit hatte ihre Mission ein unerwartet rasches Ende gefunden. Die Drahtzieher des Anschlages saßen in Iskaran ... kein beruhigender Gedanke. Aber es stand nun fest, dass sie zurückkehren mussten. Ferakon und Kyl warteten auf Neuigkeiten. Zeth seufzte erneut. Es wurmte ihn gehörig, dass sie offensichtlich von Imgor und

seinen Männern ausgekundschaftet worden waren, ohne dies zu bemerken.
Pascale kam langsam zu ihm herüber und setzte sich in einigem Abstand neben ihn.
„Ich habe gehört, was der Bursche gesagt hat ...“
Zeth sah sie an. „Wir werden morgen Richtung Iskaran aufbrechen.“
Sie nickte. „Dann werdet Ihr mir nicht mehr helfen, nach River zu suchen?“
Er schüttelte den Kopf. „Befehl ist Befehl. Von nun an seid Ihr auf Euch allein gestellt.“
„Lasst Ihr mir Pheridon?“, wagte sie zu fragen.
Zeth stieß ein raues Lachen aus. „Ist er so ein Hengst, dass Ihr nicht auf ihn verzichten mögt?“
Pascale warf ihm einen schwarzen Blick zu. „Ich dachte, Ihr hättet Eure Männer bereits durch und wüsstet um ihre Qualitäten“, spottete sie.
„Das lasst sie lieber nicht hören! – Ich werde ihm die Entscheidung überlassen“, erklärte Zeth grinsend. „Aber nur unter einer Bedingung ...“
Sie machte eine Geste, die ihm zeigte, dass er seine Bedingung nennen sollte.
„Ihr erzählt mir, warum Ihr den kleinen Stricher unbedingt retten wollt!“
„Ich werde darüber nachdenken.“
Als Pascale gegangen war, näherte sich Bennet langsam, zögernd. Zeth sah ihn aufmerksam an.
„Alles klar?“
Der Junge blinzelte. „Ist doch etwas anderes als eine Kneipenschlägerei“, bemerkte er lakonisch.
Zeth nickte ernst. „Morgen kehren wir nach Iskaran zurück.“
„Ich habe es mitbekommen. Was ... was machen die Männer jetzt mit dem Gefangenen?“
„Wieso interessiert dich das?“ Zeth zog überrascht die Augenbrauen nach oben. „Sie werden ihren Spaß mit ihm

haben ..."
„Warum lässt du das zu?"
Zeth zuckte mit den Schultern. „Der Kerl ist mir egal. Sollen sie sich mit ihm vergnügen."
Ein Schrei unterbrach ihr Gespräch. Zeths Männer hatten den Murèner ausgezogen und gefesselt. Jetzt knebelten sie ihn und zerrten ihn ein Stück in den Wald hinein. Bennet wandte den Blick ab.
„Hättest du ihm wirklich die Zunge abgeschnitten?"
Zeth seufzte. „Du kennst die Antwort. Warum fragst du also?"
Bennet schluckte.
„Der Kerl war am Anschlag auf meinen Vater beteiligt!"
„Vielleicht hatten sie einen triftigen Grund?"
„Was sagst du?", fragte Zeth scharf.
Sag es nicht, dachte Bennet, doch die Worte schlüpften schon über seine Lippen. „Glaubst du, der Herrscher ist unfehlbar, nur weil er der Herrscher ist?!"
Zeth starrte ihn an. „Pass auf, was du sagst! Sonst handelst du dir noch Ärger ein."
Bennet sagte nichts mehr, er drehte sich wortlos um und ging langsam Richtung Ufer, weg von den Männern, die sich mit dem Gefangenen beschäftigten.
Zeth schloss kurz die Augen. Seine Arme zitterten. Er fühlte sich leer und erschöpft, das letzte Adrenalin des Kampfes hatte seinen Körper ganz offensichtlich verlassen. Der Kampf und Darrens Verletzung hatten ihn geschwächt. Er hatte den Jungen nicht geheilt, aber ihm einen Teil seiner Schmerzen genommen. Seine eigene Verletzung schickte Schmerzimpulse durch seine Schulter bis in seinen Kopf. Er war hin- und hergerissen zwischen dem Gedanken sich selbst zu heilen und dem Wissen, dass es falsch war. Ein Fluch, keine Gabe! Das war ihm von frühester Kindheit an eingetrichtert worden. Ein Pferd zu heilen, war eine Sache; einen menschlichen Körper zu manipulieren etwas ganz anderes. Außerdem fühlte er sich schon jetzt hungrig, gereizt und zittrig in den Knien.

Bis sein Blick erneut auf Bennet fiel, der nun am Ufer des Sees stand und seinen entblößten Oberkörper mit dem eisigen Wasser reinigte. Das Gefühl, das Zeth übermannte, war so heftig, dass er aufsprang. Er folgte Bennet wie ein Raubtier seiner Beute, sich vage bewusst, dass sein Instinkt komplett die Steuerung übernommen hatte.
Bennet hörte die Schritte und drehte sich um, gerade als Zeth die Hand des unverletzten Arms nach ihm ausstreckte. Das Funkeln in Zeths Augen ließ ihn erschrocken zurückweichen.
„Sir?“, verfiel er automatisch in die respektvolle Anrede.
Zeths Griff verstärkte sich, fast rücksichtslos drängte er ihn ein wenig weiter in den Wald hinein. Bennet stolperte, fing sich jedoch wieder. Irritiert, ein wenig verängstigt, aber noch sah er keinen Grund Alarm zu schlagen. War Zeth noch immer verärgert, weil er das mit seinem Vater, dem Caskáran, gesagt hatte?
Zeth schob ihn weiter, bis er mit dem bloßen Rücken gegen einen Baumstamm gedrückt wurde. Als Zeth seine Hose öffnete, begann er sich halbherzig zu wehren, doch Zeths Griff war erstaunlich fest, dafür, dass er so erschöpft wirkte.
Sie rangelten etwas miteinander. Zeths heiße Lippen streiften sein Gesicht, seine Zähne kratzten an Bennets Hals. Er war sich bewusst, wie nah sie am Lager waren, doch je mehr er sich wehrte, um so heftiger wurde Zeth. Seine Hose rutschte ihm auf die Fußknöchel.
Schließlich verlor Bennet das Gleichgewicht und brachte sie beide zu Fall. Zeths Gesicht verdunkelte sich vor Schmerz, doch seine unnatürliche Begierde ebbte nicht ab. Sie wälzten sich keuchend und eng umschlungen über den Waldboden, bis Zeth wieder die Oberhand gewann.
Aber erst als Bennet aufgab und bereitwillig die Beine spreizte, kehrte ein wenig Verstand in Zeths Gehirn zurück. Er wollte Bennet nicht wehtun, auch jetzt nicht, wo er sich mit jeder Faser seines Körpers nach ihm verzehrte.
Er bereitete ihn soweit vor, wie es ihm möglich war und drang

dann in ihn ein. Bennets Mund verschloss er mit einer Hand und erstickte so das laute Stöhnen. Als der Schmerz aus Bennets weit aufgerissenen Augen wich, wurde Zeth klar, was er tat. Schuld mischte sich in die tiefe Zufriedenheit, die begann, ihn zu erfüllen. Er küsste Bennet zärtlich, fast entschuldigend, bis dieser sich entspannte.
Und kurz darauf kamen sie gemeinsam zum Höhepunkt. Bennet krampfte sich unter ihm zusammen, während Zeth einen heftigen Moment absoluter Klarheit erlebte. Das war es, wonach sein Körper verlangt hatte. All seine Kraftreserven schienen mit einem Schlag wieder aufgefüllt. Er fühlte sich großartig, bis auf die Schmerzen in seinem Arm, die nun unangenehmerweise zurückkehrten.

„Besser?“, fragte Seco stirnrunzelnd, als Zeth sich zu ihm ans Lagerfeuer setzte. Bennet war noch kurz am See geblieben um sich zu waschen.
Zeth nickte. Er wusste, worauf Seco anspielte: Nach einem Kampf mussten viele Männer ihre Emotionen in gewalttätigen sexuellen Akten ausleben. Er hatte das schon oft erlebt – nur bei sich selbst noch nie. Bennet ließ ihn völlig die Kontrolle verlieren. Was hatte dieses Jüngelchen nur für eine Macht über ihn?
Offenbar dachte Seco dasselbe. Er deutete mit einem Kopfnicken Richtung See. „Ist er okay?“
„Glaubst du, ich würde ihm etwas antun?“, fragte Zeth angriffslustig.
Seco lächelte wissend. „Nein. Vielleicht ist es das, was mich so irritiert.“

„Ich werde es Euch erzählen“, sagte Pascale, als sie sich zu ihm setzte.
Abwartend sah Zeth sie an. Er hatte die erste Nachtwache übernommen, und so waren sie relativ ungestört.
Sie griff nach einem kleinen Zweig, der auf dem Boden lag, und

warf ihn in das Feuer, beobachtete, wie das Holz aufglühte und langsam verbrannte.
„Ihr mögt mein Verhalten merkwürdig finden, vielleicht ist es das auch ... Manchmal frage ich mich selbst, warum ich ausgerechnet ihn retten muss. Vielleicht ist es nur, weil er meinem kleinen Bruder so ähnlich ist. Nicht äußerlich, aber ..." Sie räusperte sich und kniff die Augen zusammen. „Ihr müsst wissen, meine Eltern kamen bei einer Lawine ums Leben. Wir hatten ein kleines Haus im Weinbaugebiet am Fuße des östlichen Wantai-Gebirges, meine Eltern waren Winzer." Sie rammte die Hacken ihrer Stiefel in den Boden. „Mein Bruder und ich überlebten, ich war von nun an verantwortlich für ihn. Und ja, wir schafften es ganz gut, uns über Wasser zu halten. Bis zu dem Tag, als isirische Soldaten unser Dorf plünderten. Sie nahmen einige von uns als Sklaven mit sich, andere ..." Sie runzelte die Stirn. „Ich konnte Velgo, meinen kleinen Bruder, nicht rechtzeitig in Sicherheit bringen. Er war zierlich wie ein Mädchen, ein hübscher Bursche." Sie atmete einmal tief durch. „Das fanden auch die Soldaten. Ich konnte ihn nicht beschützen. Am nächsten Morgen fand ich ihn im Wald, sie hatten ihn geschändet und getötet. Seine Leiche zu sehen war schlimmer als alles, was sie mir angetan hatten."
„Ihr glaubt, Ihr habt versagt, weil Ihr Eurem Bruder nicht helfen konntet", vermutete Zeth.
„Nun, Velgo konnte ich nicht retten, aber River werde ich finden!", erklärte Pascale mit Nachdruck.
Zeth sah sie lange an.
„Als ich ihn gesehen habe, bei Caskáran Refir, da wusste ich sofort, dass ich ihm helfen muss. Nennt es Vorhersehung ... oder wie Ihr wollt."
„Ihr seid wie ein Terrier, der sich in etwas verbissen hat. Ihr gebt sicher einen guten Searcher ab."

Unruhe

Zeths Entschluss stand fest. Er würde mit seinen Männern nach Iskaran zurückkehren. Pascale wollte weiter nach River suchen, und Pheridon würde sie begleiten. Zeths hatte nicht gewollt, dass seine Männer von Pascales *persönlichem Auftrag* erfuhren, doch seine Hoffnung, diesen geheimzuhalten war illusorisch.
„Haltet Euer murénisches Schandmaul, Seco!"
Interessiert blieb Zeth stehen.
Seco lachte und wandte sich an Pheridon: „Du solltest besser zusehen, dass sie schnell kugelrund ist. Denn erstens sehen wir uns dann bald auf Darkess wieder, und zweitens hat sie vielleicht keine so großen Gelüste mehr auf einen kleinen Stricher ..."
Pheridon bemühte sich um eine ernste Miene, während Pascale Seco zornig anfunkelte.
„Früher oder später werdet Ihr gegen eine Faust laufen, Seco."
Ihre Verabschiedung fiel kurz und eher unemotional aus. Zeth ging davon aus, dass er Pheridon bald wiedersehen würde. Spätestens wenn der die Launen von Pascale nicht mehr ertrug.
„Wenn wir uns das nächste Mal treffen, werde ich ihn gefunden haben", prophezeite Pascale.
Zeth wünschte ihr Glück. In seinem tiefsten Innern konnte er den Grund ihrer Suche nachvollziehen.

Der Ritt zurück nach Iskaran verlief ereignislos, doch da sie einen Gefangenen dabei hatten, verlangte Zeth seinen Männern und deren Pferden ein zügiges Tempo ab. Eines, das er auch den Verletzten gerade zumuten konnte. Darren hatte noch Mühe, sich im Sattel zu halten. Während Bennet mehr als einmal den Eindruck hatte, den Sattel überhaupt nicht mehr zu verlassen. Doch das Nachdenken über Zeth und seine eigene Situation lenkte ihn von seinen Schmerzen und seiner Erschöpfung ab. Zeth war ständig in seinem Kopf, wenn sich ihre Blicke trafen, war es, als stünde sein Körper in Flammen.

Das war alles nicht geplant. Es hätte nicht passieren dürfen. Immer wieder rief er sich in Erinnerung, wer Zeth war. Er war einer der Männer, die ihm gefährlich werden konnten. Und nicht nur, weil Zeth unberechenbar wie ein Bergpanther war.
Als die Dämonen des Caskáran Iskaran erreichten, sahen sie tatsächlich unheimlich aus: schmutzig, übernächtigt und nicht gerade bester Laune. Auch Zeth bildete da keine Ausnahme; ihm stand obendrein die unangenehme Aufgabe bevor, seinem Vater mitteilen zu müssen, dass er das Raq noch nicht gefunden hatte. Die Schmach, die Attentäter nur durch Zufall entdeckt zu haben, verbesserte seine Stimmung nicht sonderlich. Auch wenn er sich dafür sicher nicht verantworten musste. Natürlich, sie hatten die Söldner, allesamt erfahrene Krieger, besiegt. Aber Zeth hatte sie nicht gefunden! Und vielleicht hätte er sie bis jetzt nicht erwischt, wenn sie nicht versucht hätten, ihn und seine Männer zu beseitigen.
Um Ferakon nicht in diesem desolaten Zustand unter die Augen treten zu müssen, quartierte er sich mit seinen Männern bei der caskáranischen Kavallerie ein. Das kam auch Darren entgegen, der so nicht Gefahr lief, seinem Vorgesetzten zu begegnen.
Capitan Mical, gleichrangiger Befehlshaber der zweiten Division nahm Zeths Aussehen mit einem belustigten Lächeln zur Kenntnis.
Die beiden etwa gleichaltrigen Männer kannten sich schon länger und nicht nur dienstlich. Zeth hatte den kampferprobten, muskelgestählten Körper Micals noch in lebhafter Erinnerung. Er sah in Micals Raubvogelgesicht, dass dieser ebenfalls an ihr letztes Stelldichein dachte, als sie erst hatten herausfinden müssen, wer von ihnen beiden sich dem anderen hingeben würde.
Momentan aber stand ihm der Sinn ausschließlich nach einem Bad und sauberer Kleidung. Mical veranlasste beides und gesellte sich zu Zeth in den Baderaum. „Lass dir von meinem Leibdiener helfen“, bot er Zeth an mit einem Seitenblick auf

Bennet, der selbst noch schmutzverkrustet war. Zeth stimmte ohne langes Nachdenken zu.
Doch Bennets schwarzer Blick schien Mical nicht entgangen zu sein. Er lachte leise und musterte Bennet mit seinen kühlen grauen Vogelaugen. „Setz dich zu deinem Capitan, wenn er es gestattet. Die Wanne ist groß genug."
Zeth machte eine einladende Handbewegung, während Micals Leibdiener ihm die Kleider abnahm. Er fragte sich nicht mehr, warum Mical es gewusst hatte. Die Energie zwischen Bennet und ihm war fast greifbar. Auch wenn auf dem strapaziösen Heimweg keine Zeit für Zweisamkeit geblieben war, irgendetwas hatte sich zwischen ihnen entwickelt, war gewachsen. Es war so offensichtlich, dass es Zeth erschreckte und ihn in seinem tiefsten Innern erschütterte. Später würde er sich darüber Gedanken machen müssen, wohin das alles führen sollte. Jetzt genoss er erst einmal das heiße Wasser und nur Momente später Bennets weiche Haut an seiner.
Da Mical im Raum blieb, gab es allerdings wieder keinen Platz für ausgedehnte Zärtlichkeiten.
„Was ist da los im Palast?", fragte Mical ohne Umschweife.
Zeth lehnte sich zurück. „Erzähl du es mir. Ich bin gerade erst zurück, habe noch nicht einmal mit dem Caskáran gesprochen."
Mical zog die Stirn kraus. Er überlegte offensichtlich, ob er Zeth glauben sollte.
Der spürte die Zweifel seines Freundes. „Wirklich." Er zog Bennet an seine Brust und sah Mical direkt ins Gesicht. „Erzähl mir, was in der Zwischenzeit passiert ist. Ich brauche etwas Hintergrund, wenn ich gleich zum Palast gehe."
Mical seufzte und begann kurz zu umreißen, was Iskaran in den letzten Tagen bewegt hatte.
„Verstehst du, was ich meine? Es ist, als würde eine Schlacht vorbereitet, nur der Gegner fehlt. Diese betriebsame Hektik, die Zusammenkünfte ... aber das Heer wird nicht informiert. Allerdings, und das beunruhigt mich wirklich – die Xenten

rüsten auf. Sie rufen ihre Krieger zusammen."
Zeth spürte, wie Bennet in seinen Armen erschauderte.
„Du weißt, ich bin ein treuer Diener deines Vaters, aber ich lasse meine Männer nicht blindlings ins Verderben reiten."
„Du erwartest einen Ausbruch von Kriegshandlungen?" Zeth zog eine Augenbraue fragend nach oben.
„Bei Ecclató, ich weiß es nicht. Aber an einen magischen Krieg will ich nicht denken."

Das Treffen mit seinem Vater verlief ähnlich angespannt, wie er befürchtet hatte. Ferakon war weitestgehend genesen, und er war zufrieden, dass Zeth die Männer erledigt hatte, die für den Anschlag auf sein Leben verantwortlich waren. Doch noch immer gab es keine Spur vom Raq. Und das war eine Katastrophe! Zeth spürte die Anspannung im Palast, von der Mical gesprochen hatte.
Zwischen Kyl und seinem Vater herrschte eisiges Schweigen, da Ferakon den Vorschlag der Teilung des Reiches kategorisch abgelehnt hatte. Zeth vermutete, dass Vernon Kyl aufwiegelte.
Ihm fiel auf, dass Mandaor, der Berater seines Vaters, permanent anwesend war. Brauchte sein Vater bereits einen vertrauten Leibwächter?
Die Entscheidung, in den Quartieren von Micals Division zu bleiben, schien auf jeden Fall die richtige gewesen zu sein. Der Palast war momentan nicht sicherer als ein Hornissennest für Eindringlinge, und Zeth musste herausfinden, was dort passierte.
Auf was bereiteten die Xenten sich vor? Wer hatte das Raq, und wer wusste von seinem Verschwinden? War Ferakons Herrschaft gesichert?
Zeth atmete einmal tief durch, ehe er, von Kastellan Tiffel geleitet, Kyls Empfangszimmer betrat. Wieder einmal war Vernon, die Schlange, anwesend. Zwei Wächter, Kyls Leibgarde flankierten die Tür.
In einem gemessenen Tempo erhob Kyl sich, als Zeth eintrat.

Der senkte zur Begrüßung den Kopf. Zu mehr konnte er sich nicht durchringen. Er sah das missgünstige Flackern in Vernons Augen. Diesem Burschen wünschte er die Pest an den Hals.
„Zeth, wie schön, dich wohlbehalten wieder zu sehen."
Zeth hob überrascht den Kopf und starrte seinen Halbbruder an. Was sollte das nun? Aber entgegen seiner Vermutung sah er weder Spott noch Ironie in Kyls ebenmäßigen Zügen.
„Erstatte mir Bericht!"
Zeth warf einen durchdringend misstrauischen Blick in Vernons Richtung, der Kyl nicht verborgen blieb.
„Wir haben die Männer gefunden, die den Anschlag auf unseren Vater geplant und durchgeführt haben. Es waren Murener. Einen von ihnen haben wir mitgebracht, die anderen sind im Kampf gefallen."
Kyl wurde hellhörig. „Ihr habt einen Gefangenen mitgebracht?"
Zeth nickte knapp. „Von ihm erfuhren wir, dass die Bande im Auftrag gehandelt hat. Sie wurden bezahlt."
„Von Caskáran Refir?", fragte Kyl sofort.
„Danach sieht es nicht aus", erklärte Zeth unbehaglich. „Lass mich noch ein wenig nachforschen, dann kann ich dir mehr sagen."
Kyl seufzte ungeduldig. In seinen Augen brannte ein seltsames Feuer.
„Wo ist der Gefangene?"
„Im Kerker des Palasts. – Brauchst du mich noch?"
Kyl schüttelte den Kopf, und das Feuer in seinen Augen brannte sehnsüchtiger denn je.
In nachdenkliches Schweigen versunken verließ Zeth den Palast. Am Eingang nahm er das Pferd entgegen, das Mical ihm zur Verfügung gestellt hatte und kehrte ins Kavallerie-Quartier zurück.

Zeth schickte seine Männer zurück nach Darkess, damit sie sich erholen und ihre Verletzungen auskurieren konnten. Er blieb mit Bennet allein in Iskaran. Natürlich war es weiterhin seine

Aufgabe, das Raq zu finden, nur hatte sich ihre einzige Spur nun erst einmal verflüchtigt. Er musste wieder von Neuem anfangen. Für ihn stand fest, die Muréner, die den Anschlag auf seinen Vater verübt hatten, hatten nichts mit dem Diebstahl des Raqs zu tun. Doch wer kam dann in Frage?
Er aß mit Mical und seinen Offizieren zu Abend und war froh, seine Glieder später in einem weichen Bett ausstrecken zu können.
Bennet kuschelte sich an ihn und drängte ihn zu einem zärtlichen Liebesspiel. Danach schlief Bennet sofort ein, während Zeth nun hellwach war. Die körperliche Vereinigung mit dem Jungen hatte tatsächlich seltsame Auswirkungen auf ihn. Doch er begrüßte die Andersartigkeit der kristallklaren Gedanken, die ihm zwar vorkamen, als hätte er eine Droge zu sich genommen, aber nichtsdestotrotz dazu beitrugen, sein weiteres Vorgehen effizient zu planen.
Mit einem Gefühl, als hätte er Feuer statt Blut in seinen Adern schlief er schließlich ein.

„Bennet, willst du nicht mitkommen?" Zeths tiefe Stimme holte ihn aus dem Schlaf.
Der Junge öffnete die Augen einen Spalt. „Nein", murmelte. „Ich bin müde."
Im selben Moment wurde ihm klar, dass er Zeth nicht nur das Bett wärmte, sondern dass er auch eine Aufgabe hatte. Er war trotz allem Zeths Knappe.
„Wenn du es allerdings möchtest ..."
Zeth grinste ihn an. „Nein, bleib ruhig liegen."
Er streifte sich ein lockeres Hemd mit einer einfachen Schnürung über, eine enge schwarze Lederhose und Stiefel. Darin sah er hervorragend aus, fand Bennet. Er unterdrückte ein sehnsüchtiges Aufseufzen.
„Ich werde den Vormittag über im Badehaus am blauen Tempel sein. Es gehört nicht zum Palast."
Bennet musterte ihn argwöhnisch. Wahrscheinlich wurden

dort noch andere Dienste angeboten. Er überlegte ob er nicht doch mitkommen sollte, aber die Müdigkeit besiegte die aufkeimende Eifersucht.
Das Badehaus am blauen Tempel war ausschließlich Männern vorbehalten. Aber das war nicht der Grund, warum Zeth ihm einen Besuch abstatten wollte. Er wusste, dass das Badehaus Umschlagplatz der neuesten und delikatesten Informationen war, sofern man die Mittel hatte, diese Informationen zu bezahlen.
Es war schlichter als die Badehäuser oder gar der Harem seines Vaters, aber sauber und noch recht neu. Die Dienste, die angeboten wurden, entsprachen höchsten Standards.
Zu dieser frühen Stunde war er fast allein, ein Umstand, der ihm entgegen kam. Ein schmächtiger Junge mit großen, dunklen Augen half ihm beim Auskleiden und reichte ihm einen weichen Bademantel, der aus Urtiko, einem edlen Wollstoff, hergestellt worden war. Er erläuterte kurz die Anzahl der Becken und mit welchen Essenzen das Wasser versetzt war. Ebenso ungeniert und sachlich erklärte er Zeth, welche zusätzlichen Dienste er in Anspruch nehmen konnte. Zeth entschied sich für eine einfache Massage, er hatte schließlich seine eigenen Gründe um herzukommen.
Am größten der vier Becken, es gab daneben noch kleine Badezuber, hielt Zeth an und streifte sich den weichen Bademantel von seinen Schultern. Er ließ sich in das angenehm temperierte, nach herben Kräutern duftende Wasser gleiten, setzte sich auf eine der schmalen Stufen und schloss entspannt die Augen.
Nach einer ganzen Weile hörte er, dass sich zwei Männer zu ihm ins Becken gesellten. Sie unterhielten sich leise. Zeth konnte nicht verstehen, was sie sagten. Er fühlte sich allerdings auch nicht gestört dadurch. Das plötzlich verstummte Gespräch der beiden machte ihn jedoch neugierig. Und aus halbgeöffneten Augen sah er, dass die beiden jungen Männer sehr dicht beieinander saßen und sich gegenseitig berührten.

Erst taten sie es verstohlen, der eine der beiden ließ seine Hände über die glatte, muskulöse Brust des anderen gleiten. Ab und zu sahen sie zu Zeth hinüber, unsicher, ob er ihr Treiben schon bemerkt hatte.
Ihr Anblick erregte Zeth, er überlegte, ob er ihnen weiterhin heimlich zusehen sollte. Doch er entschied sich, sie ganz offen zu beobachten.
Als der eine der zwei Männer sah, dass Zeth die Augen offen hatte und sie aufmerksam betrachtete, hielt er für einen Moment inne. Doch Zeth nickte ihnen zu. Er *wollte*, dass sie sich nicht stören ließen.
Die beiden fremden Männer begannen, sich zu küssen. Zunächst vorsichtig, doch bald schienen sie Zeth ganz vergessen zu haben. Das jedenfalls dachte Zeth, bis er bemerkte, dass beide von Zeit zu Zeit zu ihm herübersahen.
Er lächelte schmal und lehnte sich zurück. Mittlerweile hatte er eine harte Erektion, plante aber nicht, sich damit zu befassen. Er wollte sich jetzt einfach amüsieren. Und das konnte er, wenn er den beiden zusah. Er war ein Voyeur.
Schweißperlen bildeten sich auf seiner Stirn, als der eine Bursche den anderen umdrehte und gegen den Beckenrand drängte. Es folgte eine kurze, ruppige Vereinigung, die nur für ihn, zu seiner Unterhaltung vollzogen wurde, aber beiden Akteuren sichtlich gefiel. Keiner der beiden Männer gestattete sich einen Höhepunkt, sie ließen Zeth mit einem Augenzwinkern allein zurück im Becken.
Als er sich wieder ein wenig entspannt hatte, stieg auch Zeth aus dem Wasser, machte es sich auf einer der angenehm abgepolsterten Liegen bequem und wartete auf seinen Masseur, der wenige Minuten später erschien.
„Capitan Zeth?"
Überrascht, mit seinem Namen angesprochen zu werden, drehte Zeth sich nach dem jungen Mann um. Dieser lächelte.
Zeth erkannte in ihm einen der beiden Männer, die sich im Wasser vor seinen Augen miteinander vergnügt hatten. Doch –

woher wusste er seinen Namen?
„Ich hoffe, es hat Euch eben gefallen.“
Zeth nickte irritiert.
Mit festem Griff begann der Mann Zeths verkrampfte Schultern zu kneten.
„Ich wusste eben schon, dass Ihr mich nicht mehr erkennt ...“
„Woher sollte ich Euch kennen?“ Zeth stöhnte leise, da der andere wieder eine Verspannung ausfindig gemacht hatte.
„Giscard ist mein Name. Ihr habt mich ...“
„Giscard?“, unterbrach Zeth ihn. Sein Kopf schnellte herum.
Der junge Mann lächelte. „Ja, so ist es.“
Zeth musterte ihn erstaunt vom Kopf bis zu den Füßen. Aus dem kleinen mageren Jungen, den er vor fünf Jahren aus den Klauen der Sklavenhändler gerettet hatte, war ein gutaussehender, muskulöser junger Mann geworden.
„Ist schon einige Zeit her“, sagte Zeth.
Giscard nickte. „Trotzdem werde ich Euch immer dankbar sein.“
Zeth runzelte die Stirn. „Bist du danach wieder ...?“
Giscard unterbrach ihn sofort. „Nein, ich bin frei! Ich bin hier angestellt.“
Zeth überlegte, ob das wirklich sein konnte. Welcher freie Mann ließ sich in einem Badehaus anstellen, in dem er auch für andere Dinge zur Verfügung stand?
Giscard schien seine Gedanken zu erraten. „Ihr glaubt, ich sei doch ein Stricher geworden, nicht wahr?“
Seine Hände wanderten über Zeths breiten Rücken.
„Ist das nicht naheliegend?“
„Mikon ist ... ein Freund“, erklärte Giscard und vergrub seine Finger in den festen Muskelsträngen.
„*Ein* Freund?“
„Ein Freund, der hier mit mir zusammen arbeitet“, bestätigte Giscard Zeths Vermutung. „Und es hat mir großen Spaß gemacht, Euch etwas zu unterhalten. – *Mein* Freund ...“, fuhr Giscard fort, „... ist adelig. Unsere Verbindung wird niemals

legitimiert. Aber zumindest können wir uns – durch meine Position – so oft sehen, wie wir möchten."
„Ah, so ist das." Zeth zögerte etwas, bevor er sagte: „Du siehst und hörst sicher viel von den Dingen, die hier in Iskaran geschehen."
„Das kann man so sagen."
„Ich bin gerade erst wieder zurück, und gleich wurde mir berichtet, dass irgendetwas hier geschieht. Was glaubst du, wird es Krieg geben? Vielleicht einen Krieg gegen Isiria?"
Giscard beugte sich vertraut zu ihm herab. „Es sind viele Nomaden in Iskaran", sagte er beiläufig. „Und die sind eher Caskáran Heraban zugetan, als Caskáran Refir. – Ach, welch ein Zufall – ist das nicht ähnlich bei Caskárin Uliteria?"
Zeth lächelte still in sich hinein. Das waren genau die Informationen, die er erhofft hatte.
„Könnte sein, dass Heraban etwas vorhat, nicht?"
„Ja, könnte sein", bestätigte Giscard. „Wäre ich in einer gehobenen Stellung im Palast, ich würde mich vorsehen."
„Ich bin ja nicht mehr allzu oft in Iskaran, daher bekomme ich nicht alles mit. Gibt es denn engere Verbindungen zwischen Yendland und Winden?"
Giscard unterbrach die Massage für einen Moment ob Zeths direkter Frage.
„Inoffizielle, würde ich sagen."
Zeth gab sich damit zufrieden. Vielleicht sollte er auf der Suche nach dem Raq die Nomaden unter die Lupe nehmen?
„Entspannt?"
„Ja, danke." Zeth hörte, dass eine weitere Person hinter den Paravent getreten war.
„Capitan Zeth?"
Zeth hob überrascht den Kopf. „Mical?"
Er sah gerade noch, wie Giscard und Mical sich kurz zur Begrüßung küssten. Ah, war Mical vielleicht der adelige Freund, von dem Giscard gesprochen hatte? Harte, schwielige Hände, die gewohnt waren, ein Schwert zu führen, legten sich

auf seinen entblößten Hintern.
„Hat Giscard seine Sache gut gemacht?"
„Ich bin sehr zufrieden."

Entscheidungen

Noch am gleichen Nachmittag brachen Zeth und Bennet Richtung Darkess auf. Ein kühler Wind pfiff durch ihre Kleidung, aber Zeth war recht guter Laune, da es wieder nach Hause ging. Sie ließen ihren beiden Hengsten, die sich in Iskaran gut erholt hatten, freien Lauf. Ohne Pause ritten sie, bis sie die ersten Dörfer sahen, die Darkess säumten. Zeth zügelte seinen Hengst. Er wollte Bennet etwas sagen, doch ihm fehlten die Worte, und so ritten sie schweigend, in gemäßigtem Tempo, bis zu den Mauern von Darkess.
Zeths erster Weg führte ihn zu Esarion. Er traf ihn in seiner Bibliothek an. Sie umarmten sich zur Begrüßung.
„Zeth, schön, dass du wieder da bist. Deine Männer sahen erschöpft aus, als sie hier eintrafen."
„Es war anstrengend und nicht ganz erfolgreich." Er berichtete dem Arzt, was in der Zwischenzeit passiert war. Zeth hatte entschieden, zunächst auf Darkess nach dem Rechten zu sehen, ehe er sich weiter auf die Suche nach dem Raq begab.
Esarion hörte ernst und nachdenklich zu und stellte nur selten Zwischenfragen.
„Ich möchte nicht unken, Zeth, aber was du mir erzählst, klingt nicht gut. Was passiert da bloß in Yendland?"
„Ich ... ich habe es bisher noch niemandem gesagt, aber es gibt mehr als einen Hinweis, dass Uliteria ihre Finger im Spiel hat", sprach Zeth seine Vermutung aus. „Sie kontrolliert meinen Vater. Sie ist ..." Zeth fehlten für einen Moment die Worte. Das heißt, ihm fielen viele Ausdrücke für Uliteria ein, doch darunter war keiner, den er Esarion gegenüber aussprechen wollte.

Der alte Arzt nickte. „Die begibst dich auf dünnes Eis, wenn du dich mit Uliteria anlegst. Sie ist eine mächtige Frau. Trotzdem glaube ich, du bist verpflichtet, herauszufinden, was da vor sich geht."
Die beiden Männer sahen sich eine ganze Zeitlang schweigend in die Augen. Zeth wusste, was Esarion dachte. Und er selbst? Zog er Dinge in Betracht, die er noch vor ein paar Tagen kategorisch abgelehnt hätte? Er selbst? Oder die Umstände? Er hatte schon mehr getan, als er vor ein paar Monaten für möglich gehalten hätte.
Er durchbohrte Esarion förmlich mit seinem Blick, bis der alte Mann sich genötigt sah zu sprechen.
„Ich habe der Magie abgeschworen, damit ich in deiner Nähe bleiben kann. Das habe ich deinem Onkel Merloth geschworen. Außerdem ist meine Gabe längst nicht so ausgeprägt gewesen wie die von ..."
Zeth winkte ab. Er wollte den Namen nicht hören, doch er schwang in Esarions Gedanken mit. *Rangyr ...*
Esarion setzte sich und sah Zeth nachdenklich an. „Es gibt noch eine Möglichkeit, Zeth ..."
Zeth erstarrte, er fühlte die Kälte, die sich in ihm ausbreitete. Langsam nickte er.
„Ich weiß." Seine Stimme war leise, trotzdem hörte Esarion den Schmerz in ihr.
„Ich sehe kaum eine Möglichkeit, wie du sonst weiterkommen willst. Aber natürlich ist das Risiko groß."
„Ja, das ist es." Zeth seufzte. „Wenn ich ihn nach Iskaran bringe, ist er in Lebensgefahr."
Der alte Arzt nickte. „Nicht nur er. Aber vielleicht kannst du nur so herausfinden, wer im Palast Intrigen schmiedet. Du brauchst magische Unterstützung, das spüre ich. Das Leben des Caskáran könnte davon abhängen. – Wem bist du verpflichtet?"
Meinem Vater, wollte Zeth sagen. Doch es kam ihm nicht über die Lippen.

„Du bist noch immer voller Schmerz“, stellte Esarion fest.
„Ja ... ja.“ Einen Moment gab er sich der Erinnerung hin. Er dachte an Rangyr. Es war schon so lange her, er war damals erst 19 gewesen, ein junger Bursche. So jung und unerfahren.
Rangyr war schon ein gestandener Mann. Er hatte bereits einen Sohn von sieben Jahren, doch von dem durfte niemand etwas wissen. Als wenn er es geahnt hätte ...
Rangyr war der mächtigste Magier, den Zeth je kennengelernt hatte. Er hatte den jungen Mann schwer beeindruckt, und nicht nur das: Zeth hatte sein Herz an ihn verloren. Er hatte Zeth verführt, und der hatte sich gern verführen lassen.
Himmel, natürlich hatte er um die Stellung der Magier in Yendland gewusst. Aber damals war es ihm egal gewesen. Er hatte die Zeit mit Rangyr genossen, auch wenn niemand von ihrem Verhältnis hatte erfahren dürfen. Eine Beziehung zwischen einem Yendländer, noch dazu einem in caskáranischen Diensten, und einem Magier, der nicht zu den Xenten gehörte – das war undenkbar.
Zeth gestattete sich, ein Bild des Magiers vor seinem inneren Auge entstehen zu lassen. Seine schmale, hoch gewachsene Gestalt, die edlen Gesichtszüge, die dunklen, mysteriösen Augen – dies alles hatte sich für immer in sein Gedächtnis eingebrannt.
Bis heute wusste Zeth nicht, ob Rangyr tatsächlich ein Spion gewesen oder einer Intrige zum Opfer gefallen war wie sein Onkel Merloth. Fakt war, dass er die Gattin seines Vaters verführt hatte. Uliteria hatte ihm nachher vorgeworfen, in ihren Gedanken gelesen zu haben, um sie auszuspionieren. Sie forderte seinen Tod. Und nichts und niemand hatte Rangyr helfen können – nicht einmal seine verdammte Magie, dachte Zeth verbittert.
Sie hatten ihn in Anwesenheit des Hofmagiers Ne’ertal zu Tode gefoltert.
Zeth war nichts anderes übrig geblieben, als Rangyrs Sohn Art in Sicherheit zu bringen. Dabei war er damals fast

umgekommen vor Wut und Schmerz. Aber er konnte nichts tun, niemand hatte von ihrem Verhältnis wissen dürfen. Die Hilflosigkeit hatte ihn fast in den Wahnsinn getrieben. – Und er hatte eine Zeitlang Todesängste ausgestanden, denn hätte ihn jemand mit Rangyr in Verbindung gebracht, wäre auch er bestraft worden. Vielleicht hätte es auch ihn das Leben gekostet. Denn nur kurz zuvor war sein Onkel Merloth als Schwarzmagier und Nekromant überführt und zum Tode verurteilt worden. Er, Zeth, stand unter Beobachtung, und das nicht zum ersten Mal in seinem Leben.
Damals hatte er sich geschworen, nie wieder eine Beziehung zu einem Mann einzugehen. Und niemals die magische Begabung einzusetzen, die in ihm schlummerte. Das war die düsterste Zeit seines Lebens gewesen – und die einsamste. Nur Esarion hatte er sich anvertraut.
Monate später noch hatte er Rangyr gesehen, auf dem Markt, in der Stadt, in seiner Schlafkammer ... Esarion hatte ihn beruhigt, der Geist eines so mächtigen Magiers konnte noch lange Zeit erscheinen. Das hatte Zeth die Angst genommen, was seinen Geisteszustand betraf, aber gleichzeitig hatten Rangyrs Erscheinungen ihn auch halb verrückt gemacht vor Sehnsucht.
„Ich werde es tun“, entschied er sich, doch seine Stimme klang brüchig.
Esarion trat einen Schritt auf ihn zu und legte seine Hand auf Zeths Schulter. „Ich bin sicher, du triffst die richtige Entscheidung.“
Zeth verbarg seine Zweifel nicht. Er wollte einen Magier nach Iskaran holen. Das war Wahnsinn. Glatter Selbstmord.
Gemeinsam mit Bennet, Seco, Ivgyr und Gallor ritten sie am nächsten Morgen los, diesmal Richtung Osten, am Spe entlang. Zeth nutzte die Gelegenheit, den Zustand der Dörfer zu überprüfen und mit den Dorfvorstehern ein paar Worte zu wechseln. Die Ernten waren üppig gewesen, das Vieh in guter Verfassung. Falls nichts Unvorhergesehenes passierte – wie ein Krieg – würden sie sicher, ohne große Verluste, den Winter

überstehen. Falls ... aber wer konnte das schon sagen.
Bennet wusste nicht viel über den Grund ihres Aufbruchs. Zeth hatte ihm lediglich mitgeteilt, dass sie einen Jungen abholen wollten, der einige Jahre bei einem Onkel in einem Dorf gelebt hatte. Die Geschichte kam ihm verdächtig bekannt vor. Und da sie ihm so bekannt vorkam, ging er nicht davon aus, dass sie stimmte. Warum sagte Zeth ihm nicht die Wahrheit?
Zwischen ihnen war etwas entstanden, ein emotionales Band, das aber – wie er sehr wohl wusste – aus hauchdünnem Material bestand. Er konnte nicht abschätzen, wieviel es wert war oder was es aushalten konnte. Aber eines wusste er – ein Paar waren sie nicht. Zeth war der Herr, und er war der Knappe. Und eines war ihm noch bewusst: Seinem eigentlichen Ziel war er keinen Schritt näher gekommen. Vielleicht wäre er besser mit Pascale und Pheridon geritten, egal, wie deren Auftrag lautete. Sie waren unabhängig und in Bewegung. Er hingegen würde bald wieder auf Darkess festsitzen.
Doch trotz all dieser Gedanken genoss er das Zusammensein mit Zeth, den schnellen Ritt auf dem wunderbaren Pferd, das Zeth ihm geschenkt hatte.
Das Dorf, in das Zeth sie führte, lag zwei Tagesritte von Darkess entfernt. Es war eine kleine Ansammlung eher heruntergekommener Hütten. Kein Ort, der für irgendwen von Interesse gewesen wäre.
Sie wurden mit offenkundigem Misstrauen empfangen. Doch, was Bennet wirklich erstaunte, niemand schien Zeth und seine Männer zu erkennen. Hatten sie bereits die Grenze zu Isiria oder Cairrigk überquert?
Zeth hielt vor einer Hütte, die ein wenig abseits lag. Merkwürdige Tiere, Bennet hielt sie für eine Mischung aus Schaf und Ziege, grasten auf einer abgeweideten Koppel.
Zeth deutete mit dem Kinn dorthin. „Weißt du, was das für Schafe sind?“
Bennet schüttelte den Kopf.
„Urtiko-Schafe“, erklärte Seco, der neben sie geritten war. „Du

musst sie mal anfassen. Sie haben unglaublich weiche Wolle."
Sie ließen ihre Pferde in Gallors Obhut zurück und betraten die karg eingerichtete Stube der Hütte. Ein kleines Feuer brannte in einem grob gemauerten Kamin, davor saß ein Mann, der bei ihrem Eintreten sofort auf die Füße sprang.
„Capitan Zeth!"
„Leiko." Zeth nickte dem Mann zu, dem er das Kostbarste anvertraut hatte, für das er jemals verantwortlich gewesen war.
„Ihr kommt spät. Ich hatte nicht mit Euch gerechnet."
Nur drei Mal war Zeth in den vergangenen sechs Jahren hier gewesen. Es war nicht verwunderlich, dass Leiko überrascht war.
„Ich werde Art holen."

Art

Mit Gewalt brachte der Mann den schmächtigen Jungen in den Wohnraum. Zeth war nicht besonders überrascht über die heftige Gegenwehr – und auch nicht darüber, dass der Junge sich, als er Zeth erblickte, losriss und in seine Arme warf. Aber in diesem Moment zersplitterte seine Hoffnung wie ein altes Glas.
Zeth hielt ihn fest, spürte das heftige Zittern an seinem Körper, den Aufruhr – den er verursacht hatte. Vorsichtig streichelte er dem Jungen über den Kopf.
Bennet war wie versteinert. Was bedeutete das?
„Art, jetzt benimm' dich und lass Capitan Zeth los!", befahl der Mann, der ihn gebracht hatte. Der besagte Onkel, vermutete Bennet. Er sah älter aus, als er tatsächlich war. Sein Gesicht war vor Sorge so zerfurcht wie ein alter Acker. Er wirkte müde.
„Ist schon gut, Leiko. Du hast sicher nichts dagegen, wenn ich mich mit Art ein wenig unterhalte?!"
Der Mann winkte ab. „Natürlich nicht. Ich bin ja froh, wenn er mal *normal* spricht ... und meine Einrichtung nicht in die

Brüche geht."
Zeth schlang den Arm um Arts zerbrechlichen Körper und zog ihn mit sich in den Nebenraum. Bennet blieb mit dem alten Mann zurück. In ihm schwelte rotglühende Eifersucht. Er hatte nicht einmal geahnt, wie eifersüchtig er sein konnte.
Mit ein wenig Mühe schaffte Zeth es, Arts an ihn gekrallte Finger zu lösen. Mit sanfter Gewalt schob er ihn von sich und zwang ihn auf eine der Sitzgelegenheiten.
Die Augen des Jungen waren riesig, panisch geweitet.
Zeth betrachtete ihn aufmerksam. „Es wird immer schlimmer", vermutete er schließlich.
Art nickte. „Ich kann nicht ..." Seine Stimme war rau und krächzig, als hätte er lange Zeit geschrien – oder gar nichts gesagt.
„Leiko ist erschöpft."
„Ja. Ich ... es tut mir leid, Capitan. Es tut mir so leid für ihn. Das war eine undankbare Aufgabe. – Nehmt mich mit, bitte. Ihr müsst mich mitnehmen!"
Zeth sah, dass Art sich ihm vor die Füße werfen wollte und dachte: ‚Bleib sitzen!'
Art erstarrte in der Bewegung. Sein Unterkiefer zitterte.
„Du hast noch immer keinen Schutzwall errichten können. Ich kann dich unmöglich mitnehmen, wenn die Gedanken anderer so auf dich einströmen. Du kannst dich überhaupt nicht davor schützen!"
„Aber Eure Gedanken ... die kann ich nur lesen, wenn Ihr es zulasst!"
Zeth nickte langsam. Der Junge hätte in der Obhut eines anderen Magiers aufwachsen müssen, aber das war Zeth damals als viel zu gefährlich erschienen. Und jetzt – war es dafür nicht schon viel zu spät?
„Art, ich bräuchte deine Hilfe. Und ich habe dir damals gesagt, dass ich dich mitnehmen würde. Aber du hast deine Gabe nicht unter Kontrolle. Es wäre einfach zu gefährlich – ich kann nicht auf dich aufpassen."

Und das Lesen fremder Gedanken wird noch immer mit Folter bestraft.
„Gabe? Es ist ein Fluch“, sagte Art leise. Worte, die Zeth zu Genüge kannte. Im Wandregal, direkt hinter ihm, begann einer der Steinkrüge sich zu bewegen. Er zitterte und vibrierte, erwachte zu einem unheimlichen Eigenleben. – Zeth sprang auf und verhinderte im letzten Moment, dass er über die Kante rutschte und auf dem Boden zerbarst. Gütiger Himmel, was hatte der Junge für eine Magie in sich.
Zeth bemerkte, wie sich Arts Gesichtszüge langsam entspannten. In Zeths Gegenwart wurde er ruhiger. Er konnte nun in ganzen Sätzen sprechen.
„Die Leute hier im Dorf glauben, ich sei wahnsinnig.“
„Es ist gut, dass Leiko dem nicht widersprochen hat“, erklärte Zeth und stellte den Krug zurück an seinen Platz.
Art atmete tief durch. „Nur in Eurer Gegenwart finde ich Ruhe. Bitte, Ihr müsst mich mitnehmen, ich ...“
„Aber was ist mit den Soldaten? Mit unseren Feinden? Wie willst du dich davor schützen?“, unterbrach ihn Zeth heftig. *Und wie soll ich dich vor dir selbst schützen?*
Art hatte den letzten Gedanken gelesen und erklärte düster: „Wenn ich hier bleibe, wird bald nicht mehr viel übrig sein, was geschützt werden müsste.“
Zeth seufzte und setzte sich wieder auf den Stuhl. Er hatte soviel Hoffnung in den Jungen gesetzt, das wurde ihm jetzt klar. „Ja, vielleicht hast du Recht. – Bist du in der letzten Zeit draußen, unter Menschen, gewesen?“
Art schüttelte entsetzt den Kopf.
„Und warum glaubst du, du könntest es jetzt schaffen? Du wirst zusammenbrechen, Art. Du wirst dem Wahnsinn näher sein als jemals zuvor.“
Art brachte etwas zustande, das entfernt einem Lächeln glich. „Was habe ich vom Leben zu erwarten, wenn ich es nicht wage? – Allein diese seltenen Augenblicke, wenn ich mit Euch zusammen sein kann und endlich für eine kurze Zeit Ruhe einkehrt, sind es wert, es zu versuchen. Vielleicht gibt es einen

Magier in Iskaran, bei dem ich in die Lehre gehen kann? – Wenn ich hier bleibe, bin ich tot."
„Wenn du nach Iskaran gehst und jemand herausfindet, wer dein Vater war, bist du es ebenfalls."
Arts schmaler Mund verzog sich zu einer Grimasse. „Ich weiß, wer mein Vater war, Capitan Zeth. Und ich weiß auch, dass ich schon längst nicht mehr leben würde, hättet Ihr kein Verhältnis mit ihm gehabt."
Zeth betrachtete Art lange und intensiv. Das Risiko war groß, doch wenn Art lernte, seine Gabe richtig einzusetzen, würde er ein großer Gewinn sein. Aber konnte er diesen Schutzwall errichten, der ihn vor den Gedanken der Außenwelt abschirmte? – Zeth hatte bereits als Kind gelernt, seine Gedanken zu verschleiern, da der Bruder seiner Mutter ein Telepath gewesen war. Merloth hatte ihn vieles gelehrt, was sein Vater – der Caskáran – niemals hatte erfahren dürfen. Wäre er noch am Leben, hätte Zeth den jungen Art ohne zu zögern in dessen Obhut gegeben. Doch Merloth war tot. Er war das Opfer einer Intrige geworden. Und oft hatte Zeth gehofft, auch Rangyr ausschließlich in der Opferrolle sehen zu dürfen. Aber die Wahrheit würde er wohl nie erfahren.
Langsam tauchte er aus der Vergangenheit wieder auf. Art erwartete eine Entscheidung.
Zeth erhob sich von seinem Platz. „Warte hier."
Er ließ den Jungen zurück und rief nach Bennet, der augenblicklich erschien. Das Gesicht verdüstert; er versuchte nicht, seine Verstimmung zu verbergen, was Zeth amüsierte.
„Komm mit!"
Gemeinsam betraten sie das Zimmer, in dem Art mittlerweile auf dem Boden hockte. Bennets Anwesenheit ließ ihn aufspringen.
„Versuch es erst mal mit *einem* anderen Menschen, bevor du auf eine ganze Gruppe triffst."
Art schüttelte erschrocken den Kopf und starrte Bennet an. „Warum? Warum denkst du? ... Ich habe doch gar nicht ..." Er

stammelte wieder wirres Zeug, versuchte, sich zu konzentrieren, während Bennet ihn beobachtete mit einer Mischung aus Frustration und Verwirrung.
Zeth sprach ihn an. „Kannst du versuchen, an *gar nichts* denken?"
Bennet war überrascht. Wie sollte das gehen? Er versuchte es, doch immer noch war sein Kopf angefüllt mit Gedanken – wenn auch mit keinem bestimmten.
Art bemühte sich um Ruhe. Zeth sah, dass er versuchte, sich selbst zu kontrollieren. Bennets Gedanken und Emotionen überschwemmten ihn – doch er wurde zusehends ruhiger.
„Warum denkst du so böse Sachen über mich?", flüsterte er erstickt.
Bennet bedachte ihn mit einem schwarzen Blick. Doch noch ehe er antworten konnte, sagte Zeth: „Und du glaubst, dass du das aushalten kannst? Ich frage mich wirklich, wie?"
Mit äußerster Kraftanstrengung wandte Art sich an Zeth und krächzte: „Ich muss!"
Zeth nickte langsam. „Bennet, ich würde mich freuen, wenn du dich um Art kümmern könntest. Er ist Telepath – also achte ein wenig auf deine Gedanken." Er wollte den Raum verlassen.
„Wohin geht Ihr?", rief Art sofort alarmiert.
„Ich werde alles mit Leiko besprechen und meine Männer informieren. Bis ich wiederkomme, solltest du die nötigsten Sachen gepackt haben. – Bennet, du wirst ihm helfen."
Der nickte stumm. Er hätte nie damit gerechnet, dass Zeth den hageren, durchgeknallten Burschen mitnehmen würde.
Ängstlich sah Art hinter Zeth her. Er wirkte schon strukturierter als am Anfang, doch Bennet hatte noch immer den Eindruck, neben einem Vulkan zu stehen. Feindselig musterte er Art.
Der wandte sich abrupt zu ihm um. „Hör auf damit! Ich bin Telepath – Sex ist etwas, an das ich überhaupt nicht denke! Ich könnte das gar nicht aushalten, mit jemandem ins Bett zu gehen!"

Bennet war überrascht über diese Aussage. Aber natürlich – mit seiner Eifersucht hatte er Art unterstellt, etwas mit Zeth zu haben.
„Entschuldige", murmelte er und bemühte sich, diese Gedanken zu verdrängen.
„Pack deine Sachen zusammen. Hast du ein Pferd?"
Art schüttelte den Kopf, war aber ein wenig entspannter, da Bennet sich Mühe gab, seine Gedanken im Zaum zu halten. Der Kontakt zur Außenwelt musste eine Tortur für ihn werden.
„Vielleicht besorgt Capitan Zeth schon eins für dich", erklärte Bennet ein wenig enttäuscht, denn er wäre gern beim Kauf eines neuen Tieres dabei gewesen. Schließlich war er für die Pferde zuständig. Etwas missgelaunt sah er zu, wie Art einige wenige Dinge in einem ledernen Beutel verstaute.

Der Ritt zurück nach Darkess war für Art sehr beschwerlich. Das war nicht zu übersehen. Er hielt sich ständig in Zeths unmittelbarer Nähe, schwankte oft im Sattel seines robusten Ponies hin und her, sichtlich um Haltung bemüht. Doch er war kein geübter Reiter, und die Anwesenheit von Zeths Männern machte ihm zu schaffen. Mehr als einmal dachte Zeth daran, einfach umzukehren, aber er erkannte auch die Kämpfernatur und die starke Kraft in Art.
Bennet beobachtete den eigenartigen Jungen fast die gesamte Zeit über. Was konnte Zeth von ihm wollen? Was versprach er sich davon, diesen – Verrückten mit nach Darkess zu nehmen? Einen Telepathen, der kurz vor einem Zusammenbruch zu stehen schien. Warum ging er diese Gefahr ein? Bennet konnte sich keinen Reim darauf machen.
Als sie am Abend ihr Lager aufschlugen, zitterte Art nicht mehr, auch wenn er weiterhin angespannt war. Er hatte gewartet, um den Capitan allein sprechen zu können. Das war schwierig genug, da Bennet ständig in Zeths Nähe war.
Doch er musste Zeth einfach fragen, es ließ ihm keine Ruhe.
„Zeth, warum tut Ihr das?"

„Was meinst du?"
Art atmete tief durch, er genoss für einen Moment Zeths Nähe und die Stille, die ihn umgab. Das wusste Zeth. Doch er konzentrierte sich augenblicklich wieder.
„Bennet", sagte Art. „Ich hätte niemals gedacht, dass Ihr noch einmal so ein Risiko eingeht!"
Zeth zog die Augenbrauen nach oben. „Wovon sprichst du?"
Art sah ihn einigermaßen überrascht an. „Ihr wisst es tatsächlich nicht! – Bennet ist aus der *verbotenen Stadt*!"
Zeth, der gerade einen Schluck Wasser aus seiner Feldflasche getrunken hatte, verschluckte sich. „Aus ... Reda?", krächzte er ungläubig.
Art nickte.
„Er ist ein Redarianer? Aber seine Augen ..."
„Nicht alle Redarianer hatten Katzenaugen, das müsstet Ihr wissen. Vor allem die Mischlinge nicht. Nur die, die Cat'as genannt wurden." Art wirkte wie weggetreten, die Worte kamen schleppend über seine Lippen. Er sprach weiter: „Sie fielen in Reda ein, ein großes Heer, eine Übermacht. Die Redarianer waren überrascht, sie waren unterlegen. Vielleicht hatten sie nicht mit der Brutalität der Soldaten und der Xentenkrieger gerechnet. Es wurde gemordet und gebrandschatzt. Sie trieben die Cat'as auf den Marktplatz. Caskáran Ferakon hatte den Befehl gegeben, sie gefangen zu nehmen. Aber sie wurden alle getötet. Die Xenten vergingen sich an ihnen, um ihre eigene Magie aufzufrischen. Die restliche Bevölkerung wurde versklavt. Nur wenige entkamen. Ferakon hatte auch Tar Mendor und seine Familie gefangen nehmen wollen, aber sie waren unauffindbar. Später stellte sich heraus, dass Mendor und seine Frau tot waren. Reda war verloren."
Zeth erinnerte sich daran, das war vor sechs Jahren gewesen. Er hatte das Vorgehen seines Vaters nicht verstanden, doch der Caskáran musste sich nicht rechtfertigen. In Reda lebten zu der Zeit viele der Magier, die Yendland verlassen hatten. Durch das immense magische Potential war Reda zu einer gefährlichen

Stadt geworden. Das zumindest befürchtete man in Yendland. Oder vielleicht war das lediglich die offizielle Version? Zweifel kamen in ihm auf.
„Woher weißt du, dass Bennet ...?“
Art zuckte zusammen. „Ich spüre Reda in ihm.“
„Wenn du es spürst, wer kann das dann noch?“, fragte Zeth scharf und sah Art durchdringend an.
„Jeder Magier mit meinen Begabungen, der in Reda gewesen ist oder gelebt hat.“
Zeth starrte ihn an, es dauerte eine Weile, bis er seine Sprache wiedergefunden hatte. „Du und dein Vater ... ihr habt in Reda gelebt?“
Art nickte langsam. In seinen Augen spiegelte sich Gleichgültigkeit, doch Zeth wusste, dass Art etwas verbarg. „Ich war damals sehr jung. Ich erinnere mich kaum.“
„Aber dein Vater“, murmelte Zeth. Rangyr war nach dem Fall Redas nach Iskaran gekommen, an den Palast. Hatte er vorgehabt, sich zu rächen? Damals hatten auch viele Magier den Tod gefunden. Vielleicht hatte Rangyr nur versucht, ihn für seine persönlichen Ziele auszunutzen?
Zeth bekam einen trockenen Mund.
Was für ein Wagnis ging er nun ein, wenn er Art und Bennet mit nach Iskaran nahm? Wenn beide den Geist von Reda in sich trugen?! – *Ich spiele mit meinem Leben.*
„Ja, das ist richtig, Zeth. Aber Ihr spielt nicht zum ersten Mal“, sagte Art leise, und er klang seltsam erwachsen.
Zeth erhob sich ruckartig. „Ich muss allein sein und nachdenken“, erklärte er, wendete sich ab und verschwand in der Dunkelheit.
Zeth ging ein ganzes Stück in den Wald hinein. Er wollte allein sein, behielt aber im Hinterkopf, dass allerhand Gefahren in der Dunkelheit lauerten. Er wollte ungern Bekanntschaft mit einem Bären oder einem Bergwolf machen.
Aber die Dinge, die Art ihm eröffnet hatte, rumorten in ihm, ließen ihm keine Ruhe.

Bennet – ein Redarianer?
Er versuchte, sich zu erinnern, was damals vor sechs Jahren geschehen war. Es hatte immer wieder Streitigkeiten zwischen Yendland und dem kleinen Stadtstaat gegeben. Reda war eine Hafenmetropole, mit einer großen Handelsflotte. Diese Stadt war ein Moloch gewesen, voller Magier und ohne Moral. Das jedenfalls hatte er von den Xenten gelernt. Er selbst war nie da gewesen. Wahrscheinlich hatten die Xenten immer befürchtet, ihn an die magische Metropole zu verlieren.
Natürlich hatte er damals von dem grausamen Gemetzel gehört. Er hatte nicht verstanden, warum mit so viel Brutalität gegen die Redarianer vorgegangen wurde.
Die Magier, die den Angriff überlebten, schworen Rache und überzogen die geschleifte Stadt mit Bannen und Flüchen, so dass sie von Normalsterblichen nicht mehr betreten werden konnte.
Reda wurde zur *verbotenen Stadt.*
Die Menschen, die Reda schon vor dieser Zeit verlassen hatten, lebten als Nordsiedler in der Nordregion Yendlands. Sie waren nicht behelligt worden, aber Zeth fragte sich einmal mehr, wie viel Hass wohl in ihnen schwelte.
Doch im Moment war nicht die Vergangenheit sein Problem – sondern die Zukunft!
Bennet war ein Überlebender! Was führte er im Schilde? Wer war er? Warum hatte er das Massaker überhaupt überlebt? – War er ein Verräter?
Nein, Bennet war kein Verräter! Oder ...?
Himmel, er musste mit ihm sprechen, ihn zur Rede stellen.
Bei Eccláto, er konnte doch nicht Art *und* Bennet mit nach Iskaran nehmen! Wenn das alles herauskam?! Dann war ihm der Galgen sicher! Oder schlimmeres ...
Zorn kochte in ihm hoch. War er nicht nur von Rangyr sondern jetzt auch von Bennet betrogen worden?
Er schlug mit der flachen Hand gegen einen Baumstamm. Niemals hätte Bennet ihm die Wahrheit gesagt! Von wegen

armer Junge aus einem Dorf! Der Bursche war aus Reda!
Als Zeth ins Lager zurückkehrte, erwartete Bennet ihn bereits. Als er Zeths düstere Miene sah, zog sich etwas in ihm zusammen. Was war passiert?
„Bei *Therion*, Bennet, wir müssen reden."
Bennet erstarrte. Als er den Namen des redarianischen Stadtgottes hörte, wurde er blass. Alles Blut wich aus seinem Gesicht.
„Worüber?", fragte er leise. Es konnte nicht sein, dass Zeth etwas wusste!
Der winkte ihn hinter sich her, ein Stück von den anderen weg. Bennet zitterten die Knie. Was war bloß los?
„Setz dich!" Zeth deutete auf einen am Boden liegenden Baumstamm.
„Bennet, erzähl mir doch mal, woher du kommst."
„Das weißt du doch", flüsterte Bennet. „Ich habe bei meiner Tante und meinem Onkel ..."
„Bennet! Verdammt! Willst du mich für dumm verkaufen?"
Der Junge zuckte zusammen.
„Du sagst mir jetzt die Wahrheit!"
„Ich kann nicht, Zeth!"
„Du wirst sprechen – und wenn ich dich eigenhändig foltern muss!", sagte Zeth, und seine Stimme war kälter als Eis.
Bennet sank in sich zusammen und vergrub das Gesicht in den Händen.
„Wenn du eh schon alles weißt, warum fragst du dann?" Er unterdrückte ein Schluchzen, sein Herz hämmerte wie rasend. Jetzt war alles aus.
„Fang nicht an zu heulen!", fauchte Zeth aufgebracht.
„Warum nicht?", fragte Bennet erstickt. „Du willst mich foltern. Darf ich da nicht ein kleines bisschen Angst haben?"
Zeth kam näher, drohend ragte er vor ihm auf. „Bennet, ich will dir nicht wehtun", sagte er sanft. „Aber ich lasse mich nicht hinter's Licht führen. Sag mir, woher du kommst und wer du bist."

„Ich bin Bennet, ich habe dich nicht angelogen. Aber ... ja, es stimmt, ich bin in Reda aufgewachsen. Ich bin Redarianer."
Zeth nickte. „Ja, du bist aus der verbotenen Stadt."
„Wenn du es schon weißt ...!"
„Ich will es von dir hören." Zeths Stimme war in Samt eingeschlagener Stahl.
„Ich war da, als die Yendländer die Stadt stürmten und die Bewohner umbrachten. Ich ... wurde versteckt, niemand fand mich." Bennet räusperte sich tonlos. „Ein befreundeter Magier rettete mich schließlich. Ich musste an den Leichen vorbei, an den Geschändeten, den Gefolterten. Ich verließ die Stadt und war seitdem nicht mehr dort. Das ist jetzt sechs Jahre her."
„Ja, sechs Jahre ..."
Bennet starrte auf den Boden. All die Erinnerungen, die er so lange nicht haben durfte, die er unterdrücken musste, drohten, ihn nun zu überwältigen. Das Gewicht der Trauer und des Hasses lastete auf ihm, unerträglich schwer. Tränen standen in seinen Augen, aber er war nicht mehr der kleine Junge, der wie in einem furchtbaren Alptraum die Leichen angestarrt hatte. Unfähig zu sprechen, unfähig die Augen zu schließen. Reda war tot, genau so wie all die Menschen.
Und nun war auch seine Zukunft gestorben.
Er spürte die Kälte, die von Zeth ausging. Er war Redarianer – warum sollte Zeth ihm jemals wieder vertrauen? Er wollte nicht um Zeths Freundschaft betteln. Er hatte sie sich erkämpft und nun wieder verloren. Sie beide hatten keine Zukunft gehabt, das versuchte er sich in Erinnerung zu rufen.
„Woher weißt du es?", fragte er schließlich mit brennenden Augen.
„Art. Er ist damals auch da gewesen."
„Er hat ... mich wiedererkannt?", fragte Bennet ungläubig.
„Nicht dein Gesicht, aber deine Ausstrahlung."
Bennet seufzte und sackte in sich zusammen. Was sollte er nun tun? Würde Zeth ihn einfach verstoßen? Oder ihn als Gefangenen mit nach Iskaran nehmen? Es war egal, er hatte

alles verspielt. Nichts würde schlimmer sein als Zeths Kälte, als die Verachtung, die Bennet in seinem Gesicht gesehen hatte.
„Warum wurdest du versteckt?", wollte Zeth wissen. „Kein einfacher Junge aus dem Volk wurde versteckt."
Bennet verkrampfte sich. Warum war Zeth nur so verdammt scharfsinnig?
„Ich ..." Er zögerte.
„Erzähl mir keine Lügengeschichten, Bennet", warnte Zeth.
„Tar Mendor war mein Vater", flüsterte Bennet. „Mein Bruder und ich, wir wurden versteckt, damit seine Nachfolge gesichert ist. Niemand hatte damit gerechnet, dass Reda niedergemacht würde."
Zeth hörte, was Bennet sagte, doch es dauerte eine Zeitlang, bis er es realisierte. Unter anderen Umständen hätte er über diese Eröffnung wohl gelacht, aber jetzt? Er hatte einen bitteren Geschmack im Mund.
Bennet war ... ein Feind! Mit einem berechtigten Hass auf Yendland! Und rechtmäßiger Herrscher von Reda – oder war das sein Bruder?
„Was ist mit deinem Bruder?", fragte er rau.
Bennet zuckte kraftlos mit den Schultern. „Ich weiß nicht. Ich denke, er hat es nicht geschafft. Wir wollten uns treffen, an einem Ort in den Bergen. Er ist nie dort hingekommen."
„Nun denn, Tar Bennet tí Mendor – was gedenkt Ihr, wie ich mit Euch verfahren soll?" Spöttisch zog Zeth die Augenbrauen nach oben.
Bennet blickte auf. Sein Hals war wie zugeschnürt. Er hätte heulen können.
„Bitte Zeth ... hör auf! Nach dem Gesetz von Reda wäre ich noch nicht berechtigt gewesen, die Nachfolge meines Vaters anzutreten."
„Und das kann ich ja gerade noch verhindern", sagte er, doch er fühlte sich elend dabei. Er sah Bennets Schmerz, seine Verzweiflung und doch musste er in Ferakons Sinn handeln.
„Ja ... ja, ich weiß." Bennets Stimme war kaum mehr als ein

Hauch.
„Was wirst du jetzt tun?“
„Lass mir Zeit, darüber nachzudenken“, erklärte Zeth. Er wandte sich ab, damit Bennet den Schmerz in seinen eigenen Augen nicht sehen konnte.
Und verschwinde heute Nacht, Junge! Verschwinde!

Zeth hatte die Nachtwache übernommen. Er saß nun grüblerisch an einen Baum gelehnt da und betrachtete die Sterne. Bisher hatte Bennet nicht versucht, sich davonzustehlen. War das ein gutes oder ein schlechtes Zeichen?
Direkt neben ihm knackte es ihm Gebüsch, aber noch bevor er aufspringen konnte, flüsterte eine Stimme. „Ich bin’s, Art.“
Zeth entspannte sich wieder. „Schleich dich nicht so an, Junge. Das ist lebensgefährlich!“
Art hockte sich neben ihn, und im fahlen Schein des Mondlichts betrachtete Zeth das schmale Gesicht, die dunklen Haare, die schwarzen Augen. Art hatte verflucht viel Ähnlichkeit mit seinem Vater Rangyr. Doch Zeth zwang sich, die Erinnerungen zurückzudrängen.
„Was willst du?“
„Es ist wegen Bennet“, begann er zögerlich. „Es ... es weiß doch keiner! Ich meine ...“
„*Ich* weiß es!“, unterbrach Zeth ihn. Er fragte sich, ob Art sich mittlerweile Vorwürfe machte.
„Mach dir keine Gedanken. Du hast richtig gehandelt.“
„Bennets Platz ist an Eurer Seite“, sagte Art mit fester Stimme.
Zeth lachte leise, aber es klang bitter. „Schön gesprochen, aber das muss ich wohl selbst entscheiden!“
„Ich habe es Euch gesagt, damit Ihr es wisst! Damit Euch niemand überraschen kann!“, fuhr Art trotzdem fort. „Ihr seid doch ... Ich wollte nicht, dass ... Ihr müsst ihn beschützen!“
Zeth sah ihn durchdringend an. ‚Hau ab!‘, dachte er und freute sich diebisch, als Art zusammenzuckte.

Trennung

Kurz bevor die Sonne aufging, die Nacht war längst einem diffusen Zwielicht gewichen, stand Bennet auf. Er hatte noch nicht geschlafen und fühlte sich, als würde er auch nie wieder schlafen können.
Er fror, und in ihm war eine schreckliche, düstere Leere. Aber sein Entschluss stand fest: Er würde Zeth und seine Männer verlassen. Wohin er reiten würde, wusste er noch nicht.
Leise erhob er sich, zog den wertvollen schwarzen Dolch aus seinem Stiefel und legte ihn auf Zeths unberührtes Nachtlager. Er besaß noch einen alten Dolch, als Waffe würde der reichen. Außerdem hatte er einen einfachen Bogen dabei.
Ohne die anderen Männer zu wecken, schlich er zu Xisis, sattelte ihn und schwang sich auf den Rücken des Pferdes.
Als er das Lager verließ, liefen Tränen über seine Wangen.

Zeth hörte, wie jemand auf einem Pferd davonritt, und er wusste, dass es Bennet war. Er unterdrückte den Impuls aufzuspringen und ihm zu folgen. Es war das beste, wenn Bennet ihn verließ. Auch wenn der Gedanke ihn schier verrückt machte!
Er lauschte dem Geräusch der Hufe, das vom nassen Laub gedämpft wurde, bis es verklang.
Bennet war fort.
Zeth wartete noch eine Zeitlang, dann erhob er sich. Als er zu seinem Schlafplatz kam, sah er Bennets schwarzen Dolch auf seinen Sachen liegen.
Eisige Kälte ergriff von ihm Besitz.
Zeth griff nach dem Dolch. Er spürte einen Schmerz, als wollte sein Herz zerreißen.
Das Heft fühlte sich vertraut an in seiner Hand, vertraut wie Bennet. Warum hatte er ihn zurückgelassen?
Zeth hatte die dumpfe Ahnung, Bennet nie wieder zu sehen.

Warum musste das alles so enden? Vielleicht hätte er weinen sollen, aber das konnte er nicht. Das hatte er noch nie gekonnt. Er nahm das Messer an sich und zog sich ein Stück in den Wald zurück. Toran hatte mittlerweile die Wache übernommen, aber Zeth hätte in seinem Zustand nicht schlafen können.

Mit einem Feuerstein und ein paar Zweigen und dünnen Ästen entzündete er ein kleines Feuer. Er hockte sich dicht daneben.

„Iliestri eternu tema", murmelte er.

„Iliestri eternu tema, digna." – *Geschützt seist du in Ewigkeit.*

Diesen Satz murmelte er wieder und wieder, ein endloses Mantra, kaum hörbar, kaum mehr als ein Wispern.

Er zog den Dolch hervor, Bennets Dolch, entblößte seinen Unterarm und zog die blanke Klinge über seine straff gespannte Haut. Er spürte den Schmerz, doch er tat gut und vertrieb die Dunkelheit in seinem Innern.

Er ließ das Blut, das aus dem Schnitt hervorquoll, in das Feuer tropfen und nährte damit die Flamme.

So saß er eine ganze Zeitlang, in sich versunken, und betrachtete das Feuer, das langsam aber stetig die Farbe wechselte. Er atmete tief durch, als er das leichte Blau sah, das kurz aufflackerte und die rot-orangefarbenen Flammen verschlang. Noch immer tropfte Blut in das Feuer, er hatte den Schnitt so ausgeführt, dass die Wunde sich nicht sofort wieder schloss.

Ein kaltes Lächeln umspielte seine Lippen. Seine Augen waren so schwarz wie ein sternenloser Nachthimmel.

So fand ihn Seco.

„Zeth, was tust du da ...?", flüsterte er erschrocken und trat näher.

Zeth erwachte langsam aus seiner Trance. Er sah auf. Seco starrte ihn an, als hätte er einen Geist gesehen.

Er stand langsam auf. „Nur ein bisschen Schutzmagie", erklärte er mit rauer Stimme. Er wischte den Dolch an seiner Hose ab und steckte ihn ein.

„Bist du ... Magier?“, fragte Seco misstrauisch.
Zeth schüttelte den Kopf. Es war ihm egal, dass Seco ihn gesehen hatte. Mit den Gedanken war er noch bei Bennet.
„Für wen hast du diesen ... Schutzzauber gesprochen?“
Zeth wandte sich von ihm ab, um zum Lager zurückzukehren. „Für Bennet. Er hat uns verlassen.“
Seco kam hinter ihm her. „Was soll das – er hat uns verlassen?! Was meinst du damit?“
Zeth wirbelte herum und starrte ihn böse an. „Er ist weg, verdammt!“

Teil 2

Die verbotene Stadt

Bennet ritt an einem schmalen Bachlauf entlang. Die Hufe seines Pferdes verursachten kaum ein Geräusch auf dem weichen Waldboden. Vögel zwitscherten in den Baumwipfeln über ihm um die Wette, und vereinzelt drangen Sonnenstrahlen durch das dichte, bunt-goldene Blattwerk und zeichneten unregelmäßige Lichtbilder auf den Boden direkt vor ihm.

Er war in einer seltsamen Stimmung. Lange würde es nicht mehr dauern, dann erreichte er den Wald von Bolén. Den Wald um Reda, den dunklen Wald, in dem Redas Tote und Dämonen hausten. Eine kurze, eisige Gänsehaut überzog seine Arme und überschattete die friedliche Ruhe der Situation. Aber sie wich ebenso rasch, wie sie gekommen war. Er hatte einen Plan, einen Weg, der vorgezeichnet war. Und das bedeutete, er musste durch den Wald. Er stählte sich innerlich, versuchte, die Wärme und Ruhe in seinem Körper zu speichern. Aber die Anspannung blieb, er fühlte sie wie einen Knoten in seiner Mitte. Merkwürdig, er war seit seiner Flucht nicht mehr dort gewesen, und doch kannte er das Gefühl, das ihn überfallen würde. Vielleicht hätte er an dieser Stelle umgedreht – wenn er gekonnt hätte. Er konnte nicht.

Bolén erhob sich vor ihm. Dichter Wald, der seit Jahren immer weiter zuwuchs. Statt der wunderschönen Farben des Spätherbstes erwartete Bennet eine schwarze, bedrohliche Baummasse. ‚Alles andere als einladend', dachte Bennet, während er sein Pferd vorantrieb. Xisis' Schritte wurden automatisch langsamer.

Er musste durch diesen Wald, kein anderer Weg führte nach Reda. Beherzt drückte er die Schenkel zusammen und ritt

weiter. Das Geräusch von Xisis' Hufen wurde von der unheimlichen und merkwürdig dichten Stille geschluckt. Bennet erschauderte.
Kein Vogel sang, kein Windhauch bewegte die Blätter der Bäume, die schwarz und knorrig ihre Äste in den grauen Himmel reckten.
Er näherte sich Reda, das spürte er.
Xisis' schnaubte unruhig, und Bennet klopfte ihm beruhigend den Hals.
„Ist ja gut", murmelte er. „Ich fühle mich auch nicht wohl." Seine Stimme hallte hohl durch den Wald, als befände er sich in einer Schlucht. Ihm standen die Nackenhaare zu Berge. War es ein Fehler, nach Reda zu reiten? Sechs Jahre war es her, Bennet erkannte die Wege im Wald, die sie genutzt hatten, doch nichts war wie früher.
Diese Wege waren seit Jahren nicht mehr benutzt worden. Sie waren zugewuchert, teilweise nicht mehr passierbar. Der Wald wirkte dunkel, bedrohlich, die großen Bäume strahlten nichts friedliches aus.
Bennet war auf der Hut, obwohl er nicht glaubte, dass sich Räuber in diese Gegend verirrten. Freiwillig hielt sich bestimmt niemand in diesem Wald auf.
Bennet ritt, bis er sich vor Müdigkeit nicht mehr im Sattel halten konnte.

Völlig erschöpft ließ er sich an den Baumstamm sinken. Es war dunkel und unheimlich. Aber er war so müde, er konnte nicht weiterreiten. Xisis hatte ebenfalls eine Ruhepause verdient. Er würde morgen noch den ganzen Tag laufen müssen.
Bennet schloss die Augen und war sofort eingeschlafen. Und so bekam er nicht mit, wie sich ein unheimliches Grummeln im Wald sammelte, leises Huschen, lautloses Wispern. Die Luft war plötzlich angefüllt mit Geräuschen, die Bennet – wäre er wach gewesen – die Haare hätten zu Berge stehen lassen. Xisis schnaubte unruhig, doch Bennet war so müde, dass er davon

nicht wach wurde.
Dunkles Grollen erschütterte die Luft, kam näher, raunte düstere Drohungen in Richtung des schlafenden Jungen. Und urplötzlich schienen unzählige kleine Wesen sich zusammenzufinden, kleine, huschende Schatten mit rotglühenden Augen und gierigen Mäulern.
Xisis stampfte hin und her und wieherte leise. Er spürte die Gefahr in jeder Faser seines Körpers, und sein tierischer Instinkt sagte ihm, dass er fliehen musste.
Wind kam auf, rauschte durch die klapprigen Äste und brachte die knorrigen Baumriesen zum Ächzen.
Und die Gefahr näherte sich Bennet, dessen Kopf zur Seite gerutscht war. Sein Atem ging rasch, seine Lider flatterten. Erregung ergriff von ihm Besitz. Er fand sich im Palast des Caskáran von Iskaran wieder. Dort saß er mit vielen fremden Menschen an einer großen, reich gedeckten Tafel. Er hatte unglaublichen Hunger, aber als er nach den großen, rotglänzenden Äpfeln greifen wollte, schob sich eine Knochenhand über die seine. Erschrocken riss er die Hand zurück und betrachtete voller Abscheu die skelettierte Hand, die in einem Ärmel aus feinster blauer Seide verschwand. Und als er vorsichtig aufblickte, sah er in die leeren Augenhöhlen eines Totenschädels. Und plötzlich waren all die anderen Gäste ebenfalls tot. Morsche Knochengerippe, die ihn unheilvoll angrinsten.
Eine Hand landete auf seiner Schulter, und Bennet fuhr panisch herum. Doch noch bevor er sah, dass es Zeth war, realisierte er die angenehme Wärme, die diese Hand ausstrahlte. Er ließ sich zurückfallen in Zeths starke Arme.
Der fing ihn auf, drehte ihn herum und räumte mit einer schnellen Bewegung den Tisch vor ihnen leer. Ebenso rasch hatte er Bennets Hose geöffnet und ihn auf den Tisch geschoben.
Bennet wusste nicht, wie ihm geschah, doch er wollte Zeth, wollte ihn in sich spüren. Wollte, dass er die brennende Hitze

in seinem Körper abkühlte.
Zeth nahm ihn auf dem Tisch, vor den gierigen Blicken der toten Gäste. Er stöhnte leise im Schlaf.
Als er aufsah, waren die Toten fort, und er befand sich im Palast von Reda. Er erkannte die wunderschönen Mosaikfresken an den Wänden und den Decken. Bilder der sinnenfrohen redarianischen Gottheiten, allen voran Therion.
Noch immer stieß sich Zeth in ihn, er klammerte sich an dessen kräftige Schultern.
„Bennet? Bennet?"
Die Stimme kam ihm bekannt vor. „Vater?", krächzte er.
Nun umgaben ihn wieder Gäste, aber dieses Mal waren es Gesichter aus Reda!
Sein Vater sah ihn vorwurfsvoll an. Und er ließ sich vor all diesen Leuten auf dem Tisch vögeln – von einem Yendländer!
Ein Murmeln und Brummen füllte den Saal, irgendwo wieherte ein Pferd. Zeth hämmerte sich in seinen Körper, und kurz bevor Bennet zum Höhepunkt kam, verschwand wieder alles um ihn herum. Nur Zeth blieb, aber er stand plötzlich vor ihm, einige Meter von ihm entfernt. Ernst und traurig sah er Bennet an. „Es tut mir leid", flüsterte er rau.
„Was? WAS?"
„Wach auf, Bennet! Du musst aufwachen!" Seine Gestalt verblasste, während er sprach.
„Nein! Bleib!", rief Bennet, doch er spürte, wie er aus seinem tiefen Schlaf erwachte. Xisis wieherte panisch, und Bennet war sofort auf den Beinen. Er hörte das schreckliche Summen und ein Grollen, wie fernen Donner. Aber diese Geräusche entfernten sich bereits zischend. Bennet berührte Xisis' Kopf und tätschelte den kräftigen Hals des Hengstes beruhigend. Das Fell war schweißnass.
„Ist ja gut ... ruhig ... Es ist ja nichts passiert."
Aber eigentlich wollte er damit sich selbst beruhigen. Wie hatte er nur so tief schlafen können? Noch einige Zeit hörte er die seltsamen, haarsträubenden Geräusche, die mit Sicherheit nicht

durch den Wind oder Tiere verursacht worden waren, bis sie endlich in der Ferne verklangen. Er zitterte am ganzen Körper. Angestrengt starrte er in die Dunkelheit, doch er konnte nichts ungewöhnliches ausmachen.

Als Bennet die Stadttore von Reda erreichte, hatte er sich an den Wind, die wispernden Stimmen und das eigenartige Flimmern von seinen Augen gewöhnt. Fast zumindest. Auf jeden Fall standen ihm nicht mehr die Haare zu Berge. Aber er war zum Zerbersten angespannt.
Reda ... seine Heimat.
Als er abstieg, um die Stadttore mit eigener Hand zu öffnen, löste sich eine dunkle, vermummte Gestalt aus den Schatten. Bennet erschrak und wollte gleich die Flucht antreten. Doch die Gestalt sprach ihn an: „Ihr seid zu früh, Bennet tí Mendor. Eure Zeit ist noch nicht gekommen."
Die krächzende Stimme, die einem Mann gehörte, jagte ihm einen eisigen Schauer über den Rücken.
„Wer seid Ihr?", flüsterte er, davon überzeugt, dass der Mann ihn nicht verstanden haben konnte.
„Der Wächter von Reda." Der Mann schlug seine Kapuze zurück, und Bennet sah in irisierend grüne Katzenaugen – ein Cat'a! Sein langes Haar war schlohweiß, in sein Gesicht waren tiefe Furchen eingegraben.
„Aber wenn Ihr schon hier seid ..."
Bennet war wie versteinert, musste sich zunächst wieder sammeln. „Wie ist Euer Name?"
„Seit ich der Wächter bin, ist mein Name bedeutungslos. Vorher nannte man mich Espin. – Kommt."
Bennet folgte Espin, der das alte Stadttor aufschob. Xisis zog er hinter sich her. Der Hengst war noch immer sehr unruhig.
Bennet spürte sein Herz bis zum Hals klopfen, als er die totenstille Stadt betrat.
„Kommt, hier entlang." Espin schlurfte voran.
„Wohin bringt Ihr mich?"

„Kommt, folgt mir“, murmelte der alte Mann.
Sie gingen auf der gepflasterten Hauptstraße entlang, und in Bennets Herz schien sich alles zusammenzuziehen. Die Erinnerung wollte ihn schier erdrücken. Hier hatte er sie gesehen, die Leichen, die Sterbenden. Doch nun war einfach alles wie leergefegt, nicht ein einziger alter Knochen erinnerte an die schrecklichen Bilder, die sich in Bennets Hirn eingegraben hatten.
Der Wächter erriet Bennets Gedanken – oder las er sie?
„Einige Magier und Priester hatten damals überlebt. Wir haben die Leichen gesegnet und verbrannt. Es hat Tage gedauert, und wir befürchteten, der Gestank würde die Yendländer zurück nach Reda locken. Da wart Ihr schon in Sicherheit.“
Bennet fiel das Atmen schwer, als ihn die Erinnerung mehr und mehr gefangen nahm. Er erinnerte sich an so viele Dinge, die Häuser, die Straßen, den großen Brunnen in der Mitte des Marktplatzes, auf dem damals das Leben pulsierte, und den sie nun passierten. Reda war so lebendig, so überschäumend gewesen, so lustvoll. Bennets Gesicht verhärtete sich. Was nützte ihm eine tote Stadt, die ihm eine Gänsehaut verursachte?
„Wohin gehen wir?“, fragte er müde.
„Ihr seid nicht allein“, erklärte der Wächter schlicht.
„Was?“ Bennet holte auf. „Wer erwartet mich?“
Für einen wunderschönen, bittersüßen Moment dachte, hoffte Bennet, dass Zeth auf ihn wartete. Aber nein, Zeth war Yendländer! Er hätte nicht einen Fuß lebend auf redarianischen Boden setzen können. Aber wer war dann hier, in der *verbotenen Stadt*?

Ein junger Mann in zerlumpter Kleidung stand am Fenster und kehrte ihm den Rücken zu. Als Bennet näher trat, drehte er sich um. Er wirkte mädchenhaft, seine langen Haare hatten eine merkwürdige Farbe, oben am Ansatz waren sie rötlich, der Rest des Haares war in einem glänzenden Schwarz. Sein androgynes Gesicht zeigte tiefe Erschöpfung, unter seiner

ärmlichen, schmutzigen Kleidung sah Bennet einen abgemagerten Körper.
Erkennen blitzte in seinen großen, müden Augen auf, er lächelte leicht. „Bennet."
Bennet glaubte zu träumen. Das konnte doch nicht sein!
„River?", hauchte er ungläubig.
Der andere nickte. Unschlüssig machte er einen Schritt nach vorn, aber Bennet flog schon in seine Arme, in die Arme seines Bruders. Doch kaum hatten sich ihre Körper berührt, bemerkte er zu seinem Schrecken, dass ihn die Berührung erregte. Verlegen machte er sich los.
„Verzeih", murmelte er errötend.
River lachte leise. „Das ist der Geist von Reda, erinnerst du dich nicht?"
Bennet schüttelte verwirrt den Kopf.
„Ach nein", seufzte River. „Du warst auch noch zu klein." Er lächelte Bennet an. „Du siehst gut aus. Ist es dir gut ergangen in den Jahren?"
Über Bennets Gesicht glitt ein Schatten. „Ja und nein", flüsterte er. Er konnte es immer noch nicht fassen, seinem Bruder gegenüber zu stehen. Er hatte ihn für tot gehalten!
„Du hast dich kaum verändert."
River lächelte, doch seine Augen waren unendlich traurig. „Es ist soviel passiert."
„Espin?" Bennet drehte sich zu dem Wächter um, der still in der Tür gewartet hatte. „Gibt es die warmen Quellen noch?"
„Natürlich."
„Dann lass uns dort hingehen, River. Du siehst aus, als hättest du ein Bad dringend nötig. Und wir können in Ruhe reden."
„Ruhe haben wir hier wohl mehr als genug", sagte River ironisch, aber gegen ein Bad hatte er nichts einzuwenden. Nach seiner Ankunft hatte Espin ihn erst einmal mit Nahrung und Wasser versorgt, und so konnte er sich jetzt auch seinen anderen Bedürfnissen widmen.
In Begleitung des Wächters, der offenbar nicht vor hatte, sie

auch nur einen Moment aus den Augen zu lassen, verließen sie das Haus. Sie gingen schweigend an den Palastgebäuden vorbei. Bennet war noch nicht bereit, sein ehemaliges Zuhause zu betreten, und River schien es ähnlich zu ergehen.
Direkt hinter dem Palast bogen sie in die Schmiedegasse ab. Von dort war es nur noch ein kleines Stück bis zum Badehaus, das um die warmen Quellen herum errichtet worden war.

Sie verfielen schnell wieder in den weichen, rollenden Singsang ihrer Muttersprache. Zunächst vorsichtig, als wollten sie den Klang noch erproben, doch Wort für Wort wurden sie sicherer.
„Es ist schon so lange her, dass ich Redarian gesprochen habe", bemerkte River mit leuchtenden Augen. „Ich hatte die Sprache fast aus meinem Gedächtnis verbannt."
Bennet lächelte ihn an. Dies hier war ihre Heimat und ihre Sprache.
Er wurde aber schnell wieder ernst. „Unser Vater hat gut daran getan, uns auch Yendländisch lernen zu lassen."
River nickte. „Wenn wir allerdings seine Augen geerbt hätten, dann wären wir jetzt nicht mehr am Leben."
Bennet sah sich aufmerksam um und stellte fest, dass die Stadt kaum gealtert war.
„Espin, wie kommt es, dass die Häuser und Straßen sich kaum verändert haben? Warum verwittert hier nichts?"
Espin drehte sich zu ihm um. „Das liegt an den Bannzaubern, die die Stadt überziehen. Sie altert nun viel langsamer und dementsprechend gibt es auch einen geringeren Verfall."
„Es ist unheimlich, nicht?", murmelte Bennet.
River nickte beklommen. Jetzt waren sie wieder in ihrer Heimat, und doch war alles ganz anders. Noch immer hörten sie das seltsame Summen und Wispern, das allgegenwärtig schien.
„Gewöhnt Euch schon mal", meldete sich Espin zu Wort. „Wenn die Zeit gekommen ist, werdet Ihr Reda wiederauferstehen lassen."

„Wir?“ Bennet zog die Augenbrauen hoch. Er konnte sich beim besten Willen nicht vorstellen, wie sie das bewerkstelligen sollten.
Espin nickte nur. Er schob die Tür des Badehauses vor ihnen auf. Hier war früher immer etwas los gewesen, das Badehaus war Anlaufort aller Vergnügungssüchtigen gewesen. Jetzt war es ganz still, bis auf das leise Rauschen der Quelle. Ihre Schritte hallten von den gekachelten Wänden wieder.
Es war ein schönes Haus, die schillernd blauen Fliesen am Boden waren mosaikartig angeordnet, an den Wänden befanden sich gekachelte Bilder von nackten Männern und Frauen. Bilder aus einer anderen Zeit.
Bennet warf River einen skeptischen Blick zu.
„Habt Ihr noch Kleidung für River, Espin?“
Der alte Mann nickte langsam. Er hob beide Hände, mit den Handflächen nach oben. Dann murmelte er einige Worte, die in Bennets Ohren sehr fremd klangen, und direkt vor ihm fiel eine dunkle Hose und ein dunkelbrauner Umhang auf den Boden.
„Ihr seid Magier?“, fragte River verblüfft.
„Nein, ich nutze lediglich die Magie der Stadt.“
Er reichte River die Kleidung. „Nichts besonderes, aber ich denke, es könnte Euch passen.“
Bennet grinste. „Alles ist besser als der Fetzen, den du anhast.“
River lachte tatsächlich. Er hatte nur noch Augen für das warme Nass, das in die verschieden großen Becken plätscherte. Hier hatte sich nichts verändert, vielleicht war die Anlage ein wenig gealtert, doch sie hatte nichts von ihrer Attraktivität eingebüßt.
Mit schnellen Bewegungen streifte er sich die zerfetzte Kleidung vom Leib. Nackt stieg er in das größte Bassin und streckte sich behaglich aus. Das Wasser lief stetig über den Rand des Beckens und war somit immer sauber und frisch. River begann, sich zu waschen. Sein Körper war übersäht mit Verletzungen und Schrunden, und er hielt einige Male die Luft an, wenn der

Schmerz zu heftig war.
Bennet zog sich ebenfalls aus und ließ sich rasch neben River ins Wasser gleiten. Es machte ihm nichts aus, dass Espin sie mit leuchtend grünen Augen musterte. Der alte Mann blieb, wie zuvor, ständig in ihrer Nähe. Doch River machte Bennet nervös, und die eigenartige Erregung, die ihn bei ihrer Begrüßung erfasst hatte, war noch nicht abgeebbt.
„*Sarix*", murmelte River und fuhr ihm mit der Hand durch die kurzen, roten Haare.
Bennet starrte ihn an, dann lächelte er. *Füchslein.* So hatte ihn ewig keiner mehr genannt.
„Sei vorsichtig, dass das niemand hört", warnte er sanft. „Und nun erzähl mir, warum du hergekommen bist!"
River lächelte schmal. „Um mich umzubringen. Ich wollte nur noch einmal Reda sehen und spüren, um mich dann ..."
„Du wolltest dich umbringen?", unterbrach Bennet ihn mit gelindem Entsetzen. „Warum?"
River seufzte und sank tiefer in das warme Wasser. „Das ist eine verdammt lange Geschichte."
„Dann fang am besten dort an, als du – genau wie ich – aus Reda geflohen bist."
„Das ist auch der Anfang, wenn du so willst", sagte River leise. „Du bist nicht an dem vereinbarten Treffpunkt erschienen ..."
„Richtig. Muréner warteten in den Bergen rund um die Stadt auf fliehende Redarianer. Wir liefen direkt in eine Falle. Meister Imraq und Linus wurden hinterrücks erschlagen. Mich nahmen sie mit. Sie wussten nicht, wer ich war, und vielleicht war das auch gut. Wir wurden über die Grenze gebracht. Eigentlich sollte ich – wie alle anderen auch – verkauft werden. Isiria braucht immer Sklaven für die Edelsteinminen. Aber dann sah Caskáran Refir mich und beschloss, mich als Leibsklaven zu behalten. Von da an war ich Tag und Nacht bei ihm." Um Rivers weichen Mund spielte ein bitterer Zug. „Tag und Nacht. Du weißt sicher, was das bedeutet. Ab und an *verlieh* er mich an Freunde, die es dann vor seinen Augen mit

mir treiben durften."
Bennet schwieg betroffen.
„Refir ist ein grausamer, machtbesessener Mann, und ich habe jeden Tag verflucht, an dem ich an ihn gefesselt war."
„Wie bist du entkommen?", fragte Bennet leise.
„Eine Frau ... Sie hat Refir übertölpelt." Er lächelte.
„Liebt ihr euch?"
Überrascht schüttelte River den Kopf. „Nein. Sie verhinderte, dass ich öffentlich ausgepeitscht wurde. Sie hatte Mitleid mit mir. Der Caskáran war fasziniert von ihr. Du musst wissen, dass sie auf ihre Art ebenso grausam sein kann wie er." Er seufzte. „Sie verhalf mir zur Flucht, und von da an war ich – Rivana. Bis Zeth, der Bastard von Caskáran Ferakon, mich im Harem seines Vaters entdeckte ..."
Bennet verschluckte sich vor Schreck. „Zeth?", hustete er.
„Ja, kennst du ihn?"
„Und ob! – Aber erzähl weiter!", drängelte Bennet und versuchte, wieder zu Atem zu kommen.
„Er versprach mir, die Frau zu finden, die mir noch immer helfen wollte, aber bereits am nächsten Tag kam ein Freund Ferakons und suchte sich eine Handvoll Sklaven aus dem Harem aus. Ich war darunter. Wir wurden auf ein Schiff gebracht, und ich sprang über Bord, kurz nachdem wir den Hafen verlassen hatten. Es war meine einzige Möglichkeit. Ich irrte eine Zeitlang durch die Gegend, ohne richtige Kleidung, ohne Nahrung und ließ mich prompt wieder einfangen. Wieder von Murénern."
„Barbaren", stöhnte Bennet.
River zog eine Grimasse. „Ja, sicher, du hast Recht. Ich dachte, sie bringen mich um. Aber sie ließen mich lange genug am Leben, dass ich mit ihrem Anführer ein Geschäft aushandeln konnte. Dadurch konnte ich mich freikaufen."
Unsicher sah Bennet seinen Bruder an und runzelte die Stirn. „Was hast du ihm als Gegenwert angeboten?"
„Mich, natürlich."

„Aber er hätte dich auch so haben können. Du warst in seiner Gewalt!"
River nickte. „Ich bot ihm an, für eine bestimmte Zeit alles zu tun, was er wollte. Es sind schon so viele Männer über mich drüber gestiegen, einer mehr machte da auch nichts mehr aus."
Ungläubig schüttelte Bennet den Kopf. „Und darauf hat er sich eingelassen?"
„Ich konnte ihn von meinen Qualitäten überzeugen." River lachte rau und unharmonisch. „Aber jetzt erzähl mir doch mal, woher du Zeth kennst!"
Bennet betrachtete seinen Bruder. Er spürte, dass dessen Fröhlichkeit aufgesetzt war. Das alles war nicht spurlos an ihm vorbeigegangen. *Er ist nach Reda gekommen, um sich das Leben zu nehmen*, rief Bennet sich ins Gedächtnis.
„Zeth", begann er. „Er hat mich vor seinen Soldaten gerettet, die mich als Spielzeug und Freiwild betrachteten."
„Was hattest du mit seinen Soldaten zu tun? Wolltest du etwa einer werden? Ein yendländischer Soldat?" River starrte ihn an.
„Nein, mit Sicherheit nicht. Ich lebte die ganze Zeit über bei einem älteren Ehepaar in Fauvel. Das ist ein Nordsiedler-Dorf. Sie haben mich wie einen Sohn aufgenommen, aber sie wussten, wer ich war. Sie setzten soviel Hoffnung in mich ... Es ist noch nicht allzu lange her, da kam ein Wandermagier in unser Dorf. Er wollte mich sprechen. Seine Visionen ... betrafen Reda. Er teilte mir mit, dass es Zeit sei, meinen Platz einzunehmen. Aber, wie sollte ich das tun? Da kamen mir die yendländischen Soldaten gerade recht, die nach Rekruten suchten. Ich wollte mich ihnen anschließen, um nach Iskaran zu kommen. Ich wollte Leute finden, die mir helfen. Aber es kam alles anders. Ich geriet an einen sadistischen Ausbilder, und wäre Zeth nicht da gewesen ..." Er brach ab.
Wieder lachte River humorlos. „Vater würde sich im Grab umdrehen, wenn er wüsste, dass seine beiden Söhne in der Sklaverei gelandet sind."
„Ja, er hat Sklavenhaltung immer abgelehnt", sagte Bennet.

„Aber ich war nicht Zeths Sklave sondern sein Knappe."
Er schüttelte die schmerzvolle Erinnerung ab. „Soll ich dir die Haare waschen?"
Überrascht sah River ihn an, seine Augen bekamen einen feinen Glanz und erinnerten Bennet daran, wie fröhlich und wie sinnlich River einmal gewesen war.
„Gerne." Er drehte sich um, und Bennet begann vorsichtig Rivers langes Haar zu waschen, wie er es früher getan hatte.
„Warum bist du heute hergekommen?"
„Ich weiß nicht genau", sagte Bennet und biss sich auf die Unterlippe, um das Zittern zu unterdrücken. „Ich wusste nicht, wo ich sonst hin sollte."
„Ich dachte, du seist Zeths Knappe?", fragte River verwundert.
„Das war ich mal", flüsterte Bennet. „Bis er erfuhr, wer ich bin …"
Rivers Kopf schnellte herum. „Musstest du fliehen?"
„Nein", presste Bennet hervor. *Er hat mir das Herz gebrochen.*
„Ich bin gegangen, um ihn nicht in Schwierigkeiten zu bringen." Er zwang sich zu einem Lächeln, das jedoch verunglückte. Und als River es sah, fragte er nicht weiter nach.
Nach einer Zeit stiegen sie gereinigt aus dem Becken. Espin reichte ihnen große Badetücher.
River schlüpfte in die neue Kleidung, die ihm viel zu weit war, aber daran störte er sich nicht.
Schweigend kehrten sie zurück in das Haus, das der Wächter bewohnte.
Wieder bemerkte Bennet, dass ihn Rivers Anwesenheit erregte. Schon im Badehaus hatte er seine Begierde kaum zügeln können. Er wusste nicht, was er davon halten sollte. Warum begehrte er seinen eigenen Bruder?
River warf ihm einen belustigten Blick zu, als hätte er in seinen Gedanken gelesen. Bennet spürte, wie ihm das Blut ins Gesicht schoss. Schnell wandte er sich ab.
Nach einem kargen Abendmahl zogen sich die beiden in eine kleine Kammer im Dachgeschoss von Espins Haus zurück. Sie

hatten noch immer kein Bedürfnis, den Stadt-Palast zu betreten. Zuviel war passiert, zu viele Erinnerungen lasteten auf ihnen.
River zog sich nackt aus und schlüpfte unter die Decke. Verlegen wandte Bennet den Blick ab. Wollte sein Bruder ihn provozieren?
Er zitterte vor Erregung, und er wusste nicht, woher diese kam. War es die Trennung von Zeth, die ihm auf diese Weise zu schaffen machte?
„Schlaf dich aus, Bruderherz“, sagte River schläfrig.
Bennet wartete, bis River sich abgewandt hatte, bis auch er sich auszog. Er wollte seinem Bruder seine Lust nicht noch einmal offenbaren.
Rasch verkroch er sich ins Bett, doch sein Körper ließ ihm keine Ruhe. Sein Verlangen war so zwingend, dass er sich aufsetzte, sobald River eingeschlafen war. Einen Moment horchte er auf Rivers gleichmäßige Atemzüge, ehe er Hand an sich legte.

River sah zu seinem Bruder, dessen Schatten durch das Licht der Kerze an die Wand geworfen wurde. Bennet kniete auf dem Bett, auf den Fersen sitzend. Seine Hand lag in seinem Schoß, die Bewegung war nicht zu missdeuten. River betrachtete ihn einen Moment, dann fragte er: „Soll ich dir behilflich sein?“
Bennet fuhr zusammen, als er das hörte. Verlegen sah er River an. „Entschuldige ... Ich ... ich dachte, du schläfst schon.“
River schwang sich aus dem Bett und kam zu Bennet herüber. „Wofür entschuldigst du dich?“
Betreten rutschte Bennet unter seine Bettdecke.
„Soll ich mich zu dir legen? Ich kann deine Lust etwas lindern. Es ist schon eine Herausforderung, wieder in Reda zu sein. Und du warst damals noch ein Kind! Du hast diese Gefühle noch nicht so kennengelernt.“
„Was meinst du damit?“, fragte Bennet zögernd, rückte aber zitternd zur Seite, um River Platz zu machen.

„Reda war eine lustvolle, eine lustbetonte Stadt. Es gab keine Tabus. Die Menschen haben sich amüsiert." Er grinste und schob sich zu Bennet unter die Decke. „Magier kamen nach Reda, um mit den Einwohnern, vor allem den Cat'as, sexuell zu verkehren, da sie aus dem Akt Energie ziehen konnten."
„Wirklich? Das war mir nicht bewusst", murmelte Bennet. „Was ist das für eine Energie?"
„Sie existiert in jedem Redarianer. Es ist das *thes*, eine Form von Urenergie." Er lächelte. „Die ganze Stadt ist voll damit, es ist, als flössen unterirdisch Energieadern – daher war Reda für Magier so attraktiv."
„Ich weiß so wenig über all das. Als Reda angegriffen wurde, hatte ich noch nicht einmal die Initiation hinter mich gebracht."
Rivers Hand glitt über Bennets Oberschenkel. „Hast du mit ihm geschlafen?"
„Mit Zeth?", fragte Bennet leise. „Ja, natürlich. Er war mein Liebhaber."
River nickte. Seine Finger wanderten weiter, und als er Bennet umfasste, stöhnte dieser rau.
Rivers Körper war fest und glatt neben seinem. Er brauchte nicht lange, um zum Höhepunkt zu kommen. Matt sank er zurück und begann zu schluchzen. Er legte den Arm über die Augen, aber er konnte die Tränen nicht zurückhalten.
River ließ ihn weinen, bis er sich ein wenig beruhigt hatte.
„Du solltest zu ihm zurückkehren", bemerkte er und berührte Bennets Schulter.
„Ich kann nicht", flüsterte Bennet erschöpft. Er atmete tief durch.
„Doch, du kannst", erwiderte River streng. „Wir werden zusammen gehen."
„Das ist vorbei, das mit Zeth und mir. Du hättest ihn sehen müssen, seine Augen, als er mich zur Rede stellte..." Wieder füllten sich Bennets Augen mit Tränen. Dann, als hätte er erst gerade realisiert, was zwischen ihnen passiert war, begann er

plötzlich leise zu lachen, doch ohne einen Funken Humor. „Du solltest der neue Tar von Reda werden. Wer könnte besser geeignet sein als eine männliche Hure?“
River grinste, und es wirkte gleichermaßen anzüglich wie naiv. „Meinst du?“
Die beiden sahen sich an. River zog seinen Bruder in die Arme. „Wir gehen zusammen nach Iskaran oder wo immer Zeth auch ist.“
Bennet nickte an Rivers knochiger Schulter. Er klammerte sich an diese Vorstellung, aber er glaubte nicht daran.
Bennet war müde, doch in seinem Kopf schwirrten die Gedanken. Reda nahm ihn mehr und mehr gefangen. Er erinnerte sich an immer mehr Details, an das Leben vor dem *Fall.* Und er begann zu grübeln. Warum hatte Caskáran Ferakon die Stadt derartig niedergemacht? Warum hatte er Reda nicht eingenommen? Er hatte das nicht einmal versucht, oder? Was genau war vor sechs Jahren passiert? Er selbst war noch ein Kind gewesen, zu klein, um die politischen Gegebenheiten zu begreifen. River war zwar initiiert worden, doch ebenfalls noch nicht eingeweiht gewesen. Keiner von ihnen hatte gewusst, in welcher Gefahr sie schwebten, aber ihr Vater schien es geahnt zu haben. Er hatte veranlasst, dass seine beiden Söhne in Sicherheit gebracht wurden.
Er hätte besser auch sich und unsere Mutter in Sicherheit gebracht, dachte Bennet bitter.
„Wir müssen zurück nach Iskaran“, sagte er plötzlich.
„Sag ich doch die ganze Zeit“, murmelte River schläfrig.
„Aber nicht wegen Zeth“, behauptete Bennet stur. „Ich muss Informationen sammeln, ich muss wissen, was damals genau passiert ist!“
River gähnte. „Frag doch einfach Espin!“
„Nein, das reicht nicht! Er wird auch nicht wissen, was damals in Yendland los war! Ich muss wissen, was in Ferakon vorgegangen ist, damit ich weiß, was uns erwartet.“

Mitten in der Nacht wachte River auf, weil seine Blase drückte. Bennets Arm lag warm über seinem Brustkorb, und er hob ihn vorsichtig von sich herunter, um seinen Bruder nicht zu wecken.
Leise schlich er sich aus der kleinen Kammer, die Treppe hinunter und öffnete dann die Hintertür des Häuschens. Kalte Nachtluft schlug ihm entgegen.
Mit nackten Füßen tappte er durch das nasse Gras. Warum hatte er sich nichts übergezogen?
Er erleichterte sich in einer Ecke des Gartens und schlug dann zitternd die Arme um den Oberkörper, als er sich wieder auf den Weg ins Haus machte.
Espin erwartete ihn in der Dunkelheit.
„Ich halte nichts davon, dass ihr beiden Unzucht miteinander treibt", sagte er schneidend.
River fuhr zusammen. Vor Schreck vergaß er völlig, dass er nackt war.
„Habt Ihr mich erschreckt!", keuchte er.
Der Wächter verbarg sich noch immer in den Schatten. „Entschuldigt."
River versuchte, seinen Herzschlag wieder zu beruhigen. „Woher wisst Ihr überhaupt, dass wir ...?"
Espin lachte. „Ich bin der Wächter dieser Stadt", sagte er, als erkläre dies schon alles.
River straffte sich ein wenig. „Können wir nicht tun, was wir wollen? Wir haben keine Enthaltsamkeit geschworen oder so etwas ..."
„Aber ihr seid Brüder!"
River winkte ungeduldig ab. „Wen interessiert das? Ich liebe meinen Bruder! Und mit meinem Körper kann ich großzügig umgehen. Ohnehin haben wir es nicht miteinander getrieben – falls Ihr das denkt."
„River! Einer von euch beiden wird eines Tages Reda regieren! Ihr seid keine kleinen Jungen mehr, die sich heimlich miteinander vergnügen."

Rivers Gesicht versteinerte, doch er sagte nichts mehr dazu. Espins Moralvorstellungen interessierten ihn nicht. Er war ein erwachsener Mann und konnte tun und lassen, was er wollte.
„Ich habe es zur Kenntnis genommen“, murmelte er schließlich, da der Wächter sich ebenfalls nicht mehr äußerte. „Wenn Ihr mich jetzt entschuldigt? Ich bin müde.“
„Natürlich.“ Espins Stimme klang nun nicht mehr ganz so harsch. „Bis morgen.“

Nach einem ausgedehnten, aber recht schweigsamen Frühstück gingen Bennet und River hinunter zum Hafen. Dieses Mal begleitete Espin sie nicht, was Bennet ziemlich erstaunte.
Er spürte diese seltsame Mischung aus Trauer und Wiedererkennen, als sie die breite gepflasterte Straße Richtung Hafen schlenderten. Vertraut schlang River seinen Arm um Bennets Hüfte.
„Kannst du es dir vorstellen?“, raunte er ihm zu.
„Wie es wieder aussehen wird? – Nein. Ich erinnere mich nur daran, wie es einmal war“, sagte Bennet betrübt.
„So wird es wieder werden! Nur noch schöner!“
Bald schon bemerkten sie beide den typischen Geruch des Meerwassers, der über allem hing. Bennet meinte sogar, noch immer den Geruch von Fisch wahrzunehmen, der damals von den großen Fischerbooten ausgegangen war. Die Fischer hatten regelmäßig ihre Ladung hier an Land gebracht und auf dem Markt verkauft. Das Meer vor Reda war ein reiches Fischfanggebiet gewesen. Den Leuten, die vom Fischfang gelebt hatten, war es gut ergangen.
Arm in Arm gingen sie bis zum ersten der hölzernen Anlegestege. Die Sonne war gerade erst aufgegangen und tauchte das Wasser des Hafenbeckens in schimmernde rötlich-blaue Farben.
Der leichte Nebel der Nacht zog sich langsam auf das offene Meer zurück und hinterließ glitzernde Lichtreflexe, die wie Diamanten funkelten.

Gebannt betrachteten sie das Naturschauspiel.
„Das letzte Mal, dass ich mir das Meer angesehen habe, war kurz vor meiner Flucht“, sagte River mit einem schiefen Grinsen. „Ich habe ins Wasser gestarrt und überlegt, ob mich die Kälte lähmen wird, wenn ich hineinspringe.“
„Aber dieses hier ist doch wunderschön ...“
Rivers Blick glitt über die Schiffe, die im Hafen lagen, leer, verlassen und still. Sie knarrten leise, wenn die sachten Wellen sie hin und her schaukelten.
„Unheimlich“, murmelte er. „Geisterschiffe.“
Er fröstelte.
Bennet folgte seinem Blick. „Du oder ich?“
Überrascht starrte River ihn an. „Ich weiß nicht“, sagte er unbehaglich. „Müssen wir das jetzt entscheiden?“
„Reda kann nur einen Tar haben, aber wir müssen das nicht jetzt entscheiden. Espin teilte mir bereits mit, dass ich zu früh hergekommen wäre. Wir haben noch Zeit.“
River seufzte. „Versprich mir eines: Egal, wer Reda eines Tages regieren wird, wir werden uns nicht entzweien.“
Über Bennets Gesicht huschte ein Lächeln. „Das verspreche ich dir gern.“
Sie umarmten sich heftig und blieben eine ganze Weile so stehen, bis Bennet sich verlegen losmachte. Er spürte schon wieder dieses Verlangen in sich aufsteigen, das Redas Energie in ihm entfachte.
River grinste wissend. „Sollen wir heute Mittag Richtung Iskaran aufbrechen?“
Bennet nickte, doch in seinen Augen standen Zweifel. Trotzdem sagte er: „Je früher desto besser.“
Sie kehrten zu Espins Haus zurück; der erwartete sie bereits. „Ihr solltet bald aufbrechen. Denn bevor Reda auferstehen kann, müsst ihr das Raq finden. Dazu müsst ihr nach Iskaran.“
„Das trifft sich gut, da wollten wir sowieso hin“, murmelte Bennet mit einem sarkastischen Unterton.
„Was ist das Raq?“, fragte River. „Warum brauchen wir es?“

„Der Lichtstein von Meru, das Raq, ist ein Edelstein aus der alten Edelsteinmine von Reda", begann Espin, „Der Stein ist sehr alt, aufgeladen mit uraltem *thes*. Sein hellblaues Licht ist außergewöhnlich, es strahlt von innen heraus, so hell, dass man ihn in der Nacht als Lichtquelle verwenden kann."
„Als Lichtquelle?", unterbrach Bennet. „Wenn ich für eine Lichtquelle nach Iskaran muss, dann würde ich lieber auf Kerzen zurückgreifen."
Espin gab einen mürrischen Grunzer von sich. „Gut, ihr wollt die Legende hören ... Das Raq wurde als Zeichen der Zuneigung verschenkt. Die Tochter des Tar Flirion schenkte es einem yendländischen Fran. Der erwiderte ihre Liebe jedoch nicht im gleichen Maße. Er betrog die schöne Xylvi bereits vor der Verbindungsnacht. Das war zu einer Zeit, da noch keine Feindschaft zwischen Reda und Yendland herrschte."
„Das muss ... ewig her sein!", bemerkte River.
Espin, von der erneuten Unterbrechung, verärgert, bellte: „Ja, ziemlich genau 850 Jahre und nun schweigt! Also ... Xylvi erfuhr von der Untreue ihres Liebsten, der sie wohl nur aus diplomatischen Gründen ehelichen wollte."
„Der Schuft", flüsterte Bennet grinsend, aber Espin ging nicht darauf ein.
„Die Verbindung wurde schließlich nicht geschlossen, Xylvi starb an gebrochenem Herzen, so sehr trauerte sie. Tar Flirion forderte das Raq zurück, aber die Xenten, schon damals mit den Yendländern verbündet, hatten die Macht des Steins erkannt. Sie überredeten Caskáran Selchor, den Vater des untreuen Fran, das Raq nicht herauszugeben. Seit der Zeit ist das Verhältnis zwischen Reda und Yendland erschüttert, zerrüttet durch fortwährende Intrigen und dem Hass zwischen Xenten und freien Magiern."
„Warum heißt das Raq *Lichtstein von Meru?*", wollte River wissen. Er kannte diese alte Legende nicht.
„Meru hieß der Magier, der das *thes* in dem Stein stabilisiert hat. Eine Glanzleistung, müsst ihr wissen. Das *thes* ist eine eher

flüchtige Energieform."
„Und diese *Glanzleistung* sollen wir also zurückbringen", vergewisserte sich Bennet.
Espin nickte. „Die Yendländer haben das Raq gestohlen, es gehört nach Reda. Im Moment befindet es sich, wie bereits erwähnt, in Iskaran. Und ich nehme an, dass die Xenten es gut bewachen. Sie haben es zu ihrem Eigentum erklärt."
„Was passiert, wenn wir es haben?"
Der Wächter stieß einen Seufzer aus. „Zuerst müsst ihr Mistok finden, der Magier. Er verbirgt sich in der Nähe von Iskaran an unterschiedlichen Orten. Mit ihm zusammen könnt ihr einen Plan schmieden, an das Raq zu gelangen."
„An unterschiedlichen Orten", wiederholte Bennet mürrisch. „Wenn das keine genaue Ortsangabe ist ..."
„Ihr seid Redarianer", brummte Espin ironisch. „Er ist Magier. Lasst euch vom *thes* leiten."
Bennet warf River einen Blick zu und lachte unsicher. „Wenn ich mich vom *thes* leiten lasse, lande ich ganz woanders."
Jetzt lachte auch River leise.
Espin verdrehte die Augen. „Eines müsst ihr noch wissen: Das letzte Mal, als ein Magier das Raq nach Reda zurückbrachte, gab es einen Krieg. Reda wurde vernichtet, das war vor sechs Jahren."
Das Lachen blieb River und Bennet im Halse stecken.

Unerwartete Begegnung

Gegen Mittag sattelten sie ihre Pferde und brachen auf. River sah seinen Bruder neidisch an, als der sich auf seinen eleganten Fuchshengst schwang. Er selbst ritt auf einem einfachen Bergpony. Aber immer noch besser als zu Fuß zu gehen, sagte er sich.
Espin begleitete sie bis zum Stadttor. „Seid vorsichtig im Wald.

Die Geister nehmen keine Rücksicht auf eure Abstammung."
Bennet erschauderte leicht. Geister? Waren es Geister gewesen, die ihn in der Nacht im Wald heimgesucht hatten?
„Das nächste Mal, wenn wir uns sehen, wird bereits eine Entscheidung gefallen sein."
River und Bennet nickten. Ohne sich noch einmal umzusehen, verließen sie Reda. Sofort verstärkte sich der Wind, der um die Stadtmauern pfiff und sie einhüllte. Er begleitete sie bis zum Waldrand und war dann urplötzlich verschwunden. Wieder zerrte die Stille im Wald an Bennets Nerven, doch dieses Mal war River mit von der Partie. Dieses Mal musste er das Wagnis nicht allein durchstehen.
Auf Bennets Drängen hin erzählte River ihm, wie und warum er nach Reda gekommen war. Das lenkte sie beide ab.
„Das *thes* hat mich nach Reda gezogen, ich war verwirrt, durcheinander. Mein Blut brannte. Das hat den Murénern Angst gemacht. Wahrscheinlich dachten sie, ich sei krank oder wahnsinnig. In diesem Zustand war ich für sie eine Belastung. Es war sexuelle Raserei, die mich erfasste am Ende. Es gipfelte in einer Orgie. Ich ..." Er runzelte die Stirn, Hilflosigkeit und Abscheu mischte sich in seine Stimme. „Ich ließ sie alle über mich steigen, bis ich blutete. Und trotzdem verlangte ich nach mehr. Orkun dachte sicher, ich hätte den Verstand verloren oder ich sei besessen. Die Muréner sind sehr abergläubisch. Ich habe wirkliches Bedauern in Orkuns Augen gesehen, als sie mich direkt am Waldrand von Bolén aussetzten. Sie gaben mir zum Glück dieses Pony mit. Erst als ich hier ankam, wusste ich, dass es das *thes* war, das mich so verrückt hatte werden lassen. Ich hatte es zu lange nicht mehr gespürt und daher nicht erkannt."
„Du ... du hast gesagt, du wolltest dir das Leben nehmen ...", murmelte Bennet.
River nickte, in den schrecklichen Erinnerungen gefangen.
„Ja ... sie brachten mich an den Rand von Bolén. Mein Körper schmerzte, mein Blut brannte noch immer, sie hatten mir kaum

Zeit gelassen, mich zu reinigen. Ich hörte, wie Orkuns Männer sagten, dass ich entweder mit den bösen Geistern verbunden wäre, dann könnten sie mir nichts anhaben oder von ihnen verschlungen würde, dann wäre meine Qual bald zu Ende. Ich glaube, es war Orkun, den sie damit besänftigen wollten."
Bennet hörte gebannt zu.
„Ich trieb das Pferdchen in den Wald, instinktiv erahnend, wohin ich reiten musste. Und dort war es mit einem Mal still. Du glaubst nicht, was für eine Angst ich hatte. Diese Angst und die Schmerzen, ich dachte schon selbst, ich sei verrückt geworden. Bald kamen die Visionen, dann diese schrecklichen Geistwesen, die mich berührten. Ich hätte nie gedacht, dass ich noch einmal aus dem Wald herausfinden würde. Aber Bolén gab mich frei, und als ich erkannte, wo ich mich befand, stand fest, dass ich mich umbringen wollte. Ich konnte einfach nicht mehr. Doch einmal noch wollte ich meine Heimat sehen. Ich hatte das Gefühl, versagt zu haben. Keiner von uns beiden hatte es geschafft. Reda würde eine Totenstadt bleiben, und ich würde einen weiteren Platz im Seelenwald von Bolén einnehmen."
Bennet erschauderte beim seltsam hohlen Klang von Rivers Stimme.
„Ich war überrascht, als ich auf Espin traf. Das warf meine Pläne über den Haufen."
Sie ritten ohne Pause, denn das Gefühl, dass etwas Böses ihnen auflauerte, war übermächtig. Und so waren sie vollkommen erschöpft, als sie am späten Abend den Wald von Bolén hinter sich ließen.
Die Nacht verlief ohne größere Zwischenfälle, und am nächsten Morgen brachen sie früh wieder auf.

River, die weiten Strecken zu Pferde nicht gewöhnt, entschied sich nach ein paar Stunden im Sattel, sein Pony zu führen. Und auch Bennet saß ab. Sie gingen einträchtig nebeneinander her, die Pferde am Zügel hinter sich. Sie hörten die Geräusche etwa

zur gleichen Zeit. Bennet und River grinsten sich an.
„Da vergnügen sich wohl welche am See“, flüsterte Bennet.
„Los, lass uns nachschauen.“ River ließ sein Pony zurück, das sofort zu grasen begann. Bennet tat es seinem Bruder gleich, und gemeinsam schlichen sie durch das Unterholz zum See und verbargen sich hinter dichtem Buschwerk.
Im eisigen Wasser des Sees wuschen sich zwei Menschen, die ganz offensichtlich gerade Sex miteinander gehabt hatten, den Geräuschen nach zu urteilen.
Ihre Kleidung hatten sie unachtsam am Ufer placiert, so dass jeder sie hätte stehlen können. Und Bennet juckte es tatsächlich in den Fingern, diesen beiden eine Lektion zu erteilen. Erst als die zwei zum Ufer zurück kamen, erkannte Bennet sie – es waren Pascale und Pheridon. Er hielt sich die Hand vor den Mund, um nicht laut loszuprusten.
„Hey, die Frau kenne ich!“, flüsterte River plötzlich aufgeregt. „Das ist Pascale! Die Frau, die mir zur Flucht verholfen hat!“
Erstaunt sah Bennet ihn an. „Ich weiß, wer sie ist! Und der Mann neben ihr ist Pheridon – einer von Zeths Männern.“
Ungläubig starrten die beiden Brüder sich an. Dann lachten sie, und ihre Deckung flog auf.
Pascale und Pheridon erstarrten, als sie das Gelächter hörten. Doch bevor sie ihre Waffen erreichten, gaben River und Bennet ihr Versteck auf und traten ins Freie.
Pascale schwankte zwischen freudiger Erleichterung, Überraschung und Verlegenheit, als sie die beiden Jungen vor sich sah.
„Bennet! River!“
„Du kennst sie beide?“, grollte Pheridon. Er machte keine Anstalten, seine Blöße zu bedecken, und seine Muskelpakete an Brust und Armen waren so eindrucksvoll, dass River einen Schritt zurücktrat.
Pascale nickte und begann, sich rasch anzuziehen. Man sah ihr an, dass sie angestrengt nachdachte, doch offenbar konnte sie sich keinen Reim aus der Situation machen.

Bennet half ihr aus diesem Dilemma heraus. „Wir sind Brüder", erklärte er.
Pheridon stemmte die Hände in die Hüften und schaute von einem zum anderen. „Brüder?"
Pascale, nun angezogen, kam wieder näher. Sie fasste River an den Schultern. „Wo bist du gewesen? Ich habe dich gesucht ...!"
River seufzte und lächelte gleichzeitig. „Das kann ich unmöglich jetzt alles erzählen."
Pheridon wandte sich ab, um sich ebenfalls anzukleiden. Auch in seinem Kopf arbeitete es ganz offenkundig.
„Ihr wart übrigens ziemlich leichtsinnig", bemerkte Bennet grinsend. „Wir haben Euch schon aus einiger Erfahrung hören können!"
Pascale zog eine Grimasse, wurde jedoch nicht einmal ansatzweise rot.
„Und ihr hattet nichts besseres zu tun, als euch in die Büsche zu schlagen, um zuzusehen, was?", polterte Pheridon.
River zuckte zusammen.
„Ich habe euch noch gar nicht bekannt gemacht", fiel Pascale ein. „Pheridon, das ist River, der Bursche, nach dem ich gesucht habe."
„Und der imposante Kerl da ist Pheridon, einer von Zeths Männern, wie ich dir schon sagte", ergänzte Bennet. „Wollt Ihr auch Richtung Iskaran?"
Pascale grinste. „Jetzt schon, nachdem wir euch gefunden haben."
„Wer hat hier wen gefunden?", lachte Bennet.
„Dann können wir ja zusammen reiten." River wandte sich ab und holte die beiden Pferde an den See, damit sie trinken konnte. Er tauchte eine Hand ins Wasser und trank einen Schluck. „Eisig", murmelte er und erschauderte. Wie hatten die beiden sich hier waschen können?
„Lasst uns zusammen essen, wir haben zwei Kaninchen erlegt."
River und Bennet sahen sich an. „Ähm, danke. Aber wir essen lieber unsere Vorräte ..."

„Kein Fleisch, häh? Nordsiedler ...“, brummte Pheridon.
Die beiden nickten schweigend. Was passierte wohl, wenn die Wahrheit ans Licht kam?
Sie setzten sich um das Feuer, das Pheridon rasch entfacht hatte. Und während die Kaninchen über dem offenen Feuer rösteten, teilten sich River und Bennet das Brot und das getrocknete Obst, das sie in ihren Satteltaschen verstaut hatten.
„Kein Wunder, dass ihr zwei so mager seid“, stichelte Pheridon mit einem boshaften Seitenblick.
River zuckte mit den Schultern. Er hatte bei den Murénern Fleisch essen müssen, aber allein die Erinnerung daran jagte ihm eine Gänsehaut über den Körper.
„Ist das Wasser nicht eiskalt?“, fragte Bennet und ließ seinen Blick über den See schweifen. Pheridon verdrehte die Augen.
„Nur, wenn man nichts auf den Rippen hat.“
„Bei der Wassertemperatur würde sich bei mir gar nichts regen“, murmelte Bennet weiter und sah angestrengt auf sein Obst, um sein Grinsen zu verbergen.
River prustete los.
Aber Pheridon ließ sich nicht provozieren. „Du bist ja auch noch kein Mann!“, erklärte er und widmete sich wieder seinen Kaninchen.
Erst jetzt fiel Bennet auf, dass Pascale ihn die ganze Zeit aufmerksam musterte. Schlagartig wurde er wieder ernst.
„Warum bist du überhaupt allein unterwegs? Wo ist Zeth?“, fragte sie schließlich.
„In Iskaran, denke ich“, sagte Bennet. Seine Stimme zitterte leicht. „Vielleicht ist er mittlerweile aber auch zurück auf Darkess.“
„Wie weit sind die beiden Orte voneinander entfernt?“, versuchte River abzulenken.
„Ein paar Stunden zu Pferde“, antwortete Pheridon und reichte eines der gegrillten Kaninchen an Pascale weiter.
Doch Rivers Ablenkungsmanöver brachte nichts.
„Ist irgendetwas vorgefallen, zwischen Zeth und dir?“

Bennets Gesicht versteinerte. „Ja, aber darüber möchte ich nicht sprechen. Nie!“, fügte er nachdrücklich hinzu.
Pheridon und Pascale tauschten einen verwunderten Blick.
„Aber weder in Iskaran noch auf Darkess wirst du ihm aus dem Weg gehen können. Bist du denn abgehauen?“ Pheridon sah ihn durchdringend an, während er mit den Zähnen das zarte Fleisch von den Knochen löste.
„Ich bin nicht abgehauen, nicht wirklich zumindest. Und ich habe nicht vor, Zeth aus dem Weg zu gehen.“ Bennet betonte jedes Wort, als wollte er sich selbst davon überzeugen. Und die beiden ließen ihn in Ruhe.
Später am Abend, kurz bevor sie sich zur Ruhe begeben wollten, sprach Pascale ihn allerdings noch einmal darauf an.
„Du brauchst mir nicht zu sagen, was zwischen euch passiert ist“, begann sie, „aber ich möchte dir sagen, dass ich den Eindruck hatte, dass du ihm sehr viel bedeutest. Falls du also tastsächlich weggelaufen bist, wird er dir vergeben.“
Bennet schnaubte belustigt. Er tauschte einen Blick mit seinem Bruder. Konnten sie sich Pascale und Pheridon anvertrauen? Pheridon war einer von Zeths Männern, ein yendländischer Soldat. Aber er war nicht in der Schlacht um Reda dabei gewesen. River nickte fast unmerklich, und Bennet gab sich einen Ruck.
„Wollt Ihr wirklich die wahre Geschichte hören? Den Grund, warum mir Zeth niemals vergeben wird?“
„Ja, natürlich.“
„Und wir bekommen Euer Wort, dass Ihr beide, und ich meine auch Euch, Pheridon, uns danach ungehindert weiterziehen lasst?“
Pascale zog erstaunt die Augenbrauen nach oben, aber Pheridon sah ihn nur unergründlich an.
„Keine Sorge, wir haben niemanden getötet“, ergänzte River eilig. „Wir nicht ...“
Langsam nickten Pascale und Pheridon. Der Soldat stocherte mit einem Stock in der Glut herum, und das Feuer wurde

wieder ein wenig heller und ein wenig wärmer. Sie rutschten näher zusammen, und Bennet begann zu erzählen.

Isirische Hochzeit

Bennets Geständnis hatte nicht dazu geführt, dass ihre Wege sich augenblicklich trennten. Auch wenn seine Geschichte zunächst ungläubiges Staunen ausgelöst hatte. Doch Pascale hatte ihre Meinung am Ende noch einmal bekräftigt: Wenn Zeth Bennet hatte ziehen lassen, obwohl er wusste, wer Bennet war, dann lag der Junge ihm sehr am Herzen.
Sie entschieden, gemeinsam nach Iskaran zu reiten, jedoch einen Bogen um Runo zu machen und den eher östlich gelegenen Weg einzuschlagen. Dabei würden sie zwar das Grenzgebiet zu Isiria streifen, doch deswegen machten sie sich keine allzu großen Sorgen. Bennet und River gingen ohne weiteres als Nordsiedler durch, die als ausgesprochen friedlich galten. Pascale war aus Cairrigk, und Pheridon konnte man nicht als Soldaten erkennen, da er den schwarzen Wappenrock abgelegt hatte.
Am Nachmittag erreichten sie eine größere Stadt, Karigon, wie sie erfuhren, als sie die Stadtwache danach fragten.
Als sie durch die Straßen von Karigon ritten, bemerkten sie gleich, dass die Stadt geschmückt war. Bunte Fahnen und Wimpel zierten jedes Gebäude, die Leute, die ihnen begegneten, waren in Feierlaune.
„Was ist hier los?“, sprach Bennet einen jungen Mann an.
„Die Stadt feiert die Hochzeit von Herak, dem Sohn von Tar Iron“, erklärte der bereitwillig.
„Tar Iron?“, wunderte sich Bennet. Er hatte angenommen, dass Karigon bereits zum Hoheitsgebiet von Iskaran gehörte.
„Ja, unserem Stadthalter.“ Der junge Mann grinste. „Die ganze Stadt ist eingeladen. Kommt, folgt mir, mein Vater besitzt eine kleine Herberge. Dort könnt ihr bleiben und beim großen Fest

einen kurzweiligen Abend genießen."
Pascale und Pheridon sahen sich an. „Gern."

Vor dem kleinen Stallgebäude stiegen sie ab und führten ihre Pferde in die ihnen zugewiesenen Boxen. Sie hatten Glück, überhaupt noch Schlafplätze in der kleinen Herberge zu bekommen.
Der Stallbursche schaute vorbei, doch River, Bennet, Pascale und Pheridon versorgten ihre Pferde selbst. Sie fütterten sie mit einem nahrhaften Hafergemisch und rieben ihre Körper mit Stroh trocken.
„Meinst du, wir sollten wirklich zu dieser Feier gehen?", fragte River ein wenig unsicher.
„Natürlich! Ein bisschen Abwechselung tut uns ganz gut. Oder was meint ihr?"
Pascale und Pheridon nickten bestätigend.
„Oder hast du Angst, dass dich jemand erkennt?", fragte Pascale und klopfte sich das Stroh aus der Kleidung.
River schüttelte den Kopf. Angst hatte er nicht – dafür hatte sich sein Aussehen zu sehr verändert in der letzten Zeit. Er war erwachsener geworden, magerer, härter.
Er glaubte nicht, dass Refir oder einer seiner Männer ihn wieder erkannte. Doch dieses beklommene Gefühl, erneut auf isirischem Boden zu stehen, ließ sich schwer abschütteln.
Pascale und Pheridon warteten, bis Bennet und River ihre Pferde versorgt hatten. Bennet ließ sich wie immer Zeit – er wollte sichergehen, dass es Xisis gutging. Sie hatten immerhin einen anstrengenden Ritt hinter sich.
„Gut, dass wir wenigstens noch zwei Zimmer bekommen haben", brummte Pheridon, als sie den Stall verließen. „Scheint ja ein ganz großes Ereignis zu sein, diese Hochzeit."
River grinste, aber er sagte nichts. Es war klar, dass Pheridon nicht besonders glücklich gewesen wäre, hätten sie sich ein Zimmer teilen müssen.
Bereits der Schankraum der Herberge war so voll, dass sie kaum

bis zu ihren Zimmern vordringen konnten.
„Was für ein Andrang“, rief Bennet über den Lärm hinweg. Offensichtlich feierten die Menschen bereits hier.
Der Wirt zeigte ihnen die beiden winzigen Kammern, die er noch hatte. Bessere Besenkammern! Aber sie schienen sauber.
„Wollen wir uns gleich treffen?“
Bennet und River nickten. „Reicht die Zeit für ein Bad?“
„Sicher“, erklärte Pheridon.
Der Wirt machte ein unglückliches Gesicht, aber er ging ohne zu murren, um für beide Kammern die Badezuber vorbereiten zu lassen.
Aufseufzend ließ sich River auf das breite, schmucklose Bett fallen, das fast den gesamten Raum beanspruchte.
„Endlich wieder in einem Bett schlafen!“
Bennet grinste müde.
Nur kurze Zeit später wurde der Holzzuber in ihre Kammer geschleppt. Eine der Mägde trug ein Stück einfache Seife und zwei steife Tücher, mit denen sie sich abtrocknen konnten.
„Soll ich euch behilflich sein?“, fragte eine weitere Magd mit rundlicher Figur und lüstern aufblitzenden Augen. Doch Bennet und River lehnten das Angebot einhellig ab.
Als sie allein waren, zog Bennet sich aus.
„Keine Lust auf sie gehabt?“, fragte River schmunzelnd.
Bennet kletterte in den Zuber. Er schüttelte den Kopf. „Ich habe noch nie etwas mit einer Frau gehabt.“
River lachte leise. „Weißt du, dass es früher unehrenhaft für Redarianer war, nur mit Männern zu verkehren? Männer konnten jederzeit mit Männern schlafen, aber nicht ausschließlich. Die Familie war das wichtigste! Und dazu gehörte auch der Nachwuchs.“
Bennet nickte. „Ja ... zum Glück ist das schon länger her.“
Er tauchte mit dem Kopf unter Wasser, um sich die Haare zu waschen. Sie waren mittlerweile schon recht lang geworden. Länger jedenfalls, als er sie sonst trug. River stellte sich hinter den Zuber und begann wortlos, ihm die Haare zu waschen.

Bennet schloss behaglich schnurrend die Augen.
„He, nicht einschlafen! Wir wollten doch noch los!“
„Ja ...“ Bennet erhob sich aus der Holzwanne. „Jetzt kannst du. Das Wasser ist noch schön warm.“
„Hoffentlich auch noch sauber“, murmelte River und zog sich rasch aus.
Einige Zeit später trafen sie sich am Fuße der Treppe mit Pascale und Pheridon.
„Na, ihr beiden Hübschen?!“
„Gehen wir zu Fuß?“, fragte Bennet und bedachte Pascale mit einem betörenden Augenaufschlag.

Direkt nach seiner Ankunft auf Darkess suchte Zeth Esarion auf. Der alte Arzt saß in seiner chaotischen Bibliothek und blätterte in einem dicken Wälzer herum. Er sah ein wenig verwirrt aus, als Zeth den Raum betrat. Doch dann begann er breit zu grinsen. Er kam hinter seinem Schreibtisch hervor und nahm Zeth zur Begrüßung in den Arm. Es war eine herzhaft männliche Umarmung.
„Zeth, du bist zurück ...“
Zeth grinste ebenfalls. „Sieht so aus. Und – gibt es Neuigkeiten?“
Esarion schüttelte den Kopf. „Keine, die bis nach Darkess vorgedrungen wären. Aber bei dir?!“
„Ja.“ Zeth setzte sich auf die Kante des hoffnungslos überfüllten Schreibtisches. „Ich habe Art mitgebracht, es geht ihm einigermaßen gut.“
Etwas in Esarions Gesicht veränderte sich. „Und Bennet ...?“
Zeths Grinsen erlosch. Woher wusste Esarion von Bennet?
„Hast du für ihn den Schutzzauber gesprochen?“
„Das spürst du?“, fragte Zeth und erblasste.
Esarion nickte irritiert. „Was ist passiert?“
Zeth setzte ein schiefes Lächeln auf, das wie eine Grimasse wirkte. „Was genau meinst du? Ob wir was miteinander hatte? – Ja, hatten wir, schon vorher. Ich dachte, das hättest du gewusst.

Den Rest kann ich dir hier nicht mitteilen."
„Du hältst meine Bibliothek für nicht sicher genug?", wunderte sich Esarion und musterte Zeth aufmerksam.
Der zuckte ein wenig unschlüssig mit den Schultern.
„Dann lass uns nach draußen gehen. Ich habe nichts dagegen, mir ein wenig die Beine zu vertreten."
Die Nachtluft empfing sie kühl und unnachgiebig und klärte ihre Sinne. Esarion zog seinen Umhang vorne enger zusammen. Zeth sah dies und beschloss nicht lange um den heißen Brei herumzureden.
„Ich habe Bennet ... nun, nahegelegt, zu verschwinden."
Esarion verschluckte sich vor Schreck. Er hustete so heftig, dass Zeth ihm auf den Rücken klopfen musste.
„Was ist passiert? Du kannst den Jungen doch nicht einfach davonjagen?! Auf dem Weg nach Ephes ist nichts außer Wildnis!"
„Esarion, ich habe ihn nicht davongejagt!", Zeth betonte jedes Wort und dabei kamen ihm die unschönen Einzelheiten ihres letzten Gesprächs in den Sinn. „Aber ich wusste nicht, was ich machen sollte. Weißt du, wer Bennet ist? – Der neue Tar von Reda!", brach es aus ihm hervor.
Esarions Augen weiteten sich, das konnte Zeth selbst bei dieser schwachen Beleuchtung erkennen. Er wirkte fassungslos.
„Was sagst du da?", krächzte er schließlich.
„Bennet ist der Sohn von Tar Mendor, er ... bei Ecclató, er ist der rechtmäßige Herrscher der verbotenen Stadt."
„Woher weißt du das?" Esarions Stimme war kaum mehr als ein Flüstern.
„Art hat es mir gesagt. Der Junge ist mein nächstes Problem." Zeth seufzte. Es fiel ihm schwer an Bennet zu denken und genauso schmerzhaft war es, nicht an ihn zu denken.
„Er braucht einen Lehrmeister. Er ist völlig durcheinander, eine Gefahr für sich und seine Umwelt."
Esarion schien sich wieder ein wenig gefangen zu haben. „Es gibt nur einen Magier, der als Lehrmeister in Frage kommt. Ich

habe die Zeit deiner Abwesenheit genutzt, um mich umzutun. Sein Name ist Mistok. Ich werde dir morgen zeigen, wie du zu ihm kommst."
Sie blieben im Schutz einer alten Eiche stehen und verbargen sich in deren Schatten. Esarions Hand legte sich auf Zeths Unterarm, und Zeth wusste, dass der alte Arzt sein Zittern spürte. „Ich hätte nie geglaubt, dass du für irgend jemanden mal einen Zauber wirkst. Du hast das immer abgelehnt."
„Ich bin kein Magier, der Anteil magischen Blutes in meinen Adern ist denkbar gering. Und ich wollte nicht so enden wie mein Onkel."
„Aber du bist ein Heiler."
„Wie du, Esarion."
Esarion nickte. Er hatte verstanden.

Als Bennet am nächsten Tag erwachte, hatte er das Gefühl, in einem fremden Körper zu stecken. Seine Augen waren angeschwollen, er hatte Schwierigkeiten, sie überhaupt zu öffnen. Seine Muskeln fühlten sich an, wie nach einem langen Ritt, und sein Kopf schmerzte heftig.
Als er es endlich schaffte, seine Augen einen Spalt weit zu öffnen, sah er, dass River ihn grinsend beobachtete. Stöhnend schloss er die Augen wieder.
„Wie spät ist es?"
„Mittag durch", antwortete River. „Heute brauchen wir nicht weiterzureiten."
Bennet massierte sich die schmerzenden Schläfen. Er hatte nichts dagegen, den heutigen Tag noch in Karigon zu verbringen. Isirische Hochzeiten hatten es in sich.
„Komm, ich massiere dir den Nacken", bot River an.
Bennet nickte leicht, aber als Rivers Finger seine Haut berührten, durchströmten ihn seltsame Gefühle. Er führte es darauf zurück, dass Zeth ihn nach seinem letzten Trinkgelage ebenso liebevoll massiert hatte, um seinen Kopfschmerz zu lindern. Doch in diesem Moment sagte River beiläufig: „Ich

hätte nicht gedacht, dass mein kleiner Bruder so hengstig sein kann!“
Bennet fühlte sich, als hätte man ihn mit flüssiger Lava übergossen. Er musste sich räuspern. „Was ... was hast du gesagt?“
River lachte leise. „Jetzt sag nicht, du erinnerst dich an nichts?!“
Bennet schüttelte den Kopf und stöhnte sofort auf, weil der Schmerz seinen Kopf förmlich sprengen wollte.
„Dieses Zeug, das ihr gekaut habt, hatte es wohl in sich. Du bist, nachdem ich dich in die Herberge geschleppt hatte, sofort über mich hergefallen.“
„Nein ...“ Bennet suchte verzweifelt nach Bruchstücken seiner ausgelöschten Erinnerung. Aber er fand nichts.
„River ... ich ... es tut mir leid“, stotterte er entschuldigend. „Habe ich wirklich ...?“
River lachte. „Ja, du hast. Aber keine Angst, du musstest mir keine Gewalt antun. Schade, dass du dich nicht erinnerst.“
Bennet richtete sich trotz seines pochenden Schädels ein wenig auf. „Ich kann doch nicht – den zukünftigen Tar von Reda vögeln!“
River sah ihn ernst an. „Jetzt fängst du auch schon damit an, Sarix“, sagte er milde. „Ich denke nicht, dass *ich* Reda wiederauferstehen lasse. Dazu braucht es jemanden, der mehr kann, als Männer im Bett zu befriedigen. Ich habe die letzten sechs Jahre als Hure verbracht. Meine Gedanken drehten sich nicht um politisches Geschick.“
„River ...“
„Psst, lass uns nicht darüber streiten.“
Bennet nickte. „Habe ich es wenigstens ordentlich gemacht?“, fragte er dann unsicher.
River grinste nur.
„Jetzt sag schon“, forderte Bennet, obwohl sein Gesicht noch immer tiefrot war.
„Es gab bisher nur einen *Mann*“, bei diesem Wort musterte er Bennet amüsiert, „mit dem es mir mehr Spaß gemacht hat,

Bruderherz. Und das war Zeth."
„Zeth?" Bennet starrte seinen Bruder an und vergaß für einen Moment seine Verlegenheit.
River nickte und beobachtete seinerseits Bennets Reaktion. Doch der schien einfach verblüfft.
„Wann warst du mit ihm im Bett?"
„Als er mich im Harem seines Vaters entdeckte. Er hielt mich zunächst für ein Mädchen. Leider bestand er darauf, dass ich mich ausziehe ..."
Bennet spürte einen leisen Anflug von Eifersucht. Sein Bruder hatte Zeth eher gehabt als er selbst!

Ielaravan

Als der alte Mann Zeth zusammen mit Art im Vorraum seines kleinen Häuschens stehen sah, erstarrte er. Er wich rückwärts zurück, und es sah aus, als versuche er, sich aus dem Staub zu machen. Doch Zeth war schneller. Mit einem festen Griff packte er ihn am Kragen.
„Hiergeblieben!"
„Was wollt Ihr von mir?", rief der Alte aufgebracht. „Ich tue nichts Unrechtes!"
„Beruhigt Euch", beschwichtigte Zeth. „Esarion schickt mich."
Der Alte wurde ruhiger und versuchte tatsächlich nicht mehr, sich loszureißen, doch er blieb misstrauisch.
„Esarion?"
„Ja. Habt Ihr ein Zimmer, in dem wir ungestört reden können?"
„Was wollt Ihr von mir?", wiederholte der alte Mann, doch dann fasste er plötzlich seinerseits Zeth am Arm. Der Griff war fest, und Zeth spürte ein heißes Kribbeln auf seiner Haut.
Und endlich fiel die Maskerade des unscheinbaren, alten Mannes von ihm wie eine zweite Haut. Zeth sah einen Mann vor sich, der zwar vom Alter gezeichnet war, doch eine Weisheit und eine innere Kraft ausstrahlte, wie er sie selten erlebt hatte.

Dieser Mann war mit Sicherheit Mistok, der Magier, den Esarion gemeint hatte. Das dichte, graue Haar war mit einem Lederband zusammen gebunden, blassblaue Augen blitzten ihn an.
„Ihr seid der lelaravan sic." Mistoks Stimme klang tief und selbstsicher.
„Behüter des Neuen?", übersetzte Zeth den redarianischen Begriff mit hochgezogenen Brauen. Was sollte das nun bedeuten?
„Was soll das heißen?"
„Ich denke, Ihr kennt die Übersetzung. Wo ist Euer sic?", fragte Mistok ernst und sah sich um, als erwarte er, noch jemanden zu entdecken.
„Was meint Ihr?" Konnte es sein, dass er Art meinte?
„Wartet!", befahl Mistok mit befehlsgewohnter Stimme. Mit einer Hand wob er einige magische Symbole in die Luft. „Nun sind wir ungestört."
Art war unterdessen näher gekommen.
Mistok betrachtete ihn mit zusammengekniffenen Augen. „Ihr seid wegen ihm hier?" Er deutete auf Art.
Zeth nickte. Er fühlte sich eigenartig, als hätte der Zauber Mistoks nicht nur Auswirkungen auf das Zimmer, in dem sie sich befanden, sondern auch auf seinen Körper.
„Art braucht einen Lehrmeister, und Esarion war der Meinung, nur Ihr kämt in Frage."
Mistok seufzte, er schien seine Gedanken zu ordnen. „Gut, dann alles der Reihe nach ... Einen Lehrmeister sucht Ihr." Er wandte sich direkt an Art. „Und du, Sohn des Rangyr, bist du es würdig, dass ich meine Zeit für dich opfere?"
„Ja, Meister Mistok", erklärte Art so selbstbewusst, wie Zeth ihn noch nie erlebt hatte. Er selbst war zusammengezuckt, als Mistok Rangyrs Namen ausgesprochen hatte.
Mistok nickte, dann lächelte er hintergründig. „Nun zu Euch, Zeth. Als ich Euch eben berührte, habe ich gespürt, dass Ihr der lelaravan sic seid. Und Ihr wollt mir nun weismachen, Ihr wisst

nicht, was das bedeutet?!"
„Ich weiß es nicht", erklärte Zeth, noch immer verärgert, weil ihn erst der redarianische Ausdruck und dann die Nennung von Rangyrs Namen so verunsichert hatte. *Du hast es hier mit einem mächtigen Magier zu tun*, rief er sich in Erinnerung. Es war so lange her, dass er sich freiwillig in die Nähe eines Zauberkundigen begeben hatte.
„Aber ich sehe in Eurem Gesicht, Ihr ahnt, wer Euer sic ist ..."
In Zeths Kopf überschlugen sich die Gedanken. Der Neue ... Er war der Behüter? Für wen hatte er mit seinen Grundsätzen gebrochen? Für wen hatte er einen Schutzzauber gesprochen? Lelaravan sic – Behüter des Neuen. Ein redarianischer Ausdruck.
Bennet.
Bei allen grausamen Siliandren, nicht auch noch so etwas!
„Bennet, nicht wahr?!", mischte sich Art ein. Er wirkte schuldbewusst.
Zeth sandte ihm einen schwarzen Blick. „Vielen Dank für die Denkhilfe. Da wäre ich jetzt nicht drauf gekommen."
„Bennet", wiederholte Mistok. „Bennet tí Mendor. Er wird Reda auferstehen lassen. Zusammen mit seinem Bruder."
„Ich kenne keinen Bruder", erklärte Zeth. „Aber ja, es war mir zu Ohren gekommen, er sei der rechtmäßige Herrscher von Reda."
Mistok lachte leise.
„Was gibt es da zu lachen?"
„Ich freue mich, dass Ihr es seid, der Bennets lelaravan ist. Ihr seid klug, und Euch wohnt eine gut differenzierte Macht inne. Aber, wo ist Bennet?"
„Ich weiß es nicht", sagte Zeth betont gleichgültig.
„Ihr solltet es wissen, denn Ihr müsst ihn beschützen." Mistok sah ihn vorwurfsvoll an.
„Warum bin ausgerechnet ich dieser lelaravan?", wollte Zeth wissen. Nur mit Mühe verbarg er seinen Unmut.
„Weil Bennet sich Euch hingegeben hat."

„Sein Arsch war nicht unberührt, soviel steht fest!“, knurrte Zeth ungehalten.
Mistok zog bei der unflätigen Wortwahl die Augenbrauen hoch. Aber Zeth wollte ihn provozieren.
„Sein *Arsch* vielleicht nicht, aber seine Seele“, erklärte der Magier tadelnd. „Er hat sich Euch mit seinem Körper und seinem Geist hingegeben. Er wusste sicher nicht, was er damit in Gang setzt.“
„Wenn ich das gewusst hätte ...“, murmelte Zeth.
„Er hat Euch zu seinem lelaravan gemacht und sich damit selbst initiiert, denn Ihr seid magisch begabt. Das war nicht sehr klug, und es spricht dafür, dass er überhaupt keine Ahnung hat, von dem, was er tut. Wenn er vorher noch geschützt war, so kann ihn jetzt, nach seiner Initiation jeder Magier mit Seherbegabung als Redarianer erkennen. Es ist ein unglücklicher Umstand, dass er noch so klein war, als Reda fiel. Erst mit der Initiation wurden die Redarianer in die Mythen und Rituale eingeweiht.“
Zeth runzelte die Stirn und dachte über Mistoks Worte nach. „Soll das heißen, es war ein Initiationsritus, alle jungen Redarianer von Magiern vögeln zu lassen?“
Mistok schüttelte lächelnd den Kopf. „Das war ein Ritual der Herrscher und Adeligen. Aber ich gehe davon aus, dass jeder Redarianer irgendwann einmal mit einem Magier sexuell verkehrte.“
„Gut, dadurch, dass ich mit ihm geschlafen habe, haben wir sozusagen einen redarianischen Initiationsritus ... durchgeführt“, wiederholte Zeth, dem fast der Kopf zerspringen wollte bei dem, was er gerade hörte. „Aber was bedeutet nun dieses lelaravan sic?“
„Oh, ich fürchte, das habt Ihr unter anderem mir zu verdanken.“ Der alte Magier räusperte sich. „Um Redas Fortbestand zu sichern, wurden vielfältige magische Maßnahmen getroffen. Wir wussten, dass Ne'ertal mit seinen Xenten irgendwann versuchen würde, Reda zu vernichten. Als Euer Onkel Merloth nun das Raq zurückholte, hatten sie

endlich eine Handhabe. Uliteria hatte ihre eigenen Gründe, einen Kampf gegen Reda zu befürworten. Und so kam eins zum anderen."
Zeth sah, wie die Miene des Magiers versteinerte. „Ich habe nicht vor, die gesamte Geschichte mit allen Hintergründen zu erklären. Fakt ist: Wir hatten die Xenten unterschätzt. Ich kannte Ne'ertal, er war der Grund, warum ich die Xentenkaste verlassen hatte. Ich hätte es besser wissen müssen. Und dann blieb mir nur übrig, den Schaden zu begrenzen, denn Ne'ertal hatte geplant, die Stadt dem Erdboden gleich zu machen. Wir konnten nicht gewinnen, ich hätte es wissen müssen..."
Das Schuldeingeständnis des Magiers überraschte Zeth
„Jeder Magier, der sich in Reda aufhielt, trug etwas dazu bei, dass die Stadt nicht zerstört werden konnte. Doch wir konnten nicht verhindern, dass die Xenten über die Einwohner herfielen, sie vergewaltigten, sie *aussaugten* und töteten. Vor allem auf die Cat'as hatten sie es abgesehen. Von ihnen haben so wenige überlebt. Mein alter Freund Espin ist einer von ihnen, ihn konnte ich schützen. Noch heute wacht er über Reda." Seine Miene hellte sich für einen Augenblick auf, ehe er wieder ernst wurde. „Wir schafften es, die Söhne von Tar Mendor in Sicherheit zu bringen. Bennet, der Jüngere der beiden, war noch ein Kind. Er hatte die Initiation noch nicht durchlaufen, und so schuf ich den Zauber des lelaravan sic, in der Hoffnung, der Mensch, dem sich Bennet vollkommen hingibt, würde in der Lage sein, ihn zu beschützen. Zumindest bis zu seiner Initiation, aber nun, alles lässt sich nicht im Vorhinein planen."
In diesem Punkt stimmte Zeth mit dem Magier vollends überein.
„Heute Abend komme ich nach Darkess. Ihr werdet mich erkennen. Art kann nicht hier bleiben. Er muss noch soviel lernen, und es besteht die Gefahr, dass er, in seinem unausgebildeten Zustand, entdeckt wird. Seine Magie ist wie ein Leuchtfeuer, ihn auf Darkess zu behalten, wäre mehr als

unklug."
Zeth nickte langsam. Auch ihm war es Recht, Art in guten Händen zu wissen. Außerdem behagte es ihm nicht, dass sich ständig Dinge verselbständigten, wenn Art in der Nähe war. Sein magisches Potential musste immens sein.
„Was Euch betrifft – geht und sucht Bennet. Er ist Eure *Aufgabe*."
„Aber was passiert, wenn ich Bennet finde? Wenn er sich tatsächlich anschickt, der neue Tar von Reda zu werden? Glaubt Ihr etwa, ich könnte verhindern, dass Ne'ertal ihn tötet?"
„Wenn Ne'ertal vorhat, ihn zu töten, werdet Ihr es nicht verhindern können. Aber er ist der Großmeister der Xenten, und die Xenten sind das Gesetz von Yendland. Sie sind verantwortlich für die Ausarbeitung und Einhaltung des Gesetzes. Und genau dieses Gesetz verbietet es ihnen, einen Menschen einfach zu töten, so lange er nichts Unrechtes getan hat. Bennet würde nur seinen rechtmäßigen Platz einnehmen. Aber natürlich gäbe es Schwierigkeiten, wenn Ferakon oder Uliteria dazwischenfunken."
„Na wunderbar", sagte Zeth ironisch, „Dann habe ich also nicht nur von magischer Seite mit Ärger zu rechnen."
„Ihr könnt mit ebenso viel Unterstützung von Seiten der freien Magier rechnen", erklärte Mistok mit Nachdruck.
Art kehrte mit Zeth nach Darkess zurück und begann umgehend seine Sachen zu packen. Er wirkte vollkommen verändert, freudige Erregung hatte von ihm Besitz ergriffen, nur hier und da schimmerte noch Zweifel und Verunsicherung durch die Fassade des *neuen* Art.
„Fühlst du dich gut in seiner Gegenwart?"
Art lächelte ihn schmal an. „Besser. Endlich wird mein Leben einen Sinn haben."

Erschöpft fiel Zeth in seinem Schlafgemach auf sein Bett. Er hatte das Gefühl, völlig leer zu sein, war unfähig,

zusammenhängend zu denken. Ein leises Klopfen ließ ihn aufschrecken. Philia, seine Dienerin, betrat den Raum. Sie wirkte besorgt als sie nähertrat.
Zeth ließ seinen Blick über ihr hübsches, weiches Gesicht wandern, dann weiter hinunter an ihrer angenehm gerundeten Figur.
„Komm zu mir, Philia. Ich glaube, ich brauche ein wenig Ablenkung."
Lächelnd setzte sie sich zu ihm und strich mit weichen Fingerkuppen über sein Gesicht. „Ihr seht erschöpft aus und besorgt", stellte sie fest.
„Vertreib meine Sorgen", brummte er. Seine Hände strichen über ihre Brüste, er zog sie über sich. Er wusste es, sobald er sie auf sich spürte.
„Du erwartest ein Kind", murmelte er an ihrem Hals. Er spürte, wie sie sich auf ihm anspannte, seine Reaktion abwartend.
Ihre Blicke trafen sich. Zeth vermeinte, einen Funken Angst in ihren rehbraunen, sanften Augen zu sehen.
„Ist das Kind von mir?"
Sie nickte langsam, unsicher, wie sie sich verhalten sollte. Doch Zeth begann wieder sie zu liebkosen.
„Wann ist es soweit?", fragte er, obwohl er die Antwort selbst geben konnte.
„Im nächsten Frühjahr", flüsterte sie.
Er lächelte matt. „Dann hoffen wir, dass bis dahin Ruhe in Yendland eingekehrt ist. Und du, pass gut auf euch beide auf."

Mistok erschien nach Einbruch der Dämmerung, und Zeth hatte dieses Mal tatsächlich Schwierigkeiten, den Magier zu erkennen, denn seine Maskerade war die eines ragistinischen Wandermagiers. Dunkelblaue Tätowierungen bedeckten sein Gesicht und seine Hände. Er wirkte schmutzig und ein wenig heruntergekommen.
„Du brauchst nicht mehr als die Sachen, die du am Leibe trägst und das kleine Bündel dort", sagte er zu Art, der ihn fasziniert

anstarrte. Die Magie des alten Mannes brachte ihn so in Wallung, dass hinter Zeth das Bücherregal mit einem lauten Krachen einstürzte. Zeth sprang erschrocken nach vorn und seufzte, als er das Chaos hinter sich betrachtete.
Mistok wandte sich an Zeth: „Wir werden zur rechten Zeit wieder hier sein, verlasst Euch darauf."
Zeth fragte sich, was das bedeutete und ob er sich wünschte, dass die *rechte Zeit* noch lange auf sich warten lassen möge, aber Mistok unterbrach seine Gedanken erneut. „Ihr seid der lelaravan, Ihr habt eine Aufgabe. Und dafür ist es unerlässlich, dass Ihr Eure eigene magische Begabung akzeptiert!"
Mistoks Worte fielen ihm wieder ein, als er am späten Abend Esarion aufsuchte. Sein alter Freund war gerade im Begriff zu Bett zu gehen, doch Zeth hatte ihm einiges zu berichten.
Esarion hörte ernst und schweigsam zu, dann sah er Zeth an.
„Nutze deine Gabe", sagte er leise.
Zeth zuckte zusammen. Es war nicht das erste Mal, dass Esarion ihm dies riet.
„Ich spüre eine große Gefahr für den Hof, für Ferakon. Irgendetwas geht vor sich ..."
„Was hat das mit mir zu tun?"
„Zu viel, befürchte ich." Der alte Arzt sah ihn mürrisch an. „Es gibt einige Dinge, die du nicht weißt. Mistok hat mir viel erzählt, als er heute bei mir war."
„Er war bei dir?"
Esarion nickte ungeduldig. „Du bist der erste Mann des Caskáran. Er vertraut dir, wenn es um den Schutz seines Lebens geht."
„Ich bin nicht sein Leibwächter. Ich bin nicht einmal ständig vor Ort! Und dazu kommt, dass ich jetzt auch noch dieser *lelaravan* für Bennet sein soll, weiß Ecclató, wo der sich zur Zeit befindet! Was soll ich noch alles machen?"
„Mistok hat es mir erzählt. Es wird Zeit, dass du die Gabe, die du in dir trägst, nutzt. Du weißt, dass es nicht nur heilerische Fähigkeiten sind, sondern auch eine telepathische und eine

seherische Begabung."
„Du tust es auch nicht", sagte Zeth verärgert.
„Ich *kann* es nicht mehr. Um dich zu schützen, habe ich der Magie entsagt, als du noch ein Kind warst. Du erinnerst dich sicher nicht mehr an alles."
Aber an vieles, fügte Zeth stumm hinzu.
„Bald nach deiner Geburt wurde bekannt, dass deine Mutter, die kurz nach der Entbindung starb, die Schwester des Xenten-Magiers Merloth war. Seit diesem Tag standest du unter Beobachtung der Xenten. Zunächst wollten sie, dass du einer der Ihren wirst, sollte eine magische Begabung in dir reifen. Doch Uliteria, die dich von Anfang an nicht akzeptiert hatte, verbot eine mögliche magische Laufbahn bei den Xenten. Sie setzte sich durch, der Gedanke war ihr wohl unerträglich, dich in einer einflussreichen Position zu sehen. Oder sie fürchtete, dass du eine mächtige magische Begabung entwickeln könntest. Sie hat tief in ihrem Innern furchtbare Angst vor allem, was magisch ist, musst du wissen. Ferakon ließ sich von ihr beeinflussen, und so wurde jeder magische Impuls von dir bestraft."
Ich weiß.
„Es gab damals nur zwei Möglichkeiten. Merloth hätte dich mitnehmen können, entführen, denn Ferakon hing sehr an dir. Oder, und dafür entschied sich dein Onkel in weiser Voraussicht, du müsstest einen ständigen Begleiter bekommen, der das schlimmste von dir fern hält. Er selbst hatte zu dieser Zeit schon Beziehungen zu Reda, und so wurde ich dieser Begleiter für dich."
„Und ich soll jetzt das gleiche für Bennet sein? Oder worauf willst du hinaus?"
Esarion bedeutete Zeth Geduld zu haben und fuhr fort: „Dein Onkel Merloth hatte sich mit Ne'ertal überworfen. Trotzdem konnte er sich relativ frei im Palast bewegen."
„Warum wurde er umgebracht? Stimmt es, dass er sich der Nekromantie widmete?" Zeths Stimme war heiser vor

Anspannung. Nie zuvor hatte Esarion ihm die ganze Geschichte erzählt, doch jetzt schien der richtige Zeitpunkt gekommen.
Esarion sah ihm fest in die Augen. „Merloth machte einen Fehler – er stahl das Raq und brachte es zurück nach Reda. Du musst wissen, dass der Lichtstein von Meru nach Reda gehört, nicht nach Yendland. Doch die Xenten hatten schnell herausgefunden, wer ihr Heiligtum entwendet hatte. Merloth wurde gefangen genommen und hingerichtet. Gleich im Anschluss marschierten die Xenten und Ferakons Soldaten in Reda ein und zerstörten die Stadt."
Zeth durchfuhr ein kalter Schauer. „Ich hätte dabei sein sollen", flüsterte er.
„Ich weiß." Ein schmales Lächeln verzog Esarions Lippen. „Ich konnte das glücklicherweise verhindern."
„Was?"
„Ich habe dir etwas in deinen Wein gemischt, damit du nicht mitreiten konntest", erklärte er entschuldigend.
Zeth konnte kaum glauben, was er da hörte. Wurde er denn von allen Seiten manipuliert?
„Du darfst nicht vergessen, ich hatte Merloth versprochen auf dich aufzupassen. Du durftest nicht mit in diese Schlacht reiten. Das war ausgeschlossen."
Zeth nickte missmutig. Es war ein unangenehmes Gefühl, festzustellen, dass man so wenig über sein eigenes Leben bestimmte. Er war bereits erwachsen gewesen zu dieser Zeit. Wie hatte Esarion so über seinen Kopf hinweg entscheiden können? Und jetzt sollte er wieder das tun, was andere für richtig hielten? Der Unmut in ihm wuchs, aber er hielt sich im Zaum.
„Morgen reiten wir wieder nach Iskaran. Wirst du mich begleiten?"
Esarion nickte. „Glaubst du, Bennet in Iskaran anzutreffen?"
„Ich weiß nicht." *Ich weiß nicht einmal, ob ich das möchte.*

Wiedersehen

Zeths Aufenthalt im Palast war von kurzer Dauer und endete damit, dass er bewusstlos aus seinem Bett fiel. Sein letzter Gedanke galt Bennet: Wenn ich jetzt sterbe, wer soll dich dann beschützen?

Als er das erste Mal wieder erwachte, schlug jemand auf ihn ein.

„Aufwachen, du Missgeburt! Die Caskárin möchte mit dir sprechen!"

Die Stimme kam ihm nicht bekannt vor, aber die Aussage zwang ihn die Augen aufzuschlagen. Und tatsächlich, Caskárin Uliteria stand vor ihm und lächelte kalt auf ihn herab. Kalt war ihm sowieso, was daran lag, dass er völlig entblößt auf dem Steinboden gelegen hatte. Heftige Übelkeit schüttelte ihn, als der Soldat ihn auf die Knie prügelte. An Aufstehen war gar nicht zu denken.

„Endlich bist du da, wo du hingehörst", zischte Uliteria ihn hasserfüllt an. „Du hast geglaubt, du könntest meine Pläne durchkreuzen, du dummer Junge."

Zeth kämpfte einen Brechreiz nieder, die Welt um ihn herum drehte sich.

„Aber schon dein Onkel hat mich unterschätzt. Bald wird Kyl der Caskáran von Yendland sein, und dann habe ich uneingeschränkte Macht."

Zeth bemühte sich, ihre Worte zu begreifen. Wollte sie Ferakon umbringen? Das hätte sie einfacher haben können. Aber er glaubte auch nicht an solch einen simplen Plan.

„Der Capitan hat sich beschmutzt. Hilf ihm doch bitte, sich zu waschen", befahl Uliteria und im selben Moment wurde ein Eimer mit eiskaltem Wasser über ihm entleert. Nur mit Mühe unterdrückte er einen Aufschrei.

„Das ist erst der Anfang, mein lieber Zeth. Du wirst hier nicht mehr herauskommen. Wir sind weit genug von Iskaran entfernt, niemand wird dich hier finden. Du wirst nur so lange leben, wie ich meinen Spaß habe." Sie lachte leise, ein

unangenehmes Geräusch. „Vielleicht überlasse ich dich dann noch eine Weile meinem Sohn, wenn ich ihn eingeweiht habe. Doch sobald du langweilig wirst, lasse ich dich zu Tode foltern. Und glaub mir, das wird ein Fest.“
Sie verschwand, und Zeth tauchte ab in eine gnädige Bewusstlosigkeit.

Es dauerte noch eine ganze Zeit, bis Zeths Verstand sich soweit geklärt hatte, dass er über seine Situation nachdenken konnte. Und das war nicht sehr erfreulich. Uliteria hatte ihn entführen lassen und ganz offensichtlich vor, ihn früher oder später umzubringen. Welche Torturen er bis dahin erleiden musste, darüber wollte er lieber nicht nachdenken.
Die steinerne Zelle, auf deren Boden er saß, verfügte über keinerlei Schlafmöglichkeit, in die Mauern waren Eisenringe eingelassen, die Holztür machte einen massiven Eindruck. Er verlor das Gefühl für die Zeit, da kein Tageslicht in sein Gefängnis drang. Und so wusste er nicht, wie lange er nackt gewesen war, bis ein Xente ihm seine Kleidung in die Zelle brachte. Er erkannte ihn an der üblichen, tiefgrauen Magierkutte. Zeth war überrascht einen Magier hier zu sehen. Trotz ihrer angeblichen Angst vor allem Magischen, schien sie die Xenten für ihre Zwecke einspannen zu können. Aber wenigstens konnte er sich endlich wieder anziehen.
Uliteria war noch einmal da gewesen. Sie wollte ihn zermürben. Ihre Androhung, ihn von ihrer persönlichen Leibgarde schänden zu lassen, da er ja diesen *widernatürlichen Drang* habe und ihm das bestimmt Spaß mache, hatte dazu geführt, dass er sich nackt noch unwohler fühlte. Abgesehen davon hatte er gefroren.
Doch mittlerweile hatte das Gift seinen Körper verlassen. Er fühlte sich geschwächt, vermutlich hatte er unbewusst magisch nachgeholfen, seinen Stoffwechsel zu beschleunigen, damit das Gift sich schneller zersetzte. Er spürte noch immer jeden einzelnen Knochen in seinem Körper. Wahrscheinlich hatten

sie ihn auf einem Karren hergebracht und nicht gerade sanft behandelt, als er bewusstlos war.
Jetzt saß er hier fest und wusste nicht, was er tun sollte.
Esarion vermisste ihn sicher bereits, aber was konnte der alte Arzt tun? Wo hatten sie ihn überhaupt hingebracht? Ein Geräusch an der Tür ließ ihn zusammenzucken. Aber es war nur der missmutige Diener, der ihm ein karges Essen brachte – zwei alte Stücke Brot, einen Becher mit Wasser, ein winziges Stück trockenen Käse. Er stellte es einfach auf den Boden, direkt vor die Zellentür, drehte sich um und war wieder verschwunden.
Doch dann passierte etwas Unerwartetes. Zeth nahm es wahr, doch es dauerte, bis sein Gehirn die Information richtig verarbeitet hatte. Ein Geräusch, das nicht passte. Etwas, das anders war als vorher. Es hallte in seinen Ohren.
Quietsch, klack.
Zeths Geist überprüfte das Geräusch, verglich es mit dem, was er erwartet hatte.
Das zweite „klack" fehlte.
Der Diener hatte die Tür nicht richtig verschlossen.
Sein Herz schlug schneller, er versuchte sich zu beruhigen. Vielleicht hatte der übellaunige Mann gar nicht vergessen, die Tür richtig zu schließen, sondern wollte gleich noch einmal wiederkommen? Vielleicht, was noch schlimmer wäre, würde gleich jemand herkommen, den Uliteria zu ihm geschickt hatte?!
Schweiß bildete sich in seinen Handflächen. Er hörte nichts. Keine Schritte. Keine Schlüssel. Nichts. Der Diener war weg, die Tür war offen. Zeth war sich sicher.
Langsam, Schritt für Schritt, näherte er sich der geschlossenen Pforte. Seine Fingerspitzen berührten den kalten, rauen Stein an der Wand. Er drückte leicht gegen das Holz, hielt die Luft an. Die Tür bewegte sich, schwang ein Stück nach außen. Zischend ließ Zeth die Luft zwischen den Zähnen entweichen. Wenn er aus seiner Zelle kam, musste er sich zunächst einmal

orientieren. Er hatte keine Ahnung, wo er sich befand, war sich aber ziemlich sicher, hier noch nie gewesen zu sein. Auch die Soldaten und Diener kannte er nicht.
Was erwartete ihn vor der Tür? Wächter? Soldaten? Oder Xentenmagier?
Doch da war niemand.
Als er die Zelle verließ, fand er sich in einem niedrigen Gang wieder, ein unterirdisches Gewölbe, was erklärte, warum er das Zeitgefühl verloren hatte.
Er lauschte, wollte seine neu gewonnene Freiheit nicht gleich wieder aufs Spiel setzen. Die niedrigen Decken lösten gleich Beklemmungsgefühle in ihm aus. Er wandte sich nach links, seinen knurrenden Magen ignorierend.

Nach Stunden, das war zumindest Zeths Einschätzung, irrte er noch immer durch die Gänge. Vermutlich war das Gewölbe eine Art Labyrinth. Frust stieg in ihm auf.
Erschöpft und geschwächt wollte er sich an einer der rauen Steinwände zu Boden gleiten lassen, als ihn urplötzlich eine eiskalte Hand im Nacken berührte. Er fuhr herum, doch da war niemand. Gänsehaut überzog seinen Nacken und seine Arme. Noch immer fühlte er sich beobachtet, da war die Energie des anderen. Er fühlte sie – und sie rief ihn mit sich. Langsam drehte er sich, versuchte irgendjemanden zu erkennen. Was war da? Er konnte nichts sehen, aber er wusste, spürte, dass da etwas war. Magie? Xenten?
Er straffte sich etwas und folgte dem Ruf. Wenn er nicht ging, würde er nicht erfahren, wer oder was da vor ihm war. Trotzdem wurde sein Mund trocken.
Der Gang schien sich abwärts zu neigen, und es wurde noch dunkler und kälter.
Er wurde nun fast in diese Richtung gezogen. Schritt für Schritt näherte er sich einer Art Grabkammer, die offenbar vormals zugemauert gewesen war. Ein Loch in der Mauer wies darauf hin, dass jemand versucht hatte, sich mit einem großen

Werkzeug Zugang zu verschaffen – oder hinauszukommen. Zeth erschauderte und schob den unliebsamen Gedanken beiseite. Er stieg über die Steinbrocken, die auf dem Boden lagen, hinweg. Keine Kerze, keine Fackel erhellte den Raum – und trotzdem herrschte ein merkwürdiges Zwielicht vor, das von einem großen, länglichen Steinkasten, einem Sarg, auszugehen schien. Warum gab es hier unten diese Gruft? Wer war der Tote, der hier seine letzte Ruhestätte erhalten hatte? Und warum hatte jemand die Grabkammer zugemauert?
Langsam näherte sich Zeth dem steinernen Sarg und stellte fest, dass der Kopf des Toten unbedeckt war. Er hatte noch nie einen solchen Sarkophag gesehen.
Neugierig trat er näher, als er die Energieblitze bemerkte, die um den Steinsarg herumzüngelten wie Feuer, daher kam also das Licht. Welcher mächtige Verstorbene war hier aufgebahrt?
Mutig ging er noch einen Schritt näher heran. Trotz des schlechten, unsteten Lichts erkannte er das Gesicht, und blankes Grauen wollte ihn überwältigen. Das konnte einfach nicht sein! Doch er wusste, dass seine Augen ihn nicht belogen, wenn ihn auch sein Verstand im Stich lassen wollte. Dies war sein schlimmster Albtraum.
Vor ihm aufgebahrt lag Rangyr, sein Freund und Liebhaber. Sein Gesicht war ausgezehrt, mager, verhärmt, doch es wirkte weder tot noch wächsern, dabei musste Rangyr bereits seit fünf Jahren tot sein! Warum war er nicht verfallen? Zeth sog prüfend den Atem durch die Nase. Gab es hier vielleicht bestimmte Gase, die eine Verwesung des Leichnams verhinderten? Oder lag es an der Magie, die den Sarkophag umgab? Und ging diese Magie noch immer von Rangyr aus?
Zeth erschauderte leicht. Konnte es sein, dass der Magier auch nach seinem Tod noch Macht besaß?
Er beugte sich über das Gesicht, das er so verehrt und geliebt hatte – da schlug der Magier die Augen auf.
Zeth wollte schreien, zurückweichen, doch eisiges Entsetzen lähmte ihn. Er konnte sich nicht bewegen, starrte nur auf das

grausige Schauspiel direkt vor seinen Augen. Rangyrs spröde Lippen verzogen sich zu einem schmalen Lächeln.
‚Zeth.'
Der Gedanke hallte mit einer derartigen Heftigkeit in seinem Kopf, dass er zurücktaumelte. Mit den Waden streifte er die großen Steinbrocken und verhinderte im letzten Moment einen Sturz.
„Rangyr?", flüsterte er. Lebte der Magier? Oder war dies alles ein Trugbild, eine Täuschung? Tränen stahlen sich in seine Augen, als die Erinnerungen drohten ihn zu überwältigen, und eine Träne bahnte sich einen Weg über seine Wange.
‚Sind das die Tränen, die du damals nicht vergießen durftest?'
„Bei Eccláto, du lebst!" Fassungslos sah Zeth ihn an. Er wagte fast nicht, wieder näherzutreten.
Rangyr schüttelte den Kopf, eine kaum wahrnehmbare Bewegung. ‚Nein, ich lebe schon lange nicht mehr. Ne'ertals Zauber bringt mich um. Er ist nicht revidierbar ... aber es dauert ...'
„Was ist mit deinem Körper?", fragte Zeth, obwohl er die Antwort nicht wissen wollte.
‚Er zerfällt. Ich bin verdammt, eine lebende Leiche zu sein – dank Uliterias mächtigem Verbündeten.'
Zeth fasste bereits nach dem schweren, steinernen Deckel, um sich die schreckliche Gewissheit zu verschaffen, doch Rangyr hielt ihn auf.
‚Hör auf! Den Anblick würdest du nicht verkraften!'
Zeths Hände senkten sich wie von selbst.
‚Nicht einmal Art, in dem eine mächtige Magie schlummert, könnte mich retten.'
„Das kann doch alles nicht wahr sein", sagte Zeth tonlos. „Warum habe ich das nicht gewusst? Vielleicht ... vielleicht hätte es damals einen Weg ...?"
‚Nein, auch damals nicht! Ne'ertal ist ein großer Magier, ein kluger Mann, doch er versteckt seine Macht, kaum einer kennt sein wahres Gesicht.'

„Ich kenne einen anderen mächtigen Magier, Rangyr ..."
‚Oh, nein! Denk nicht einmal im Traum daran. Mein Körper existiert nicht mehr.'
„Aber dein Geist. Du könntest in einem anderen Körper ..."
‚Das wäre Nekromantie! Und wofür? Für die Liebe deines Lebens? Das bin ich doch schon lange nicht mehr. Nein, mein Lieber, glaub mir – ich verspüre nicht den Wunsch weiterzuexistieren. Alles, was ich bin, lebt jetzt in Art.'
„Sprich mit mir!", bat Zeth. Er fühlte sich matt.
‚Das würde ich gern, mein lieber Zeth, aber meine Zunge habe ich bereits vor fünf Jahren eingebüßt. Ne'ertal und seine Foltermeister wollten verhindern, dass ich mich durch Magie selbst befreie.'
Zeth erschauderte. „Warum? Warum das alles? Ich verstehe das nicht ..."
Rangyr öffnete den Mund, und ein schauriger Laut kam über seine Lippen.
Zeth hatte Mühe, nicht zurückzuweichen. Das hier war Rangyr, sein ehemaliger Geliebter! Der Mann, der sein Leben verändert und sein Herz gebrochen hatte!
Zeth schluckte. „Ich muss alles wissen, Rangyr. Ich habe deinen Sohn nach Iskaran gebracht, weil ich glaube, dass wir nur mit seinen Fähigkeiten einen Krieg verhindern können."
‚Art ... Ich habe seine Energie gespürt, aber – sie ist merkwürdig formlos und indifferent.'
Zeth seufzte. „Ich habe ihn damals in Sicherheit bringen müssen. Er ... war noch bei keinem Magier in der Lehre." Er wirkte zerknirscht. Immerhin war Art mittlerweile 14 Jahre alt, auch wenn er viel jünger wirkte.
‚Das macht nichts, Zeth. Mach' dir keine Vorwürfe. Er hat viel mehr Zeit als ein normaler Mensch ... Ich will dir nun alles berichten, was ich weiß, aber sag mir erst, warum du hier bist.'
„Uliteria ließ mich hierher verschleppen", erklärte Zeth dumpf. „Und ich befürchte, dass mich niemand finden wird."
‚Was ist mit dem Schutzzauber, den ich ganz schwach an dir

spüre?'
Zeth schenkte ihm einen undeutbaren Blick. „Der ist für jemand anderes bestimmt", murmelte er.
‚Dann hast du ihn gesprochen. Ich wusste doch, dass auch in dir Magie schlummert.' Rangyrs Augen funkelten leicht in der Dunkelheit. ‚Diese Person muss dir eine Menge bedeuten ...'
Zeth winkte ab. Er wollte dieses unerfreuliche Thema nicht vertiefen.
Übergangslos begann Rangyr, und Zeth musste sich völlig auf die fremden Gedanken konzentrieren, die auf ihn einströmten.
‚Vor sechs Jahren erlaubte sich ein Magier, dein Onkel Merloth, den Lichtstein von Meru zurück nach Reda zu bringen. Merloth, der eigentlich zu den Xenten gehörte, hatte schon lange Beziehungen zur Reda unterhalten. Er wollte den Lichtstein dorthin zurückbringen, wo er ursprünglich hingehörte. Hätte er gewusst, was das nach sich zieht, hätte er mit Sicherheit darauf verzichtet. Er flog auf, die Xenten hatten nun endlich einen Grund, nach Reda einzumarschieren, um ihr Heiligtum zurück zu holen. Uliteria unterstützte diesen Plan, denn sie hatte noch eine ganz private Rechnung mit Tar Mendor offen. Ferakon, dem Reda schon immer ein Dorn im Auge war, weil sich dort nahezu alle vertriebenen Magier aufhielten, gab seine Einwilligung. Vielleicht hatte er auch gehofft, Reda einzunehmen, um von der Handelsflotte und dem großen Seehafen zu profitieren.'
Zeth nickte bestätigend.
‚Reda war eine phantastische Stadt, reich, blühend und voll magischer Energie. Und – wie du vielleicht weißt – viele von uns Magiern konnten unsere Kräfte stärken durch den sexuellen Verkehr mit den Einwohnern von Reda, insbesondere mit den Cat'as!'
Zeth fuhr zusammen, als er das hörte. Er erinnerte sich an Bennet, an die Gefühle, die er gehabt hatte, immer wenn sie zusammen gewesen waren. Ein Schatten glitt über sein Gesicht, doch er sagte nichts.

Rangyr beobachtete ihn.
‚Unser Leben hätte nicht besser und angenehmer sein können, und wir wägten uns in Sicherheit. Niemals hätten wir gedacht, dass die Yendländer die Stadt in Grund und Boden stampfen würden. Die Xenten bestimmten – gegen Ferakons Anweisung – den Tod der Cat'as, da diese uns anderen Magiern Energie schenken konnten. Ferakon bestrafte sie nicht für ihr eigenmächtiges Handeln, und kaum jemand wusste, warum er überhaupt so kaltblütig vorgegangen war. Das erfuhr ich später, als Tar Mendor in meinen Armen starb.'
Erstaunt sah Zeth den Magier an.
‚Er hatte mir seine Gunst geschenkt, daher war ich in seiner Nähe, als der vergiftete Pfeil ihn traf. – Einst hatte er ein Mädchen abgewiesen, das eine Verbindung mit ihm hatte eingehen wollen. Sie war das hübscheste Mädchen, das er je gesehen hatte, aber hartherzig und berechnend. Er hatte geahnt, dass es ihr nur um die Macht über Reda ging. Daher hatte er sie – trotz ihrer Schönheit – zurückgeschickt. Ihr Name war Uliteria, und sie ist heute die Caskárin von Yendland.'
Zeth erstarrte, ihm stockte der Atem. Konnte es sein, dass so viele Menschen hatten sterben müssen, wegen einer persönlichen Demütigung? Das war Wahnsinn!
Aber langsam verstand er die Zusammenhänge. Das schaurige Puzzle setzte sich vor seinen Augen zu einem Gesamtbild zusammen, das alles übertraf, was er bisher vermutet hatte.
„Du bist nach Iskaran gekommen, um Uliteria zu töten?" Zeths Stimme war tonlos, verriet keine Emotionen.
‚Ja, das stimmt. Das war mein Plan ...'
„Dann hast du mich dafür benutzt ..."
‚...um Zugang zum Palast zu bekommen. Es tut mir leid, mein lieber Zeth. Ich mochte dich wirklich, aber mein Rachedurst war stärker. Er verbrannte mich, saugte mich aus – und ließ mich unvorsichtig werden.'
„Wolltest du das Raq zurück bekommen?"
‚Oh, du weißt mehr, als ich angenommen habe. Ja, auch das

spielte eine Rolle. Das Raq gehört nach Reda, es gehört den freien Magiern.'
Zeth verschloss seine Gedanken. Er wollte nicht an Reda denken, nicht an Bennet ...
‚Wer ist es, an den du in so unverzeihlicher Weise dein Herz verloren hast?'
Zeth schwieg.
„Ich muss einen Ausweg suchen. Meine Männer werden mich hier nicht finden", sagte er schließlich. Doch er wusste, dass Uliteria ihn nicht hierher hätte bringen lassen, wenn es auch nur den Hauch einer Fluchtchance gegeben hätte. Er war zur Untätigkeit verdammt, aber das wollte er sich nicht eingestehen.
‚Bevor du gehst, musst du noch etwas für mich tun.'
Zeth hob fragend die Augenbrauen.
‚Du musst ein Teil von mir mitnehmen', kam Rangyr auf den Punkt.
„Ein Teil?", fragte Zeth misstrauisch.
Rangyr brachte so etwas wie ein gedankliches Lachen zu Stande.
‚Such dir etwas aus, aber es ist nicht mehr viel zu gebrauchen.'
„Du meinst, ich soll einen Teil deines Körpers mitnehmen?"
Rangyr wurde annähernd ernst. ‚Du musst es tun. Art braucht etwas von mir, um das Ritual zu vollenden ... Erst dann wird er seine Macht vollständig nutzen können.'
„Igitt!"
‚Stell dich nicht an. Du bist nun auf dem Weg, ein Heiler zu werden. Und als Heiler wirst du schlimmeres sehen und tun müssen.'
Zeth sah sich erschrocken um.
‚Niemand außer dir hört meine Gedanken.'
„Ich bin kein Magier und kein Heiler", zischte Zeth trotzdem aufgebracht. „Ich werde auch nie einer sein."
‚Du wirst, mein Lieber. Kein sehr mächtiger, aber immerhin. Und, glaub mir, wenn deine Männer leiden oder die Deinen, dann wirst du nicht tatenlos daneben stehen.'

Zeth setzte sich auf den kalten, feuchten Steinboden und verharrte lange Zeit nahezu reglos. Er musste nachdenken. Rangyr ließ ihn allein mit seiner Bürde.

Endlich erhob Zeth sich. Er hatte sich entschieden. Sollte er noch etwas vorfinden – er hatte keinen Anhaltspunkt, wie weit Rangyrs Körper bereits verfallen war –, würde er einen Finger für Art mitnehmen. Er näherte sich dem Sarkophag, eine eisige Kälte überzog seine Arme. Und gerade als er den Sarkophag öffnen wollte, befahl Rangyr: ‚Stopp!'
Zeth sprang zurück. „Was?"
‚Für welches Teil hast du dich entschieden?'
„Ist das wichtig?" Zeth hatte den Schreck noch in den Knochen sitzen.
‚Ich frage nur interessehalber.'
„Und dafür jagst du mir so einen Schrecken ein? Mal schauen, was noch übrig ist", brummte Zeth sarkastisch. Wieder näherte er sich dem langen Steinkasten, streckte die Hände nach dem schwer wirkenden Deckel aus und ...
‚Halt!'
Zeth riss die Hände zurück. „Was denn nun noch?"
‚Ich wollte dich nur vorwarnen: Die Berührung meines Körpers wird deine Haut verbrennen.'
Zeth ließ langsam die Luft zwischen den Zähnen entweichen. „Das dachte ich früher auch", erklärte er spitzfindig.
‚Damals hast du hoffentlich keine Brandblasen davon getragen.'
„Lass es uns kurz machen. Es ist so bereits schwer genug ..." Zeth brauchte Kraft um den Deckel aufzustemmen ...
‚Ich wollte nur helfen!'
... und hatte Mühe nicht zurückzuweichen. Der Anblick, der sich ihm bot, war grauenerregend. Rangyr hatte nicht gelogen, sein Körper war tatsächlich tot, und das bereits eine lange Zeit. Der Geruch, der ihn umwaberte, war unerträglich. Zeth zwang sich zur Ruhe.
„Nun, zumindest dürfte es nicht weiter schwer fallen, einen Teil

deines Körpers abzutrennen“, scherzte er gezwungen.
‚Denk an die Magie, die mich umgibt. Berühr mich nicht allzu lange.‘
„Mein Verlangen danach hält sich eher in Grenzen“, meinte Zeth, während er bereits den Teil fixierte, der einmal Rangyrs Hand gewesen war. Zu seiner Erleichterung hatte der Sarkophag das Eindringen von Maden und anderem Getier verhindert. Beherzt griff Zeth zu. Weiße Lichtblitze umzuckten seine Hand, er griff in ein Feld aus purer Energie. Und als er die Überreste Rangyrs berührte, züngelten Flammen an seiner Hand hoch, verbrannten seine eigene Haut. Der Schmerz folgte nur einen Wimpernschlag später.
„Heilige Scheiße!“ Er zwang sich zuzugreifen, festzuhalten, trotz der Pein, und als er zurückwich hielt er das oberste Glied des linken kleinen Fingers in seiner eigenen angeschmorten Hand.
Er war angewidert, aber der Schmerz war stärker, überdeckte alle anderen Emotionen.
‚Du bist der lelaravan!‘ Der verblüffte Gedanke drang in Zeths schmerzumnebeltes Gehirn.
„Jetzt fängst du auch noch damit an!“, zischte Zeth.
‚Deine Aufgabe ist nicht mehr das Yendland zu verteidigen, deine Aufgabe ist der Schutz deines sic.‘
„Verdammt, was ist noch meine Aufgabe?“, fluchte Zeth. „Ich dachte, es reicht, mit einem nahezu verrotteten magischen Finger durch die Lande zu ziehen.“
‚Pass gut darauf auf.‘
„Ja ja ... Ich werde das Ding schon nicht verlieren.“ Seine Stimme klang belegt vom Schmerz.
‚Du kannst dich selbst heilen, vergiss das nicht.‘
„Ich will das nicht ... ich kann das nicht“, flüsterte Zeth, die verletzte Hand an seine Brust gepresst. Er hatte genug von Rangyrs klugen Ratschlägen. Er fühlte genau das, was er gesagt hatte: Er wollte diese magische Begabung nicht akzeptieren. Er hatte gelernt, sie abzulehnen und zu fürchten.
Rangyr schien diesen Punkt ignorieren zu wollen. ‚Du solltest

den Finger zu Pulver zermörsern, sobald er getrocknet ist.'
Zeth unterdrückte ein Schaudern. Aber es war besser, einen pulverisierten Finger herumzutragen als ein komplettes Fingerglied. *Finger, die mich mehr als einmal leidenschaftlich berührt haben. – Ruhe!*
Plötzlich spürte er Rangyrs Stimme drängender in seinem Kopf.
'Lass deine Barrieren runter.'
„Warum sollte ich?"
'Ich weiß, was in dir vorgeht.'
Zeth lächelte bitter. Er wusste, dass er vor Rangyr keine Geheimnisse haben konnte. Aber er hätte auch gern gewusst, was im Gehirn des Magiers vor sich ging. Oder in dem Rest, der noch arbeitete.
'Mein Gehirn arbeitet noch sehr gut.'
Er hatte Rangyr Einlass gewährt.
'Ich wusste es, habe es gespürt, eben als ich dir die Geschichte erzählte. Reda hat dich berührt, die verbotene Stadt war in deinen Gedanken, du bist der lelaravan. Und du hast Recht, du solltest bei ihm sein. Er hat dein Herz erobert. Du solltest ihn beschützen.'
„Und wie soll ich das machen, verdammt? Ich sitze hier fest, wenn ich dich daran erinnern darf."
'Als erstes musst du dich schützen. Jeder Magier, der dich berührt, wird wissen, dass du der lelaravan bist. So wie ich es eben wusste, als du mich berührt hast.'
Zeth schwieg, und Rangyr lachte wieder in Gedanken. 'Was für eine verrückte Wahl er getroffen hat – ausgerechnet dich zu seinem lelaravan zu machen.'
Zeth machte ein beleidigtes Gesicht.
'Als du mit ihm geschlafen hast, hast du es gespürt? Das *thes*, wie es deine Sinne fängt? Die Energie, die in dich schießt wie glühende Lava? Du hast es nur passiv in dich hineinströmen lassen. Aber wenn du in der Lage bist, es aus ihnen herauszusaugen, dann sprengt es dir förmlich die Schädeldecke ab.'

Zeth erinnerte sich natürlich an das Gefühl. Es war immer stärker geworden, je öfter er mit Bennet geschlafen hatte. „Ich habe keine Lust, mit dir über Bennet zu reden“, grollte er.
‚Du solltest aber, denn du weißt nichts über Reda und nichts über deine Aufgabe.’
Zeth dachte einen Moment darüber nach. Vielleicht hatte Rangyr Recht, außerdem würde ihn das vielleicht von seinen Schmerzen ablenken. „Gut, ich habe ja sonst nichts zu tun“, meinte er schließlich.

Bennet und River konnten sich nicht überwinden, den Palast zu betreten, um nach Zeth zu fragen. Bennet hatte ein mulmiges Gefühl, seit Tagen schon. Er wusste nicht, ob das daran lag, dass sie zurück nach Iskaran gekommen waren, oder ob da noch etwas anderes in der Luft lag. Jetzt, in der Nähe des Palastes, wo sie in der kleinen Schenke auf Pheridon warteten, wurde ihm bewusst, dass er Angst hatte. Panische Angst. Bei Therion, er fürchtete sich doch nicht vor Zeth?! Er musste ihn wiedersehen! Zeth war der einzige, der ihnen helfen konnte und außerdem ... hatte er sein kleines dummes Herz an diesen Mann verloren.
Als Pheridon die Schenke betrat, sprang Bennet auf und knallte mit den Knien unter die Tischplatte, dass die Becher wackelten. Er fluchte leise, erstarrte aber im gleichen Augenblick, als Esarion mit sorgenvoller Miene direkt hinter dem Soldaten durch die Tür trat. – Was hatte das zu bedeuten? War er mit Zeth nach Iskaran gekommen? Warum war er nicht auf Darkess? Und wo war Zeth?
In banger Erwartung sah er Pheridon und Esarion entgegen. Auch Pheridon wirkte besorgt, und das war bei seinem üblicherweise mürrischen Gesichtsausdruck schon bemerkenswert.
„Bennet, wie schön dich zu sehen.“
„Esarion.“

„Du bist Bennets Bruder River?“
Der Angesprochene nickte.
„Schlechte Neuigkeiten“, brummte Pheridon, als er sich setzte. „Zeth ist verschwunden, seit vier Tagen schon. Ich gehe davon aus, dass er entführt wurde.“
„Nein.“ Bennets Stimme war nur noch ein Flüstern. „Ich ... ich habe es gespürt, dass etwas passiert ist.“
Esarion nickte. „Das wundert mich nicht. Ihr seid schließlich miteinander verbunden.“
„Wir sind was?“
Alle starrten den alten Arzt verblüfft an. „Bei allen Siliandren, ihr wisst nicht einmal davon?! Dann kommt mit mir, hier können wir nicht ungestört sprechen. Ihr müsst alles wissen, Zeth ist wahrscheinlich in Gefahr.“
Sie erhoben sich und verließen die Schenke. Bennets Knie schmerzten nicht mehr, sie zitterten unkontrolliert. Er schwankte. River fasste seinen Arm, stützte ihn auf dem Weg nach draußen und durch die Gassen. Esarion schlug ihm mit einer kleinen Geste die Kapuze des Umhangs über den Kopf, um die roten Haare zu verbergen. Zwei Rotschöpfe waren einfach zu auffällig. Und Bennet wirkte im Moment zusätzlich als hätte er einen Geist gesehen.
Esarion führte sie in ein Badehaus, wie Bennet erstaunt feststellte.
Es war das Badehaus am Blauen Tempel. Bennet erinnerte sich daran, wie Zeth ihn gefragt hatte, ob er ihn begleiten wolle.
„Ein Bordell?“, knurrte Pheridon. „Das soll sicher sein?“
Esarion nickte. „Es ist.“
Sie betraten den Eingangsbereich, und Esarion führte sie nach einer kurzen Unterredung mit einem gut gebauten, in eine leichte Tunika gehüllten Mann in ein Seitenzimmer. Es war warm, fast zu warm für Bennet. Die Luft war stickig. Himmel, er würde ersticken! Nur die Neugier auf Esarions Worte hielt ihn auf seinem Platz, wo alles in ihm nach frischer Luft lechzte.
„Wo fange ich nur an?“, murmelte der alte Arzt und runzelte

nachdenklich die Stirn. „Wo soll ich bloß anfangen?“
River räusperte sich. „Was ist mit Bennet und Zeth? Warum sind sie *verbunden?*“
„Nun ... zuvor möchte ich euch sagen, dass ich ziemlich viel über euch erfahren habe, von einem Magier, der damals in Reda war.“
River und Bennet spannten sich im gleichen Moment an.
„Ich will nicht ausschweifen, dafür ist unsere Zeit zu kostbar. Als ihr beide fliehen musstet, weil die Xenten und die yendländischen Soldaten Reda zerstörten, woben Magier ihre Zauber und Bannsprüche in die brennende Luft. Viele schützten die Stadt und ließen die Seelen von Bolén verweilen, einer war zu deinem Schutz gedacht, Bennet. Du warst noch ein Kind, hattest die Initiation deines Volkes noch nicht durchlaufen, im Gegensatz zu deinem Bruder. Du brauchtest einen Wächter, einen Hüter, einen *lelaravan*.“
„Und das soll Zeth sein?“, fragte Bennet ungläubig.
„Du hast ihn dazu gemacht. Aber das ist nicht der einzige Grund, warum du mit ihm verbunden bist. Zeth hat einen Schutzzauber für dich gewirkt, als du ihn verlassen hast.“
„Er hat bitte was?“, fragte River.
Bennet hatte es bereits die Sprache verschlagen.
Pheridons Miene war unergründlich.
„Du bist nicht überrascht?“, fragte Esarion den Soldaten.
„Wir wussten alle, dass er gewisse heilende Kräfte besitzt, aber weil er so extrem auf jede Magie reagierte, hat ihn nie jemand darauf angesprochen.“
Esarion nickte wissend.
Endlich fand Bennet seine Worte wieder. Er krächzte: „Zeth ist Magier?“
River lachte leise. „Kein Wunder, dass ihn der Sex mit uns so ...“
„Nein ... das kann doch nicht sein ...“, hauchte Bennet. Er war geschockt. War dies wirklich der Grund ihrer Gefühle füreinander? River hatte ihm davon erzählt, dass Magier

Energie aus der geschlechtlichen Vereinigung mit einem Redarianer ziehen konnten. Aber er hatte niemals daran gedacht, Zeth könne eine magische Begabung haben. Das konnte doch nicht alles sein! Der Schrecken musste ihm im Gesicht gestanden haben, doch nur River begriff, was in Bennet vorging. Er legte seine schmale Hand auf den zitternden Oberschenkel seines Bruders.
„Ich glaube nicht, dass er *deswegen* einen Schutzzauber gesprochen hat."
Jetzt schien auch Esarion zu verstehen, was Bennet bewegte.
„Du glaubst, er hätte dich in sein Bett genommen, weil du über das *thes* verfügst? Nein, Zeth wusste bis vor kurzem nicht einmal davon. Und eines kann ich dir versichern, was dich betrifft, war er von Anfang an nicht kalt und berechnend."
„Nachdem wir diese Herz-Schmerz-Angelegenheiten geklärt hätten, könnten wir jetzt vielleicht zum wichtigen Teil übergehen", unterbrach Pheridon sie ironisch. „Ihr sagtet, Zeth sei entführt worden. Warum glaubt Ihr das, und wen vermutet Ihr als Täter?"
River und Bennet sahen Pheridon entgeistert an, fassten sich aber schnell wieder. Natürlich, zuerst mussten sie Zeth finden! Alles weitere würde sich dann ergeben.
„Wenn ich das wüsste", knurrte der alte Arzt. „Ich befürchte, dass ...", er senkte die Stimme, „... Uliteria ihre Finger im Spiel hat. Wenn ich nur jemanden wüsste, der Einblick in das Palastgeschehen hat ..."
Pheridon seufzte laut. „Pascale hat einen Informanten. Wir werden auf sie warten müssen."
„Warten? Wo?"
„Bei Capitan Mical, Kavallerie."."
„Bei einem Offizier der yendländischen Armee?", fragte Esarion erstaunt.
„Mical ist ein Freund von Zeth."
„Mical ist der Besitzer dieses Hauses."
Ihre Knöpfe schnellten herum und musterten den Mann, der

einfach in ihre Besprechung geplatzt war. Bennet erinnerte sich an das scharf geschnittene kantige Gesicht mit den kühlen, grauen Augen.
Pheridon sprang auf und grüßte zackig. „Capitan Mical!"
„Entschuldigt, aber ich habe Euch eintreten sehen. Stimmt es, dass Zeth verschwunden ist?"
Esarion nickte langsam mit undurchdringlicher Miene.
„Habt Ihr eine Ahnung, wo Zeth sein könnte?", mischte sich nun auch Bennet wieder ins Gespräch.
„Ah, Bennet, nicht wahr?" Ein schmales Lächeln huschte über sein strenges Gesicht. „Nein, ich weiß es leider nicht, aber wartet einen Moment. Ich kenne jemanden, der über außergewöhnliche Informationen verfügt." Er verließ den Raum und kehrte kurz darauf mit einem gut aussehenden, wenn auch ein wenig weiblich wirkenden jungen Mann zurück.
„Das ist mein Freund Giscard", stellte er den anderen vor.

Befreiung

Bennets Augen waren dunkel gerändert, als sie sich am nächsten Morgen wieder trafen. Pascales Informant im Palast, sie hielt den Namen nach wie vor geheim, hatte das gleiche gesagt wie Giscard. In einem kleinen Ort mit dem Namen Livin, etwa einen halben Tagesritt von Iskaran entfernt, gab es ein altes Kloster. Das Kloster war bewohnt, und die Felder drum herum wurden bewirtschaftet. Giscard wusste, dass Uliteria mehr als einmal dort gewesen war. Und Pascales Informant hatte verraten, dass sowohl Xenten-Magier als auch Uliterias Leibgarde zeitweise in Livin lebten. Das ideale Versteck, das ideale Gefängnis.
Bennet wurde übel bei dem Gedanken, Zeth in den Fängen der Xenten zu wissen. Vor allem, da er nun wusste, dass Zeth selbst eine magische Begabung hatte.
Zu sechst ritten sie los, Bennet und River, Pascale, Pheridon,

Esarion und Giscard. Letzterer stand ihnen zur Verfügung, damit sie schnellstmöglich den Weg fanden. Sie wollten keine Zeit verlieren. Sie hatten sichergestellt, dass Uliteria und Ne'ertal im Augenblick in Iskaran weilten. Doch ihr Plan war alles andere als ausgereift. Die Kürze der Zeit ließ keine weiteren Planungen zu. Giscard und River, in der Rolle der Rivana, sollten sich Zugang zum Kloster verschaffen und herausfinden, ob Zeth dort gefangen gehalten wurde. Davon gingen sie aus. Niemand wollte darüber nachdenken, dass Uliteria Zeth vielleicht schon hatte umbringen lassen.
Es nieselte leicht, die Pferde legten die Ohren an und drängten sich zusammen, um sich vor dem Regen zu schützen. Die Reiter zogen die Kapuzen ihrer Umhänge tiefer in die Gesichter. Der Winter stand vor der Tür, und daher war dieser Regen alles andere als ein warmer sommerlicher Schauer. Wie eisiger Nebel benetzten die Tropfen ihre Gesichter und ihre Kleidung.
Esarion ritt neben River und Giscard und schärfte ihnen zum wiederholten Male ein, worauf sie auf jeden Fall achten mussten.
„Komm keinem Xenten-Magier zu nahe, lass dich auf keinen Fall berühren."
River verdrehte die Augen, was Esarion jedoch nicht sehen konnte. Er hatte gar nicht vor, sich von irgendjemandem anfassen zu lassen. Doch wohl fühlte er sich bei diesem dürftigen Plan nicht.
Bennet hatte an diesem Morgen kaum mehr als fünf Worte gesprochen. Er sah schlecht aus. Bleich und angespannt saß er auf seinem Fuchshengst und starrte auf den steinigen Weg.
Sie alle waren froh, als sie in den Wald ritten, der sie ein wenig vor dem kühlen Regen schützte. Die Hufe der Pferde waren auf dem weichen Boden kaum zu hören, nur das stete Rauschen der Regentropfen auf den verbliebenen Blättern begleitete sie. Bennet mochte den Geruch des Waldes, den kräftigen Duft der Nadelhölzer und des Harzes und das leicht Modrige der nassen Laubbäume, die zum größten Teil ihre Blätter verloren hatten.

Doch heute nahm er dies alles nur am Rande wahr. Zu dringend war seine Sorge um Zeth.

Das Dorf Livin war lediglich eine Ansammlung von kleinen Steinhäusern, die sich um das alte Kloster schlangen wie eine Efeuranke. Und doch war alles in tadellosem Zustand. Livin war kein armes Dorf. Auf dem höheren der beiden Türme der Klosteranlage wehte die Fahne der Xenten-Magier, die alte Schriftrolle des Gesetzes auf rotem Grund. Bennet erschauderte unwillkürlich. Aber je näher sie Livin gekommen waren, umso stärker hatte er Zeths Präsenz gespürt. Er war sich nun sicher: Zeth lebte, und er war in Livin. Er war hierher verschleppt worden.
Hatten sie überhaupt eine Chance an den Xenten vorbei zu kommen? Warteten sie nicht darauf, dass jemand kam, um Zeth zu befreien? Vielleicht tappten sie in eine Falle.
Am frühen Nachmittag hatten sie die ersten Spuren des Dorfes gesehen, bewirtschaftete Felder und befestigte Wege. Nun lagerten sie unweit des Klosters in einem dichten Kiefernhain.
Die Sachen klebten ihnen klamm am Körper, sie konnten kein Feuer entzünden, um sich zu wärmen. River lief unruhig hin und her, und schließlich begann er mit steifen Fingern sich auszuziehen. Bennet hüllte ihn sofort in die mitgebrachte Decke ein. Sie hatten alles eingepackt, um River erneut in Rivana zu verwandeln. Es dauerte, doch als sie schließlich fertig waren, sah River aus wie ein Mädchen.
Pascale kam näher und verschleierte sein Gesicht.
„Jetzt bist du Hiraga, die mit ihrem Leibwächter auf dem Weg zu ihrer Cousine, Caskárin Lyda, ist. Capitan Mical hat noch gestern einen Boten nach Livin geschickt, um euch anzukündigen."
„Wir bleiben hier und warten auf ein Zeichen. Versucht uns so schnell wie möglich irgendwo hereinzulassen", fügte Pheridon hinzu.

Zeth war vorübergehend eingenickt. Als Rangyr sich bei ihm meldete, sprang er auf die Beine, so erschrocken war er.
‚Du kriegst Besuch.'
„Himmel", knurrte Zeth ungehalten. Sein Herz raste, seine Glieder waren steif. Kälte hatte sich in ihm ausgebreitet. Und Kälte griff auch nach seinem Herzen. Er hatte vorübergehend wirklich vergessen, wo und in welcher Lage er sich befand.
„Ist Bennet in der Nähe?"
‚Das weiß ich nicht. Aber zumindest scheinen das deine Retter zu sein.'
„Sie werden mich hier nicht finden!"
‚Vielleicht nicht. Aber deine Wächter haben dich bisher auch nicht gefunden."
Zeth erstarrte. „Wie lange bin ich schon hier?"
‚Ich weiß nicht, aber ich bin sicher, dass sie dein Fehlen bereits bemerkt haben.'
Kalter Schweiß bildete sich auf seiner Stirn. „Ich muss zurück, ich muss irgendwie hier rauskommen!" Zeth zögerte einen Moment.
„Wenn ich hier herauskomme ... wenn ich die Möglichkeit hätte, dich zu erlösen ..."
‚Du meinst, mein Ableben zu beschleunigen? Sobald Art das Ritual durchgeführt hat, bin ich endgültig tot. Und jetzt geh! Wir haben alles besprochen. – Leb wohl.'
Zeth wollte die Grabkammer gerade verlassen, da schoss ein letzter Gedanke Rangyrs durch seinen Kopf. ‚Und nutze verdammtnochmal deine Gabe!'

Zeth lief die Gänge entlang und versuchte sich zu erinnern, sich zu orientieren. Er fluchte leise. Er spürte Bennet in seiner Nähe. Was, wenn er sich in diesem beschissenen Labyrinth verlief? Dann würde Bennet nur noch seine verwesende Leiche finden – wenn er bis dahin selbst überlebt hatte.
Als er auf die erste Wandhalterung, die mit einer brennenden Fackel bestückt war, stieß, blieb er geblendet stehen. Er

blinzelte. Seine Augen hatten sich vollkommen an die Dunkelheit und das Zwielicht, das Rangyr umgab, eingestellt. Doch trotz Fackel war keine Menschenseele zu hören oder zu sehen.
Er lief weiter, bog mal links ab, mal rechts. Als er den Eindruck hatte, ein zweites Mal an der gleichen Stelle vorbeizukommen, brach er ein kleines Steinchen aus der Wand und zeichnete eine unauffällige Markierung.
Seine Sinne hatten ihn nicht getrogen – er lief tatsächlich im Kreis. Erschöpft wischte er sich den Schweiß von der Stirn. Wenn er wenigstens seine Zelle wiederfinden könnte.
Furcht kroch durch seine Glieder wie eine Schlange. Wenn Bennet etwas zustieß, würde er jeden umbringen, der dafür verantwortlich war. Warum musste ausgerechnet der Junge herkommen, um ihn zu retten?!
Als er zum dritten Mal an der gleichen Stelle vorbeikam, blieb er schnaufend stehen.
‚Nutze deine Gabe!'
„Ja, verdammt!"
Zeth öffnete seine Sinne. Er hatte dies noch nie richtig getan, zu groß war seine Angst, seine Ablehnung gewesen. Er war nicht geschult darin, und in diesem Moment verfluchte er sich selbst. Es war, als hätte jemand ihm einen kräftigen Schlag in den Magen versetzt. Er fiel nach vorn auf die Knie, keuchte. Das hatte er nun davon! Er hatte keinerlei Erfahrung, auf diese Weise seinen Weg zu finden oder seine Richtung zu bestimmen. Trotzdem entstand eine Art Plan in seinem Geist. Zeth war so verblüfft, dass er für den Augenblick seinen Schmerz und seine Erschöpfung vergaß. Er war bereits hierher gelaufen, daher konnte sein Verstand offenbar die Wege rekonstruieren. Mühsam kam er auf die Beine. Die Orientierung fiel ihm schwer mit den weit geöffneten Sinnen. Er tastete sich an der Wand entlang. Wie sollte er so voran kommen? Es war, als hätte er einen zusätzlichen Sinn aktiviert, der in keinster Weise ausgebildet war und trotzdem die

Führung übernahm.
Zeth zwang sich, Ordnung in seinem Kopf zu schaffen. Und als der Schwindel sich ein wenig legte, rannte er los, als wären alle verdammten Siliandren hinter ihm her. Immer wieder schrammte er mit den Armen an den Wänden entlang, stolperte, aber den Weg behielt er stets vor seinem geistigen Auge.
Trotzdem kam er zu spät.

Sie hatten sich verschätzt. Das Kloster war besser bewacht, als sie gedacht hatten. Giscard und River waren problemlos hineingekommen, sie hatten eine Schlafkammer zugewiesen bekommen und über den Dienstboteneingang Esarion, Pheridon, Pascale und Bennet hineingelassen. Soweit hatte der Plan funktioniert. In dem düsteren Bau gab es unzählige Gänge und Nischen, ideal um sich zu verstecken. Und bald hatten sie auch den Gang in die Kellergewölbe entdeckt, in dem sie den Kerker vermuteten, als sie von zwei Xenten-Magiern überrascht wurden. Diese erkannten offenbar sofort, dass sich ungebetene Gäste Zutritt verschafft hatten. Schlecht war – sie beide waren in magischen Kampfkünsten ausgebildet; statt ihre Waffen zu zücken, hoben sie ihre Hände.
Bennet spürte das heiße Aufflammen auf seiner Brust, ehe er von einer unsichtbaren Macht hoch gehoben und gegen die Wand geschleudert wurde. Er hörte wie Pheridon sein Schwert zog, doch sehen konnte er nichts.
Flüche mischten sich in die eindeutigen Geräusche des Kampfes. Als Bennet endlich wieder sehen konnte, was um ihn herum geschah, wusste er, dass ihre Lage aussichtslos war. Die Xenten hatten bereits Verstärkung bekommen, seine Freunde wurden immer weiter zurück gedrängt, weg von ihm, der noch immer hilflos am Boden lag. Er spürte seinen Körper nicht, nur an der Stelle, wo ihn das magische Feuer getroffen hatte, wo es seine Haut verbrannt hatte und nun das Blut in einem steten heißen Strom seinen Leib verließ. Ansonsten war alles taub.

Und dann rollte eine Welle des Erkennens und der Erleichterung über ihn hinweg. Zeth war da. Bennet verlor das Bewusstsein.
Zeth erfasste die Lage mit einem Blick. Sie war nahezu hoffnungslos. Bennet lag blutend und reglos am Boden, weiter hinten sah er Pascale und Pheridon mit Schwertern, um zwei weitere Gestalten zu schützen, die sich hinter ihnen verschanzten. Zeth zählte zehn Soldaten, davon mindestens vier Xenten, und er selbst war unbewaffnet. Trotzdem stürzte er sich mit einem Kriegsgeheul in den Kampf. Durch sein Auftauchen für einen Moment abgelenkt, hatten seine *Befreier* eine kurze Atempause. Für einen richtigen Vorteil reichte es jedoch nicht aus.
Mit Fäusten drosch er auf die ersten zwei Männer ein, die er erreichte, mit einem Tritt fällte er den dritten, einen Magier. Ihm war klar, dass sie auf verlorenem Posten standen, denn sie kämpften gegen Xenten. Sie hätten dringend ebenfalls magische Unterstützung gebraucht. Doch selbst wenn er sich nicht sein ganzes Leben dagegen gewehrt hätte – er selbst war nur Heiler. Er konnte vielleicht schützen, doch nicht auf magische Art kämpfen. Und er war geschwächt. Doch sein Zorn war glutrot, das Bild von Bennet, der reglos an der Wand lag, ging nicht aus seinem Kopf. Er spürte, Bennet lebte, doch sein Herz schlug quälend langsam. Kein gutes Zeichen, und es machte Zeth rasend. So attackierten sie die Soldatengruppe von hinten und von vorn, mit der Kraft der Verzweiflung.
Aber sie unterlagen. Ein eisiger Blitz traf Zeth am Arm. Zischend sprang er zurück, und als er aufsah, blickte er geradewegs in die Augen eines Xentenkriegers. Ein kaltes Lächeln umspielte die Lippen des Mannes, der vorhatte, ihn jetzt ins Jenseits zu befördern. Er konnte nicht ausweichen. Zeth straffte sich. Er erwartete den finalen Schmerz.
Plötzlich flutete gleißendes Licht mit einem Zischen über die Köpfe der Kämpfenden hinweg. Zeth war vollkommen geblendet. Da prallte ein fremder Körper gegen ihn und riss ihn

von den Beinen. Sie krachten zu Boden, der andere blieb reglos und schwer auf ihm liegen. Obwohl noch immer blind, versuchte Zeth den Körper von sich herunterzuschieben. Er vermutete, dass der Xentenkrieger auf ihm lag, der ihn hatte töten wollen, denn der Magier hatte ihm am nächsten gestanden. Aber wer hatte diese Explosion verursacht? Stöhnend richtete Zeth sich auf und fuhr sich mit einer Hand über die Augen. Er sah noch immer nicht viel mehr als grellweiße Sterne und Punkte.
Die jähe Stille, die das Kampfgeschehen abgelöst hatte, hielt noch für einen Moment an. Dann vernahm Zeth bekannte Stimmen.
„River? Alles in Ordnung?"
„Wo seid ihr, verdammt?" Das war eindeutig Pascale.
„Was war das?" River, die Stimme zittrig.
„Wir waren das – und offenbar gerade noch rechtzeitig." Auch diese Stimme kam Zeth vage bekannt vor. Aber er konnte sie nicht gleich zuordnen. Und endlich nahm die Welt um ihn herum wieder Gestalt an.
„Mistok! Art!", krächzte er überrascht und kämpfte sich auf die Beine.
Schwankend kamen River, Pascale und Pheridon auf ihn zu.
„Richtig. In letzter Sekunde würde ich sagen", brummte Pheridon und säuberte sein Schwert mit einer beiläufigen Geste am Mantel eines am Boden liegenden Xenten.
Zeth warf einen misstrauischen Blick auf den Mann.
„Sie sind tot", erklärte Art, seine Stimme klang so verändert, dass Zeth aufsah um ihn zu betrachten. Äußerlich hatte der Junge sich kaum verändert. Doch die magische Aura, die ihn immer latent umgeben hatte, hatte sich nun soweit gefestigt, dass sie Art umwaberte wie eine Schutzhülle.
„Das weiß ich", knurrte Zeth.
Mistok, der alte Magier, sah zufrieden auf seinen Schüler hinunter. In diesem Moment kam auch Giscard aus seinem Versteck, er stützte Esarion am Arm.

Doch das bekam Zeth nicht mit. Er hatte sich neben Bennet gekniet und zog ihn sacht in seine Arme. Bennet war noch immer bewusstlos. Sein Hemd war blutgetränkt, und als Zeth vorsichtig die Ränder des zerfetzten Hemdes auseinander zog, sah er die klaffende Wunde, die eindeutig magischen Ursprungs war. Zeth kannte keine Waffe, die so eine Verletzung hätte verursachen können.
„Was ist mit ihm?“ River hatte sich neben ihnen niedergelassen. Er fasste nach Bennets Hemd. Beim Anblick der Wunde wurde er seltsam grau.
„Wir müssen hier raus!“, erklärte Mistok.
„Bennet ist schwer verletzt“, sagte Zeth teilnahmslos.
„Wir können trotzdem nicht hierbleiben. Folgt Art ... ich sichere euch von hinten ab.“
Zeth war froh, dass Mistok das Kommando übernahm. Seine Kehle war wie zugeschnürt, er sah seine Hände zittern, als er Bennets schmalen Leib auf seine Arme nahm.
Art zögerte. „Er ... ich ...“ Irritiert sah er sich um, seine Augen flackerten. Er wirkte mit einem Mal sehr unruhig.
Zeth wusste, dass er die Anwesenheit seines Vaters spürte, aber sie hatten jetzt andere Sorgen. Und er wollte dem Jungen den Anblick ersparen. Rangyr hatte gesagt, er sei bereits tot. Und so sollte es sein.
„Geh voran“, befahl Mistok barsch.
Art setzte sich zögernd in Bewegung.
Zeth hatte keine Ahnung, wie sie aus dem Kloster herausgekommen waren. Da niemand sie aufhielt und er auch keine einzige Wache sah, vermutete er, dass Mistok einen Zauber um ihre kleine Gruppe gewoben hatte. Vielleicht waren er und Art auf die gleiche Weise ins Kloster hineingekommen. Diese Überlegungen beschäftigten ihn jedoch nur oberflächlich, während er an Bennets Seite saß und spürte, wie der Junge immer schwächer wurde.
Art hatte sie zu einer kleinen Hütte im Wald geleitet, in der eine alte Frau mit ihrem Sohn und ihrer Tochter hauste. Diese

gehörten zu den wenigen Cat'as, die das Massaker in Reda überlebt hatten. Sie hatten sich auf schlichte Weise gut eingerichtet, immer bereit, ihre Hütte sofort zu verlassen, sollte ein Anlass bestehen. Sie hatten aus der Vergangenheit gelernt.
Zeth war erstaunt, als er sah, dass ihre Gastgeber Cat'as waren. Rual, er mochte vielleicht zwanzig sein, beobachtete ihn mit seinen gelben Katzenaugen, während er vorsichtig das zerfetzte Hemd von Bennets Oberkörper entfernte.
„Wie sieht es aus?"
„Warum fragt Ihr mich das?" Zeth wandte sich nicht einmal zu Mistok um.
„Weil Ihr es spüren könnt", erwiderte der alte Magier schlicht.
„Ich habe als lelaravan versagt, wenn es meine Aufgabe war, Bennets Leben zu schützen", sagte Zeth tonlos. Seine Hände ruhten auf Bennets Unterarm.
„Noch ist er am Leben. Und Euer Schutzzauber hat verhindert, dass er gleich beim ersten Angriff der Xenten gestorben ist."
„Ich habe nicht die Kraft ihn zu heilen." In Zeth krampfte sich alles zusammen, als er Mistok dieses Geständnis machte.
„Dies", er wies auf das fast kreisrunde Loch in Bennets Brust, „ist keine normale Verletzung. Sie vergiftet ihn nach und nach."
Art war unterdessen zu ihnen getreten. Sein Gesicht zeigte den verbissenen Ausdruck jugendlicher Entschlossenheit.
„Versucht es!"
Zeth kniff die Augen zusammen. Wollte diese halbe Portion ihm etwa Befehle erteilen?
„Wollt Ihr ihn retten oder zusehen wie er krepiert?"
Arts unangemessenes Benehmen entfachte eine feine Wut in Zeth, die seine Ohnmacht überlagerte. Am liebsten wäre er aufgestanden und hätte Art eine Ohrfeige verpasst, die den Jungen zu Boden befördert hätte. Was bildete sich dieser Zwerg ein?
Art funkelte ihn provozierend an. „Macht schon. Und gebt ihm alles, was Ihr könnt. Sein Leben ist wichtiger als Eures."

Zeth biss die Zähne zusammen, dass es knirschte, aber er legte tatsächlich die Hände an Bennets Brustkorb. Später würde er Art für diese Unverschämtheit zur Rechenschaft ziehen, und wenn er ihn übers Knie legte.

Er spürte die Energie in seinen Handflächen kribbeln und gab ihr freien Lauf. Wärme pulsierte durch seine Arme, doch er merkte gleich, wie Bennet unruhig wurde. Seine eigene Heilenergie stieß auf die Magie des Xenten wie auf eine Mauer. Er verstärkte seine Konzentration, setzte alles daran, und doch schien es ihm, als hätte er nicht die geringste Chance, diesen Kampf in Bennets Körper zu gewinnen. Bennets Leib zuckte unter seinen Händen.

Schon fühlte Zeth die Taubheit in seinen Händen, die Schwäche, er konnte den Energiefluss nicht stetig aufrecht erhalten. Er würde Bennet verlieren. Das magische Gift breitete sich weiter aus, er konnte es nicht verhindern. Mit allerletzter Kraft hielt er sich in sitzender Position, nicht willens Bennet loszulassen, als Arts kühle Hände ihn berührten. Das Feuer, das daraufhin durch seinen Leib jagte, verbrannte ihn innerlich. Er spürte, wie es sein Fleisch versengte, und ein Strahl reinster Energie schoss durch seine Arme und Hände in Bennets Körper.

Zeth bemerkte nur noch wie Blut aus seinen eigenen Augen quoll, dann wurde alles schwarz.

... was ist mit ihm?

... er lebt noch ...

... er sieht schrecklich aus ...

Ein kühles Tuch berührte Zeths Gesicht.

... es ging nicht anders ... Bennet hätte es sonst nicht geschafft ...

... was genau hast du gemacht? ...

... ich habe seine Heilkraft verstärkt, dafür musste ich warten, bis seine eigene Energie verbraucht war ...nur Heiler besitzen die Fähigkeit zu heilen ...er brauchte ihn als Medium ...

Eine Hand legte sich auf seine Stirn. Er vermochte jedoch nicht die Augen zu öffnen. Gesprächsfetzen drangen bis zu seinem Verstand vor, aber sein Körper war komplett gelähmt. Er fühlte sich leer, ausgelaugt, so schwach, dass er nicht einmal Schmerzen spürte.

... warum geht es ihm so schlecht? ...

... er zieht die Energie ausschließlich aus sich selbst ...

Wieder tauchte Zeth aus dem Nebel auf.

... er hat noch nicht gelernt, Energie aus seinem Umfeld zu nutzen ...

Der Weg aus dem Nebel, den er eben erst gefunden hatte, war plötzlich wieder verschwunden. Er taumelte durch einen nachtschwarzen Himmel ohne Sterne, versank in schwärzester See, starb tausend Tode, um wieder aufzutauchen und nach Luft zu schnappen.

... sobald er aufwacht, wird er einen Wahnsinnshunger haben ...

... ich weiß, wie man seine Energiereserven wieder auffüllen kann ...

Leises Lachen.

... natürlich, aber das sollte er selbst entscheiden, wenn er wieder da ist ...

...außerdem siehst du selbst alles andere als gut aus ...

Zeth regte sich ein wenig.

„Zeth?"

Nein, sprechen konnte er wirklich noch nicht.

Nach einer Ewigkeit ...

„Ich bin wieder da", krächzte Zeth.

Sofort war jemand bei ihm. Pascale, wie er umgehend bemerkte. „Wartet, ich helfe Euch."

Sie hatte gesehen, dass er Anstalten machte, sich aufzusetzen. Ihr fester Griff schmerzte, seine Haut war hochsensibel, er fühlte sich wie eine leere Hülle, die sie zerknittern würde, drückte sie weiterhin so heftig zu.

„Ich habe ..."

„Hunger und Durst, ich weiß", unterbrach Pascale ihn.

Sie half ihm zunächst ein paar Schlucke zu trinken. Doch als Zeth der Hunger überrollte und er ein animalisches Knurren

ausstieß, nahm sie rasch Abstand. Zeth löffelte die Gemüsesuppe, die neben der Liege auf dem kleinen Schemel stand, gleich aus dem Topf. Das Brot schlang er fast zeitgleich hinunter. Darauf folgten drei große Becher Wein, die jemand in weiser Voraussicht mit Wasser verdünnt hatte.
Doch als River um die Ecke bog, erwachte eine weitere Gier in ihm.
River erkannte das sofort, als Zeth aufsah. Der Blick, der River traf, war von einer solch brennenden Intensität, dass er automatisch zurückwich. Er spürte Zeths Verlangen fast körperlich. Sein eigener Körper reagierte, nach der ersten Fluchttendenz, rein instinktiv. Er hätte sich Zeth vermutlich hingegeben, wenn nicht Mistok und Art ihm gefolgt wären.
Mistok nahm River an den Schultern und schob ihn entschieden hinter sich und aus dem Raum hinaus.
„*Du* solltest erst einmal wieder zu Kräften kommen."
Er wandte sich Zeth zu. „Es geht Euch besser, wie schön." Der alte Magier betrachtete Zeth aufmerksam. „Bis auf diese kleine Unpässlichkeit, die Euch allerdings recht wild aussehen lässt."
Zeth ging nicht auf die Spitze ein.
„Bennet geht es besser?" Er fühlte Bennets Anwesenheit und auch, dass dieser sich auf dem Weg der Besserung befand.
Mistok nickte. „Morgen könnt Ihr zurück nach Iskaran reiten."
„Und Ihr?"
„Wir brechen gleich auf. Wir haben nämlich eher durch Zufall das hier", er holte einen in ein weiches Leder verpackten, etwa faustgroßen Gegenstand aus einem Beutel, „...gefunden. Es hat uns quasi zu sich gelockt."
Als er das Leder an einer Seite zurückschlug, riss Zeth die Augen auf.
„Das Raq!"
Zeth kam so schnell auf die Beine, dass sein Kreislauf nicht mitspielte. Er schwankte bedrohlich, und Mistok tat einen großen Schritt auf ihn zu, um ihn zu stützen. „Ihr müsst ganz dringend lernen mit Eurer Energie zu haushalten."

Zeth fiel zurück auf die Pritsche.
Art trat näher an ihn heran und sah auf ihn hinunter.
„Es tut mir leid, dass ich meine Magie so heftig durch Euch hindurch schießen musste. Aber nur so konnte ich Eure Heilkräfte entsprechend verstärken."
Zeth winkte ab.
„Wisst Ihr, ich kann nicht heilen, aber durch Euch wurde meine Energie kanalisiert."
Zeth ließ den Kopf zurücksinken. „Was wollt Ihr nun tun?"
„Oh, ich denke, Euer Vater wird sich verhandlungsbereit zeigen, um das Raq wieder zu bekommen. Es ist von unschätzbarem Wert für ihn und Yendland. Glücklicherweise konnten wir den jungen Xenten gefangen nehmen, der, geschützt durch eine Nomadengruppe, das Raq nach Winden bringen sollte. Ich bin sicher, er wird seine Auftraggeberin nennen."
„Es war Uliteria, nicht wahr?"
Mistok nickte erneut. „Sie hat den Wächter getötet und das Raq entwendet, denn sie wollte es nach Winden, zu Heraban schaffen lassen. Wäre ihr dies geglückt, hätten die Xenten bald auf Windens Seite gekämpft. Das wäre eine sehr unangenehme Entwicklung gewesen."
„Sehr unangenehm ... Apropos, ich habe da noch etwas für dich, von deinem Vater. Es ist in der schmalen Tasche an meinem Gürtel."
Art sah sich um und entdeckte die Gürteltasche sofort. Bereits als er den Gürtel zur Hand nahm, erkannte Zeth die Unruhe, die ihn ergriff.
„Erschreck dich nicht, es ist ein Körperteil deines Vaters, ein Finger. Dein Vater lag in einer alten Grabkammer im Kloster von Livin ..."
„Siehst du", unterbrach Art ihn heftig und sah Mistok vorwurfsvoll an. „Ich muss sofort wieder dorthin!"
„Nein, Art ... dein Vater ist tot. Er bat mich, dir dieses Teil für irgendein wichtiges Ritual mitzubringen. Mistok wird sicher

wissen, worum es geht. Erst, wenn du das vollzogen hast, kann sein Geist endlich seinen Körper verlassen."
Mistok nickte tatsächlich wissend. Er nahm Art den Gürtel ab, ehe dieser das Fingerglied auspacken konnte. „Ich nehme es an mich. Wir werden den letzten Schritt vollziehen, bevor wir Iskaran erreichen."
Zeth schlief erschöpft wieder ein.

River hatte die ganze Zeit an Bennets Lager gesessen. Es war fast beängstigend mit anzusehen, wie die Wunde sich allmählich schloss und wie Bennet augenscheinlich wieder zu Kräften kam. Pascale hatte ihm etwas Brot und Suppe aufgezwungen. Und erst da hatte River bemerkt, dass er Hunger hatte. Die Sorge um seinen Bruder hatte dies völlig in den Hintergrund gedrängt.
Er dachte darüber nach, dass Zeth Bennet das Leben gerettet hatte. Es war grässlich gewesen, wie das Blut aus Zeths Augen und seiner Nase gelaufen war. River hatte wirklich geglaubt, dass Zeth sterben würde. Aber Art und Mistok hatten sie alle beruhigt.
Und als er selbst mit Zeths Verlangen konfrontiert worden war, da wusste er, dass Zeth über den Berg war. Bisher hatten sie alles ganz glimpflich überstanden. Würde es so weitergehen?
Art gesellte sich zu ihm. Der zierliche Junge wirkte nicht im geringsten wie ein Magier. River war baff erstaunt gewesen, als er gesehen hatte, zu was Art fähig war.
„Geht's dir gut?"
River nickte, er bemerkte Arts durchdringenden Blick auf sich ruhen.
„Es wird ihnen beiden bald besser gehen. Dann müssen wir alle nach Reda, aber das wird sicher leichter als bei eurem letzten Besuch."
„Müsst ihr jetzt zurück nach Iskaran?"
„Ja." Art erhob sich. „Aber wir sehen uns bald wieder."
River zog erstaunt die Augenbrauen nach oben. Was sollte das

bedeuten?

Zeth erwachte halb aus seinen wirren Träumen, als sich ein warmer fremder Körper auf sein Lager schob.
„Was Ihr braucht, könnt Ihr auch von mir bekommen", sagte eine kratzige Stimme.
Zeth schlang den Arm um den willigen Leib. Er roch herb nach Wald und Verlockung. Zeth nahm das Angebot an.

Als Zeth am nächsten Morgen die Augen aufschlug, fühlte er sich gut. Wie erwartet lag er allein auf der Pritsche. Aus dem Nebenraum hörte er leise Stimmen. Bennets Stimme. Eine merkwürdige Unruhe ergriff ihn. Er hatte seit ihrer Trennung nicht ein Wort mit ihm gewechselt. Schnell stand er auf und begann sich anzukleiden, und gerade als er die Stiefel anzog, betrat Bennet das Zimmerchen. Er war noch immer totenblass, die dunklen Ringe um seine Augen verliehen ihm ein geisterhaftes Aussehen.
Sie starrten sich an.
Bennet fand als erster seine Sprache wieder. „Art und Mistok haben mir alles erzählt. Du hast mir das Leben gerettet, dafür ... wollte ich mich bedanken."
„Das ist mein Job", knurrte Zeth und ließ nicht ein Mal die Augen von Bennet.
„Ah ja, das ..." Bennet errötete leicht und sah gleich etwas lebendiger aus. „Ich hab es nicht gewusst, wirklich."
Er seufzte, lehnte sich gegen die Wand. Offenbar war er noch sehr geschwächt. „Ich war gestern schon einmal bei dir, du hast ... furchtbar ausgesehen. Aber jetzt scheint es dir wieder besser zu gehen."
Zeth nickte kommentarlos. Den Grund seiner schnellen Genesung kannten sie wohl beide.
Bennet lächelte matt. Er war also tatsächlich austauschbar. Deutlicher konnte der Beweis nicht sein. Zeth brauchte ihn nicht, zu dumm nur, dass er Zeth brauchte! Und zwar nicht nur

als lelaravan, als Beschützer, sondern weil er sein Herz an ihn verloren hatte.
„Wir müssen reden, Bennet tí Mendor, zukünftiger Tar von Reda – aber nicht so.“ Zeth ließ sich auf dem Rand seines Lagers nieder, klopfte auf den Platz neben sich.
Bennet setzte sich in Bewegung ohne Zeth aus den Augen zu lassen. Er wusste, dass Zeths Begierde gestillt war, sah es in seinen Augen. Denn so sehr er sich wünschte, wieder in Zeths Armen zu liegen, so wenig erstrebenswert wäre eine Art gewaltsamer Übergriff wie er vor einiger Zeit im Wald, nach dem Überfall der Muréner, stattgefunden hatte.
Doch Zeth legte ganz vorsichtig seinen Arm um Bennets schmale Schultern, als könne er ihn zerbrechen, und zog ihn sachte zu sich.
„Ich glaube, du hast mir gefehlt“, hauchte er leise an Bennets Lippen.

Vereint

Der kleine Tross bewegte sich eher gemächlich Richtung Reda. An der Spitze ritten Bennet und River, gefolgt von Mistok und Art. Zeth blieb mit seinen Männern und Pascale dahinter. Direkt hinter ihnen waren Mical und Giscard mit einer kleinen Anzahl berittener Soldaten seiner Division. Am Ende ritt Rual neben einem kleinen Ponywagen, in dem sie verschiedene Dinge und Proviant transportierten. Auf dem Kutschbock hatten seine Mutter und seine Schwester Aila Platz genommen. Rual und seine Familie hatten als echte Cat'as viel Aufsehen erregt bei den Soldaten, daher hielten sie sich nun eher im Hintergrund. Aber auch für ihn und seine Familie hatte festgestanden, nach Reda zurückzukehren. Reda war ihre Heimat.
Zeth ließ die letzten Tage gedanklich Revue passieren. Sein Vater schien in diesen Tagen um Jahre gealtert zu sein. Uliterias

Verrat, den man ihr eindeutig hatte nachweisen können, hatte ihn hart getroffen. Doch sie, die ehemalige Caskárin erwartete nun nicht die Todesstrafe, die sie ohne Frage verdient hätte. Sie war verbannt worden. Ihr Sohn Kyl betrachtete dies alles relativ gefasst. Er wusste offenbar, dass, wenn er sich auf die Seite seiner Mutter schlüge, er seinen Anspruch auf den Thron verwirkt hätte. Also schwieg er.
Die Xenten, insbesondere Großmeister Ne'ertal trugen das Auftauchen von River und Bennet mit größerer Fassung als die Tatsache, dass ausgerechnet Mistok das Raq zurückbrachte. Aber niemand wagte es, Mistok oder Art, den der alte Magier schlicht als seinen Lehrling vorstellte, zu bedrohen. Ne'ertal war ein Mann des Gesetzes, auch wenn er vor Wut gezittert hatte.
Den jungen Xenten, der in Uliterias Auftrag gehandelt hatte, erwartete die Exekution. Nicht nur, weil er das Raq gestohlen sondern auch, weil er es aus dem niederen Beweggrund der *Liebe* zu Uliteria getan hatte. Und Liebe war bei den Xenten verpönt.
Nun waren sie auf dem Weg nach Reda. Die letzte Weihe musste vollzogen werden, bevor River und Bennet die Führung und damit den Wiederaufbau der Stadt in Angriff nehmen konnten.
Kurz bevor sie den Wald von Bolén erreichten, begann es zu schneien. Zunächst waren es kleine, unscheinbare Flocken, aber bald schneite es heftiger. Schneeflocken legten sich auf die Kleidung der Reiter, schmolzen zunächst auf den warmen Körpern der Pferde und blieben dann liegen, als der Schneefall weiter zunahm.
Am Waldrand legten sie eine kurze Rast ein.
Mistok und Art sonderten sich von der Gruppe ab.
Bennet fror trotz des dicken Umhangs und kuschelte sich an Zeths breiten Körper.
„Ich hoffe, ihre Zauber wirken, und wir kommen ungeschoren durch diesen Wald."
Bennet grinste. „Du bist der Magier, da solltest du etwas mehr

Vertrauen in eure Zunft haben."
Zeth zog eine Grimasse, wie immer, wenn Bennet auf dieses Thema zu sprechen kam.
„Aber ich kann dich beruhigen. Als ich das letzte Mal hier war, da war es still. Absolut still und gespenstisch. Jetzt ist das nicht mehr so. Der Wald strahlt nichts Böses mehr aus."
Zeth klopfte ihm ein wenig Schnee vom Umhang. Dann beugte er sich hinunter und gab Bennet einen flüchtigen Kuss.
„He, ihr beiden! Hört das Geknutsche auf, wir reiten weiter."
Das war Mical, der bereits aufgesessen war und sie belustigt von oben herab betrachtete.
Als Bennet sich in den Sattel seines Fuchshengstes gleiten ließ, fragte er: „Denkst du an Darkess?"
Zeth schüttelte den Kopf. „Ich habe Darren das Kommando für die Zeit meiner Abwesenheit übertragen. Er ist guter Dinge gewesen, was natürlich auch daran liegen kann, dass Fyra nach Darkess gereist ist. Du erinnerst dich an sie?"
Bennet nickte. Die Tochter des Nordsiedler-Wirtes in Mirmiran. Meinte Darren es tatsächlich ernst mit ihr? Sie würden es bald wissen.
„Ich habe das Gefühl, dass er seine Sache gut machen wird."
Bennet dachte mit gemischten Gefühlen an Darkess und Zeths Männer. Er *hoffte*, dass Darren seine Sache gut machte.
„Nun mach nicht so ein Gesicht", stichelte Zeth, der einen von Bennets Gedanken aufgeschnappt hatte, „Du hättest Finns Erstaunen sehen sollen, als er von deinem *Aufstieg* hörte."
Zeth grinste, als Bennet nach ihm schlug.

Art und Mistok hatten ihre Sache gut macht. Die Seelen von Bolén ließen sie weitestgehend in Ruhe. Und so erreichten sie unbehelligt die Stadttore von Reda, wo Espin sie empfing.
Espin war es auch, der River und Bennet über die Weihe aufklärte.
„Wir sollen bitte was?"
River schüttelte leise lachend den Kopf, als er Bennets

verblüfftes Gesicht sah.
„Das war der Grund, warum ich dagegen war, dass ihr miteinander verkehrt“, erklärte Espin. „Ihr habt damit entschieden, dass Reda eine Doppelspitze haben wird. Ihr dürft niemals vergessen, welche Kraft das *thes* hat, das durch euch fließt! Als ihr beiden miteinander geschlafen habt, da habe ich es hier in Reda gespürt!“
„Und das, wo nicht einmal ich diesen ... Vorgang mitbekommen habe“, murmelte Bennet.
„Wenn Mistok die Worte der Weihe spricht, müsst ihr beide miteinander verbunden sein. Und da Therion der Gott der Lust ist und die Weihe in seinem Tempel durchgeführt wird, ist es naheliegend, dass ihr euch auf diese Weise *verbindet*.“
„Und wie lange soll das ganze dauern?“ Bennet war alles andere als wohl bei dem Gedanken, in aller Öffentlichkeit mit seinem Bruder zu schlafen.
Doch River lachte erneut. „Hast du Angst wegen deiner Standfestigkeit?“
Bennet sandte ihm einen bösen Blick. „Wer ist denn noch alles dabei?“
„Ich nehme an, alle, die mit euch zusammen hierher gekommen sind.“
„Heiliger Bimbam.“ Bennet rollte die Augen gen Himmel.
„Mach dir keine allzu großen Sorgen“, beschwichtigte Espin. „Wie du weißt, liegt der Tempel des Therion unterirdisch, nahe der heiligen Quellen. Dort ist der Ursprung des *thes*. Du wirst ausreichend Lust empfinden, egal, wie viele da sein werden.“
„Außerdem ist es recht düster dort“, fügte River mit einem Grinsen hinzu.

Espin und River sollten Recht behalten.
Sie waren nervös und angespannt, beide, als sie die Treppen zu Therions Tempel hinabstiegen. Beide waren sie in schlichte weiße Tuniken gehüllt worden, nachdem Espin und Mistok die rituellen Waschungen durchgeführt hatten.

Die Schritte der anderen hallten durch die Gänge. Alle waren sie mitgekommen. Bennet fragte sich, wer, außer Rual und seiner Familie, das *thes* spüren konnte, das ihn sofort durchflutete.
Zeth und er tauschten einen Blick. Bennet hatte Zeth von dem bevorstehenden Akt erzählt, und auch Zeth hatte ihn beruhigt. Bennet hatte sogar den Verdacht, dass ihn der Gedanke daran erregte.
Nun trat Zeth nach vorn. Als sein lelaravan würde er der Zeremonie direkt neben Bennet beiwohnen.
Bennet blendete alle anderen Anwesenden aus und konzentrierte sich auf River, der sich auf den warmen, schwarzen, glatten Stein gelegt hatte. Er schien jetzt ganz entspannt und sah seinen Bruder einladend an.
Nein, er brauchte sich wirklich keine Sorgen zu machen, dass er die Zeremonie vermasselte.
Zeth spürte den warmen Schauer, der ihn durchrieselte, als Mistok zu sprechen begann.
Und als er die beiden ineinander verschlungenen Körper – mit gemischten Gefühlen – betrachtete, ahnte er bereits, dass neue Zeiten anbrachen.

Ende des ersten Teils

ISBN 978-3-934442-41-2
dead soft verlag

Lebensadern
Carola Kickers

Bei einem kniffligen Mordfall verliert Kommissar Welsch von der Kripo Hamburg seine Partnerin. Zum ersten Mal in seinem Leben wird er mit der Möglichkeit konfrontiert, dass es Vampire gibt.

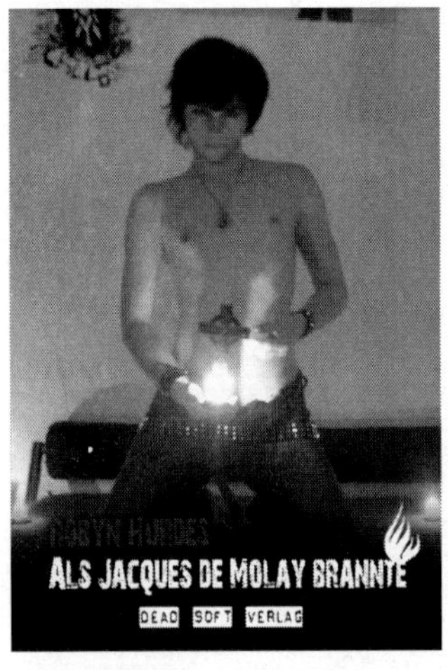

ISBN 978-3-934442-33-7
dead soft verlag

Als Jacques de Molay brannte
Robyn Hurdes

Das Leben des Musicaldarstellers Algernon nimmt eine beunruhigende Wendung, als er dem ebenso attraktiven wie mysteriösen Clement begegnet. Dieser behauptet, als Tempelritter Zeuge der Hinrichtung des Großmeisters Jacques de Molay gewesen zu sein – im Jahre 1314.